D0954564

L'INGÉNU
ET AUTRES CONTES

ISBN : 2-87714-133-0

VOLTAIRE

L'Ingénu et autres contes

VOLTAIRE
(1694-1778)

François-Marie Arouet, né à Paris le 21 novembre 1694, fils d'un riche notaire, est un enfant chétif. Ses études, chez les Jésuites, sont aussi brillantes que turbulentes. Grâce aux relations paternelles, dès son adolescence, il entre dans le monde où il se fait remarquer par sa vivacité d'esprit. Son père, qui le trouve trop impertinent — il écrit déjà des poèmes satiriques contre les puissants — le fait voyager, notamment en Hollande.

Pour s'être moqué du Régent, il est enfermé pendant onze mois à la Bastille en 1717, et met à profit ce séjour forcé pour travailler sur une épopée en vers à la gloire d'Henri IV dans laquelle il dénonce le fanatisme religieux.

Sa première pièce, *Œdipe* (1718) est un succès ; ses pièces sont jouées à la Cour. Il se fait appeler M. de Voltaire. En 1725, le chevalier de Rohan, issu d'une vieille famille de la noblesse française, ironise sur ce nom d'emprunt. « Je commence mon nom et vous finissez le vôtre » réplique Voltaire. Battu par les valets du duc, il le provoque en duel. Scandale. Louis XV l'exile en Angleterre pour trois ans. Il s'y lie avec des philosophes et découvre une liberté morale et intellectuelle beaucoup plus développée qu'en France.

Rentré d'exil, il publie *Les Lettres philosophiques*, ouvrage brûlé comme scandaleux par le Parlement — l'auteur y critique les traditions religieuses et sociales françaises en leur opposant le modèle libéral anglais — et reste à l'écart de la vie parisienne, travaillant à des tragédies.

En 1731, *Zaïre* est un triomphe. Voltaire est comparé à Corneille et à Racine. Quand il n'écrit pas, il spécule. Son père, s'il ne lui a accordé qu'un maigre héritage, lui a cependant légué son sens des affaires. Il a rencontré Mme du Châtelet, une femme philosophe (leur liaison durera dix-sept ans) et c'est dans son château de Cirey, entre Champagne et Lorraine, qu'il se réfugie lorsque Paris le boude.

En 1744, il revient dans la capitale. Protégé par Mme de Pompadour, élu à l'Académie française (1746), il fréquente les philosophes, et arrondit sa fortune comme fournisseur aux Armées. Frédéric II de Prusse l'accueille en 1750 et le nomme chambellan. Les deux hommes se brouillent deux ans plus tard.

Pour défendre ses idées philosophiques, Voltaire délaisse le théâtre pour le roman et le conte (*Zadig*, 1747 ; *Micromégas*, 1752) ; il travaille aussi à de grands ouvrages historiques.

Las de devoir, à chacun de ses pamphlets, fuir à travers l'Europe, il achète, à la frontière suisse, le domaine de Ferney (1759) où il va vivre les vingt dernières années de sa vie. Le « Patriarche de Ferney » organise l'industrie locale, reçoit dans son château toute l'Europe des arts et des lettres, polémique avec Jean-Jacques Rousseau et dénonce sans relâche le fanatisme religieux (*Candide*, 1759, l'affaire Calas, 1762...) et l'arbitraire du pouvoir.

En 1778, il accepte de revenir à Paris pour assister à la création de sa dernière pièce, *Irène*. C'est l'apothéose : le peuple salue en lui le défenseur des opprimés, les bourgeois le chantre de la tolérance, l'élite intellectuelle l'esprit éclairé génie de son temps. Seuls les prélats l'évitent.

Après deux mois de réceptions et d'honneurs, il meurt d'épuisement, le 30 mai 1778, à 84 ans. Le curé de Saint-Sulpice, à Paris, ayant refusé la sépulture, il est enterré dans les environs de Troyes. Ses cendres sont ramenées au Panthéon en 1791, au plus fort de cette Révolution dont il aura été, lui qui a connu les règnes de Louis XIV, Louis XV et Louis XVI, l'artisan involontaire.

L'INGÉNU

HISTOIRE VÉRITABLE

TIRÉE DES MANUSCRITS DU P. QUESNEL

CHAPITRE PREMIER

COMMENT LE PRIEUR DE NOTRE-DAME DE LA MONTAGNE ET MADEMOISELLE SA SŒUR RENCONTRÈRENT UN HURON

Un jour, saint Dunstan, Irlandais de nation et saint de profession, partit d'Irlande sur une petite montagne qui vogua vers les côtes de France, et arriva par cette voiture à la baie de Saint-Malo. Quand il fut à bord, il donna la bénédiction à sa montagne, qui lui fit de profondes révérences et s'en retourna en Irlande par le même chemin qu'elle était venue.

Dunstan fonda un petit prieuré dans ces quartiers-là, et lui donna le nom de *prieuré de la Montagne,* qu'il porte encore, comme un chacun sait.

En l'année 1689, le 15 juillet au soir, l'abbé de Kerkabon, prieur de Notre-Dame de la Montagne, se promenait sur le bord de la mer avec mademoiselle de Kerkabon, sa sœur, pour prendre le frais. Le prieur, déjà un peu sur l'âge, était un très bon ecclésiastique, aimé de ses voisins, après l'avoir été autrefois de ses voisines. Ce qui lui avait donné surtout une grande considération, c'est qu'il était le seul bénéficier du pays qu'on ne fût pas obligé de porter dans son lit quand il avait soupé avec ses confrères. Il savait assez honnêtement de théologie ; et quand il était las de lire St. Augustin, il s'amusait avec Rabelais : aussi tout le monde disait du bien de lui.

Mademoiselle de Kerkabon, qui n'avait jamais été mariée, quoiqu'elle eût grande envie de l'être, conservait de la fraîcheur à l'âge de quarante-cinq ans ; son caractère était bon et sensible ; elle aimait le plaisir et était dévote.

Le prieur disait à sa sœur, en regardant la mer :

« Hélas ! c'est ici que s'embarqua notre pauvre frère avec

notre chère belle-sœur madame de Kerkabon, sa femme, sur la frégate *l'Hirondelle*, en 1669, pour aller servir en Canada. S'il n'avait pas été tué, nous pourrions espérer de le revoir encore.

— Croyez-vous, disait mademoiselle de Kerkabon, que notre belle-sœur ait été mangée par les Iroquois, comme on nous l'a dit ? Il est certain que si elle n'avait pas été mangée, elle serait revenue au pays. Je la pleurerai toute ma vie : c'était une femme charmante ; et notre frère, qui avait beaucoup d'esprit, aurait fait assurément une grande fortune. »

Comme ils s'attendrissaient l'un et l'autre à ce souvenir, ils virent entrer dans la baie de Rance un petit bâtiment qui arrivait avec la marée : c'étaient des Anglais qui venaient vendre quelques denrées de leur pays. Ils sautèrent à terre, sans regarder monsieur le prieur ni mademoiselle sa sœur, qui fut très choquée du peu d'attention qu'on avait pour elle.

Il n'en fut pas de même d'un jeune homme très bien fait qui s'élança d'un saut par-dessus la tête de ses compagnons, et se trouva vis-à-vis mademoiselle. Il lui fit un signe de tête, n'étant pas dans l'usage de faire la révérence. Sa figure et son ajustement attirèrent les regards du frère et de la sœur. Il était nu-tête et nu-jambes, les pieds chaussés de petites sandales, le chef orné de longs cheveux en tresses, un petit pourpoint qui serrait une taille fine et dégagée ; l'air martial et doux. Il tenait dans sa main une petite bouteille d'eau des Barbades, et dans l'autre une espèce de bourse dans laquelle était un gobelet et de très bon biscuit de mer. Il parlait français fort intelligiblement. Il présenta de son eau des Barbades à mademoiselle de Kerkabon et à monsieur son frère ; il en but avec eux ; il leur en fit reboire encore, et tout cela d'un air si simple et si naturel que le frère et la sœur en furent charmés. Ils lui offrirent leurs services, en lui demandant qui il était et où il allait. Le jeune homme leur répondit qu'il n'en savait rien, qu'il était curieux, qu'il avait voulu voir comment les côtes de France étaient faites, qu'il était venu, et allait s'en retourner.

Monsieur le prieur, jugeant à son accent qu'il n'était pas Anglais, prit la liberté de lui demander de quel pays il était. « Je suis Huron », lui répondit le jeune homme.

Mademoiselle de Kerkabon, étonnée et enchantée de voir un Huron qui lui avait fait des politesses, pria le jeune homme à souper ; il ne se fit pas prier deux fois, et tous trois allèrent de compagnie au prieuré de Notre-Dame de la Montagne.

La courte et ronde demoiselle le regardait de tous ses petits yeux, et disait de temps en temps au prieur : « Ce grand garçon-là a un teint de lis et de rose ! qu'il a une belle peau pour un Huron ! – Vous avez raison, ma sœur », disait le prieur. Elle faisait cent questions coup sur coup, et le voyageur répondait toujours fort juste.

Le bruit se répandit bientôt qu'il y avait un Huron au prieuré. La bonne compagnie du canton s'empressa d'y venir souper. L'abbé de St. Yves y vint avec mademoiselle sa sœur, jeune basse-brette, fort jolie et très bien élevée. Le bailli, le receveur des tailles, et leurs femmes, furent du souper. On plaça l'étranger entre mademoiselle de Kerkabon et mademoiselle de St. Yves. Tout le monde le regardait avec admiration ; tout le monde lui parlait et l'interrogeait à la fois ; le Huron ne s'en émouvait pas. Il semblait qu'il eût pris pour sa devise celle de milord Bolingbroke : *nihil admirari.* Mais à la fin, excédé de tant de bruit, il leur dit avec assez de douceur, mais avec un peu de fermeté : « Messieurs, dans mon pays on parle l'un après l'autre ; comment voulez-vous que je vous réponde quand vous m'empêchez de vous entendre ? » La raison fait toujours rentrer les hommes en eux-mêmes pour quelques moments : il se fit un grand silence. Monsieur le bailli, qui s'emparait toujours des étrangers dans quelque maison qu'il se trouvât et qui était le plus grand questionneur de la province, lui dit en ouvrant la bouche d'un demi-pied. « Monsieur, comment vous nommez-vous ? – On m'a toujours appelé l'Ingénu, reprit le Huron, et on m'a confirmé ce nom en Angleterre, parce que je dis toujours naïvement ce que je pense, comme je fais tout ce que je veux.

– Comment, étant né Huron, avez-vous pu, monsieur, venir en Angleterre ? – C'est qu'on m'y a mené ; j'ai été fait, dans un combat, prisonnier par les Anglais, après m'être assez bien défendu ; et les Anglais, qui aiment la bravoure, parce qu'ils sont braves et qu'ils sont aussi honnêtes que nous, m'ayant proposé de me rendre à mes parents ou de venir en Angleterre, j'acceptai le dernier parti, parce que de mon naturel j'aime passionnément à voir du pays.

– Mais, monsieur, dit le bailli avec son ton imposant, comment avez-vous pu abandonner ainsi père et mère ? – C'est que je n'ai jamais connu ni père ni mère », dit l'étranger. La compagnie s'attendrit, et tout le monde répétait : *Ni père, ni mère !* « Nous lui en servirons, dit la maîtresse de la maison à son frère le prieur ; que ce monsieur le Huron est intéressant ! » L'Ingénu la remercia avec une cordialité noble et fière, et lui fit comprendre qu'il n'avait besoin de rien.

« Je m'aperçois, monsieur l'Ingénu, dit le grave bailli, que vous parlez mieux français qu'il n'appartient à un Huron. — Un Français, dit-il, que nous avions pris dans ma grande jeunesse en Huronie, et pour qui je conçus beaucoup d'amitié, m'enseigna sa langue ; j'apprends très vite ce que je veux apprendre. J'ai trouvé en arrivant à Plymouth un de vos Français réfugiés que vous appelez *huguenots*, je ne sais pourquoi ; il m'a fait faire quelques progrès dans la connaissance de votre langue ; et dès que j'ai pu m'exprimer intelligiblement, je suis venu voir votre pays, parce que j'aime assez les Français quand ils ne font pas trop de questions. »

L'abbé de St. Yves, malgré ce petit avertissement, lui demanda laquelle des trois langues lui plaisait davantage, la huronne, l'anglaise, ou la française. « La huronne, sans contredit, répondit l'Ingénu. — Est-il possible ? s'écria mademoiselle de Kerkabon ; j'avais toujours cru que le français était la plus belle de toutes les langues après le bas-breton. »

Alors ce fut à qui demanderait à l'Ingénu comment on disait en huron du tabac, et il répondait *taya ;* comment on disait manger, et il répondait *essenten.* Mademoiselle de Kerkabon voulut absolument savoir comment on disait faire l'amour ; il lui répondit *trovander*[1], et soutint, non sans apparence de raison, que ces mots-là valaient bien les mots français et anglais qui leur correspondaient. *Trovander* parut très joli à tous les convives.

Monsieur le prieur, qui avait dans sa bibliothèque la grammaire huronne dont le révérend P. Sagar Théodat, récollet, fameux missionnaire, lui avait fait présent, sortit de table un moment pour l'aller consulter. Il revint tout haletant de tendresse et de joie ; il reconnut l'Ingénu pour un vrai Huron. On disputa un peu sur la multiplicité des langues, et on convint que, sans l'aventure de la tour de Babel, toute la terre aurait parlé français.

L'interrogant bailli, qui jusque-là s'était défié un peu du personnage, conçut pour lui un profond respect ; il lui parla avec plus de civilité qu'auparavant, de quoi l'Ingénu ne s'aperçut pas.

Mademoiselle de St. Yves était fort curieuse de savoir comment on faisait l'amour au pays des Hurons. « En faisant de belles actions, répondit-il, pour plaire aux personnes qui vous ressemblent. » Tous les convives applaudirent avec

1. Tous ces noms sont en effet hurons.

étonnement. Mademoiselle de St. Yves rougit et fut fort aise. Mademoiselle de Kerkabon rougit aussi, mais elle n'était pas si aise : elle fut un peu piquée que la galanterie ne s'adressât pas à elle ; mais elle était si bonne personne que son affection pour le Huron n'en fut point du tout altérée. Elle lui demanda, avec beaucoup de bonté, combien il avait eu de maîtresses en Huronie. « Je n'en ai jamais eu qu'une, dit l'Ingénu ; c'était mademoiselle Abacaba, la bonne amie de ma chère nourrice ; les joncs ne sont pas plus droits, l'hermine n'est pas plus blanche, les moutons sont moins doux, les aigles moins fiers, et les cerfs ne sont pas si légers que l'était Abacaba. Elle poursuivait un jour un lièvre dans notre voisinage, environ à cinquante lieues de notre habitation ; un Algonquin mal élevé, qui habitait cent lieues plus loin, vint lui prendre son lièvre ; je le sus, j'y courus, je terrassai l'Algonquin d'un coup de massue, je l'amenai aux pieds de ma maîtresse, pieds et poings liés. Les parents d'Abacaba voulurent le manger ; mais je n'eus jamais de goût pour ces sortes de festins ; je lui rendis sa liberté, j'en fis un ami. Abacaba fut si touchée de mon procédé qu'elle me préféra à tous ses amants. Elle m'aimerait encore si elle n'avait pas été mangée par un ours : j'ai puni l'ours, j'ai porté longtemps sa peau ; mais cela ne m'a pas consolé. »

Mademoiselle de St. Yves, à ce récit, sentait un plaisir secret d'apprendre que l'Ingénu n'avait eu qu'une maîtresse, et qu'Abacaba n'était plus ; mais elle ne démêlait pas la cause de son plaisir. Tout le monde fixait les yeux sur l'Ingénu ; on le louait beaucoup d'avoir empêché ses camarades de manger un Algonquin.

L'impitoyable bailli, qui ne pouvait réprimer sa fureur de questionner, poussa enfin la curiosité jusqu'à s'informer de quelle religion était monsieur le Huron ; s'il avait choisi la religion anglicane, ou la gallicane, ou la huguenote ? « Je suis de ma religion, dit-il, comme vous de la vôtre. — Hélas ! s'écria la Kerkabon, je vois bien que ces malheureux Anglais n'ont pas seulement songé à le baptiser. — Eh ! mon Dieu, disait mademoiselle de St. Yves, comment se peut-il que les Hurons ne soient pas catholiques ? Est-ce que les RR. PP. jésuites ne les ont pas tous convertis ? » L'Ingénu l'assura que dans son pays on ne convertissait personne ; que jamais un vrai Huron n'avait changé d'opinion, et que même il n'y avait point dans sa langue de terme qui signifiât *inconstance.* Ces derniers mots plurent extrêmement à mademoiselle de St. Yves.

« Nous le baptiserons, nous le baptiserons, disait la Kerkabon à monsieur le prieur ; vous en aurez l'honneur, mon cher frère ; je veux absolument être sa marraine : monsieur l'abbé de St. Yves le présentera sur les fonts ; ce sera une cérémonie bien brillante ; il en sera parlé dans toute la Basse-Bretagne, et cela nous fera un honneur infini. » Toute la compagnie seconda la maîtresse de la maison ; tous les convives criaient : « Nous le baptiserons ! » L'Ingénu répondit qu'en Angleterre on laissait vivre les gens à leur fantaisie. Il témoigna que la proposition ne lui plaisait point du tout, et que la loi des Hurons valait pour le moins la loi des Bas-Bretons ; enfin il dit qu'il repartait le lendemain. On acheva de vider sa bouteille d'eau des Barbades, et chacun s'alla coucher.

Quand on eut reconduit l'Ingénu dans sa chambre, mademoiselle de Kerkabon et son amie mademoiselle de St. Yves ne purent se tenir de regarder par le trou d'une large serrure pour voir comment dormait un Huron. Elles virent qu'il avait étendu la couverture du lit sur le plancher, et qu'il reposait dans la plus belle attitude du monde.

CHAPITRE SECOND

LE HURON, NOMMÉ L'INGÉNU, RECONNU DE SES PARENTS

L'Ingénu, selon sa coutume, s'éveilla avec le soleil, au chant du coq, qu'on appelle en Angleterre et en Huronie *la trompette du jour*. Il n'était pas comme la bonne compagnie, qui languit dans un lit oiseux jusqu'à ce que le soleil ait fait la moitié de son tour, qui ne peut ni dormir ni se lever, qui perd tant d'heures précieuses dans cet état mitoyen entre la vie et la mort, et qui se plaint encore que la vie est trop courte.

Il avait déjà fait deux ou trois lieues, il avait tué trente pièces de gibier à balle seule, lorsqu'en rentrant il trouva monsieur le prieur de Notre-Dame de la Montagne et sa discrète sœur, se promenant en bonnet de nuit dans leur petit jardin. Il leur présenta toute sa chasse, et en tirant de sa chemise une espèce de petit talisman qu'il portait toujours à son cou, il les pria de l'accepter en reconnaissance de leur bonne réception : « C'est ce que j'ai de plus précieux, leur dit-il ; on m'a assuré que je serais toujours heureux tant que je porterais ce petit brimborion sur moi, et je vous le donne afin que vous soyez toujours heureux. ».

Le prieur et mademoiselle sourirent avec attendrissement de la naïveté de l'Ingénu. Ce présent consistait en deux petits portraits assez mal faits, attachés ensemble avec une courroie fort grasse.

Mademoiselle de Kerkabon lui demanda s'il y avait des peintres en Huronie. « Non, dit l'Ingénu ; cette rareté me vient de ma nourrice ; son mari l'avait eue par conquête, en dépouillant quelques Français du Canada qui nous avaient fait la guerre ; c'est tout ce que j'en ai su. »

Le prieur regardait attentivement ces portraits ; il changea de couleur, il s'émut, ses mains tremblèrent. « Par Notre-Dame de la Montagne, s'écria-t-il, je crois que voilà le visage de mon frère le capitaine et de sa femme ! » Mademoiselle, après les avoir considérés avec la même émotion, en jugea de même. Tous deux étaient saisis d'étonnement et d'une joie mêlée de douleur ; tous deux s'attendrissaient ; tous deux pleuraient ; leur cœur palpitait ; ils poussaient des cris ; ils s'arrachaient les portraits ; chacun d'eux les prenait et les rendait vingt fois en une seconde ; ils dévoraient des yeux les portraits et le Huron ; ils lui demandaient l'un après l'autre, et tous deux à la fois, en quel lieu, en quel temps, comment ces miniatures étaient tombées entre les mains de sa nourrice ; ils rapprochaient, ils comptaient les temps depuis le départ du capitaine ; ils se souvenaient d'avoir eu nouvelle qu'il avait été jusqu'au pays des Hurons, et que depuis ce temps ils n'en avaient jamais entendu parler.

L'Ingénu leur avait dit qu'il n'avait connu ni père ni mère. Le prieur, qui était homme de sens, remarqua que l'Ingénu avait un peu de barbe ; il savait très bien que les Hurons n'en ont point. « Son menton est cotonné, il est donc fils d'un homme d'Europe ; mon frère et ma belle-sœur ne parurent plus après l'expédition contre les Hurons, en 1669 ; mon neveu devait alors être à la mamelle ; la nourrice huronne lui a sauvé la vie et lui a servi de mère. » Enfin, après cent questions et cent réponses, le prieur et sa sœur conclurent que le Huron était leur propre neveu. Ils l'embrassaient en versant des larmes ; et l'Ingénu riait, ne pouvant s'imaginer qu'un Huron fût neveu d'un prieur bas-breton.

Toute la compagnie descendit ; monsieur de St. Yves, qui était grand physionomiste, compara les deux portraits avec le visage de l'Ingénu ; il fit très habilement remarquer qu'il avait les yeux de sa mère, le front et le nez de feu monsieur le capitaine de Kerkabon, et des joues qui tenaient de l'un et de l'autre.

Mademoiselle de St. Yves, qui n'avait jamais vu le père ni la mère, assura que l'Ingénu leur ressemblait parfaitement. Ils admiraient tous la Providence et l'enchaînement des événements de ce monde. Enfin on était si persuadé, si convaincu de la naissance de l'Ingénu, qu'il consentit lui-même à être neveu de monsieur le prieur, en disant qu'il aimait autant l'avoir pour son oncle qu'un autre.

On alla rendre grâce à Dieu dans l'église de Notre-Dame de la Montagne, tandis que le Huron, d'un air indifférent, s'amusait à boire dans la maison.

Les Anglais qui l'avaient amené, et qui étaient prêts à mettre à la voile, vinrent lui dire qu'il était temps de partir. « Apparemment, leur dit-il, que vous n'avez pas retrouvé vos oncles et vos tantes : je reste ici ; retournez à Plymouth, je vous donne toutes mes hardes, je n'ai plus besoin de rien au monde puisque je suis le neveu d'un prieur. » Les Anglais mirent à la voile, en se souciant fort peu que l'Ingénu eût des parents ou non en Basse-Bretagne.

Après que l'oncle, la tante, et la compagnie, eurent chanté le *Te Deum ;* après que le bailli eut encore accablé l'Ingénu de questions ; après qu'on eut épuisé tout ce que l'étonnement, la joie, la tendresse, peuvent faire dire, le prieur de la Montagne et l'abbé de St. Yves conclurent à faire baptiser l'Ingénu au plus vite. Mais il n'en était pas d'un grand Huron de vingt-deux ans comme d'un enfant qu'on regénère sans qu'il en sache rien. Il fallait l'instruire, et cela paraissait difficile : car l'abbé de St. Yves supposait qu'un homme qui n'était pas né en France n'avait pas le sens commun.

Le prieur fit observer à la compagnie que, si en effet monsieur l'Ingénu, son neveu, n'avait pas eu le bonheur de naître en Basse-Bretagne, il n'en avait pas moins d'esprit ; qu'on en pouvait juger par toutes ses réponses, et que sûrement la nature l'avait beaucoup favorisé, tant du côté paternel que du maternel.

On lui demanda d'abord s'il avait jamais lu quelque livre. Il dit qu'il avait lu Rabelais traduit en anglais, et quelques morceaux de Shakespeare qu'il savait par cœur ; qu'il avait trouvé ces livres chez le capitaine du vaisseau qui l'avait amenés de l'Amérique à Plymouth, et qu'il en était fort content. Le bailli ne manqua pas de l'interroger sur ces livres. « Je vous avoue, dit l'Ingénu, que j'ai cru en deviner quelque chose, et que je n'ai pas entendu le reste. »

L'abbé de St. Yves, à ce discours, fit réflexion que c'était ainsi que lui-même avait toujours lu, et que la plupart des hommes ne lisaient guère autrement. « Vous avez sans doute lu la *Bible?* dit-il au Huron. – Point du tout, monsieur l'abbé ; elle n'était pas parmi les livres de mon capitaine ; je n'en ai jamais entendu parler. – Voilà comme sont ces maudits Anglais, criait mademoiselle de Kerkabon ; ils feront plus de cas d'une pièce de Shakespeare, d'un plum-pudding et d'une bouteille de rhum que du *Pentateuque*. Aussi n'ont-ils jamais converti personne en Amérique. Certainement ils sont maudits de Dieu ; et nous leur prendrons la Jamaïque et la Virginie avant qu'il soit peu de temps. »

Quoi qu'il en soit, on fit venir le plus habile tailleur de Saint-Malo pour habiller l'Ingénu de pied en cap. La compagnie se sépara ; le bailli alla faire ses questions ailleurs. Mademoiselle de St. Yves, en partant, se retourna plusieurs fois pour regarder l'Ingénu ; et il lui fit des révérences plus profondes qu'il n'en avait jamais fait à personne en sa vie.

Le bailli, avant de prendre congé, présenta à mademoiselle de St. Yves un grand nigaud de fils qui sortait du collège ; mais à peine le regarda-t-elle, tant elle était occupée de la politesse du Huron.

CHAPITRE TROISIÈME

LE HURON, NOMMÉ L'INGÉNU, CONVERTI

Monsieur le prieur, voyant qu'il était un peu sur l'âge, et que Dieu lui envoyait un neveu pour sa consolation, se mit en tête qu'il pourrait lui résigner son bénéfice s'il réussissait à le baptiser, et à le faire entrer dans les ordres.

L'Ingénu avait une mémoire excellente. La fermeté des organes de Basse-Bretagne, fortifiée par le climat du Canada, avait rendu sa tête si vigoureuse que, quand on frappait dessus, à peine le sentait-il ; et quand on gravait dedans, rien ne s'effaçait ; il n'avait jamais rien oublié. Sa conception était d'autant plus vive et plus nette que, son enfance n'ayant point été chargée des inutilités et des sottises qui accablent la nôtre, les choses entraient dans sa cervelle sans nuage. Le prieur résolut enfin de lui faire lire le Nouveau Testament. L'Ingénu le dévora avec beaucoup de plaisir ; mais, ne sachant ni dans quel temps ni dans quel pays toutes les aventures rapportées dans ce livre étaient arrivées, il ne douta point que le lieu de la scène ne fût en Basse-Bretagne ; et il jura qu'il couperait le nez et les oreilles à Caïphe et à Pilate si jamais il rencontrait ces marauds-là.

Son oncle, charmé de ces bonnes dispositions, le mit au fait en peu de temps ; il loua son zèle ; mais il lui apprit que ce zèle était inutile, attendu que ces gens-là étaient morts il y avait environ seize cent quatre-vingt-dix années. L'Ingénu sut bientôt presque tout le livre par cœur. Il proposait quelquefois des difficultés qui mettaient le prieur fort en peine. Il était obligé souvent de consulter l'abbé de St. Yves, qui, ne sachant que répondre, fit venir un jésuite bas-breton pour achever la conversion du Huron.

Enfin la grâce opéra : l'Ingénu promit de se faire chrétien ; il ne douta pas qu'il ne dût commencer par être circoncis ; « car, disait-il, je ne vois pas dans le livre qu'on m'a fait lire un seul personnage qui ne l'ait été ; il est donc évident que je dois faire le sacrifice de mon prépuce : le plus tôt c'est le mieux ». Il ne délibéra point : il envoya chercher le chirurgien du village, et le pria de lui faire l'opération, comptant réjouir infiniment mademoiselle de Kerkabon et toute la compagnie quand une fois la chose serait faite. Le frater, qui n'avait point encore fait cette opération, en avertit la famille, qui jeta les hauts cris. La bonne Kerkabon trembla que son neveu, qui paraissait résolu et expéditif, ne se fît lui-même l'opération très maladroitement, et qu'il n'en résultât de tristes effets auxquels les dames s'intéressent toujours par bonté d'âme.

Le prieur redressa les idées du Huron ; il lui remontra que la circoncision n'était plus de mode ; que le baptême était beaucoup plus doux et plus salutaire ; que la loi de grâce n'était pas comme la loi de rigueur. L'Ingénu, qui avait beaucoup de bon sens et de droiture, disputa, mais reconnut son erreur, ce qui est assez rare en Europe aux gens qui disputent ; enfin il promit de se faire baptiser quand on voudrait.

Il fallait auparavant se confesser ; et c'était là le plus difficile. L'Ingénu avait toujours en poche le livre que son oncle lui avait donné. Il n'y trouvait pas qu'un seul apôtre se fût confessé, et cela le rendait très rétif. Le prieur lui ferma la bouche en lui montrant, dans l'épître de saint Jacques le Mineur, ces mots qui font tant de peine aux hérétiques : *Confessez vos péchés les uns aux autres.* Le Huron se tut, et se confessa à un récollet. Quand il eut fini, il tira le récollet du confessionnal, et, saisissant son homme d'un bras vigoureux, il se mit à sa place, et le fit mettre à genoux devant lui :

« Allons, mon ami, il est dit : *confessez-vous les uns aux autres* ; je t'ai conté mes péchés, tu ne sortiras pas d'ici que tu ne m'aies conté les tiens. » En parlant ainsi, il appuyait son large genou contre la poitrine de son adverse partie. Le récollet pousse des hurlements qui font retentir l'église. On accourt au bruit, on voit le catéchumène qui gourmait le moine au nom de saint Jacques le Mineur. La joie de baptiser un Bas-Breton huron et anglais était si grande qu'on passa par-dessus ces singularités. Il y eut même beaucoup de théologiens qui pensèrent que la confession n'était pas nécessaire, puisque le baptême tenait lieu de tout.

On prit jour avec l'évêque de Saint-Malo, qui, flatté comme on peut le croire, de baptiser un Huron, arriva dans un pompeux équipage, suivi de son clergé. Mademoiselle de St. Yves, en bénissant Dieu, mit sa plus belle robe et fit venir une coiffeuse de Saint-Malo pour briller à la cérémonie. L'interrogant bailli accourut avec toute la contrée. L'église était magnifiquement parée ; mais quand il fallut prendre le Huron pour le mener aux fonts baptismaux, on ne le trouva point.

L'oncle et la tante le cherchèrent partout. On crut qu'il était à la chasse, selon sa coutume. Tous les conviés à la fête parcoururent les bois et les villages voisins : point de nouvelles du Huron.

On commençait à craindre qu'il ne fût retourné en Angleterre. On se souvenait de lui avoir entendu dire qu'il aimait fort ce pays-là. Monsieur le prieur et sa sœur étaient persuadés qu'on n'y baptisait personne, et tremblaient pour l'âme de leur neveu. L'évêque était confondu et prêt à s'en retourner ; le prieur et l'abbé de St. Yves se désespéraient ; le bailli interrogeait tous les passants avec sa gravité ordinaire. Mademoiselle de Kerkabon pleurait. Mademoiselle de St. Yves ne pleurait pas, mais elle poussait de profonds soupirs qui semblaient témoigner son goût pour les sacrements. Elles se promenaient tristement le long des saules et des roseaux qui bordent la petite rivière de Rance, lorsqu'elles aperçurent au milieu de la rivière une grande figure assez blanche, les deux mains croisées sur la poitrine. Elles jetèrent un grand cri et se détournèrent. Mais, la curiosité l'emportant bientôt sur toute autre considération, elles se coulèrent doucement entre les roseaux ; et quand elles furent bien sûres de n'être point vues, elles voulurent voir de quoi il s'agissait.

CHAPITRE QUATRIÈME

L'INGÉNU BAPTISÉ

Le prieur et l'abbé, étant accourus, demandèrent à l'Ingénu ce qu'il faisait là. « Eh parbleu ! Messieurs, j'attends le baptême : il y a une heure que je suis dans l'eau jusqu'au cou et il n'est pas honnête de me laisser morfondre.

— Mon cher neveu, lui dit tendrement le prieur, ce n'est pas ainsi qu'on baptise en Basse-Bretagne ; reprenez vos habits et venez avec nous. » Mademoiselle de St. Yves, en entendant ce discours, disait tout bas à sa compagne : « Mademoiselle, croyez-vous qu'il reprenne sitôt ses habits ? »

Le Huron cependant repartit au prieur : « Vous ne m'en ferez pas accroire cette fois-ci comme l'autre ; j'ai bien étudié depuis ce temps-là, et je suis très certain qu'on ne se baptise pas autrement. L'eunuque de la reine Candace fut baptisé dans un ruisseau ; je vous défie de me montrer dans le livre que vous m'avez donné qu'on s'y soit jamais pris d'une autre façon. Je ne serai point baptisé du tout, ou je le serai dans la rivière. » On eut beau lui remontrer que les usages avaient changé, l'Ingénu était têtu, car il était Breton et Huron. Il revenait toujours à l'eunuque de la reine Candace ; et quoique mademoiselle sa tante et mademoiselle de St. Yves, qui l'avaient observé entre les saules, fussent en droit de lui dire qu'il ne lui appartenait pas de citer un pareil homme, elles n'en firent pourtant rien, tant était grande leur discrétion. L'évêque vint lui-même lui parler, ce qui est beaucoup ; mais il ne gagna rien : le Huron disputa contre l'évêque.

« Montrez-moi, lui dit-il, dans le livre que m'a donné mon oncle, un seul homme qui n'ait pas été baptisé dans la rivière, et je ferai tout ce que vous voudrez. »

La tante, désespérée, avait remarqué que la première fois que son neveu avait fait la révérence, il en avait fait une plus profonde à mademoiselle de St. Yves qu'à aucune autre personne de la compagnie, qu'il n'avait pas même salué monsieur l'évêque avec ce respect mêlé de cordialité qu'il avait témoigné à cette belle demoiselle. Elle prit le parti de s'adresser à elle dans ce grand embarras ; elle la pria d'interposer son crédit pour engager le Huron à se faire baptiser de la même manière que les Bretons, ne croyant pas que son neveu pût jamais être chrétien s'il persistait à vouloir être baptisé dans l'eau courante.

Mademoiselle de St. Yves rougit du plaisir secret qu'elle sentait d'être chargée d'une si importante commission. Elle s'approcha modestement de l'Ingénu, et, lui serrant la main d'une manière tout à fait noble : « Est-ce que vous ne ferez rien pour moi ? » lui dit-elle ; et en prononçant ces mots elle baissait les yeux, et les relevait avec une grâce attendrissante. « Ah ! tout ce que vous voudrez, mademoiselle, tout ce que vous me commanderez : baptême d'eau, baptême de feu, baptême de sang, il n'y a rien que je vous refuse. » Mademoiselle de St. Yves eut la gloire de faire en deux paroles ce que ni les empressements du prieur, ni les interrogations réitérées du bailli, ni les raisonnements même de monsieur l'évêque, n'avaient pu faire. Elle sentit son triomphe ; mais elle n'en sentait pas encore toute l'étendue.

Le baptême fut administré et reçu avec toute la décence, toute la magnificence, tout l'agrément possibles. L'oncle et la tante cédèrent à monsieur l'abbé de St. Yves et à sa sœur l'honneur de tenir l'Ingénu sur les fonts. Mademoiselle de St. Yves rayonnait de joie de se voir marraine. Elle ne savait pas à quoi ce grand titre l'asservissait ; elle accepta cet honneur sans en connaître les fatales conséquences.

Comme il n'y a jamais eu de cérémonie qui ne fût suivie d'un grand dîner, on se mit à table au sortir du baptême. Les goguenards de Basse-Bretagne dirent qu'il ne fallait pas baptiser son vin. Monsieur le prieur disait que le vin, selon Salomon, réjouit le cœur de l'homme. Monsieur l'évêque ajoutait que le patriarche Juda devait lier son ânon à la vigne, et tremper son manteau dans le sang du raisin, et qu'il était bien triste qu'on n'en pût faire autant en Basse-Bretagne, à laquelle Dieu a dénié les vignes. Chacun tâchait de dire un bon mot sur le baptême de l'Ingénu, et des galanteries à la marraine. Le bailli, toujours interrogeant, demandait au Huron s'il serait fidèle à ses promesses. « Comment voulez-vous que je manque à mes promesses, répondit le Huron, puisque je les ai faites entre les mains de mademoiselle de St. Yves ? »

Le Huron s'échauffa : il but beaucoup à la santé de sa marraine. « Si j'avais été baptisé de votre main, dit-il, je sens que l'eau froide qu'on m'a versée sur le chignon m'aurait brûlé. » Le bailli trouva cela trop poétique, ne sachant pas combien l'allégorie est familière au Canada. Mais la marraine en fut extrêmement contente.

On avait donné le nom d'Hercule au baptisé. L'évêque de Saint-Malo demandait toujours quel était ce patron dont il n'avait jamais entendu parler. Le jésuite, qui était fort savant, lui dit que c'était un saint qui avait fait douze miracles. Il y en avait un treizième qui valait les douze autres, mais dont il ne convenait pas à un jésuite de parler : c'était celui d'avoir changé cinquante filles en femmes en une seule nuit. Un plaisant qui se trouva là releva ce miracle avec énergie. Toutes les dames baissèrent les yeux et jugèrent à la physionomie de l'Ingénu qu'il était digne du saint dont il portait le nom.

CHAPITRE CINQUIÈME

L'INGÉNU AMOUREUX

Il faut avouer que depuis ce baptême et ce dîner, mademoiselle de St. Yves souhaita passionnément que monsieur l'évêque la fît encore participante de quelque beau sacrement avec monsieur Hercule l'Ingénu. Cependant, comme elle était bien élevée et fort modeste, elle n'osait convenir tout à fait avec elle-même de ses tendres sentiments ; mais, s'il lui échappait un regard, un mot, un geste, une pensée, elle enveloppait tout cela d'un voile de pudeur infiniment aimable. Elle était tendre, vive et sage.

Dès que monsieur l'évêque fut parti, l'Ingénu et mademoiselle de St. Yves se rencontrèrent sans avoir fait réflexion qu'ils se cherchaient. Ils se parlèrent sans avoir imaginé ce qu'ils se diraient. L'Ingénu lui dit d'abord qu'il l'aimait de tout son cœur, et que la belle Abacaba, dont il avait été fou dans son pays, n'approchait pas d'elle. Mademoiselle lui répondit, avec sa modestie ordinaire, qu'il fallait en parler au plus vite à monsieur le prieur son oncle et à mademoiselle sa tante, et que de son côté, elle en dirait deux mots à son cher frère l'abbé de St. Yves, et qu'elle se flattait d'un consentement commun.

L'Ingénu lui répond qu'il n'avait besoin du consentement de personne, qu'il lui paraissait extrêmement ridicule d'aller demander à d'autres ce qu'on devait faire ; que, quand deux parties sont d'accord, on n'a pas besoin d'un tiers pour les accommoder. « Je ne consulte personne, dit-il, quand j'ai envie de déjeuner, ou de chasser, ou de dormir : je sais bien qu'en amour il n'est pas mal d'avoir le consentement de la personne à qui on en veut ; mais, comme ce n'est ni de mon oncle ni de ma tante que je suis amoureux, ce n'est pas à eux que je dois m'adresser dans cette affaire, et, si vous m'en croyez, vous vous passerez aussi de monsieur l'abbé de St. Yves. »

On peut juger que la belle Bretonne employa toute la délicatesse de son esprit à réduire son Huron aux termes de la bienséance. Elle se fâcha même, et bientôt se radoucit. Enfin on ne sait comment aurait fini cette conversation si, le jour baissant, monsieur l'abbé n'avait ramené sa sœur à son abbaye. L'Ingénu laissa coucher son oncle et sa tante, qui étaient un peu fatigués de la cérémonie et de leur long dîner. Il passa une partie de la nuit à faire des vers en langue huronne pour sa bien-aimée : car il faut savoir qu'il n'y a aucun pays de la terre où l'amour n'ait rendu les amants poètes.

Le lendemain, son oncle lui parla ainsi après le déjeuner, en présence de mademoiselle de Kerkabon, qui était tout attendrie : « Le ciel soit loué de ce que vous avez l'honneur, mon cher neveu, d'être chrétien et Bas-Breton ! Mais cela ne suffit pas ; je suis un peu sur l'âge ; mon frère n'a laissé qu'un petit coin de terre qui est très peu de chose ; j'ai un bon prieuré : si vous voulez seulement vous faire sous-diacre, comme je l'espère, je vous résignerai mon prieuré, et vous vivrez fort à votre aise, après avoir été la consolation de ma vieillesse. »

L'Ingénu répondit : « Mon oncle, grand bien vous fasse ! vivez tant que vous pourrez. Je ne sais pas ce que c'est que d'être sous-diacre ni que de résigner ; mais tout me sera bon pourvu que j'aie mademoiselle de St. Yves à ma disposition. — Eh ! mon Dieu ! Mon neveu, que me dites-vous là ? Vous aimez donc cette belle demoiselle à la folie ? — Oui, mon oncle. — Hélas ! mon neveu, il est impossible que vous l'épousiez. — Cela est très possible, mon oncle ; car non seulement elle m'a serré la main en me quittant, mais elle m'a promis qu'elle me demanderait en mariage ; et assurément je l'épouserai. — Cela est impossible, vous dis-je ; elle est votre marraine : c'est un péché épouvantable à une marraine de serrer la main de son filleul ; il n'est pas permis d'épouser sa marraine ; les lois divines et humaines s'y opposent. — Morbleu ! mon oncle, vous vous moquez de moi ; pourquoi serait-il défendu d'épouser sa marraine, quand elle est jeune et jolie ? Je n'ai point vu dans le livre que vous m'avez donné qu'il fût mal d'épouser les filles qui ont aidé les gens à être baptisés. Je m'aperçois tous les jours qu'on fait ici une infinité de choses qui ne sont point dans votre livre, et qu'on n'y fait rien de tout ce qu'il dit : je vous avoue que cela m'étonne et me fâche. Si on me prive de la belle St. Yves, sous prétexte de mon baptême, je vous avertis que je l'enlève, et que je me débaptise. »

Le prieur fut confondu ; sa sœur pleura. « Mon cher frère, dit-elle, il ne faut pas que notre neveu se damne ; notre Saint-père le pape peut lui donner dispense, et alors il pourra être chrétiennement heureux avec ce qu'il aime. » L'Ingénu embrassa sa tante. « Quel est donc, dit-il, cet homme charmant qui favorise avec tant de bonté les garçons et les filles dans leurs amours ? Je veux lui aller parler tout à l'heure. »

On lui expliqua ce que c'était que le pape ; et l'Ingénu fut encore plus étonné qu'auparavant. « Il n'y a pas un mot de tout cela dans votre livre, mon cher oncle ; j'ai voyagé, je connais la mer ; nous sommes ici sur la côte de l'Océan ; et je quitterais mademoiselle de St. Yves pour aller demander la permission de l'aimer à un homme qui demeure vers la Méditerranée, à quatre cents lieues d'ici, et dont je n'entends point la langue ! Cela est d'un ridicule incompréhensible. Je vais sur-le-champ chez monsieur l'abbé de St. Yves, qui ne demeure qu'à une lieue de vous, et je vous réponds que j'épouserai ma maîtresse dans la journée. »

Comme il parlait encore, entra le bailli, qui, selon sa coutume, lui demanda où il allait. « Je vais me marier », dit l'Ingénu en courant ; et au bout d'un quart d'heure il était déjà chez sa belle et chère basse-brette, qui dormait encore. « Ah ! mon frère ! disait mademoiselle de Kerkabon au prieur, jamais vous ne ferez un sous-diacre de notre neveu. »

Le bailli fut très mécontent de ce voyage : car il prétendait que son fils épousât la St. Yves : et ce fils était encore plus sot et plus insupportable que son père.

CHAPITRE SIXIÈME

L'INGÉNU COURT CHEZ SA MAÎTRESSE ET DEVIENT FURIEUX

A peine l'Ingénu était arrivé, qu'ayant demandé à une vieille servante où était la chambre de sa maîtresse, il avait poussé fortement la porte mal fermée, et s'était élancé vers le lit. Mademoiselle de St. Yves, se réveillant en sursaut, s'était écriée : « Quoi ! c'est vous ! ah ! c'est vous ! arrêtez-vous, que faites-vous ? » Il avait répondu : « Je vous épouse », et en effet il l'épousait, si elle ne s'était pas débattue avec toute l'honnêteté d'une personne qui a de l'éducation.

L'Ingénu n'entendait pas raillerie ; il trouvait toutes ces façons-là extrêmement impertinentes. « Ce n'était pas ainsi qu'en usait mademoiselle Abacaba, ma première maîtresse ; vous n'avez point de probité ; vous m'avez promis mariage, et vous ne voulez point faire mariage : c'est manquer aux premières lois de l'honneur ; je vous apprendrai à tenir votre parole, et je vous remettrai dans le chemin de la vertu. »

L'Ingénu possédait une vertu mâle et intrépide, digne de son patron Hercule, dont on lui avait donné le nom à son baptême ; il allait l'exercer dans toute son étendue, lorsqu'aux cris perçants de la demoiselle plus discrètement vertueuse accourut le sage abbé de St. Yves, avec sa gouvernante, un vieux domestique dévot, et un prêtre de la paroisse. Cette vue modéra le courage de l'assaillant. « Eh, mon Dieu ! mon cher voisin, lui dit l'abbé, que faites-vous là ? — Mon devoir, répliqua le jeune homme ; Je remplis mes promesses, qui sont sacrées ».

Mademoiselle de St. Yves se rajusta en rougissant. On emmena l'Ingénu dans un autre appartement. L'abbé lui remontra l'énormité du procédé. L'Ingénu se défendit sur les privilèges de la loi naturelle, qu'il connaissait parfaitement. L'abbé voulut prouver que la loi positive devait avoir tout l'avantage, et que sans les conventions faites entre les hommes, la loi de nature ne serait presque jamais qu'un brigandage naturel. « Il faut, lui disait-il, des notaires, des prêtres, des témoins, des contrats, des dispenses. » L'Ingénu lui répondit par la réflexion que les sauvages ont toujours faite : « Vous êtes donc de bien malhonnêtes gens, puisqu'il faut entre vous tant de précautions. »

L'abbé eut de la peine à résoudre cette difficulté. « Il y a, dit-il, je l'avoue, beaucoup d'inconstants et de fripons parmi nous ; et il y en aurait autant chez les Hurons s'ils étaient rassemblés dans une grande ville ; mais aussi il y a des âmes sages, honnêtes, éclairées, et ce sont ces hommes-là qui ont fait les lois. Plus on est homme de bien, plus on doit s'y soumettre : on donne l'exemple aux vicieux, qui respectent un frein que la vertu s'est donné elle-même. »

Cette réponse frappa l'Ingénu. On a déjà remarqué qu'il avait l'esprit juste. On l'adoucit par des paroles flatteuses ; on lui donna des espérances : ce sont les deux pièges où les hommes des deux hémisphères se prennent ; on lui présenta même mademoiselle de St. Yves, quand elle eut fait sa toilette. Tout se passa avec la plus grande bienséance ; mais, malgré cette décence, les yeux étincelants de l'Ingénu Hercule firent toujours baisser ceux de sa maîtresse, et trembler la compagnie.

On eut une peine extrême à le renvoyer chez ses parents. Il fallut encore employer le crédit de la belle St. Yves ; plus elle sentait son pouvoir sur lui, et plus elle l'aimait. Elle le fit partir, et en fut très affligée ; enfin, quand il fut parti, l'abbé, qui non seulement était le frère très aîné de mademoiselle de St. Yves, mais qui était aussi son tuteur, prit le parti de soustraire sa pupille aux empressements de cet amant terrible. Il alla consulter le bailli, qui, destinant toujours son fils à la sœur de l'abbé, lui conseilla de mettre la pauvre fille dans une communauté. Ce fut un coup terrible : une indifférente qu'on mettrait en couvent jetterait les hauts cris ; mais une amante, et une amante aussi sage que tendre, c'était de quoi la mettre au désespoir.

L'Ingénu, de retour chez le prieur, raconta tout avec sa naïveté ordinaire. Il essuya les mêmes remontrances, qui firent quelque effet sur son esprit, et aucun sur ses sens ; mais le lendemain, quand il voulut retourner chez sa belle maîtresse pour raisonner avec elle sur la loi naturelle et sur la loi de convention, monsieur le bailli lui apprit avec une joie insultante qu'elle était dans un couvent. « Eh bien ! dit-il, j'irai raisonner dans ce couvent. — Cela ne se peut », dit le bailli. Il lui expliqua fort au long ce que c'était qu'un couvent ou un convent ; que ce mot venait du latin *conventus*, qui signifie assemblée ; et le Huron ne pouvait comprendre pourquoi il ne pouvait pas être admis dans l'assemblée. Sitôt qu'il fut instruit que cette assemblée était une espèce de prison où l'on tenait les filles enfermées, chose horrible, inconnue chez les Hurons et chez les Anglais, il devint aussi furieux que le fut son patron Hercule lorsque Euryte, roi d'Œchalie, non moins cruel que l'abbé de St. Yves, lui refusa la belle Iole sa fille, non moins belle que la sœur de l'abbé. Il voulait aller mettre le feu au couvent, enlever sa maîtresse, ou se brûler avec elle. Mademoiselle de Kerkabon, épouvantée, renonçait plus que jamais à toutes les espérances de voir son neveu sous-diacre, et disait en pleurant qu'il avait le diable au corps depuis qu'il était baptisé.

CHAPITRE SEPTIÈME

L'INGÉNU REPOUSSE LES ANGLAIS

L'Ingénu, plongé dans une sombre et profonde mélancolie, se promena vers le bord de la mer, son fusil à deux coups sur l'épaule, son grand coutelas au côté, tirant de temps en temps sur quelques oiseaux, et souvent tenté de tirer sur lui-même ; mais il aimait encore la vie, à cause de mademoiselle de St. Yves. Tantôt il maudissait son oncle, sa tante, et toute la Basse-Bretagne, et son baptême ; tantôt il les bénissait, puisqu'ils lui avaient fait connaître celle qu'il aimait. Il prenait sa résolution d'aller brûler le couvent, et il s'arrêtait tout court, de peur de brûler sa maîtresse. Les flots de la Manche ne sont pas plus agités par les vents d'est et d'ouest que son cœur l'était par tant de mouvements contraires.

Il marchait à grands pas, sans savoir où, lorsqu'il entendit le son du tambour. Il vit de loin tout un peuple dont une moitié courait au rivage, et l'autre s'enfuyait.

Mille cris s'élèvent de tous côtés ; la curiosité et le courage le précipitent à l'instant vers l'endroit d'où partaient ces clameurs : il y vole en quatre bonds. Le commandant de la milice, qui avait soupé avec lui chez le prieur, le reconnut aussitôt ; il court à lui, les bras ouverts : « Ah ! c'est l'Ingénu, il combattra pour nous. ». Et les milices, qui mouraient de peur, se rassurèrent et crièrent aussi : « C'est l'Ingénu ! c'est l'Ingénu !

— Messieurs, dit-il, de quoi s'agit-il ? Pourquoi êtes-vous si effarés ? A-t-on mis vos maîtresses dans des couvents ? » Alors cent voix confuses s'écrient : « Ne voyez-vous pas les Anglais qui abordent ? — Eh bien ! répliqua le Huron, ce sont de braves gens ; ils ne m'ont jamais proposé de me faire sous-diacre ; ils ne m'ont point enlevé ma maîtresse. »

Le commandant lui fit entendre que les Anglais venaient piller l'abbaye de la Montagne, boire le vin de son oncle, et peut-être enlever mademoiselle de St. Yves ; que le petit vaisseau sur lequel il avait abordé en Bretagne n'était venu que pour reconnaître la côte ; qu'ils faisaient des actes d'hostilité sans avoir déclaré la guerre au roi de France, et que la province était exposée. « Ah ! si cela est, ils violent la loi naturelle ; laissez-moi faire ; j'ai demeuré longtemps parmi eux, je sais leur langue, je leur parlerai ; je ne crois pas qu'ils puissent avoir un si méchant dessein. »

Pendant cette conversation, l'escadre anglaise approchait ; voilà le Huron qui court vers elle, se jette dans un petit bateau, arrive, monte au vaisseau amiral, et demande s'il est vrai qu'ils viennent ravager le pays sans avoir déclaré la guerre honnêtement. L'amiral et tout son bord firent de grands éclats de rire, lui firent boire du punch, et le renvoyèrent.

L'Ingénu, piqué, ne songea plus qu'à se bien battre contre

ses anciens amis, pour ses compatriotes et pour monsieur le prieur. Les gentilshommes du voisinage accouraient de toutes parts ; il se joint à eux : on avait quelques canons ; il les charge, il les pointe, il les tire l'un après l'autre. Les Anglais débarquent ; il court à eux, il en tue trois de sa main, il blesse même l'amiral, qui s'était moqué de lui. Sa valeur anime le courage de toute la milice ; les Anglais se rembarquent, et toute la côte retentissait des cris de victoire : Vive le roi, vive l' Ingénu ! Chacun l'embrassait, chacun s'empressait d'étancher le sang de quelques blessures légères qu'il avait reçues. « Ah ! disait-il, si mademoiselle de St. Yves était là, elle me mettrait une compresse. »

Le bailli, qui s'était caché dans sa cave pendant le combat, vint lui faire compliment comme les autres. Mais il fut bien surpris quand il entendit Hercule l'Ingénu dire à une douzaine de jeunes gens de bonne volonté, dont il était entouré : « Mes amis, ce n'est rien d'avoir délivré l'abbaye de la Montagne ; il faut délivrer une fille. » Toute cette bouillante jeunesse prit feu à ces seules paroles. On le suivait déjà en foule, on courait au couvent. Si le bailli n'avait pas sur-le-champ averti le commandant, si on n'avait pas couru après la troupe joyeuse, c'en était fait. On ramena l'Ingénu chez son oncle et sa tante, qui le baignèrent de larmes de tendresse.

« Je vois bien que vous ne serez jamais ni sous-diacre ni prieur, lui dit l'oncle ; vous serez un officier encore plus brave que mon frère le capitaine, et probablement aussi gueux. » Et mademoiselle de Kerkabon pleurait toujours en l'embrassant, et en disant : « Il se fera tuer comme mon frère ; il vaudrait bien mieux qu'il fût sous-diacre. »

L'Ingénu, dans le combat, avait ramassé une grosse bourse remplie de guinées, que probablement l'amiral avait laissé tomber. Il ne douta pas qu'avec cette bourse il ne pût acheter toute la Basse-Bretagne, et surtout faire mademoiselle de St. Yves grande dame. Chacun l'exhorta de faire le voyage de Versailles pour y recevoir le prix de ses services. Le commandant, les principaux officiers, le comblèrent de certificats. L'oncle et la tante approuvèrent le voyage du neveu. Il devait être, sans difficulté, présenté au roi : cela seul lui donnerait un prodigieux relief dans la province. Ces deux bonnes gens ajoutèrent à la bourse anglaise un présent considérable de leurs épargnes. L'Ingénu disait en lui-même : « Quand je verrai le roi, je lui demanderai mademoiselle de St. Yves en mariage et certainement il ne me refusera pas. » Il partit donc aux acclamations de tout le canton, étouffé d'embrassements, baigné des larmes de sa tante, béni par son oncle, et se recommandant à la belle St. Yves.

CHAPITRE HUITIÈME

L'INGÉNU VA EN COUR.
IL SOUPE EN CHEMIN AVEC DES HUGUENOTS

L'Ingénu prit le chemin de Saumur par le coche, parce qu'il n'y avait point alors d'autre commodité. Quand il fut à Saumur, il s'étonna de trouver la ville presque déserte, et de voir plusieurs familles qui déménageaient. On lui dit que, six ans auparavant, Saumur contenait plus de quinze mille âmes, et qu'à présent il n'y en avait pas six mille. Il ne manqua pas d'en parler à souper dans son hôtellerie. Plusieurs protestants étaient à table : les uns se plaignaient amèrement, d'autres frémissaient de colère, d'autres disaient en pleurant :

.... Nos dulcia linquimus arva,
Nos patriam fugimus.

L'Ingénu, qui ne savait pas le latin, se fit expliquer ces paroles, qui signifient : Nous abandonnons nos douces campagnes, nous fuyons notre patrie.

« Et pourquoi fuyez-vous votre patrie, messieurs ? — C'est qu'on veut que nous reconnaissions le pape. — Et pourquoi ne le reconnaîtriez-vous pas ? Vous n'avez donc point de marraines que vous vouliez épouser ? Car on m'a dit que c'était lui qui en donnait la permission. — Ah ! monsieur, ce pape dit qu'il est le maître du domaine des rois. — Mais, messieurs, de quelle profession êtes-vous ? — Monsieur, nous sommes pour la plupart des drapiers et des fabricants. — Si votre pape dit qu'il est le maître de vos draps et de vos fabriques, vous faites très bien de ne le pas reconnaître ; mais pour les rois, c'est leur affaire ; de quoi vous mêlez-vous ? » Alors un petit homme noir prit la parole, et exposa très savamment les griefs de la compagnie. Il parla de la révocation de l'édit de Nantes avec tant d'énergie, il déplora d'une manière si pathétique le sort de cinquante mille familles fugitives et de cinquante mille autres converties par les dragons, que l' Ingénu à son tour versa des larmes. « D'où vient donc, disait-il, qu'un si grand roi, dont la gloire s'étend jusque chez les Hurons, se prive ainsi de tant de cœurs qui l'auraient aimé, et de tant de bras qui l'auraient servi ?

— C'est qu'on l'a trompé comme les autres grands rois, répondit l'homme noir. On lui a fait croire que, dès qu'il aurait dit un mot, tous les hommes penseraient comme lui ; et qu'il nous ferait changer de religion comme son musicien Lulli fait changer en un moment les décorations de ses opéras. Non seulement il perd déjà cinq à six cent mille sujets très utiles, mais il s'en fait des ennemis ; et le roi Guillaume, qui est actuellement maître de l'Angleterre, a composé plusieurs régiments de ces mêmes Français qui auraient combattu pour leur monarque.

« Un tel désastre est d'autant plus étonnant que le pape régnant, à qui Louis XIV sacrifie une partie de son peuple, est son ennemi déclaré. Ils ont encore tous deux, depuis neuf ans, une querelle violente. Elle a été poussée si loin que la France a espéré enfin de voir briser le joug qui la soumet depuis tant de siècles à cet étranger et surtout de ne lui plus donner d'argent, ce qui est le premier mobile des affaires de ce monde. Il paraît donc évident qu'on a trompé ce grand roi sur ses intérêts comme sur l'étendue de son pouvoir, et qu'on a donné atteinte à la magnanimité de son cœur. »

L'Ingénu, attendri de plus en plus, demanda quels étaient les Français qui trompaient ainsi un monarque si cher aux Hurons. « Ce sont les jésuites, lui répondit-on ; c'est surtout le père de La Chaise, confesseur de Sa Majesté. Il faut espérer que Dieu les en punira un jour, et qu'ils seront chassés comme ils nous chassent. Y a-t-il un malheur égal aux nôtres ? Mons de Louvois nous envoie de tous côtés des jésuites et des dragons.

— Oh bien ! messieurs, répliqua l'Ingénu, qui ne pouvait plus se contenir, je vais à Versailles recevoir la récompense due à mes services ; je parlerai à ce mons de Louvois : on m'a dit que c'est lui qui fait la guerre, de son cabinet. Je verrai le roi, je lui ferai connaître la vérité ; il est impossible qu'on ne se rende pas à cette vérité quand on la sent. Je reviendrai bientôt pour épouser mademoiselle de St. Yves, et je vous prie à la noce. » Ces bonnes gens le prirent alors pour un grand seigneur qui voyageait *incognito* par le coche. Quelques-uns le prirent pour le fou du roi.

Il y avait à table un jésuite déguisé qui servait d'espion au révérend père de La Chaise. Il lui rendait compte de tout, et le père de La Chaise en instruisait mons de Louvois. L'espion écrivit. L'Ingénu et la lettre arrivèrent presque en même temps à Versailles.

CHAPITRE NEUVIÈME

ARRIVÉE DE L'INGÉNU À VERSAILLES. SA RÉCEPTION À LA COUR

L'Ingénu débarque en pot de chambre[1] dans la cour des cuisines. Il demande aux porteurs de chaise à quelle heure on peut voir le roi. Les porteurs lui rient au nez, tout comme avait fait l'amiral anglais. Il les traita de même, il les battit ; ils voulurent le lui rendre, et la scène allait être sanglante s'il n'eût passé un garde du corps, gentilhomme breton, qui écarta la canaille. « Monsieur, lui dit le voyageur, vous me paraissez un brave homme ; je suis le neveu de monsieur le prieur de Notre-Dame de la Montagne ; j'ai tué des Anglais, je viens parler au roi ; je vous prie de me mener dans sa chambre. » Le garde, ravi de trouver un brave de sa province, qui ne paraissait pas au fait des usages de la cour, lui apprit qu'on ne parlait pas ainsi au roi, et qu'il fallait être présenté par monseigneur de Louvois. « Eh bien ! menez-moi donc chez ce monseigneur de Louvois, qui sans doute me conduira chez Sa Majesté. – Il est encore plus difficile, répliqua le garde, de parler à monseigneur de Louvois qu'à Sa Majesté ; mais je vais vous conduire chez monsieur Alexandre, le premier commis de la guerre : c'est comme si vous parliez au ministre. » Ils vont donc chez ce monsieur Alexandre, premier commis, et ils ne purent être introduits ; il était en affaire avec une dame de la cour, et il y avait ordre de ne laisser entrer personne. « Eh bien ! dit le garde, il n'y a rien de perdu ; allons chez le premier commis de monsieur Alexandre : c'est comme si vous parliez à monsieur Alexandre lui-même. »

Le Huron, tout étonné, le suit ; ils restent ensemble une demi-heure dans une petite antichambre. « Qu'est-ce donc que tout ceci ? dit l'Ingénu ; est-ce que tout le monde est invisible dans ce pays-ci ? Il est bien plus aisé de se battre en Basse-Bretagne contre des Anglais que de rencontrer à Versailles les gens à qui on a affaire. » Il se désennuya en racontant ses amours à son compatriote.

Mais l'heure en sonnant rappela le garde du corps à son poste. Ils se promirent de se revoir le lendemain, et l'Ingénu

1. C'est une voiture de Paris à Versailles, laquelle ressemble à un petit tombereau couvert.

resta encore une autre demi-heure dans l'antichambre, en rêvant à mademoiselle de St. Yves, et à la difficulté de parler aux rois et aux premiers commis.

Enfin le patron parut. « Monsieur, lui dit l'Ingénu, si j'avais attendu pour repousser les Anglais aussi longtemps que vous m'avez fait attendre mon audience, ils ravageraient actuellement la Basse-Bretagne tout à leur aise. » Ces paroles frappèrent le commis. Il dit enfin au Breton : « Que demandez-vous ? — Récompense, dit l'autre ; voici mes titres. » Il lui étala tous ses certificats. Le commis lut, et lui dit que probablement on lui accorderait la permission d'acheter une lieutenance. « Moi ! que je donne de l'argent pour avoir repoussé les Anglais ? que je paye le droit de me faire tuer pour vous, pendant que vous donnez ici vos audiences tranquillement ? Je crois que vous voulez rire. Je veux une compagnie de cavalerie pour rien ; je veux que le roi fasse sortir mademoiselle de St. Yves du couvent, et qu'il me la donne par mariage ; je veux parler au roi en faveur de cinquante mille familles que je prétends lui rendre. En un mot, je veux être utile ; qu'on m'emploie et qu'on m'avance. — Comment vous nommez-vous, monsieur, qui parlez si haut ? — Oh ! oh ! reprit l'Ingénu, vous n'avez donc pas lu mes certificats ? C'est donc ainsi qu'on en use ? Je m'appelle Hercule de Kerkabon ; je suis baptisé, je loge au Cadran bleu, et je me plaindrai de vous au roi. » Le commis conclut comme les gens de Saumur, qu'il n'avait pas la tête bien saine, et n'y fit pas grande attention.

Ce même jour, le révérend père de La Chaise, confesseur de Louis XIV, avait reçu la lettre de son espion, qui accusait le Breton Kerkabon de favoriser dans son cœur les huguenots, et de condamner la conduite des jésuites. Monsieur de Louvois, de son côté, avait reçu une lettre de l'interrogant bailli, qui dépeignait l' Ingénu comme un garnement qui voulait brûler les couvents et enlever les filles.

L'Ingénu, après s'être promené dans les jardins de Versailles, où il s'ennuya, après avoir soupé en Huron et en Bas-Breton, s'était couché dans la douce espérance de voir le roi le lendemain, d'obtenir mademoiselle de St. Yves en mariage, d'avoir au moins une compagnie de cavalerie, et de faire cesser la persécution contre les huguenots. Il se berçait de ces flatteuses idées, quand la maréchaussée entra dans sa chambre. Elle se saisit d'abord de son fusil à deux coups et de son grand sabre.

On fit un inventaire de son argent comptant, et on le mena

dans le château que fit construire le roi Charles V, fils de Jean II, auprès de la rue St. Antoine, à la porte des Tournelles.

Quel était en chemin l'étonnement de l'Ingénu, je vous le laisse à penser. Il crut d'abord que c'était un rêve. Il resta dans l'engourdissement, puis tout à coup transporté d'une fureur qui redoublait ses forces, il prend à la gorge deux de ses conducteurs, qui étaient avec lui dans le carrosse, les jette par la portière, se jette après eux, et entraîne le troisième, qui voulait le retenir. Il tombe de l'effort, on le lie, on le remonte dans la voiture. « Voilà donc, disait-il, ce que l'on gagne à chasser les Anglais de la Basse-Bretagne ! Que dirais-tu, belle St. Yves, si tu me voyais dans cet état ? »

On arrive enfin au gîte qui lui était destiné. On le porte en silence dans la chambre où il devait être enfermé, comme un mort qu'on porte dans un cimetière. Cette chambre était déjà occupée par un vieux solitaire de Port-Royal, nommé Gordon, qui y languissait depuis deux ans. « Tenez, lui dit le chef des sbires, voilà de la compagnie que je vous amène » ; et sur-le-champ on referma les énormes verrous de la porte épaisse, revêtue de larges barres. Les deux captifs restèrent séparés de l'univers entier.

CHAPITRE DIXIÈME

L'INGÉNU ENFERMÉ À LA BASTILLE AVEC UN JANSÉNISTE

M. Gordon était un vieillard frais et serein, qui savait deux grandes choses : supporter l'adversité, et consoler les malheureux. Il s'avança d'un air ouvert et compatissant vers son compagnon, et lui dit en l'embrassant :

« Qui que vous soyez, qui venez partager mon tombeau, soyez sûr que je m'oublierai toujours moi-même pour adoucir vos tourments dans l'abîme infernal où nous sommes plongés. Adorons la Providence qui nous y a conduits, souffrons en paix, et espérons. » Ces paroles firent sur l'âme de l'Ingénu l'effet des gouttes d'Angleterre, qui rappellent un mourant à la vie, et lui font entr'ouvrir des yeux étonnés.

Après les premiers compliments, Gordon, sans le presser de lui apprendre la cause de son malheur, lui inspira, par la douceur de son entretien, et par cet intérêt que prennent deux malheureux l'un à l'autre, le désir d'ouvrir son cœur et de déposer le fardeau qui l'accablait ; mais il ne pouvait deviner le sujet de son malheur : cela lui paraissait un effet sans cause ; et le bonhomme Gordon était aussi étonné que lui-même.

« Il faut, dit le janséniste au Huron, que Dieu ait de grands desseins sur vous, puisqu'il vous a conduit du lac Ontario en Angleterre et en France, qu'il vous a fait baptiser en Basse-Bretagne, et qu'il vous a mis ici pour votre salut. — Ma foi, répondit l'Ingénu, je crois que le diable s'est mêlé seul de ma destinée. Mes compatriotes d'Amérique ne m'auraient jamais traité avec la barbarie que j'éprouve : ils n'en ont pas d'idée. On les appelle *sauvages ;* ce sont des gens de bien grossiers, et les hommes de ce pays-ci sont des coquins ramenés. Je suis, à la vérité, bien surpris d'être venu d'un autre monde pour être enfermé dans celui-ci sous quatre verrous avec un prêtre ; mais je fais réflexion au nombre prodigieux d'hommes qui partent d'un hémisphère pour aller se faire tuer dans l'autre, ou qui font naufrage en chemin, et qui sont mangés des poissons : je ne vois pas les gracieux desseins de Dieu sur tous ces gens-là. »

On leur apporta à dîner par un guichet. La conversation roula sur la Providence, sur les lettres de cachet, et sur l'art de ne pas succomber aux disgrâces auxquelles tout homme est exposé dans ce monde. « Il y a deux ans que je suis ici, dit le vieillard, sans autre consolation que moi-même et des livres ; je n'ai pas eu un moment de mauvaise humeur.

— Ah ! monsieur Gordon, s'écria l'Ingénu, vous n'aimez donc pas votre marraine ? Si vous connaissiez comme moi mademoiselle de St. Yves, vous seriez au désespoir. » A ces mots il ne put retenir ses larmes, et il se sentit alors un peu moins oppressé. « Mais, dit-il, pourquoi donc les larmes soulagent-elles ? Il me semble qu'elles devraient faire un effet contraire.

— Mon fils, tout est physique en nous, dit le bon vieillard ; toute sécrétion fait du bien au corps ; et tout ce qui le soulage soulage l'âme : nous sommes les machines de la Providence. »

L'Ingénu, qui, comme nous l'avons dit plusieurs fois, avait un grand fonds d'esprit, fit de profondes réflexions sur cette idée, dont il semblait qu'il avait la semence en lui-même. Après quoi il demanda à son compagnon pourquoi sa machine était depuis deux ans sous quatre verrous. « Par la grâce efficace, répondit Gordon ; je passe pour janséniste : j'ai connu Arnauld et Nicole ; les jésuites nous ont persécutés. Nous croyons que le pape n'est qu'un évêque comme un autre ; et c'est pour cela que le père de la Chaise a obtenu du roi, son pénitent, un ordre de me ravir, sans aucune formalité de justice, le bien le plus précieux des hommes, la liberté.

— Voilà qui est bien étrange, dit l'Ingénu ; tous les malheureux que j'ai rencontrés ne le sont qu'à cause du pape. A l'égard de votre grâce efficace, je vous avoue que je n'y entends rien ; mais je regarde comme une grande grâce que Dieu m'ait fait trouver dans mon malheur un homme comme vous, qui verse dans mon cœur des consolations dont je me croyais incapable. »

Chaque jour la conversation devenait plus intéressante et plus instructive. Les âmes des deux captifs s'attachaient l'une à l'autre. Le vieillard savait beaucoup, et le jeune homme voulait beaucoup apprendre. Au bout d'un mois il étudia la géométrie ; il la dévorait. Gordon lui fit lire la *Physique* de Rohault, qui était encore à la mode, et il eut le bon esprit de n'y trouver que des incertitudes.

Ensuite il lut le premier volume de la *Recherche de la vérité*. Cette nouvelle lumière l'éclaira. « Quoi ! dit-il, notre imagination et nos sens nous trompent à ce point ! quoi ! les objets ne forment point nos idées, et nous ne pouvons nous les donner nous-mêmes. » Quand il eut lu le second volume, il ne fut plus si content, et il conclut qu'il est plus aisé de détruire que de bâtir.

Son confrère, étonné qu'un jeune ignorant fît cette réflexion, qui n'appartient qu'aux âmes exercées, conçut une grande idée de son esprit, et s'attacha à lui davantage.

« Votre Malebranche, lui dit un jour l'Ingénu, me paraît avoir écrit la moitié de son livre avec sa raison, et l'autre avec son imagination et ses préjugés. »

Quelques jours après, Gordon lui demanda : « Que pensez-vous donc de l'âme, de la manière dont nous recevons nos idées, de notre volonté, de la grâce, du libre arbitre ? — Rien, lui repartit l'Ingénu ; si je pensais quelque chose, c'est que nous sommes sous la puissance de l'Être éternel comme les astres et les éléments ; qu'il fait tout en nous, que nous sommes de petites roues de la machine immense dont il est l'âme ; qu'il agit par des lois générales, et non par des vues particulières : cela seul me paraît intelligible ; tout le reste est pour moi un abîme de ténèbres.

— Mais, mon fils, ce serait faire Dieu auteur du péché.

— Mais, mon père, votre grâce efficace ferait Dieu auteur du péché aussi : car il est certain que tous ceux à qui cette grâce serait refusée pécheraient ; et qui nous livre au mal n'est-il pas l'auteur du mal ? »

Cette naïveté embarrassait fort le bonhomme ; il sentait qu'il faisait de vains efforts pour se tirer de ce bourbier ; et il entassait tant de paroles qui paraissaient avoir du sens et qui n'en avaient point (dans le goût de la promotion physique), que l'Ingénu en avait pitié. Cette question tenait évidemment à l'origine du bien et du mal ; et alors il fallait que le pauvre Gordon passât en revue la boîte de Pandore, l'œuf d'Orosmade percé par Arimane, l'inimitié entre Typhon et Osiris, et enfin le péché originel ; et ils couraient l'un et l'autre dans cette nuit profonde, sans jamais se rencontrer. Mais enfin ce roman de l'âme détournait leur vue de la contemplation de leur propre misère, et, par un charme étrange, la foule des calamités répandues sur l'univers diminuait la sensation de leurs peines : ils n'osaient se plaindre quand tout souffrait.

Mais, dans le repos de la nuit, l'image de la belle St. Yves effaçait dans l'esprit de son amant toutes les idées de métaphysique et de morale. Il se réveillait les yeux mouillés de larmes ; et le vieux janséniste oubliait sa grâce efficace, et l'abbé de Saint-Cyran, et Jansénius, pour consoler un jeune homme qu'il croyait en péché mortel.

Après leurs lectures, après leurs raisonnements, ils parlaient encore de leurs aventures ; et, après en avoir inutilement parlé, ils lisaient ensemble ou séparément. L'esprit du jeune homme se fortifiait de plus en plus. Il serait surtout allé très loin en mathématiques sans les distractions que lui donnait mademoiselle de St. Yves.

Il lut des histoires, elles l'attristèrent. Le monde lui parut trop méchant et trop misérable. En effet, l'histoire n'est que le tableau des crimes et des malheurs. La foule des hommes innocents et paisibles disparaît toujours sur ces vastes théâtres. Les personnages ne sont que des ambitieux pervers. Il semble que l'histoire ne plaise que comme la tragédie, qui languit si elle n'est animée par les passions, les forfaits, et les grandes infortunes. Il faut armer Clio du poignard, comme Melpomène.

Quoique l'histoire de France soit remplie d'horreurs, ainsi que toutes les autres, cependant elle lui parut si dégoûtante dans ses commencements, si sèche dans son milieu, si petite enfin, même du temps de Henri IV, toujours si dépourvue de grands monuments, si étrangère à ces belles découvertes qui ont illustré d'autres nations, qu'il était obligé de lutter contre l'ennui pour lire tous ces détails de calamités obscures resserrées dans un coin du monde.

Gordon pensait comme lui. Tous deux riaient de pitié

quand il était question des souverains de Fezensac, de Fesansaguet, et d'Astarac. Cette étude en effet ne serait bonne que pour leurs héritiers, s'ils en avaient. Les beaux siècles de la république romaine le rendirent quelque temps indifférent pour le reste de la terre. Le spectacle de Rome victorieuse et législatrice des nations occupait son âme entière. Il s'échauffait en contemplant ce peuple qui fut gouverné sept cents ans par l'enthousiasme de la liberté et de la gloire.

Ainsi se passaient les jours, les semaines, les mois ; et il se serait cru heureux dans le séjour du désespoir, s'il n'avait point aimé.

Son bon naturel s'attendrissait encore sur le prieur de Notre-Dame de la Montagne, et sur la sensible Kerkabon. « Que penseront-ils, répétait-il souvent, quand ils n'auront point de mes nouvelles ? Ils me croiront un ingrat. » Cette idée le tourmentait ; il plaignait ceux qui l'aimaient, beaucoup plus qu'il ne se plaignait lui-même.

CHAPITRE ONZIÈME

COMMENT L'INGÉNU DÉVELOPPE SON GÉNIE

La lecture agrandit l'âme, et un ami éclairé la console. Notre captif jouissait de ces deux avantages, qu'il n'avait pas soupçonnés auparavant. « Je serais tenté, dit-il, de croire aux métamorphoses, car j'ai été changé de brute en homme. » Il se forma une bibliothèque choisie d'une partie de son argent dont on lui permettait de disposer. Son ami l'encouragea à mettre par écrit ses réflexions. Voici ce qu'il écrivit sur l'histoire ancienne :

« Je m'imagine que les nations ont été longtemps comme moi, qu'elles ne se sont instruites que fort tard, qu'elles n'ont été occupées pendant des siècles que du moment présent qui coulait, très peu du passé, et jamais de l'avenir. J'ai parcouru cinq ou six cents lieues du Canada, je n'y ai pas trouvé un seul monument ; personne n'y sait rien de ce qu'a fait son bisaïeul. Je serai-ce pas là l'état naturel de l'homme ? L'espèce de ce continent-ci me paraît supérieure à celle de l'autre. Elle a augmenté son être depuis plusieurs siècles par les arts et par les connaissances. Est-ce parce qu'elle a de la barbe au menton, et que Dieu a refusé la barbe aux Américains ? Je ne le crois pas : car je vois que les Chinois n'ont presque point de barbe, et qu'ils cultivent les arts depuis plus de cinq mille années. En effet, s'ils ont plus de quatre mille ans d'annales, il faut bien que la nation ait été rassemblée et florissante depuis plus de cinquante siècles.

« Une chose me frappe surtout dans cette ancienne histoire de la Chine, c'est que presque tout y est vraisemblable et naturel. Je l'admire en ce qu'il n'y a rien de merveilleux.

« Pourquoi toutes les autres nations se sont-elles donné des origines fabuleuses ? Les anciens chroniqueurs de l'histoire de France, qui ne sont pas fort anciens, font venir les Français d'un Francus, fils d'Hector ; les Romains se disaient issus d'un Phrygien, quoiqu'il n'y eût pas dans leur langue un seul mot qui eût le moindre rapport à la langue de Phrygie ; les dieux avaient habité dix mille ans en Égypte, et les diables, en Scythie, où ils avaient engendré les Huns. Je ne vois avant Thucydide que des romans semblables aux Amadis, et beaucoup moins amusants. Ce sont partout des apparitions, des oracles, des prodiges, des sortilèges, des métamorphoses, des songes expliqués, et qui font la destinée des plus grands empires et des plus petits États : ici des bêtes qui parlent, là des bêtes qu'on adore, des dieux transformés en hommes, et des hommes transformés en dieux. Ah ! s'il nous faut des fables, que ces fables soient du moins l'emblème de la vérité ! J'aime les fables des philosophes, je ris de celles des enfants, et je hais celles des imposteurs. »

Il tomba un jour sur une histoire de l'empereur Justinien. On y lisait que des apédeutes de Constantinople avaient donné, en très mauvais grec, un édit contre le plus grand capitaine du siècle, parce que ce héros avait prononcé ces paroles dans la chaleur de la conversation : « La vérité luit de sa propre lumière, et on n'éclaire pas les esprits avec les flammes des bûchers. » Les apédeutes assurèrent que cette proposition était hérétique, sentant l'hérésie, et que l'axiome contraire était catholique, universel, et grec : « On n'éclaire les esprits qu'avec la flamme des bûchers, et la vérité ne saurait luire de sa propre lumière. » Ces linostoles condamnèrent ainsi plusieurs discours du capitaine, et donnèrent un édit.

« Quoi ! s'écria l'Ingénu, des édits rendus par ces gens-là !

— Ce ne sont point des édits, répliqua Gordon, ce sont des contr'édits dont tout le monde se moquait à Constantinople, et l'empereur tout le premier : c'était un sage prince, qui avait su réduire les apédeutes linostoles à ne pouvoir faire que du bien. Il savait que ces messieurs-là et plusieurs autres pastophores avaient lassé de contr'édits la patience des empereurs ses prédécesseurs en matière plus grave.

— Il fit fort bien, dit l'Ingénu ; on doit soutenir les pastophores et les contenir. »

Il mit par écrit beaucoup d'autres réflexions qui épouvantèrent le vieux Gordon. « Quoi ! dit-il en lui-même, j'ai consumé cinquante ans à m'instruire, et je crains de ne pouvoir atteindre au bon sens naturel de cet enfant presque sauvage ! je tremble d'avoir laborieusement fortifié des préjugés ; il n'écoute que la simple nature. »

Le bonhomme avait quelques-uns de ces petits livres de critique, de ces brochures périodiques où des hommes incapables de rien produire dénigrent les productions des autres, où les Visé insultent aux Racine, et les Faydit aux Fénelon. L'Ingénu en parcourut quelques-uns. « Je les compare, disait-il, à certains moucherons qui vont déposer leurs œufs dans le derrière des plus beaux chevaux : cela ne les empêche pas de courir. » A peine les deux philosophes daignèrent-ils jeter les yeux sur ces excréments de la littérature.

Ils lurent bientôt ensemble les éléments de l'astronomie ; l'Ingénu fit venir des sphères : ce grand spectacle le ravissait. « Qu'il est dur, disait-il, de ne commencer à connaître le ciel que lorsqu'on me ravit le droit de le contempler ! Jupiter et Saturne roulent dans ces espaces immenses ; des millions de soleils éclairent des milliards de mondes ; et dans le coin de terre ou je suis jeté, il se trouve des êtres qui me privent, moi être voyant et pensant, de tous ces mondes où ma vue pourrait atteindre, et de celui où Dieu m'a fait naître ! La lumière faite pour tout l'univers est perdue pour moi. On ne me la cachait pas dans l'horizon septentrional où j'ai passé mon enfance et ma jeunesse. Sans vous, mon cher Gordon, je serais ici dans le néant. »

CHAPITRE DOUZIÈME

CE QUE L'INGÉNU PENSE DES PIÈCES DE THÉÂTRE

Le jeune Ingénu ressemblait à un de ces arbres vigoureux qui, nés dans un sol ingrat, étendent en peu de temps leurs racines et leurs branches quand ils sont transplantés dans un terrain favorable et il était bien extraordinaire qu'une prison fût ce terrain.

Parmi les livres qui occupaient le loisir des deux captifs, il se trouva des poésies, des traductions de tragédies grecques, quelques pièces du théâtre français. Les vers qui parlaient d'amour portèrent à la fois dans l'âme de l'Ingénu le plaisir et la douleur. Ils lui parlaient tous de sa chère St. Yves. La fable des *Deux pigeons* lui perça le cœur ; il était bien loin de pouvoir revenir à son colombier.

Molière l'enchanta. Il lui faisait connaître les mœurs de Paris et du genre humain. « A laquelle de ses comédies donnez-vous la préférence ? — Au *Tartuffe,* sans difficulté. — Je pense comme vous, dit Gordon ; c'est un tartuffe qui m'a plongé dans ce cachot, et peut-être ce sont des tartuffes qui ont fait votre malheur. Comment trouvez-vous ces tragédies grecques ?

— Bonnes pour les Grecs, dit l' Ingénu. » Mais quand il lut l'*Iphigénie* moderne, *Phèdre, Andromaque, Athalie,* il fut en extase, il soupira, il versa des larmes, il les sut par cœur sans avoir envie de les apprendre.

« Lisez *Rodogune,* lui dit Gordon ; on dit que c'est le chef-d'œuvre du théâtre ; les autres pièces qui vous ont fait tant de plaisir sont peu de chose en comparaison. » Le jeune homme, dès la première page, lui dit « Cela n'est pas du même auteur. — A quoi le voyez-vous ? — Je n'en sais rien encore ; mais ces vers-là ne vont ni à mon oreille ni à mon cœur. — Oh ! ce n'est rien que les vers », répliqua Gordon. L'Ingénu répondit : « Pourquoi donc en faire ? »

Après avoir lu très attentivement la pièce, sans autre dessein que celui d'avoir du plaisir, il regardait son ami avec des yeux secs et étonnés, et ne savait que dire. Enfin, pressé de rendre compte de ce qu'il avait senti, voici ce qu'il répondit : « Je n'ai guère entendu le commencement ; j'ai été révolté du milieu ; la dernière scène m'a beaucoup ému, quoiqu'elle me paraisse peu vraisemblable : je ne me suis intéressé pour personne, et je n'ai pas retenu vingt vers, moi qui les retiens tous quand ils me plaisent.

— Cette pièce passe pourtant pour la meilleure que nous ayons. — Si cela est, répliqua-t-il, elle est peut-être comme bien des gens qui ne méritent pas leurs places. Après tout, c'est ici une affaire de goût ; le mien ne doit pas encore être formé : je peux me tromper ; mais vous savez que je suis assez accoutumé à dire ce que je pense, ou plutôt ce que je sens. Je soupçonne qu'il y a souvent de l'illusion, de la mode, du caprice, dans les jugements des hommes. J'ai parlé d'après la nature ; il se peut que chez moi la nature soit très imparfaite ; mais il se peut aussi qu'elle soit quelquefois peu consultée par la plupart des hommes. » Alors il récita des vers d'*Iphigénie,* dont il était plein ; et quoiqu'il ne déclamât pas bien, il y mit tant de vérité et d'onction qu'il fit pleurer le vieux janséniste. Il lut ensuite *Cinna ; il* ne pleura point, mais il admira.

CHAPITRE TREIZIÈME

LA BELLE ST. YVES VA À VERSAILLES

Pendant que notre infortuné s'éclairait plus qu'il ne se consolait ; pendant que son génie, étouffé depuis si longtemps, se déployait avec tant de rapidité et de force ; pendant que la nature, qui se perfectionnait en lui, le vengeait des outrages de la fortune, que devinrent monsieur le prieur et sa bonne sœur, et la belle recluse St. Yves ? Le premier mois, on fut inquiet, et au troisième on fut plongé dans la douleur : les fausses conjectures, les bruits mal fondés, alarmèrent ; au bout de six mois, on le crut mort. Enfin monsieur et mademoiselle de Kerkabon apprirent, par une ancienne lettre qu'un garde du roi avait écrite en Bretagne, qu'un jeune homme semblable à l'Ingénu était arrivé un soir à Versailles, mais qu'il avait été enlevé pendant la nuit, et que depuis ce temps personne n'en avait entendu parler.

« Hélas ! dit mademoiselle de Kerkabon, notre neveu aura fait quelque sottise, et se sera attiré de fâcheuses affaires. Il est jeune, il est Bas-Breton, il ne peut savoir comme on doit se comporter à la cour. Mon cher frère, je n'ai jamais vu Versailles ni Paris ; voici une belle occasion, nous retrouverons peut-être notre pauvre neveu : c'est le fils de notre frère ; notre devoir est de le secourir. Qui sait si nous ne pourrons point parvenir enfin à le faire sous-diacre, quand la fougue de la jeunesse sera amortie ? Il avait beaucoup de dispositions pour les sciences. Vous souvenez-vous comme il raisonnait sur l'Ancien et sur le Nouveau Testament ? Nous sommes responsables de son âme ; c'est nous qui l'avons fait baptiser ; sa chère maîtresse St. Yves passe les journées à pleurer. En vérité il faut aller à Paris. S'il est caché dans quelqu'une de ces vilaines maisons de joie dont on m'a fait tant de récits, nous l'en tirerons. » Le prieur fut touché des discours de sa sœur. Il alla trouver l'évêque de Saint-Malo, qui avait baptisé le Huron, et lui demanda sa protection et ses conseils. Le prélat approuva le voyage. Il donna au prieur des lettres de recommandation pour le père de La Chaise, confesseur du roi, qui avait la première dignité du royaume, pour l'archevêque de Paris Harlay, et pour l'évêque de Meaux Bossuet.

Enfin le frère et la sœur partirent ; mais, quand ils furent arrivés à Paris, ils se trouvèrent égarés comme dans un vaste labyrinthe, sans fil et sans issue. Leur fortune était médiocre, il leur fallait tous les jours des voitures pour aller à la découverte, et ils ne découvraient rien.

Le prieur se présenta chez le révérend père de La Chaise : il était avec mademoiselle du Tron, et ne pouvait donner audience à des prieurs. Il alla à la porte de l'archevêque : le prélat était enfermé avec la belle madame de Lesdiguières pour les affaires de l'Église. Il courut à la maison de campagne de l'évêque de Meaux : celui-ci examinait, avec mademoiselle de Mauléon, l'amour mystique de madame Guyon. Cependant il parvint à se faire entendre de ces deux prélats ; tous deux lui déclarèrent qu'ils ne pouvaient se mêler de son neveu, attendu qu'il n'était pas sous-diacre.

Enfin il vit le jésuite ; celui-ci le reçut à bras ouverts, lui protesta qu'il avait toujours eu pour lui une estime particulière, ne l'ayant jamais connu. Il jura que la Société avait toujours été attachée aux Bas-Bretons. « Mais, dit-il, votre neveu n'aurait-il pas le malheur d'être huguenot ? — Non, assurément, mon révérend père. — Serait-il point janséniste ? — Je puis assurer à Votre Révérence qu'à peine est-il chrétien : il y a environ onze mois que nous l'avons baptisé. — Voilà qui est bien, voilà qui est bien ; nous aurons soin de lui. Votre bénéfice est-il considérable ? — Oh ! fort peu de chose, et mon neveu nous coûte beaucoup. — Y a-t-il quelques jansénistes dans le voisinage ? Prenez bien garde, mon cher monsieur le prieur, ils sont plus dangereux que les huguenots et les athées. — Mon révérend père, nous n'en avons point ; on ne sait ce que c'est que le jansénisme à Notre-Dame de la Montagne. — Tant mieux ; allez, il n'y a rien que je ne fasse pour vous. » Il congédia affectueusement le prieur, et n'y pensa plus.

Le temps s'écoulait, le prieur et la bonne sœur se désespéraient.

Cependant le maudit bailli pressait le mariage de son grand benêt de fils avec la belle St. Yves, qu'on avait fait sortir exprès du couvent. Elle aimait toujours son cher filleul autant qu'elle détestait le mari qu'on lui présentait. L'affront d'avoir été mise dans un couvent augmentait sa passion ; l'ordre d'épouser le fils du bailli y mettait le comble. Les regrets, la tendresse, et l'horreur bouleversaient son âme. L'amour, comme on sait, est bien plus ingénieux et plus hardi dans une jeune fille que l'amitié ne l'est dans un vieux prieur et dans une tante de quarante-cinq ans passés. De plus, elle s'était bien formée dans son couvent par les romans qu'elle avait lus à la dérobée.

La belle St. Yves se souvenait de la lettre qu'un garde du corps avait écrite en Basse-Bretagne, et dont on avait parlé dans la province. Elle résolut d'aller elle-même prendre des informations à Versailles ; de se jeter aux pieds des ministres si son mari était en prison, comme on le disait, et d'obtenir justice pour lui. Je ne sais quoi l'avertissait secrètement qu'à la cour on ne refuse rien à une jolie fille ; mais elle ne savait pas ce qu'il en coûtait.

Sa résolution prise, elle est consolée, elle est tranquille, elle ne rebute plus son sot prétendu ; elle accueille le détestable beau-père, caresse son frère, répand l'allégresse dans la maison ; puis, le jour destiné à la cérémonie, elle part secrètement à quatre heures du matin avec ses petits présents de noce, et tout ce qu'elle a pu rassembler. Ses mesures étaient si bien prises qu'elle était déjà à plus de dix lieues lorsqu'on entra dans sa chambre, vers le midi. La surprise et la consternation furent grandes. L'interrogant bailli fit ce jour-là plus de questions qu'il n'en avait fait dans toute la semaine ; le mari resta plus sot qu'il ne l'avait jamais été. L'abbé de St. Yves, en colère, prit le parti de courir après sa sœur. Le bailli et son fils voulurent l'accompagner. Ainsi la destinée conduisait à Paris presque tout ce canton de la Basse-Bretagne.

La belle St. Yves se doutait bien qu'on la suivrait. Elle était à cheval ; elle s'informait adroitement des courriers s'ils n'avaient point rencontré un gros abbé, un énorme bailli, et un jeune benêt, qui couraient sur le chemin de Paris. Ayant appris au troisième jour qu'ils n'étaient pas loin, elle prit une route différente, et eut assez d'habileté et de bonheur pour arriver à Versailles tandis qu'on la cherchait inutilement dans Paris.

Mais comment se conduire à Versailles ? Jeune, belle, sans conseil, sans appui, inconnue, exposée à tout, comment oser chercher un garde du roi ? Elle imagina de s'adresser à un jésuite du bas étage ; il y en avait pour toutes les conditions de la vie, comme Dieu, disaient-ils, a donné différentes nourritures aux diverses espèces d'animaux. Il avait donné au roi son confesseur, que tous les solliciteurs de bénéfices appelaient *le chef de l'Église gallicane ;* ensuite venaient les confesseurs des princesses ; les ministres n'en avaient point : ils n'étaient pas si sots. Il y avait les jésuites du grand commun, et surtout les jésuites des femmes de chambre par lesquelles on savait les secrets des maîtresses ; et ce n'était pas un petit emploi. La belle St. Yves s'adressa à un de ces derniers, qui s'appelait le père Tout-à-tous. Elle se confessa à lui, lui exposa ses aventures, son état, son danger, et le conjura de la loger chez quelque bonne dévote qui la mît à l'abri des tentations.

Le père Tout-à-tous l'introduit chez la femme d'un officier du gobelet, l'une de ses plus affidées pénitentes. Dès qu'elle y fut, elle s'empressa de gagner la confiance et l'amitié de cette femme ; elle s'informa du garde breton, et le fit prier de venir chez elle. Ayant su de lui que son amant avait été enlevé après avoir parlé à un premier commis, elle court chez ce commis : la vue d'une belle femme l'adoucit, car il faut convenir que Dieu n'a créé les femmes que pour apprivoiser les hommes.

Le plumitif attendri lui avoua tout. « Votre amant est à la Bastille depuis près d'un an, et sans vous il y serait peut-être toute sa vie. » La tendre St. Yves s'évanouit. Quand elle eut repris ses sens, le plumitif lui dit : « Je suis sans crédit pour faire du bien ; tout mon pouvoir se borne à faire du mal quelquefois. Croyez-moi, allez chez monsieur de St. Pouange, qui fait le bien et le mal, cousin et favori de monseigneur de Louvois. Ce ministre a deux âmes : monsieur de St. Pouange en est une ; madame du Belloy, l'autre ; mais elle n'est pas à présent à Versailles ; il ne vous reste que de fléchir le protecteur que je vous indique. »

La belle St. Yves, partagée entre un peu de joie et d'extrêmes douleurs, entre quelque espérance et de tristes craintes, poursuivie par son frère, adorant son amant, essuyant ses larmes et en versant encore, tremblante, affaiblie, et reprenant courage, courut vite chez monsieur de St. Pouange.

CHAPITRE QUATORZIÈME

PROGRÈS DE L'ESPRIT DE L'INGÉNU

L'Ingénu faisait des progrès rapides dans les sciences, et surtout dans la science de l'homme. La cause du développement rapide de son esprit était due à son éducation sauvage presque autant qu'à la trempe de son âme : car, n'ayant rien appris dans son enfance, il n'avait point appris de préjugés. Son entendement, n'ayant point été courbé par l'erreur, était demeuré dans toute sa rectitude. Il voyait les choses comme elles sont, au lieu que les idées qu'on nous donne dans l'enfance nous les font voir toute notre vie comme elles ne sont point. Vos persécuteurs sont abominables, disait-il à son ami Gordon. Je vous plains d'être opprimé, mais je vous plains d'être janséniste. Toute secte me paraît le ralliement de l'erreur. Dites-moi s'il y a des sectes en géométrie ? — Non, mon cher enfant, lui dit en soupirant le bon Gordon ; tous les hommes sont d'accord sur la vérité quand elle est démontrée, mais ils sont trop partagés sur les vérités obscures. — Dites sur les faussetés obscures. S'il y avait eu une seule vérité cachée dans vos amas d'arguments qu'on ressasse depuis tant de siècles, on l'aurait découverte sans doute ; et l'univers aurait été d'accord au moins sur ce point-là. Si cette vérité était nécessaire comme le soleil l'est à la terre, elle serait brillante comme lui. C'est une absurdité, c'est un outrage au genre humain, c'est un attentat contre l'Être infini et suprême de dire : Il y a une vérité essentielle à l'homme, et Dieu l'a cachée. »

Tout ce que disait ce jeune ignorant, instruit par la nature, faisait une impression profonde sur l'esprit du vieux savant infortuné. « Serait-il bien vrai, s'écria-t-il, que je me fusse rendu malheureux pour des chimères ? Je suis bien plus sûr de mon malheur que de la grâce efficace. J'ai consumé mes jours à raisonner sur la liberté de Dieu et du genre humain ; mais j'ai perdu la mienne ; ni saint Augustin ni saint Prosper ne me tireront de l'abîme où je suis. »

L'Ingénu, livré à son caractère, dit enfin : « Voulez-vous que je vous parle avec une confiance hardie ? Ceux qui se font persécuter pour ces vaines disputes de l'école me semblent peu sages ; ceux qui persécutent me paraissent des monstres. »

Les deux captifs étaient fort d'accord sur l'injustice de leur captivité. « Je suis cent fois plus à plaindre que vous, disait l'Ingénu ; je suis né libre comme l'air ; j'avais deux vies, la liberté et l'objet de mon amour : on me les ôte. Nous voici tous deux dans les fers, sans en savoir la raison et sans pouvoir la demander. J'ai vécu Huron vingt ans ; on dit que ce sont des barbares, parce qu'ils se vengent de leurs ennemis ; mais ils n'ont jamais opprimé leurs amis. A peine ai-je mis le pied en France, que j'ai versé mon sang pour elle ; j'ai peut-être sauvé une province, et pour récompense je suis englouti dans ce tombeau des vivants, où je serais mort de rage sans vous. Il n'y a donc point de lois dans ce pays ? On condamne les hommes sans les entendre ! Il n'en est pas ainsi en Angleterre. Ah ! ce n'était pas contre les Anglais que je devais me battre. » Ainsi sa philosophie naissante ne pouvait dompter la nature outragée dans le premier de ses droits, et laissait un libre cours à sa juste colère.

Son compagnon ne le contredit point. L'absence augmente toujours l'amour qui n'est pas satisfait, et la philosophie ne le diminue pas. Il parlait aussi souvent de sa chère St. Yves que de morale et de métaphysique. Plus ses sentiments s'épuraient, et plus il aimait. Il lut quelques romans nouveaux ; il en trouva peu qui lui peignissent la situation de son âme. Il sentait que son cœur allait toujours au-delà de ce qu'il lisait. « Ah ! disait-il, presque tous ces auteurs-là n'ont que de l'esprit et de l'art. » Enfin le bon prêtre janséniste devenait insensiblement le confident de sa tendresse. Il ne connaissait l'amour auparavant que comme un péché dont on s'accuse en confession. Il apprit à le connaître comme un sentiment aussi noble que tendre, qui peut élever l'âme autant que l'amollir, et produire même quelquefois des vertus. Enfin, pour dernier prodige, un Huron convertissait un janséniste.

CHAPITRE QUINZIÈME

LA BELLE ST. YVES
RÉSISTE À DES PROPOSITIONS DÉLICATES

La belle St. Yves, plus tendre encore que son amant, alla donc chez monsieur de St. Pouange, accompagnée de l'amie chez qui elle logeait, toutes deux cachées dans leurs coiffes. La première chose qu'elle vit à la porte ce fut l'abbé de St. Yves, son frère, qui en sortait. Elle fut intimidée ; mais la dévote amie la rassura. « C'est précisément parce qu'on a parlé contre vous qu'il faut que vous parliez. Soyez sûre que dans ce pays les accusateurs ont toujours raison si on ne se hâte de les confondre. Votre présence d'ailleurs, ou je me trompe fort, fera plus d'effet que les paroles de votre frère. »

Pour peu qu'on encourage une amante passionnée, elle est intrépide. La St. Yves se présente à l'audience. Sa jeunesse, ses charmes, ses yeux tendres, mouillés de quelques pleurs, attirèrent tous les regards. Chaque courtisan du sous-ministre oublia un moment l'idole du pouvoir pour contempler celle de la beauté. Le St. Pouange la fit entrer dans un cabinet ; elle parla avec attendrissement et avec grâce. St. Pouange se sentit touché. Elle tremblait, il la rassura. « Revenez ce soir, lui dit-il ; vos affaires méritent qu'on y pense et qu'on en parle à loisir ; il y a ici trop de monde ; on expédie les audiences trop rapidement : il faut que je vous entretienne à fond de tout ce qui vous regarde. » Ensuite, ayant fait l'éloge de sa beauté et de ses sentiments, il lui recommanda de venir à sept heures du soir.

Elle n'y manqua pas ; la dévote amie l'accompagna encore, mais elle se tint dans le salon, et lut le *Pédagogue chrétien*, pendant que le St. Pouange et la belle St. Yves étaient dans l'arrière-cabinet. Croiriez-vous bien, mademoiselle, lui dit-il d'abord, que votre frère est venu me demander une lettre de cachet contre vous ? En vérité j'en expédierais plutôt une pour le renvoyer en Basse-Bretagne. — Hélas ! monsieur, on est donc bien libéral de lettres de cachet dans vos bureaux, puisqu'on en vient solliciter du fond du royaume, comme des pensions. Je suis bien loin d'en demander une contre mon frère. J'ai beaucoup à me plaindre de lui, mais je respecte la liberté des hommes ; je demande celle d'un homme que je veux épouser, d'un homme à qui le roi doit la conservation d'une province, qui peut le servir utilement, et qui est fils d'un officier tué à son service. De quoi est-il accusé ? Comment a-t-on pu le traiter si cruellement sans l'entendre ? »

Alors le sous-ministre lui montra la lettre du jésuite espion et celle du perfide bailli. « Quoi ! il y a de pareils monstres sur la terre ! et on veut me forcer ainsi à épouser le fils ridicule d'un homme ridicule et méchant ! et c'est sur de pareils avis qu'on décide ici de la destinée des citoyens ! » Elle se jeta à genoux, elle demanda avec des sanglots la liberté du brave homme qui l'adorait. Ses charmes dans cet état parurent dans leur plus grand avantage. Elle était si belle que le St. Pouange, perdant toute honte, lui insinua qu'elle réussirait si elle commençait par lui donner les prémices de ce qu'elle réservait à son amant. La St. Yves, épouvantée et confuse, feignit longtemps de ne le pas entendre ; il fallut s'expliquer plus clairement. Un mot lâché d'abord avec retenue en produisait un plus fort, suivi d'un autre plus expressif. On offrit non seulement la révocation de la lettre de cachet, mais des récompenses, de l'argent, des honneurs, des établissements ; et plus on promettait, plus le désir de n'être pas refusé augmentait.

La St. Yves pleurait, elle était suffoquée, à demi renversée sur un sofa, croyant à peine ce qu'elle voyait, ce qu'elle entendait. Le St. Pouange, à son tour, se jeta à ses genoux. Il n'était pas sans agréments, et aurait pu ne pas effaroucher un cœur moins prévenu ; mais St. Yves adorait son amant, et croyait que c'était un crime horrible de le trahir pour le servir. St. Pouange redoublait les prières et les promesses : enfin la tête lui tourna au point qu'il lui déclara que c'était le seul moyen de tirer de sa prison l'homme auquel elle prenait un intérêt si violent et si tendre. Cet étrange entretien se prolongeait. La dévote de l'antichambre, en lisant son *Pédagogue chrétien,* disait : « Mon Dieu ! que peuvent-ils faire là depuis deux heures ? Jamais monseigneur de St. Pouange n'a donné une si longue audience ; peut-être qu'il a tout refusé à cette pauvre fille, puisqu'elle le prie encore. »

Enfin sa compagne sortit de l'arrière-cabinet, tout éperdue, sans pouvoir parler, réfléchissant profondément sur le caractère des grands et des demi-grands, qui sacrifient si légèrement la liberté des hommes et l'honneur des femmes.

Elle ne dit pas un mot pendant tout le chemin. Arrivée chez l'amie, elle éclata, elle lui conta tout. La dévote fit de grands signes de croix. « Ma chère amie, il faut consulter dès demain le père Tout-à-tous, notre directeur ; il a beaucoup de crédit auprès de monsieur de St. Pouange ; il confesse plusieurs servantes de sa maison ; c'est un homme pieux et accommodant, qui dirige aussi des femmes de qualité : abandonnez-vous à lui, c'est ainsi que j'en use, je m'en suis toujours bien trouvée. Nous autres, pauvres femmes, nous avons besoin d'être conduites par un homme. — Eh bien donc ! ma chère amie, j'irai trouver demain le père Tout-à-tous. »

CHAPITRE SEIZIÈME

ELLE CONSULTE UN JÉSUITE

Dès que la belle et désolée St. Yves fut avec son bon confesseur, elle lui confia qu'un homme puissant et voluptueux lui proposait de faire sortir de prison celui qu'elle devait épouser légitimement, et qu'il demandait un grand prix de son service ; qu'elle avait une répugnance horrible pour une telle infidélité, et que, s'il ne s'agissait que de sa propre vie, elle la sacrifierait plutôt que de succomber.

« Voilà un abominable pécheur ! lui dit le père Tout-à-tous. Vous devriez bien me dire le nom de ce vilain homme : c'est à coup sûr quelque janséniste ; je le dénoncerai à sa révérence le père de La Chaise, qui le fera mettre dans le gîte où est à présent la chère personne que vous devez épouser. »

La pauvre fille, après un long embarras et de grandes irrésolutions, lui nomma enfin St. Pouange.

« Monseigneur de St. Pouange ! s'écria le jésuite ; ah ! ma fille, c'est tout autre chose ; il est cousin du plus grand ministre que nous ayons jamais eu, homme de bien, protecteur de la bonne cause, bon chrétien ; il ne peut avoir eu une telle pensée ; il faut que vous ayez mal entendu. – Ah ! mon père, je n'ai entendu que trop bien ; je suis perdue, quoi que je fasse ; je n'ai que le choix du malheur et de la honte : il faut que mon amant reste enseveli tout vivant, ou que je me rende indigne de vivre. Je ne puis le laisser périr, et je ne puis le sauver. »

Le père Tout-à-tous tâcha de la calmer par ces douces paroles :

« Premièrement, ma fille, ne dites jamais ce mot *mon amant ;* il y a quelque chose de mondain qui pourrait offenser Dieu. Dites *mon mari ;* car, bien qu'il ne le soit pas encore, vous le regardez comme tel ; et rien n'est plus honnête.

« Secondement, bien qu'il soit votre époux en idée, en espérance, il ne l'est pas en effet : ainsi vous ne commettriez pas un adultère, péché énorme qu'il faut toujours éviter autant qu'il est possible.

« Troisièmement, les actions ne sont pas d'une malice de couple quand l'intention est pure, et rien n'est plus pur que de délivrer votre mari.

« Quatrièmement, vous avez des exemples dans la sainte antiquité, qui peuvent merveilleusement servir à votre conduite. Saint Augustin rapporte que sous le proconsulat de Septimius Acyndinus, en l'an 340 de notre salut, un pauvre homme, ne pouvant payer à César ce qui appartenait à César, fut condamné à mort, comme il est juste, malgré la maxime : Où il *n'y a rien le roi perd ses droits.* Il s'agissait d'une livre d'or ; le condamné avait une femme en qui Dieu avait mis la beauté et la prudence. Un vieux richard promit de donner une livre d'or, et même plus, à la dame, à condition qu'il commettrait avec elle le péché immonde. La dame ne crut point mal faire en sauvant la vie à son mari. Saint Augustin approuve fort sa généreuse résignation. Il est vrai que le vieux richard la trompa, et peut-être même son mari n'en fut pas moins pendu ; mais elle avait fait tout ce qui était en elle pour sauver sa vie.

« Soyez sûre, ma fille, que quand un jésuite vous cite saint Augustin, il faut que ce saint ait pleinement raison. Je ne vous conseille rien ? vous êtes sage ; il est à présumer que vous serez utile à votre mari. Monseigneur de St. Pouange est un honnête homme, il ne vous trompera pas : c'est tout ce que je puis vous dire ; je prierai Dieu pour vous, et j'espère que tout se passera à sa plus grande gloire. »

La belle St. Yves, non moins effrayée des discours du jésuite que des propositions du sous-ministre, s'en retourna éperdue chez son amie. Elle était tentée de se délivrer par la mort, de l'horreur de laisser dans une captivité affreuse l'amant qu'elle adorait, et de la honte de le délivrer au prix de ce qu'elle avait de plus cher, et qui ne devait appartenir qu'à cet amant infortuné.

CHAPITRE DIX-SEPTIÈME

ELLE SUCCOMBE PAR VERTU

Elle priait son amie de la tuer ; mais cette femme, non moins indulgente que le jésuite, lui parla plus clairement encore. « Hélas ! dit-elle, les affaires ne se font guère autrement dans cette cour si aimable, si galante, et si renommée. Les places les plus médiocres et les plus considérables n'ont souvent été données qu'au prix qu'on exige de vous. Écoutez, vous m'avez inspiré de l'amitié et de la confiance ; je vous avouerai que si j'avais été aussi difficile que vous l'êtes, mon mari ne jouirait pas du petit poste qui le fait vivre ; il le sait, et loin d'en être fâché, il voit en moi sa bienfaitrice, et il se regarde comme ma créature. Pensez-vous que tous ceux qui ont été à la tête des provinces, ou même des armées, aient dû leurs honneurs et leur fortune à leurs seuls services ? Il en est qui en sont redevables à mesdames leurs femmes. Les dignités de la guerre ont été sollicitées par l'amour, et la place a été donnée au mari de la plus belle.

« Vous êtes dans une situation bien plus intéressante : il s'agit de rendre votre amant au jour et de l'épouser ; c'est un devoir sacré qu'il vous faut remplir. On n'a point blâmé les belles et grandes dames dont je vous parle ; on vous applaudira, on dira que vous ne vous êtes permis une faiblesse que par un excès de vertu.

— Ah ! quelle vertu ! s'écria la belle St. Yves ; quel labyrinthe d'iniquités ! quel pays ! et que j'apprends à connaître les hommes ! Un père de La Chaise et un bailli ridicule font mettre mon amant en prison, ma famille me persécute, on ne me tend la main dans mon désastre que pour me déshonorer.

Un jésuite a perdu, un brave homme, un autre jésuite veut me perdre ; je ne suis entourée que de pièges, et je touche au moment de tomber dans la misère. Il faut que je me tue, ou que je parle au roi ; je me jetterai à ses pieds sur son passage, quand il ira à la messe ou à la comédie.

— On ne vous laissera pas approcher, lui dit sa bonne amie ; et si vous aviez le malheur de parler, mons de Louvois et le révérend père de La Chaise pourraient vous enterrer dans le fond d'un couvent pour le reste de vos jours. »

Tandis que cette brave personne augmentait ainsi les perplexités de cette âme désespérée, et enfonçait le poignard dans son cœur, arrive un exprès de monsieur de St. Pouange avec une lettre et deux beaux pendants d'oreilles. St. Yves rejeta le tout en pleurant ; mais l'amie s'en chargea.

Dès que le messager fut parti, notre confidente lit la lettre dans laquelle on propose un petit souper aux deux amies pour le soir. St. Yves jure qu'elle n'ira point. La dévote veut lui essayer les deux boucles de diamant. St. Yves ne le put souffrir. Elle combattit la journée entière. Enfin, n'ayant en vue que son amant, vaincue, entraînée, ne sachant où on la mène, elle se laisse conduire au souper fatal. Rien n'avait pu la déterminer à se parer de ses pendants d'oreilles ; la confidente les apporta, elle les lui ajusta malgré elle avant qu'on se mît à table. St. Yves était si confuse, si troublée, qu'elle se laissait tourmenter ; et le patron en tirait un augure très favorable. Vers la fin du repas, la confidente se retira discrètement. Le patron montra alors la révocation de la lettre de cachet, le brevet d'une gratification considérable, celui d'une compagnie, et n'épargna pas les promesses. « Ah ! lui dit St. Yves, que je vous aimerais si vous ne vouliez pas être tant aimé ! »

Enfin, après une longue résistance, après des sanglots, des cris, des larmes, affaiblie du combat, éperdue, languissante, il fallut se rendre. Elle n'eut d'autre ressource que de se promettre de ne penser qu'à l'Ingénu, tandis que le cruel jouirait impitoyablement de la nécessité où elle était réduite.

CHAPITRE DIX-HUITIÈME

ELLE DÉLIVRE SON AMANT ET UN JANSÉNISTE

Au point du jour elle vole à Paris, munie de l'ordre du ministre. Il est difficile de peindre ce qui se passait dans son cœur pendant ce voyage. Qu'on imagine une âme vertueuse et noble, humiliée de son opprobre, enivrée de tendresse, déchirée des remords d'avoir trahi son amant, pénétrée du plaisir de délivrer ce qu'elle adore ! Ses amertumes, ses combats, son succès, partageaient toutes ses réflexions. Ce n'était plus cette fille simple dont une éducation provinciale avait rétréci les idées. L'amour et le malheur l'avaient formée. Le sentiment avait fait autant de progrès en elle que la raison en avait fait dans l'esprit de son amant infortuné. Les filles apprennent à sentir plus aisément que les hommes n'apprennent à penser. Son aventure était plus instructive que quatre ans de couvent.

Son habit était d'une simplicité extrême. Elle voyait avec horreur les ajustements sous lesquels elle avait paru devant son funeste bienfaiteur ; elle avait laissé ses boucles de diamants à sa compagne sans même les regarder. Confuse et charmée, idolâtre de l'Ingénu, et se haïssant elle-même, elle arrive enfin à la porte

> De cet affreux château, palais de la vengeance,
> Qui renferma souvent le crime et l'innocence.

Quand il fallut descendre du carrosse, les forces lui manquèrent ; on l'aida ; elle entra, le cœur palpitant, les yeux humides, le front consterné. On la présente au gouverneur ; elle veut lui parler, sa voix expire ; elle montre son ordre en articulant à peine quelques paroles. Le gouverneur aimait son prisonnier ; il fut très aise de sa délivrance. Son cœur n'était pas endurci comme celui de quelques honorables geôliers ses confrères, qui, ne pensant qu'à la rétribution attachée à la garde de leurs captifs, fondant leurs revenus sur leurs victimes, et vivant du malheur d'autrui, se faisaient en secret une joie affreuse des larmes des infortunés.

Il fait venir le prisonnier dans son appartement. Les deux amants se voient, et tous deux s'évanouissent. La belle St. Yves resta longtemps sans mouvement et sans vie : l'autre rappela bientôt son courage. « C'est apparemment là madame votre femme, lui dit le gouverneur ; vous ne m'aviez point dit que vous fussiez marié. On me mande que c'est à ses soins généreux que vous devez votre délivrance. — Ah ! je ne suis pas digne d'être sa femme », dit la belle St. Yves d'une voix tremblante ; et elle retomba encore en faiblesse.

Quand elle eut repris ses sens, elle présenta, toujours tremblante, le brevet de la gratification, et la promesse par écrit d'une compagnie. L'Ingénu, aussi étonné qu'attendri, s'éveillait d'un songe pour retomber dans un autre. « Pourquoi ai-je été enfermé ici ? Comment avez-vous pu m'en tirer ? où sont les monstres qui m'y ont plongé ? Vous êtes une divinité qui descendez du ciel à mon secours. »

La belle St. Yves baissait la vue, regardait son amant, rougissait et détournait, le moment d'après, ses yeux mouillés de pleurs. Elle lui apprit enfin tout ce qu'elle savait, et tout ce qu'elle avait éprouvé, excepté ce qu'elle aurait voulu se cacher pour jamais, et ce qu'un autre que l'Ingénu, plus accoutumé au monde et plus instruit des usages de la cour, aurait deviné facilement.

« Est-il possible qu'un misérable comme ce bailli ait eu le pouvoir de me ravir ma liberté ? Ah ! je vois bien qu'il en est des hommes comme des plus vils animaux ; tous peuvent nuire. Mais est-il possible qu'un moine, un jésuite confesseur du roi, ait contribué à mon infortune autant que ce bailli, sans que je puisse imaginer sous quel prétexte ce détestable fripon m'a persécuté ? M'a-t-il fait passer pour un janséniste ? Enfin, comment vous êtes-vous souvenue de moi ? je ne le méritais pas, je n'étais alors qu'un sauvage. Quoi ? vous avez pu, sans conseil, sans secours, entreprendre le voyage de Versailles ! Vous y avez paru, et on a brisé mes fers ! Il est donc dans la beauté et dans la vertu un charme invincible qui fait tomber les portes de fer, et qui amollit les cœurs de bronze ! »

A ce mot de *vertu*, des sanglots échappèrent à la belle St. Yves. Elle ne savait pas combien elle était vertueuse dans le crime qu'elle se reprochait.

Son amant continua ainsi : « Ange, qui avez rompu mes liens, si vous avez eu (ce que je ne comprends pas encore) assez de crédit pour me faire rendre justice, faites-la donc rendre aussi à un vieillard qui m'a le premier appris à penser, comme vous m'avez appris à aimer. La calamité nous a unis ; je l'aime comme un père, je ne peux vivre ni sans vous ni sans lui.

— Moi ! que je sollicite le même homme qui... — Oui, je veux tout vous devoir, et je ne veux devoir jamais rien qu'à vous : écrivez à cet homme puissant ; comblez-moi de vos bienfaits, achevez ce que vous avez commencé, achevez vos prodiges. » Elle sentait qu'elle devait faire tout ce que son amant exigeait : elle voulut écrire, sa main ne pouvait obéir.

Elle recommença trois fois sa lettre, la déchira trois fois ; elle écrivit enfin, et les deux amants sortirent après avoir embrassé le vieux martyr de la grâce efficace.

L'heureuse et désolée St. Yves savait dans quelle maison

logeait son frère ; elle y alla ; son amant prit un appartement dans la même maison.

A peine y furent-ils arrivés que son protecteur lui envoya l'ordre de l'élargissement du bonhomme Gordon, et lui demanda un rendez-vous pour le lendemain. Ainsi, à chaque action honnête et généreuse qu'elle faisait, son déshonneur en était le prix. Elle regardait avec exécration cet usage de vendre le malheur et le bonheur des hommes. Elle donna l'ordre de l'élargissement à son amant, et refusa le rendez-vous d'un bienfaiteur qu'elle ne pouvait plus voir sans expirer de douleur et de honte. L'Ingénu ne pouvait se séparer d'elle que pour aller délivrer un ami : il y vola. Il remplit ce devoir en réfléchissant sur les étranges événements de ce monde, et en admirant la vertu courageuse d'une jeune fille à qui deux infortunés devaient plus que la vie.

CHAPITRE DIX-NEUVIÈME

L'INGÉNU, LA BELLE ST. YVES, ET LEURS PARENTS SONT RASSEMBLÉS

La généreuse et respectable infidèle était avec son frère l'abbé de St. Yves, le bon prieur de la Montagne, et la dame de Kerkabon. Tous étaient également étonnés ; mais leur situation et leurs sentiments étaient bien différents. L'abbé de St. Yves pleurait ses torts aux pieds de sa sœur, qui lui pardonnait. Le prieur et sa tendre sœur pleuraient aussi, mais de joie ; le vilain bailli et son insupportable fils ne troublaient point cette scène touchante. Ils étaient partis au premier bruit de l'élargissement de leur ennemi ; ils couraient ensevelir dans leur province leur sottise et leur crainte.

Les quatre personnages, agités de cent mouvements divers, attendaient que le jeune homme revînt avec l'ami qu'il devait délivrer. L'abbé de St. Yves n'osait lever les yeux devant sa sœur ; la bonne Kerkabon disait : « Je reverrai donc mon cher neveu ! — Vous le reverrez, dit la charmante St. Yves, mais ce n'est plus le même homme ; son maintien, son ton, ses idées, son esprit, tout est changé. Il est devenu aussi respectable qu'il était naïf et étranger à tout. Il sera l'honneur et la consolation de votre famille ; que ne puis-je être aussi l'honneur de la mienne ! — Vous n'êtes point non plus la même, dit le prieur ; que vous est-il donc arrivé qui ait fait en vous un si grand changement ? »

Au milieu de cette conversation l'Ingénu arrive, tenant par la main son janséniste. La scène alors devint plus neuve et plus intéressante. Elle commença par les tendres embrassements de l'oncle et de la tante. L'abbé de St. Yves se mettait presque aux genoux de l'Ingénu, qui n'était plus l'*Ingénu*. Les deux amants se parlaient par des regards qui exprimaient tous les sentiments dont ils étaient pénétrés. On voyait éclater la satisfaction, la reconnaissance, sur le front de l'un ; l'embarras était peint dans les yeux tendres et un peu égarés de l'autre. On était étonné qu'elle mêlât de la douleur à tant de joie.

Le vieux Gordon devint en peu de moments cher à toute la famille. Il avait été malheureux avec le jeune prisonnier, et c'était un grand titre. Il devait sa délivrance aux deux amants, cela seul le réconciliait avec l'amour ; l'âpreté de ses anciennes opinions sortait de son cœur : il était changé en homme, ainsi que le Huron. Chacun raconta ses aventures avant le souper. Les deux abbés, la tante, écoutaient comme des enfants qui entendent des histoires de revenants, et comme des hommes qui s'intéressaient tous à tant de désastres. « Hélas ! dit Gordon, il y a peut-être plus de cinq cents personnes vertueuses qui sont à présent dans les mêmes fers que mademoiselle de St. Yves a brisés : leurs malheurs sont inconnus. On trouve assez de mains qui frappent sur la foule des malheureux, et rarement une secourable. » Cette réflexion si vraie augmentait sa sensibilité et sa reconnaissance : tout redoublait le triomphe de la belle St. Yves ; on admirait la grandeur et la fermeté de son âme. L'admiration était mêlée de ce respect qu'on sent malgré soi pour une personne qu'on croit avoir du crédit à la cour. Mais l'abbé de St. Yves disait quelquefois : « Comment ma sœur a-t-elle pu faire pour obtenir sitôt ce crédit ? »

On allait se mettre à table de très bonne heure. Voilà que la bonne amie de Versailles arrive, sans rien savoir de tout ce qui s'était passé ; elle était en carrosse à six chevaux, et on voit bien à qui appartenait l'équipage. Elle entre avec l'air imposant d'une personne de cour qui a de grandes affaires, salue très légèrement la compagnie, et tirant la belle St. Yves à l'écart : « Pourquoi vous faire tant attendre ? Suivez-moi ; voilà vos diamants que vous aviez oubliés. » Elle ne put dire ces paroles si bas que l'Ingénu ne les entendît : il vit les diamants ; le frère fut interdit ; l'oncle et la tante n'éprouvèrent qu'une surprise de bonnes gens qui n'avaient jamais vu une telle magnificence. Le jeune homme, qui s'était formé par un an de réflexions, en fit malgré lui, et parut troublé un moment. Son amante s'en aperçut ; une pâleur mortelle se répandit sur son beau visage, un frisson la saisit, elle se soutenait à peine. « Ah ! madame, dit-elle à la fatale amie, vous m'avez perdue ! vous me donnez la mort ! » Ces paroles percèrent le cœur de l'Ingénu ; mais il avait déjà appris à se posséder ; il ne les releva point, de peur d'inquiéter sa maîtresse devant son frère ; mais il pâlit comme elle.

St. Yves, éperdue de l'altération qu'elle apercevait sur le visage de son amant, entraîne cette femme hors de la chambre dans un petit passage, jette les diamants à terre devant elle. « Ah ! ce ne sont pas eux qui m'ont séduite, vous le savez ; mais celui qui les a donnés ne me reverra jamais. » L'amie les ramassait, et St. Yves ajoutait : « Qu'il les reprenne ou qu'il vous les donne ; allez, ne me rendez plus honteuse de moi-même. » L'ambassadrice enfin s'en retourna, ne pouvant comprendre les remords dont elle était témoin.

La belle St. Yves, oppressée, éprouvant dans son corps une révolution qui la suffoquait, fut obligée de se mettre au lit ; mais pour n'alarmer personne elle ne parla point de ce qu'elle souffrait, et, ne prétextant que sa lassitude, elle demanda la permission de prendre du repos ; mais ce fut après avoir rassuré la compagnie par des paroles consolantes et flatteuses, et jeté sur son amant des regards qui portaient le feu dans son âme.

Le souper, qu'elle n'animait pas, fut triste dans le commencement, mais de cette tristesse intéressante qui fournit des conversations attachantes et utiles, si superieures à la frivole joie qu'on recherche, et qui n'est d'ordinaire qu'un bruit importun.

Gordon fit en peu de mots l'histoire du jansénisme et du molinisme, des persécutions dont un parti accablait l'autre, et de l'opiniâtreté de tous les deux. L'Ingénu en fit la critique, et plaignit les hommes qui, non contents de tant de discordes que leurs intérêts allument, se font de nouveaux maux pour des intérêts chimériques, et pour des absurdités inintelligibles. Gordon racontait, l'autre jugeait ; les convives écoutaient avec émotion, et s'éclairaient d'une lumière nouvelle. On parla de la longueur de nos infortunes et de la brièveté de la vie. On remarqua que chaque profession a un vice et un danger qui lui sont attachés, et que, depuis le prince jusqu'au dernier des mendiants, tout semble accuser la nature. Comment se trouve-t-il tant d'hommes qui, pour si peu d'argent, se font les persécuteurs, les satellites, les bourreaux des autres hommes ? Avec quelle indifférence inhumaine un homme en place signe la destruction d'une famille, et avec quelle joie plus barbare des mercenaires l'exécutent !

« J'ai vu dans ma jeunesse, dit le bonhomme Gordon, un parent du maréchal de Marillac, qui, étant poursuivi dans sa province pour la cause de cet illustre malheureux, se cachait dans Paris sous un nom supposé. C'était un vieillard de soixante-douze ans. Sa femme, qui l'accompagnait, était à peu près de son âge. Ils avaient eu un fils libertin qui, à l'âge de quatorze ans, s'était enfui de la maison paternelle : devenu soldat, puis déserteur, il avait passé par tous les degrés de la débauche et de la misère ; enfin, ayant pris un nom de terre, il était dans les gardes du cardinal de Richelieu (car ce prêtre, ainsi que le Mazarin, avait des gardes) ; il avait obtenu un bâton d'exempt dans cette compagnie de satellites. Cet aventurier fut chargé d'arrêter le vieillard et son épouse, et s'en acquitta avec toute la dureté d'un homme qui voulait plaire à son maître. Comme il les conduisait, il entendit ces deux victimes déplorer la longue suite des malheurs qu'elles avaient éprouvés depuis leur berceau. Le père et la mère comptaient parmi leurs plus grandes infortunes les égarements et la perte de leur fils. Il les reconnut ; il ne les conduisit pas moins en prison, en les assurant que Son Éminence devait être servie de préférence à tout. Son Éminence récompensa son zèle.

« J'ai vu un espion du père de La Chaise trahir son propre frère, dans l'espérance d'un petit bénéfice qu'il n'eut point ; et je l'ai vu mourir, non de remords, mais de douleur d'avoir été trompé par le jésuite.

« L'emploi de confesseur, que j'ai longtemps exercé, m'a fait connaître l'intérieur des familles ; je n'en ai guère vu qui ne fussent plongées dans l'amertume, tandis qu'au dehors, couvertes du masque du bonheur, elles paraissaient nager dans la joie ; et j'ai toujours remarqué que les grands chagrins étaient le fruit de notre cupidité effrénée.

— Pour moi, dit l'Ingénu, je pense qu'une âme noble, reconnaissante et sensible, peut vivre heureuse ; et je compte bien jouir d'une félicité sans mélange avec la belle et généreuse St. Yves : car je me flatte, ajouta-t-il, en s'adressant à son frère avec le sourire de l'amitié, que vous ne me refuserez pas, comme l'année passée, et que je m'y prendrai d'une manière plus décente. »

L'abbé se confondit en excuses du passé et en protestations d'un attachement éternel.

L'oncle Kerkabon dit que ce serait le plus beau jour de sa vie. La bonne tante, en s'extasiant et en pleurant de joie, s'écriait : « Je vous l'avais bien dit que vous ne seriez jamais sous-diacre ! Ce sacrement-ci vaut mieux que l'autre ; plût à Dieu que j'en eusse été honorée ! Mais je vous servirai de mère. » Alors ce fut à qui renchérirait sur les louanges de la tendre St. Yves.

Son amant avait le cœur trop plein de ce qu'elle avait fait pour lui, il l'aimait trop pour que l'aventure des diamants eût fait sur son cœur une impression dominante. Mais ces mots qu'il avait trop entendus, *vous me donnez la mort*, l'effrayaient encore en secret, et corrompaient toute sa joie, tandis que les éloges de sa belle maîtresse augmentaient encore son amour. Enfin on n'était plus occupé que d'elle ; on ne parlait que du bonheur que ces deux amants méritaient ; on s'arrangeait pour vivre tous ensemble dans Paris ; on faisait des projets de fortune et d'agrandissement ; on se livrait à toutes ces espérances que la moindre lueur de félicité fait naître si aisément. Mais l'Ingénu, dans le fond de son cœur, éprouvait un sentiment secret qui repoussait cette illusion. Il relisait ces promesses signées St. Pouange, et les brevets signés Louvois ; on lui dépeignit ces deux hommes tels qu'ils étaient, ou qu'on les croyait être. Chacun parla des ministres et du ministère avec cette liberté de table, regardée en France comme la plus précieuse liberté qu'on puisse goûter sur la terre.

« Si j'étais roi de France, dit l'Ingénu, voici le ministre de la guerre que je choisirais : je voudrais un homme de la plus haute naissance, par la raison qu'il donne des ordres à la noblesse. J'exigerais qu'il eût été lui-même officier, qu'il eût passé par tous les grades, qu'il fût au moins lieutenant général des armées, et digne d'être maréchal de France : car n'est-il pas nécessaire qu'il ait servi lui-même, pour mieux connaître les détails du service ? Et les officiers n'obéiront-ils pas avec cent fois plus d'allégresse à un homme de guerre, qui aura comme eux signalé son courage, qu'à un homme de cabinet qui ne peut que deviner tout au plus les opérations d'une campagne, quelque esprit qu'il puisse avoir ? Je ne serais pas fâché que mon ministre fût généreux, quoique mon garde du trésor royal en fût quelquefois un peu embarrassé. J'aimerais qu'il eût un travail facile, et que même il se distinguât par cette gaieté d'esprit, partage d'un homme supérieur aux affaires qui plaît tant à la nation, et qui rend tous les devoirs moins pénibles. » Il désirait qu'un ministre eût ce caractère, parce qu'il avait toujours remarqué que cette belle humeur est incompatible avec la cruauté.

Mons de Louvois n'aurait peut-être pas été satisfait des souhaits de l'Ingénu ; il avait une autre sorte de mérite.

Mais pendant qu'on était à table, la maladie de cette fille malheureuse prenait un caractère funeste ; son sang s'était allumé, une fièvre dévorante s'était déclarée, elle souffrait et ne se plaignait point, attentive à ne pas troubler la joie des convives.

Son frère, sachant qu'elle ne dormait pas, alla au chevet de son lit ; il fut surpris de l'état où elle était. Tout le monde accourut ; l'amant se présentait à la suite du frère. Il était, sans doute, le plus alarmé et le plus attendri de tous ; mais il avait appris à joindre la discrétion à tous les dons heureux que la nature lui avait prodigués, et le sentiment prompt des bienséances commençait à dominer dans lui.

On fit venir aussitôt un médecin du voisinage. C'était un de ceux qui visitent leurs malades en courant, qui confondent la maladie qu'ils viennent de voir avec celle qu'ils voient, qui mettent une pratique aveugle dans une science à laquelle toute la maturité d'un discernement sain et réfléchi ne peut ôter son incertitude et ses dangers. Il redoubla le mal par sa précipitation à prescrire un remède alors à la mode. De la mode jusque dans la médecine ! Cette manie était trop commune dans Paris.

La triste St. Yves contribuait encore plus que son médecin à rendre sa maladie dangereuse. Son âme tuait son corps. La foule des pensées qui l'agitaient portait dans ses veines un poison plus dangereux que celui de la fièvre la plus brûlante.

CHAPITRE VINGTIÈME

LA BELLE ST. YVES MEURT, ET CE QUI EN ARRIVE

On appela un autre médecin : celui-ci, au lieu d'aider la nature et de la laisser agir dans une jeune personne dans qui tous les organes rappelaient la vie, ne fut occupé que de contrecarrer son confrère. La maladie devint mortelle en deux jours. Le cerveau, qu'on croit le siège de l'entendement, fut attaqué aussi violemment que le cœur, qui est, dit-on, le siège des passions.

Quelle mécanique incompréhensible a soumis les organes au sentiment et à la pensée ? Comment une seule idée douloureuse dérange-t-elle le cours du sang ? Et comment le sang à son tour porte-t-il ses irrégularités dans l'entendement humain ? Quel est ce fluide inconnu et dont l'existence est certaine, qui, plus prompt, plus actif que la lumière, vole, en moins d'un clin d'œil, dans tous les canaux de la vie, produit les sensations, la mémoire, la tristesse ou la joie, la raison ou le vertige, rappelle avec horreur ce qu'on voudrait oublier, et fait d'un animal pensant ou un objet d'admiration, ou un sujet de pitié et de larmes ?

C'était là ce que disait le bon Gordon ; et cette réflexion si naturelle, que rarement font les hommes, ne dérobait rien à son attendrissement ; car il n'était pas de ces malheureux philosophes qui s'efforcent d'être insensibles. Il était touché du sort de cette jeune fille, comme un père qui voit mourir lentement son enfant chéri. L'abbé de St. Yves était désespéré, le prieur et sa sœur répandaient des ruisseaux de larmes. Mais qui pourrait peindre l'état de son amant ? Nulle langue n'a des expressions qui répondent à ce comble des douleurs les langues sont trop imparfaites.

La tante, presque sans vie, tenait la tête de la mourante dans ses faibles bras ; son frère était à genoux au pied du lit, son amant pressait sa main, qu'il baignait de pleurs, et éclatait en sanglots : il la nommait sa bienfaitrice, son espérance, sa vie, la moitié de lui-même, sa maîtresse, son épouse. A ce mot d'épouse elle soupira, le regarda avec une tendresse inexprimable, et soudain jeta un cri d'horreur, puis, dans un de ces intervalles où l'accablement, et l'oppression des sens, et les souffrances suspendues, laissent à l'âme sa liberté et sa force, elle s'écria : « Moi, votre épouse ! Ah ! cher amant, ce nom, ce bonheur, ce prix, n'étaient plus faits pour moi, je meurs, et je le mérite. O dieu de mon cœur ! ô vous que j'ai sacrifié à des démons infernaux, c'en est fait, je suis punie, vivez heureux. » Ces paroles tendres et terribles ne pouvaient être comprises ; mais elles portaient dans tous les cœurs l'effroi et l'attendrissement ; elle eut le courage de s'expliquer. Chaque mot fit frémir d'étonnement, de douleur et de pitié, tous les assistants. Tous se réunissaient à détester l'homme puissant qui n'avait réparé une horrible injustice que par un crime, et qui avait forcé la plus respectable innocence à être sa complice.

« Qui ? vous coupable ! lui dit son amant ; non, vous ne l'êtes pas ; le crime ne peut être que dans le cœur, le vôtre est à la vertu et à moi. »

Il confirmait ce sentiment par des paroles qui semblaient

ramener à la vie la belle St. Yves. Elle se sentit consolée, et s'étonnait d'être aimée encore. Le vieux Gordon l'aurait condamnée dans le temps qu'il n'était que janséniste ; mais, étant devenu sage, il l'estimait, et il pleurait.

Au milieu de tant de larmes et de craintes, pendant que le danger de cette fille si chère remplissait tous les cœurs, que tout était consterné, on annonce un courrier de la cour. Un courrier ! et de qui ? et pourquoi ? C'était de la part du confesseur du roi pour le prieur de la Montagne ; ce n'était pas le père de La Chaise qui écrivait, c'était le frère Vadbled, son valet de chambre, homme très important dans ce temps-là, qui lui mandait aux archevêques les volontés du révérend père, lui qui donnait audience, lui qui promettait des bénéfices, lui qui faisait quelquefois expédier des lettres de cachet. Il écrivait à l'abbé de la Montagne que « Sa Révérence était informée des aventures de son neveu, que sa prison n'était qu'une méprise, que ces petites disgrâces arrivaient fréquemment, qu'il ne fallait pas y faire attention, et qu'enfin il convenait que lui prieur vînt lui présenter son neveu le lendemain, qu'il devait amener avec lui le bonhomme Gordon, que lui frère Vadbled les introduirait chez Sa Révérence et chez mons de Louvois, lequel leur dirait un mot dans son antichambre. »

Il ajoutait que l'histoire de l'Ingénu et son combat contre les Anglais avaient été contés au roi, que sûrement le roi daignerait le remarquer quand il passerait dans la galerie, et peut-être même lui ferait un signe de tête. La lettre finissait par l'espérance dont on le flattait, que toutes les dames de la cour s'empresseraient de faire venir son neveu à leur toilette, que plusieurs d'entre elles lui diraient : « Bonjour, monsieur l'Ingénu » ; et qu'assurément il serait question de lui au souper du roi. La lettre était signée : « Votre affectionné Vadbled, frère jésuite. »

Le prieur ayant lu la lettre tout haut, son neveu furieux, et commandant un moment à sa colère, ne dit rien au porteur ; mais se tournant vers le compagnon de ses infortunes, il lui demanda ce qu'il pensait de ce style. Gordon lui répondit : « C'est donc ainsi qu'on traite les hommes comme des singes ! On les bat et on les fait danser. » L'Ingénu, reprenant son caractère, qui revient toujours dans les grands mouvements de l'âme, déchira la lettre par morceaux, et les jeta au nez du courrier : « Voilà ma réponse. » Son oncle, épouvanté, crut voir le tonnerre et vingt lettres de cachet tomber sur lui. Il alla vite écrire et excuser, comme il put, ce qu'il prenait pour l'emportement d'un jeune homme, et qui était la saillie d'une grande âme.

Mais des soins plus douloureux s'emparaient de tous les cœurs. La belle et infortunée St. Yves sentait déjà sa fin approcher ; elle était dans le calme, mais dans ce calme affreux de la nature affaissée qui n'a plus la force de combattre. « O mon cher amant ! dit-elle d'une voix tombante, la mort me punit de ma faiblesse ; mais j'expire avec la consolation de vous savoir libre. Je vous ai adoré en vous trahissant, et je vous adore en vous disant un éternel adieu. »

Elle ne se parait pas d'une vaine fermeté ; elle ne concevait pas cette misérable gloire de faire dire à quelques voisins : « Elle est morte avec courage. » Qui peut perdre à vingt ans son amant, sa vie, et ce qu'on appelle *l'honneur*, sans regrets et sans déchirements ? Elle sentait toute l'horreur de son état, et le faisait sentir par ces mots et par ces regards mourants qui parlent avec tant d'empire. Enfin elle pleurait comme les autres dans les moments où elle eut la force de pleurer.

Que d'autres cherchent à louer les morts fastueuses de ceux qui entrent dans la destruction avec insensibilité : c'est le sort de tous les animaux. Nous ne mourons comme eux avec indifférence que quand l'âge ou la maladie nous rend semblables à eux par la stupidité de nos organes. Quiconque fait une grande perte a de grands regrets ; s'il les étouffe, c'est qu'il porte la vanité jusque dans les bras de la mort.

Lorsque le moment fatal fut arrivé, tous les assistants jetèrent des larmes et des cris. L'Ingénu perdit l'usage de ses sens. Les âmes fortes ont des sentiments bien plus violents que les autres quand elles sont tendres. Le bon Gordon le connaissait assez pour craindre qu'étant revenu à lui il ne se donnât la mort. On écarta toutes les armes ; le malheureux jeune homme s'en aperçut ; il dit à ses parents et à Gordon, sans pleurer, sans gémir, sans s'émouvoir : « Pensez-vous donc qu'il y ait quelqu'un sur la terre qui ait le droit et le pouvoir de m'empêcher de finir ma vie ? » Gordon se garda bien de lui étaler ces lieux communs fastidieux par lesquels on essaye de prouver qu'il n'est pas permis d'user de sa liberté pour cesser d'être quand on est horriblement mal, qu'il ne faut pas sortir de sa maison quand on ne peut plus y demeurer, que l'homme est sur la terre comme un soldat à son poste : comme s'il importait à l'Être des êtres que l'assemblage de quelques parties de matière fût dans un lieu ou dans un autre ; raisons impuissantes qu'un désespoir ferme et réfléchi dédaigne d'écouter, et auxquelles Caton ne répondit que par un coup de poignard.

Le morne et terrible silence de l'Ingénu, ses yeux sombres, ses lèvres tremblantes, les frémissements de son corps, portaient dans l'âme de tous ceux qui le regardaient ce mélange de compassion et d'effroi qui enchaîne toutes les puissances de l'âme, qui exclut tout discours, et qui ne se manifeste que par des mots entrecoupés. L'hôtesse et sa famille étaient accourues ; on tremblait de son désespoir, on le gardait à vue, on observait tous ses mouvements. Déjà le corps glacé de la belle St. Yves avait été porté dans une salle basse, loin des yeux de son amant, qui semblait la chercher encore, quoiqu'il ne fût plus en état de rien voir.

Au milieu de ce spectacle de la mort, tandis que le corps est exposé à la porte de la maison, que deux prêtres à côté d'un bénitier récitent des prières d'un air distrait, que des passants jettent quelques gouttes d'eau bénite sur la bière par oisiveté, que d'autres poursuivent leur chemin avec indifférence, que les parents pleurent, et qu'un amant est prêt de s'arracher la vie, le St. Pouange arrive avec l'amie de Versailles.

Son goût passager, n'ayant été satisfait qu'une fois, était devenu de l'amour. Le refus de ses bienfaits l'avait piqué. Le père de La Chaise n'aurait jamais pensé à venir dans cette maison ; mais St. Pouange ayant tous les jours devant les yeux l'image de la belle St. Yves, brûlant d'assouvir une passion qui par une seule jouissance avait enfoncé dans son cœur l'aiguillon des désirs, ne balança pas à venir lui-même chercher celle qu'il n'aurait pas peut-être voulu revoir trois fois si elle était venue d'elle-même.

Il descend de carrosse ; le premier objet qui se présente à lui est une bière ; il détourne les yeux avec ce simple dégoût d'un homme nourri dans les plaisirs, qui pense qu'on doit lui épargner tout spectacle qui pourrait le ramener à la contemplation de la misère humaine. Il veut monter. La femme de Versailles demande par curiosité qui on va enterrer ; on prononce le nom de mademoiselle de St. Yves. A ce nom, elle pâlit et poussa un cri affreux ; St. Pouange se retourne ; la surprise et la douleur remplissent son âme. Le bon Gordon était là, les yeux remplis de larmes. Il interrompt ses tristes prières pour apprendre à l'homme de cour toute cette horrible catastrophe. Il lui parle avec cet empire que donnent la douleur et la vertu. St. Pouange n'était point né méchant ; le torrent des affaires et des amusements avait emporté son âme, qui ne se connaissait pas encore. Il ne touchait point à la vieillesse, qui endurcit d'ordinaire le cœur des ministres ; il écoutait Gordon, les yeux baissés, et il en essuyait quelques pleurs qu'il était étonné de répandre : il connut le repentir.

« Je veux voir absolument, dit-il, cet homme extraordinaire dont vous m'avez parlé ; il m'attendrit presque autant que cette innocente victime dont j'ai causé la mort. » Gordon le suit jusqu'à la chambre où le prieur, la Kerkabon, l'abbé de St. Yves, et quelques voisins, rappelaient à la vie le jeune homme retombé en défaillance.

« J'ai fait votre malheur, lui dit le sous-ministre, j'emploierai ma vie à le réparer. » La première idée qui vint à l'Ingénu fut de le tuer, et de se tuer lui-même après. Rien n'était plus à sa place ; mais il était sans armes et veillé de près. St. Pouange ne se rebuta point des refus accompagnés du reproche, du mépris, et de l'horreur qu'il avait mérités, et qu'on lui prodigua. Le temps adoucit tout. Mons de Louvois vint enfin à bout de faire un excellent officier de l'Ingénu, qui a paru sous un autre nom à Paris et dans les armées, avec l'approbation de tous les honnêtes gens, et qui a été à la fois un guerrier et un philosophe intrépide.

Il ne parlait jamais de cette aventure sans gémir ; et cependant sa consolation était d'en parler. Il chérit la mémoire de la tendre St. Yves jusqu'au dernier moment de sa vie. L'abbé de St. Yves et le prieur eurent chacun un bon bénéfice ; la bonne Kerkabon aima mieux voir son neveu dans les honneurs militaires que dans le sous-diaconat. La dévote de Versailles garda les boucles de diamants, et reçut encore un beau présent. Le père Tout-à-tous eut des boîtes de chocolat, de café, de sucre candi, de citrons confits, avec les *Méditations du révérend père Croiset,* et la *Fleur des saints,* reliées en maroquin. Le bon Gordon vécut avec l'Ingénu jusqu'à sa mort dans la plus intime amitié ; il eut un bénéfice aussi, et oublia pour jamais la grâce efficace et le concours concomitant. Il prit pour sa devise : *malheur est bon à quelque chose.* Combien d'honnêtes gens dans le monde ont pu dire : *malheur n'est bon à rien !*

L'HOMME AUX QUARANTE ÉCUS

Un vieillard, qui *toujours plaint le présent et vante le passé,* me disait : « Mon ami, la France n'est pas aussi riche qu'elle l'a été sous Henri IV. Pourquoi ? C'est que les terres ne sont pas si bien cultivées ; c'est que les hommes manquent à la terre, et que le journalier ayant enchéri son travail, plusieurs colons laissent leurs héritages en friche.

— D'où vient cette disette de manœuvres ?

— De ce que quiconque s'est senti un peu d'industrie a embrassé les métiers de brodeur, de ciseleur, d'horloger, d'ouvrier en soie, de procureur, ou de théologien. C'est que la révocation de l'édit de Nantes a laissé un très grand vide dans le royaume ; que les religieuses et les mendiants se sont multipliés, et qu'enfin chacun a fui, autant qu'il a pu, le travail pénible de la culture, pour laquelle Dieu nous a fait naître, et que nous avons rendue ignominieuse, tant nous sommes sensés !

« Une autre cause de notre pauvreté est dans nos besoins nouveaux. Il faut payer à nos voisins quatre millions d'un article, et cinq ou six d'un autre, pour mettre dans notre nez une poudre puante venue de l'Amérique ; le café, le thé, le chocolat, la cochenille, l'indigo, les épiceries, nous coûtent plus de soixante millions par an. Tout cela était inconnu du temps de Henri IV, aux épiceries près, dont la consommation était bien moins grande. Nous brûlons cent fois plus de bougie, et nous tirons plus de la moitié de notre cire de l'étranger, parce que nous négligeons les ruches. Nous voyons cent fois plus de diamants aux oreilles, aux cous, aux mains de nos citoyennes de Paris et de nos grandes villes qu'il n'y en avait chez toutes les dames de la cour de Henri IV, en comptant la reine. Il a fallu payer presque toutes ces superfluités argent comptant.

« Observez surtout que nous payons plus de quinze millions de rentes sur l'Hôtel de Ville aux étrangers, et que Henri IV, à son avènement, en ayant trouvé pour deux millions en tout sur cet hôtel imaginaire, en remboursa sagement une partie pour délivrer l'État de ce fardeau.

« Considérez que nos guerres civiles avaient fait verser en France les trésors du Mexique, lorsque don *Phelippo el discreto* voulait acheter la France, et que depuis ce temps-là les guerres étrangères nous ont débarrassés de la moitié de notre argent.

« Voilà en partie les causes de notre pauvreté. Nous la cachons sous des lambris vernis, et par l'artifice des marchandes de modes : nous sommes pauvres avec goût. Il y a des financiers, des entrepreneurs, des négociants très riches ; leurs enfants, leurs gendres, sont très riches ; en général la nation ne l'est pas. »

Le raisonnement de ce vieillard, bon ou mauvais, fit sur moi une impression profonde : car le curé de ma paroisse, qui a toujours eu de l'amitié pour moi, m'a enseigné un peu de géométrie et d'histoire, et je commence à réfléchir, ce qui est très rare dans ma province. Je ne sais s'il avait raison en tout ; mais, étant fort pauvre, je n'eus pas grand peine à croire que j'avais beaucoup de compagnons[1].

DÉSASTRE DE L'HOMME AUX QUARANTE ÉCUS

Je suis bien aise d'apprendre à l'univers que j'ai une terre qui me vaudrait net quarante écus de rente, n'était la taxe à laquelle elle est imposée.

Il parut plusieurs édits de quelques personnes qui, se trouvant de loisir, gouvernent l'État au coin de leur feu. Le préambule de ces édits était que la puissance *législatrice et*

1. Madame de Maintenon, qui en tout genre était une femme fort entendue, excepté dans celui sur lequel elle consultait le trigaud et processif abbé Gobelin, son confesseur ; Madame de Maintenon, dis-je, dans une de ses lettres, fait le compte du ménage de son frère et de sa femme, en 1680. Le mari et la femme avaient à payer le loyer d'une maison agréable ; leurs domestiques étaient au nombre de dix ; ils avaient quatre chevaux et deux cochers, un bon dîner tous les jours. Madame de Maintenon évalue le tout à neuf mille francs par an, et met trois mille livres pour le jeu, les spectacles, les fantaisies, et les magnificences de monsieur et de madame.

Il faudrait à présent environ quarante mille livres pour mener une telle vie dans Paris ; il n'en eût fallu que six mille du temps de Henri IV. Cet exemple prouve assez que le vieux bonhomme ne radote pas absolument.

exécutrice est née de droit divin copropriétaire de ma terre, et que je lui dois au moins la moitié de ce que je mange. L'énormité de l'estomac de la puissance législatrice et exécutrice me fit faire un grand signe de croix. Que serait-ce si cette puissance, qui préside à l'*ordre essentiel des sociétés,* avait ma terre en entier ! L'un est encore plus divin que l'autre.

Monsieur le contrôleur général sait que je ne payais en tout que douze livres ; que c'était un fardeau très pesant pour moi, et que j'y aurais succombé si Dieu ne m'avait donné le génie de faire des paniers d'osier, qui m'aidaient à supporter ma misère. Comment donc pourrai-je tout d'un coup donner au roi vingt écus ?

Les nouveaux ministres disaient encore dans leur préambule qu'on ne doit taxer que les terres, parce que tout vient de la terre, jusqu'à la pluie, et que par conséquent il n'y a que les fruits de la terre qui doivent l'impôt.

Un de leurs huissiers vint chez moi dans la dernière guerre ; il me demanda pour ma quote-part trois setiers de blé et un sac de fèves, le tout valant vingt écus, pour soutenir la guerre qu'on faisait, et dont je n'ai jamais su la raison, ayant seulement entendu dire que, dans cette guerre, il n'y avait rien à gagner du tout pour mon pays, et beaucoup à perdre. Comme je n'avais alors ni blé, ni fèves, ni argent, la puissance législatrice et exécutrice me fit traîner en prison, et on fit la guerre comme on put.

En sortant de mon cachot, n'ayant que la peau sur les os, je rencontrai un homme joufflu et vermeil dans un carrosse à six chevaux ; il avait six laquais, et donnait à chacun d'eux pour gages le double de mon revenu. Son maître d'hôtel, aussi vermeil que lui, avait deux mille francs d'appointements, et lui en volait par an vingt mille. Sa maîtresse lui coûtait quarante mille écus en six mois ; je l'avais connu autrefois dans le temps qu'il était moins riche que moi : il m'avoua, pour me consoler, qu'il jouissait de quatre cent mille livres de rente. « Vous en payez donc deux cent mille à l'État, lui dis-je, pour soutenir la guerre avantageuse que nous avons ; car moi, qui n'ai juste que mes cent vingt livres, il faut que j'en paye la moitié.

— Moi, dit-il, que je contribue aux besoins de l'État ! Vous voulez rire, mon ami ; j'ai hérité d'un oncle qui avait gagné huit millions à Cadix et à Surate ; je n'ai pas un pouce de terre, tout mon bien est en contrats, en billets sur la place : je ne dois rien à l'État ; c'est à vous de donner la moitié de votre subsistance, vous qui êtes un seigneur terrien. Ne voyez-vous pas que, si le ministre des finances exigeait de moi quelques secours pour la patrie, il serait un imbécile qui ne saurait pas calculer ? Car tout vient de la terre ; l'argent et les billets ne sont que des gages d'échange : au lieu de mettre sur une carte au pharaon cent setiers de blé, cent bœufs, mille moutons, et deux cents sacs d'avoine, je joue des rouleaux d'or qui représentent ces denrées dégoûtantes. Si, après avoir mis l'*impôt unique* sur ces denrées, on venait encore me demander de l'argent, ne voyez-vous pas que ce serait un double emploi ? que ce serait demander deux fois la même chose ? Mon oncle vendit à Cadix pour deux millions de votre blé, et pour deux millions d'étoffes fabriquées avec votre laine : il gagna plus de cent pour cent dans ces deux affaires. Vous concevez bien que ce profit fut fait sur des terres déjà taxées : ce que mon oncle achetait dix sous de vous, il le revendait plus de cinquante francs au Mexique ; et, tous frais faits, il est revenu avec huit millions.

« Vous sentez bien qu'il serait d'une horrible injustice de lui redemander quelques oboles sur les dix sous qu'il vous donna. Si vingt neveux comme moi, dont les oncles auraient gagné dans le bon temps chacun huit millions au Mexique, à Buenos-Ayres, à Lima, à Surate ou à Pondichéry, prêtaient seulement à l'État chacun deux cent mille francs dans les besoins urgents de la patrie, cela produirait quatre millions : quelle horreur ! Payez mon ami, vous qui jouissez en paix d'un revenu clair et net de quarante écus ; servez bien la patrie, et venez quelquefois dîner avec ma livrée. »

Ce discours plausible me fit beaucoup réfléchir, et ne me consola guère.

ENTRETIEN AVEC UN GÉOMÈTRE

Il arrive quelquefois qu'on ne peut rien répondre, et qu'on n'est pas persuadé. On est atterré sans pouvoir être convaincu. On sent dans le fond de son âme un scrupule, une répugnance qui nous empêche de croire ce qu'on nous a prouvé. Un géomètre vous démontre qu'entre un cercle et une tangente vous pouvez faire passer une infinité de lignes courbes, et que vous n'en pouvez faire passer une droite : vos yeux, votre raison, vous disent le contraire. Le géomètre vous répond gravement que c'est là un infini du second ordre. Vous vous taisez, et vous vous en retournez tout stupéfait, sans avoir aucune idée nette, sans rien comprendre, et sans rien répliquer.

Vous consultez un géomètre de meilleure foi, qui vous explique le mystère. « Nous supposons, dit-il, ce qui ne peut être dans la nature, des lignes qui ont de la longueur sans largeur : il est impossible, physiquement parlant, qu'une ligne réelle en pénètre une autre. Nulle courbe, ni nulle droite réelle ne peut passer entre deux lignes réelles qui se touchent : ce ne sont là que des jeux de l'entendement, des chimères idéales ; et la véritable géométrie est l'art de mesurer les choses existantes. »

Je fus très content de l'aveu de ce sage mathématicien, et je me mis à rire, dans mon malheur, d'apprendre qu'il y avait de la charlatanerie jusque dans la science qu'on appelle la *haute science.*

Mon géomètre était un citoyen philosophe qui avait daigné quelquefois causer avec moi dans ma chaumière. Je lui dis : « Monsieur, vous avez tâché d'éclairer les badauds de Paris sur le plus grand intérêt des hommes, la durée de la vie humaine. Le ministère a connu par vous seul ce qu'il doit donner aux rentiers viagers, selon leurs différents âges. Vous avez proposé de donner aux maisons de la ville l'eau qui leur manque, et de nous sauver enfin de l'opprobre et du ridicule d'entendre toujours crier à *l'eau,* et de voir des femmes enfermées dans un cerceau oblong porter deux seaux d'eau, pesant ensemble trente livres, à un quatrième étage auprès d'un privé. Faites-moi, je vous prie, l'amitié de me dire combien il y a d'animaux à deux mains et à deux pieds en France.

LE GÉOMÈTRE

On prétend qu'il y en a environ vingt millions, et je veux bien adopter ce calcul très probable[1], en attendant qu'on le vérifie ; ce qui serait très aisé, et qu'on n'a pas encore fait, *parce qu'on ne s'avise jamais de tout.*

L'HOMME AUX QUARANTE ÉCUS

Combien croyez-vous que le territoire de France contienne d'arpents ?

LE GÉOMÈTRE

Cent trente millions, dont presque la moitié est en chemins, en villes, villages, landes, bruyères, marais, sables, terres stériles, couvents inutiles, jardins de plaisance plus agréables

1. Cela est prouvé par les mémoires des intendants, faits à la fin du dix-septième siècle, combinés avec le dénombrement par feux, composé en

qu'utiles, terrains incultes, mauvais terrains mal cultivés. On pourrait réduire les terres d'un bon rapport à soixante et quinze millions d'arpents carrés ; mais comptons-en quatre-vingts millions : on ne saurait trop faire pour sa patrie.

L'HOMME AUX QUARANTE ÉCUS

Combien croyez-vous que chaque arpent rapporte l'un dans l'autre, année commune, en blés, en semence de toute espèce, vins, étangs, bois, métaux, bestiaux, fruits, laines, soies, lait, huiles, tous frais faits, sans compter l'impôt ?

LE GÉOMÈTRE

Mais, s'ils produisent chacun vingt-cinq livres, c'est beaucoup ; cependant mettons trente livres, pour ne pas décourager nos concitoyens. Il y a des arpents qui produisent des valeurs renaissantes estimées trois cents livres ; il y en a qui produisent trois livres. La moyenne proportionnelle entre trois et trois cents est trente : car vous voyez bien que trois est à trente comme trente est à trois cents. Il est vrai que, s'il y avait beaucoup d'arpents à trente livres, et très peu à trois cents livres, notre compte ne s'y trouverait pas ; mais, encore une fois, je ne veux point chicaner.

L'HOMME AUX QUARANTE ÉCUS

Eh bien ! monsieur, combien les quatre-vingts millions d'arpents donneront-ils de revenu, estimé en argent ?

LE GÉOMÈTRE

Le compte est tout fait : cela produit par an deux milliards quatre cents millions de livres numéraires au cours de ce jour.

L'HOMME AUX QUARANTE ÉCUS

J'ai lu que Salomon possédait lui seul vingt-cinq milliards d'argent comptant ; et certainement il n'y a pas deux milliards quatre cents millions d'espèces circulantes dans la France, qu'on m'a dit être beaucoup plus grande et plus riche que le pays de Salomon.

1753 par ordre de Monsieur le comte d'Argenson, et surtout avec l'ouvrage très exact de Monsieur de Mezence, fait sous les yeux de Monsieur l'intendant de la Michaudière, l'un des hommes les plus éclairés.

LE GÉOMÈTRE

C'est là le mystère : il y a peut-être à présent environ neuf cents millions d'argent circulant dans le royaume, et cet argent, passant de main en main, suffit pour payer toutes les denrées et tous les travaux ; le même écu peut passer mille fois de la poche du cultivateur dans celle du cabaretier et du commis des aides.

L'HOMME AUX QUARANTE ÉCUS

J'entends. Mais vous m'avez dit que nous sommes vingt millions d'habitants, hommes et femmes, vieillards et enfants : combien pour chacun, s'il vous plaît ?

LE GÉOMÈTRE

Cent vingt livres, ou quarante écus.

L'HOMME AUX QUARANTE ÉCUS

Vous avez deviné tout juste mon revenu : j'ai quatre arpents qui, en comptant les années de repos mêlées avec les années de produit, me valent cent vingt livres ; c'est peu de chose.

Quoi ! si chacun avait une portion égale, comme dans l'âge d'or, chacun n'aurait que cinq louis d'or par an ?

LE GÉOMÈTRE

Pas davantage, suivant notre calcul, que j'ai un peu enflé. Tel est l'état de la nature humaine. La vie et la fortune sont bien bornées : on ne vit à Paris, l'un portant l'autre, que vingt-deux à vingt-trois ans ; l'un portant l'autre, on n'a tout au plus que cent vingt livres par an à dépenser : c'est-à-dire que votre nourriture, votre vêtement, votre logement, vos meubles, sont représentés par la somme de cent vingt livres.

L'HOMME AUX QUARANTE ÉCUS

Hélas ! que vous ai-je fait pour m'ôter ainsi la fortune et la vie ? Est-il vrai que je n'aie que vingt-trois ans à vivre, à moins que je ne vole la part de mes camarades.

LE GÉOMÈTRE

Cela est incontestable dans la bonne ville de Paris ; mais de ces vingt-trois ans il en faut retrancher au moins dix de votre enfance : car l'enfance n'est pas une jouissance de la vie, c'est une préparation, c'est le vestibule de l'édifice, c'est l'arbre qui n'a pas encore donné de fruits, c'est le crépuscule d'un jour. Retranchez des treize années qui vous restent le temps du sommeil et celui de l'ennui, c'est au moins la moitié : reste six ans et demi que vous passez dans le chagrin, les douleurs, quelques plaisirs, et l'espérance.

L'HOMME AUX QUARANTE ÉCUS

Miséricorde ! votre compte ne va pas à trois ans d'une existence supportable.

LE GÉOMÈTRE

Ce n'est pas ma faute. La nature se soucie fort peu des individus. Il y a d'autres insectes qui ne vivent qu'un jour, mais dont l'espèce dure à jamais. La nature est comme ces grands princes qui comptent pour rien la perte de quatre cent mille hommes, pourvu qu'ils viennent à bout de leurs augustes desseins.

L'HOMME AUX QUARANTE ÉCUS

Quarante écus, et trois ans à vivre ! quelle ressource imagineriez-vous contre ces deux malédictions ?

LE GÉOMÈTRE

Pour la vie, il faudrait rendre dans Paris l'air plus pur, que les hommes mangeassent moins, qu'ils fissent plus d'exercice, que les mères allaitassent leurs enfants, qu'on ne fût plus assez malavisé pour craindre l'inoculation : c'est ce que j'ai déjà dit, et pour la fortune, il n'y a qu'à se marier, et faire des garçons et des filles.

L'HOMME AUX QUARANTE ÉCUS

Quoi ! le moyen de vivre commodément est d'associer ma misère à celle d'un autre ?

LE GÉOMÈTRE

Cinq ou six misères ensemble font un établissement très tolérable. Ayez une brave femme, deux garçons et deux filles seulement, cela fait sept cent vingt livres pour votre petit ménage, supposé que justice soit faite, et que chaque individu ait cent vingt livres de rente. Vos enfants en bas âge ne vous coûtent presque rien ; devenus grands, ils vous soulagent ; leurs secours mutuels vous sauvent presque toutes les dépenses, et vous vivez très heureusement en philosophe, pourvu que ces messieurs qui gouvernent l'État n'aient pas la barbarie de vous extorquer à chacun vingt écus par an ; mais le malheur est que nous ne sommes plus dans l'âge d'or, où les hommes, nés tous égaux, avaient également part aux productions succulentes d'une terre non cultivée. Il s'en faut beaucoup aujourd'hui que chaque être à deux mains et à deux pieds possède un fonds de cent vingt livres de revenu.

L'HOMME AUX QUARANTE ÉCUS

Ah ! vous nous ruinez. Vous nous disiez tout à l'heure que dans un pays où il y a quatre-vingts millions d'arpents de terre assez bonne, et vingt millions d'habitants, chacun doit jouir de cent vingt livres de rente, et vous nous les ôtez.

LE GÉOMÈTRE

Je comptais suivant les registres du siècle d'or, et il faut compter suivant le siècle de fer. Il y a beaucoup d'habitants qui n'ont que la valeur de dix écus de rente, d'autres qui n'en ont que quatre ou cinq, et plus de six millions d'hommes qui n'ont absolument rien.

L'HOMME AUX QUARANTE ÉCUS

Mais ils mourraient de faim au bout de trois jours.

LE GÉOMÈTRE

Point du tout : les autres qui possèdent leurs portions les font travailler, et partagent avec eux ; c'est ce qui paye le théologien, le confiturier, l'apothicaire, le prédicateur, le comédien, le procureur et le fiacre. Vous vous êtes cru à plaindre de n'avoir que cent vingt livres à dépenser par an, réduites à cent huit livres à cause de votre taxe de douze francs ; mais regardez les soldats qui donnent leur sang pour la patrie : ils ne disposent, à quatre sous par jour, que de soixante et treize livres, et ils vivent gaiement en s'associant par chambrées.

L'HOMME AUX QUARANTE ÉCUS

Ainsi donc un ex-jésuite a plus de cinq fois la paye du soldat. Cependant les soldats ont rendu plus de services à l'État sous les yeux du roi à Fontenoy, à Laufelt, au siège de

Fribourg, que n'en a jamais rendu le révérend père La Valette.

LE GÉOMÈTRE

Rien n'est plus vrai ; et même chaque jésuite devenu libre a plus à dépenser qu'il ne coûtait à son couvent : il y en a même qui ont gagné beaucoup d'argent à faire des brochures contre les parlements, comme le révérend père Patouillet et le révérend père Nonotte. Chacun s'ingénie dans ce monde : l'un est à la tête d'une manufacture d'étoffes ; l'autre de porcelaine ; un autre entreprend l'opéra ; celui-ci fait la gazette ecclésiastique ; cet autre, une tragédie bourgeoise, ou un roman dans le goût anglais ; il entretient le papetier, le marchand d'encre, le libraire, le colporteur, qui sans lui demanderaient l'aumône. Ce n'est enfin que la restitution de cent vingt livres à ceux qui n'ont rien qui fait fleurir l'État.

L'HOMME AUX QUARANTE ÉCUS

Parfaite manière de fleurir !

LE GÉOMÈTRE

Il n'y en a point d'autre : par tout pays le riche fait vivre le pauvre. Voilà l'unique source de l'industrie du commerce. Plus la nation est industrieuse, plus elle gagne sur l'étranger. Si nous attrapions de l'étranger dix millions par an pour la balance du commerce, il y aurait dans vingt ans deux cents millions de plus dans l'État : ce serait dix francs de plus à répartir loyalement sur chaque tête, c'est-à-dire que les négociants feraient gagner à chaque pauvre dix francs de plus, dans l'espérance de faire des gains encore plus considérables ; mais le commerce a ses bornes, comme la fertilité de la terre : autrement la progression irait à l'infini ; et puis il n'est pas sûr que la balance de notre commerce nous soit toujours favorable : il y a des temps où nous perdons.

L'HOMME AUX QUARANTE ÉCUS

J'ai entendu parler beaucoup de population. Si nous nous avisions de faire le double d'enfants de ce que nous en faisons, si notre patrie était peuplée du double, si nous avions quarante millions d'habitants au lieu de vingt, qu'arriverait-il ?

LE GÉOMÈTRE

Il arriverait que chacun n'aurait à dépenser que vingt écus, l'un portant l'autre, ou qu'il faudrait que la terre rendît le double de ce qu'elle rend, ou qu'il y aurait le double de pauvres, ou qu'il faudrait avoir le double d'industrie, et gagner le double sur l'étranger, ou envoyer la moitié de la nation en Amérique, ou que la moitié de la nation mangeât l'autre.

L'HOMME AUX QUARANTE ÉCUS

Contentons-nous donc de nos vingt millions d'hommes, et de nos cent vingt livres par tête, réparties comme il plaît à Dieu ; mais cette situation est triste, et votre siècle de fer est bien dur.

LE GÉOMÈTRE

Il n'y a aucune nation qui soit mieux, et il en est beaucoup qui sont plus mal. Croyez-vous qu'il y ait dans le Nord de quoi donner la valeur de cent vingt livres à chaque habitant ? S'ils avaient eu l'équivalent, les Huns, les Goths, les Vandales et les Francs n'auraient pas déserté leur patrie pour aller s'établir ailleurs, le fer et la flamme à la main.

L'HOMME AUX QUARANTE ÉCUS

Si je vous laissais dire, vous me persuaderiez bientôt que je suis heureux avec mes cent vingt francs.

LE GÉOMÈTRE

Si vous pensiez être heureux, en ce cas vous le seriez.

L'HOMME AUX QUARANTE ÉCUS

On ne peut s'imaginer être ce qu'on n'est pas, à moins qu'on ne soit fou.

LE GÉOMÈTRE

Je vous ai déjà dit que, pour être plus à votre aise et plus heureux que vous n'êtes, il faut que vous preniez une femme ; mais j'ajouterai qu'elle doit avoir comme vous cent vingt livres de rente, c'est-à-dire quatre arpents à dix écus l'arpent.

Les anciens Romains n'en avaient chacun que trois. Si vos enfants sont industrieux, ils pourront en gagner chacun autant en travaillant pour les autres.

L'HOMME AUX QUARANTE ÉCUS

Ainsi ils ne pourront avoir de l'argent sans que d'autres en perdent.

LE GÉOMÈTRE

C'est la loi de toutes les nations ; on ne respire qu'à ce prix.

L'HOMME AUX QUARANTE ÉCUS

Et il faudra que ma femme et moi nous donnions chacun la moitié de notre récolte à la puissance législatrice et exécutrice, et que les nouveaux ministres d'État nous enlèvent la moitié du prix de nos sueurs et de la substance de nos pauvres enfants avant qu'ils puissent gagner leur vie ! Dites-moi, je vous prie, combien nos nouveaux ministres font entrer d'argent de droit divin dans les coffres du roi.

LE GÉOMÈTRE

Vous payez vingt écus pour quatre arpents qui vous en rapportent quarante. L'homme riche qui possède quatre cents arpents payera deux mille écus par ce nouveau tarif, et les quatre-vingts millions d'arpents rendront au roi douze cents millions de livres par année, ou quatre cents millions d'écus.

L'HOMME AUX QUARANTE ÉCUS

Cela me paraît impraticable et impossible.

LE GÉOMÈTRE

Vous avez très grande raison, et cette impossibilité est une démonstration géométrique qu'il y a un vice fondamental de raisonnement dans nos nouveaux ministres.

L'HOMME AUX QUARANTE ÉCUS

N'y a-t-il pas aussi une prodigieuse injustice démontrée à me prendre la moitié de mon blé, de mon chanvre, de la laine de mes moutons, etc., et de n'exiger aucun secours de ceux qui auront gagné dix ou vingt, ou trente mille livres de rente avec mon chanvre, dont ils ont tissu de la toile ; avec ma laine, dont ils ont fabriqué des draps ; avec mon blé, qu'ils auront vendu plus cher qu'ils ne l'ont acheté ?

LE GÉOMÈTRE

L'injustice de cette administration est aussi évidente que son calcul est erroné. Il faut que l'industrie soit favorisée ; mais il faut que l'industrie opulente secoure l'État. Cette industrie vous a certainement ôté une partie de vos cent vingt livres, et se les est appropriées en vous vendant vos chemises et votre habit vingt fois plus cher qu'ils ne vous auraient coûté si vous les aviez faits vous-même. Le manufacturier, qui s'est enrichi à vos dépens, a, je l'avoue, donné un salaire à ses ouvriers, qui n'avaient rien par eux-mêmes ; mais il a retenu pour lui, chaque année, une somme qui lui a valu enfin trente mille livres de rente : il a donc acquis cette fortune à vos dépens ; vous ne pourrez jamais lui vendre vos denrées assez cher pour vous rembourser de ce qu'il a gagné sur vous : car, si vous tentiez ce surhaussement, il en ferait venir de l'étranger à meilleur prix. Une preuve que cela est ainsi, c'est qu'il reste toujours possesseur de ses trente mille livres de rente, et vous restez avec vos cent vingt livres, qui diminuent souvent, bien loin d'augmenter.

Il est donc nécessaire et équitable que l'industrie raffinée du négociant paye plus que l'industrie grossière du laboureur. Il en est de même des receveurs des deniers publics. Votre taxe avait été jusqu'ici de douze francs avant que nos grands ministres vous eussent pris vingt écus. Sur ces douze francs, le publicain retenait dix sols pour lui. Si dans votre province il y a cinq cent mille âmes, il aura gagné deux cent cinquante mille francs par an. Qu'il en dépense cinquante, il est clair qu'au bout de dix ans il aura deux millions de bien. Il est très juste qu'il contribue à proportion, sans quoi tout serait perverti et bouleversé.

L'HOMME AUX QUARANTE ÉCUS

Je vous remercie d'avoir taxé ce financier, cela soulage mon imagination ; mais puisqu'il a si bien augmenté son superflu, comment puis-je faire pour accroître aussi ma petite fortune ?

LE GÉOMÈTRE

Je vous l'ai déjà dit, en vous mariant, en travaillant, en tâchant de tirer de votre terre quelques gerbes de plus que ce qu'elle vous produisait.

L'HOMME AUX QUARANTE ÉCUS

Je suppose que j'aie bien travaillé ; que toute la nation en ait fait autant ; que la puissance législatrice et exécutrice en ait reçu un plus gros tribut : combien la nation a-t-elle gagné au bout de l'année ?

LE GÉOMÈTRE

Rien du tout ; à moins qu'elle n'ait fait un commerce étranger utile ; mais elle aura vécu plus commodément. Chacun aura eu à proportion plus d'habits, de chemises, de meubles, qu'il n'en avait auparavant. Il y aura eu dans l'État une circulation plus abondante ; les salaires auront été augmentés avec le temps à peu près en proportion du nombre de gerbes de blé, de toisons de moutons, de cuirs de bœufs, de cerfs et de chèvres, qui auront été employés, de grappes de raisin qu'on aura foulées dans le pressoir. On aura payé au roi plus de valeurs de denrées en argent, et le roi aura rendu plus de valeurs à tous ceux qu'il aura fait travailler sous ses ordres ; mais il n'y aura pas un écu de plus dans le royaume.

L'HOMME AUX QUARANTE ÉCUS

Que restera-t-il donc à la puissance au bout de l'année ?

LE GÉOMÈTRE

Rien, encore une fois ; c'est ce qui arrive à toute puissance : elle ne thésaurise pas ; elle a été nourrie, vêtue, logée, meublée ; tout le monde l'a été aussi, chacun suivant son état ; et, si elle thésaurise, elle a arraché à la circulation autant d'argent qu'elle en a entassé ; elle a fait autant de malheureux qu'elle a mis de fois quarante écus dans ses coffres.

L'HOMME AUX QUARANTE ÉCUS

Mais ce grand Henri IV n'était donc qu'un vilain, un ladre, un pillard : car on m'a conté qu'il avait encaqué dans la Bastille plus de cinquante millions de notre monnaie d'aujourd'hui ?

LE GÉOMÈTRE

C'était un homme aussi bon, aussi prudent que valeureux. Il allait faire une juste guerre, et en amassant dans ses coffres vingt-deux millions de son temps, en ayant encore à recevoir plus de vingt autres qu'il laissait circuler, il épargnait à son peuple plus de cent millions qu'il en aurait coûté s'il n'avait pas pris ces utiles mesures. Il se rendait moralement sûr du succès contre un ennemi qui n'avait pas les mêmes précautions. Le calcul des probabilités était prodigieusement en sa faveur. Ces vingt-deux millions encaissés prouvaient qu'il y avait alors dans le royaume la valeur de vingt-deux millions d'excédent dans les biens de la terre : ainsi personne ne souffrait.

L'HOMME AUX QUARANTE ÉCUS

Mon vieillard me l'avait bien dit qu'on était à proportion plus riche sous l'administration du duc de Sully que sous celle des nouveaux ministres, qui ont mis l'impôt unique, et qui m'ont pris vingt écus sur quarante. Dites-moi, je vous prie, y a-t-il une nation au monde qui jouisse de ce beau bénéfice de l'impôt unique ?

LE GÉOMÈTRE

Pas une nation opulente. Les Anglais, qui ne rient guère, se sont mis à rire quand ils ont appris que des gens d'esprit avaient proposé parmi nous cette administration. Les Chinois exigent une taxe de tous les vaisseaux marchands qui abordent à Kanton ; les Hollandais payent à Nangasaqui, quand ils sont reçus au Japon, sous prétexte qu'ils ne sont pas chrétiens ; les Lapons et les Samoyèdes, à la vérité, sont soumis à un impôt unique en peaux de martres ; la république de Saint-Marin ne paye que des dîmes pour entretenir l'État dans sa splendeur.

Il y a dans notre Europe une nation célèbre par son équité et par sa valeur qui ne paye aucune taxe : c'est le peuple helvétien. Mais voici ce qui est arrivé : ce peuple s'est mis à la place des ducs d'Autriche et de Zeringue ; les petits cantons sont démocratiques et très pauvres ; chaque habitant y paye une somme très modique pour les besoins de la petite république. Dans les cantons riches, on est chargé envers l'État des redevances que les archiducs d'Autriche et les seigneurs fonciers exigeaient : les cantons protestants sont à proportion du double plus riches que les catholiques, parce que l'État y possède les biens des moines. Ceux qui étaient sujets des archiducs d'Autriche, des ducs de Zeringue, et des moines, le sont aujourd'hui de la patrie ; ils payent à cette patrie les mêmes dîmes, les mêmes droits, les mêmes lods et ventes qu'ils payaient à leurs anciens maîtres ; et, comme les sujets en général ont très peu de commerce, le négoce n'est assujetti à aucune charge, excepté de petits droits d'entrepôt : les hommes trafiquent de leur valeur avec les puissances étrangères, et se vendent pour quelques années, ce qui fait entrer quelque argent dans leur pays à nos dépens ; et c'est un exemple aussi unique dans le monde policé que l'est l'impôt établi par vos nouveaux législateurs.

L'HOMME AUX QUARANTE ÉCUS

Ainsi, monsieur, les Suisses ne sont pas de droit divin dépouillés de la moitié de leurs biens ; et celui qui possède quatre vaches n'en donne pas deux à l'État ?

LE GÉOMÈTRE

Non, sans doute. Dans un canton, sur treize tonneaux de vin on en donne un et on en boit douze. Dans un autre canton, on paye la douzième partie et on en boit onze.

L'HOMME AUX QUARANTE ÉCUS

Ah ! qu'on me fasse Suisse ! Le maudit impôt que l'impôt unique et inique qui m'a réduit à demander l'aumône ! Mais trois ou quatre cents impôts, dont les noms même me sont impossibles à retenir et à prononcer, sont-ils plus justes et plus honnêtes ? Y a-t-il jamais eu un législateur qui, en fondant un État, ait imaginé de créer des conseillers du roi mesureurs de charbons, jaugeurs de vin, mouleurs de bois, langueyeurs de porcs, contrôleurs de beurre salé ? d'entretenir une armée de faquins deux fois plus nombreuse que celle d'Alexandre, commandée par soixante généraux qui mettent le pays à contribution, qui remportent des victoires signalées tous les jours, qui font des prisonniers, et qui quelquefois les sacrifient en l'air ou sur un petit théâtre de planches, comme faisaient les anciens Scythes, à ce que m'a dit mon curé ?

Une telle législation, contre laquelle tant de cris s'élevaient, et qui faisait verser tant de larmes, valait-elle mieux que celle qui m'ôte tout d'un coup nettement et paisiblement la moitié de mon existence ? J'ai peur qu'à bien compter on ne m'en prît en détail les trois quarts sous l'ancienne finance.

LE GÉOMÈTRE

Iliacos intra muros peccatur et extra.
Est modus in rebus. Caveas ne quid nimis.

L'HOMME AUX QUARANTE ÉCUS

J'ai appris un peu d'histoire et de géométrie, mais je ne sais pas le latin.

LE GÉOMÈTRE

Cela signifie à peu près : « On a tort des deux côtés. Gardez le milieu en tout. Rien de trop. »

L'HOMME AUX QUARANTE ÉCUS

Oui, rien de trop, c'est ma situation ; mais je n'ai pas assez.

LE GÉOMÈTRE

Je conviens que vous péririez de faim, et moi aussi, et l'État aussi, supposé que la nouvelle administration dure seulement deux ans ; mais il faut espérer que Dieu aura pitié de nous.

L'HOMME AUX QUARANTE ÉCUS

On passe sa vie à espérer, et on meurt en espérant. Adieu, monsieur ; vous m'avez instruit, mais j'ai le cœur navré.

LE GÉOMÈTRE

C'est souvent le fruit de la science.

AVENTURE AVEC UN CARME

Quand j'eus bien remercié l'académicien de l'Académie des sciences de m'avoir mis au fait, je m'en allai tout pantois, louant la Providence, mais grommelant entre mes dents ces tristes paroles : « Vingt écus de rente seulement pour vivre, et n'avoir que vingt-deux ans à vivre ! » Hélas ! puisse notre vie être encore plus courte, puisqu'elle est si malheureuse !

Je me trouvai bientôt vis-à-vis d'une maison superbe. Je sentais déjà la faim ; je n'avais pas seulement la cent vingtième partie de la somme qui appartient de droit à chaque individu ; mais, dès qu'on m'eut appris que ce palais était le couvent des révérends pères carmes déchaussés, je conçus de grandes espérances, et je dis : « Puisque ces saints sont assez humbles pour marcher pieds nus, ils seront assez charitables pour me donner à dîner. »

Je sonnai ; un carme vint : « Que voulez-vous, mon fils ? — Du pain, mon révérend père ; les nouveaux édits m'ont tout ôté. — Mon fils, nous demandons nous-mêmes l'aumône ; nous ne la faisons pas. — Quoi ! votre saint institut vous ordonne de n'avoir pas de souliers, et vous avez une maison de prince, et vous me refusez à manger ! — Mon fils, il est vrai que nous sommes sans souliers et sans bas : c'est une dépense de moins ; mais nous n'avons pas plus froid aux pieds qu'aux mains ; et si notre saint institut nous avait ordonné d'aller cul nu, nous n'aurions point froid au derrière. A l'égard de notre belle maison, nous l'avons aisément bâtie, parce que nous avons cent mille livres de rente en maisons dans la même rue. — Ah ! ah ! vous me laissez mourir de faim, et vous avez cent mille livres de rente ! Vous en rendez donc cinquante mille au nouveau gouvernement ? — Dieu nous préserve de payer une obole ! Le seul produit de la terre cultivée par des mains laborieuses, endurcies de calus et mouillées de larmes, doit des tributs à la puissance législatrice et exécutrice. Les aumônes qu'on nous a données nous ont mis en état de faire bâtir ces maisons, dont nous tirons cent mille livres par an ; mais ces aumônes venant des fruits de la terre, ayant déjà payé le tribut, elles ne doivent pas payer deux fois : elles ont sanctifié les fidèles qui se sont appauvris en nous enrichissant, et nous continuons à demander l'aumône et à mettre à contribution le faubourg St-Germain pour sanctifier encore les fidèles. » Ayant dit ces mots, le carme me ferma la porte au nez.

Je passai par-devant l'hôtel des mousquetaires gris ; je contai la chose à un de ces messieurs : ils me donnèrent un bon dîner et un écu. L'un d'eux proposa d'aller brûler le couvent ; mais un mousquetaire plus sage lui montra que le temps n'était pas encore venu, et le pria d'attendre encore deux ou trois ans.

AUDIENCE DE MONSIEUR LE CONTRÔLEUR GÉNÉRAL

J'allai, avec mon écu, présenter un placet à monsieur le contrôleur général, qui donnait audience ce jour-là.

Son antichambre était remplie de gens de toute espèce. Il y

avait surtout des visages encore plus pleins, des ventres plus rebondis, des mines plus fières que mon homme aux huit millions. Je n'osais m'approcher ; je les voyais, et ils ne me voyaient pas.

Un moine, gros décimateur, avait intenté un procès à des citoyens qu'il appelait *ses paysans*. Il avait déjà plus de revenu que la moitié de ses paroissiens ensemble, et de plus il était seigneur de fief. Il prétendait que ses vassaux, ayant converti avec des peines extrêmes leurs bruyères en vignes, ils lui devaient la dixième partie de leur vin, ce qui faisait, en comptant le prix du travail et des échalas, et des futailles, et du cellier, plus du quart de la récolte. « Mais comme les dîmes, disait-il, sont de droit divin, je demande le quart de la substance de mes paysans au nom de Dieu. » Le ministre lui dit : « Je vois combien vous êtes charitable ! »

Un fermier général, fort intelligent dans les aides, lui dit alors : « Monseigneur, ce village ne peut rien donner à ce moine : car, ayant fait payer aux paroissiens l'année passée trente-deux impôts pour leur vin, et les ayant fait condamner ensuite à payer le trop bu, ils sont entièrement ruinés. J'ai fait vendre leurs bestiaux et leurs meubles, ils sont encore mes redevables. Je m'oppose aux prétentions du révérend père.

— Vous avez raison d'être son rival, repartit le ministre ; vous aimez l'un et l'autre également votre prochain, et vous m'édifiez tous deux. »

Un troisième, moine et seigneur, dont les paysans sont mainmortables, attendait aussi un arrêt du conseil qui le mît en possession de tout le bien d'un badaud de Paris, qui, ayant par inadvertance demeuré un an et un jour dans une maison sujette à cette servitude et enclavée dans les États de ce prêtre, y était mort au bout de l'année. Le moine réclamait tout le bien du badaud, et cela de droit divin.

Le ministre trouva le cœur du moine aussi juste et aussi tendre que les deux premiers.

Un quatrième, qui était contrôleur du domaine, présenta un beau mémoire par lequel il se justifiait d'avoir réduit vingt familles à l'aumône. Elles avaient hérité de leurs oncles ou tantes, ou frères, ou cousins ; il avait fallu payer les droits. Le domanier leur avait prouvé généreusement qu'elles n'avaient pas assez estimé leurs héritages, qu'elles étaient beaucoup plus riches qu'elles ne croyaient, et, en conséquence, les ayant condamnées à l'amende du triple, les ayant ruinées en frais, et fait mettre en prison les pères de famille, il avait acheté leurs meilleures possessions sans bourse délier.

Le contrôleur général lui dit (d'un ton un peu amer à la vérité) : « *Euge* ! contrôleur *bone et fidelis ; quia supra pauca fuisti fidelis,* fermier général *te constituam*[1]. » Cependant il dit tout bas à un maître des requêtes qui était à côté de lui : « Il faudra bien faire rendre gorge à ces sangsues sacrées et à ces sangsues profanes : il est temps de soulager le peuple, qui, sans nos soins et notre équité, n'aurait jamais de quoi vivre que dans l'autre monde[2]. »

Des hommes d'un génie profond lui présentèrent des projets. L'un avait imaginé de mettre des impôts sur l'esprit. « Tout le monde, disait-il, s'empressera de payer, personne ne voulant passer pour un sot. » Le ministre lui dit : « Je vous déclare exempt de la taxe. »

Un autre proposa d'établir l'impôt unique sur les chansons et sur le rire, attendu que la nation était la plus gaie du monde, et qu'une chanson la consolait de tout ; mais le ministre observa que depuis quelque temps on ne faisait plus guère de chansons plaisantes, et il craignit que, pour échapper à la taxe, on ne devînt trop sérieux.

Vint un sage et brave citoyen qui offrit de donner au roi trois fois plus, en faisant payer par la nation trois fois moins. Le ministre lui conseilla d'apprendre l'arithmétique

Un cinquième prouvait au roi, *par amitié,* qu'il ne pouvait recueillir que soixante et quinze millions ; mais qu'il allait lui en donner deux cent vingt-cinq. « Vous me ferez plaisir, dit le ministre, quand nous aurons payé les dettes de l'État. »

Enfin arriva un commis de l'auteur nouveau qui fait la puissance législatrice copropriétaire de toutes nos terres par le droit divin, et qui donnait au roi douze cents millions de rente. Je reconnus l'homme qui m'avait mis en prison pour n'avoir pas payé mes vingt écus. Je me jetai aux pieds de monsieur le contrôleur général, et je lui demandai justice ; il fit un grand éclat de rire, et me dit que c'était un tour qu'on m'avait joué. Il ordonna à ces mauvais plaisants de me donner cent écus de dédommagement, et m'exempta de taille pour le reste de ma vie. Je lui dis : « Monseigneur, Dieu vous bénisse ! »

1. Je me fis expliquer ces paroles par un savant à quarante écus : elles me réjouirent.

2. Le cas à peu près semblable est arrivé dans la province que j'habite, et le contrôleur du domaine a été forcé à faire restitution ; mais il n'a pas été puni.

LETTRE À L'HOMME AUX QUARANTE ÉCUS

Quoique je sois trois fois aussi riche que vous, c'est-à-dire quoique je possède trois cent soixante livres ou francs de revenu, je vous écris cependant comme d'égal à égal, sans affecter l'orgueil des grandes fortunes.

J'ai lu l'histoire de votre désastre et de la justice que monsieur le contrôleur général vous a rendue ; je vous en fais mon compliment ; mais par malheur je viens de lire le *Financier citoyen,* malgré la répugnance que m'avait inspirée le titre, qui paraît contradictoire à bien des gens. Ce citoyen vous ôte vingt francs de vos rentes, et à moi soixante : il n'accorde que cent francs à chaque individu sur la totalité des habitants ; mais, en récompense, un homme non moins illustre enfle nos rentes jusqu'à cent cinquante livres ; je vois que votre géomètre a pris un juste milieu. Il n'est point de ces magnifiques seigneurs qui d'un trait de plume peuplent Paris d'un million d'habitants, et vous font rouler quinze cents millions d'espèces sonnantes dans le royaume, après tout ce que nous en avons perdu dans nos guerres dernières.

Comme vous êtes grand lecteur, je vous prêterai le *Financier citoyen ;* mais n'allez pas le croire en tout : il cite le testament du grand ministre Colbert, et il ne sait pas que c'est une rapsodie ridicule faite par un Gatien de Courtilz ; il cite la *Dîme* du maréchal de Vauban, et il ne sait pas qu'elle est d'un Boisguilbert ; il cite le testament du cardinal de Richelieu, et il ne sait pas qu'il est de l'abbé de Bourzeis. Il suppose que ce cardinal assure que *quand la viande enchérit, on donne une paye plus forte au soldat.* Cependant la viande enchérit beaucoup sous son ministère, et la paye du soldat n'augmenta point : ce qui prouve, indépendamment de cent autres preuves, que ce livre reconnu pour supposé dès qu'il parut, et ensuite attribué au cardinal même, ne lui appartient pas plus que les testaments du cardinal Alberoni et du maréchal de Belle-Isle ne leur appartiennent.

Défiez-vous toute votre vie des testaments et des systèmes : j'en ai été la victime comme vous. Si les Solons et les Lycurgues modernes se sont moqués de vous, les nouveaux Triptolèmes se sont encore plus moqués de moi, et, sans une petite succession qui m'a ranimé, j'étais mort de misère.

J'ai cent vingt arpents labourables dans le plus beau pays de la nature, et le sol le plus ingrat. Chaque arpent ne rend, tous frais faits, dans mon pays, qu'un écu de trois livres. Dès que j'eus lu dans les journaux qu'un célèbre agriculteur avait inventé un nouveau semoir, et qu'il labourait sa terre par planches, afin qu'en semant moins il recueillît davantage, j'empruntai vite de l'argent, j'achetai un semoir, je labourai par planches ; je perdis ma peine et mon argent, aussi bien que l'illustre agriculteur qui ne sème plus par planches.

Mon malheur voulut que je lusse le *Journal économique*, qui se vend à Paris chez Boudot. Je tombai sur l'expérience d'un Parisien ingénieux qui, pour se réjouir, avait fait labourer son parterre quinze fois, et y avait semé du froment, au lieu d'y planter des tulipes ; il eut une récolte très abondante. J'empruntai encore de l'argent. « Je n'ai qu'à donner trente labours, me disais-je, j'aurai le double de la récolte de ce digne Parisien, qui s'est formé des principes d'agriculture à l'Opéra et à la Comédie ; et me voilà enrichi par ses leçons et par son exemple. »

Labourer seulement quatre fois dans mon pays est une chose impossible ; la rigueur et les changements soudains des saisons ne le permettent pas ; et d'ailleurs le malheur que j'avais eu de semer par planches, comme l'illustre agriculteur dont j'ai parlé, m'avait forcé à vendre mon attelage. Je fais labourer trente fois mes cent vingt arpents par toutes les charrues qui sont à quatre lieues à la ronde. Trois labours pour chaque arpent coûtent douze livres, c'est un prix fait ; il fallut donner trente façons par arpent ; le labour de chaque arpent me coûta cent vingt livres : la façon de mes cent vingt arpents me revint à quatorze mille quatre cents livres. Ma récolte, qui se monte, année commune, dans mon maudit pays, à trois cents setiers, monta, il est vrai, à trois cent trente, qui, à vingt livres le setier, me produisirent six mille six cents livres : je perdis sept mille huit cents livres ; il est vrai que j'eus la paille.

J'étais ruiné, abîmé, sans une vieille tante qu'un grand médecin dépêcha dans l'autre monde, en raisonnant aussi bien en médecine que moi en agriculture.

Qui croirait que j'eus encore la faiblesse de me laisser séduire par le *Journal* de Boudot ? Cet homme-là, après tout, n'avait pas juré ma perte. Je lis dans son recueil qu'il n'y a qu'à faire une avance de quatre mille francs pour avoir quatre mille livres de rente en artichauts : certainement Boudot me rendra en artichauts ce qu'il m'a fait perdre en blé. Voilà mes quatre mille francs dépensés, et mes artichauts mangés par des rats de campagne. Je fus hué dans mon canton comme le diable de Papefiguière.

J'écrivais une lettre de reproche fulminante à Boudot. Pour toute réponse le traître s'égaya dans son *Journal* à mes dépens. Il me nia impudemment que les Caraïbes fussent nés rouges ; je fus obligé de lui envoyer une attestation d'un ancien procureur du roi de la Guadeloupe, comme quoi Dieu a fait les Caraïbes rouges ainsi que les Nègres noirs. Mais cette petite victoire ne m'empêcha pas de perdre jusqu'au dernier sou toute la succession de ma tante, pour avoir trop cru les nouveaux systèmes. Mon cher monsieur, encore une fois, gardez-vous des charlatans.

NOUVELLES DOULEURS OCCASIONNÉES PAR LES NOUVEAUX SYSTÈMES

(Ce petit morceau est tiré des manuscrits d'un vieux solitaire)

Je vois que si de bons citoyens se sont amusés à gouverner les États, et à se mettre à la place des rois ; si d'autres se sont crus des Triptolèmes et des Cérès, il y en a de plus fiers qui se sont mis sans façon à la place de Dieu, et qui ont créé l'univers avec leur plume, comme Dieu le créa autrefois par la parole.

Un des premiers qui se présenta à mes adorations fut un descendant de Thalès, nommé Telliamed, qui m'apprit que les montagnes et les hommes sont produits par les eaux de la mer. Il y eut d'abord de beaux hommes marins qui ensuite devinrent amphibies. Leur belle queue fourchue se changea en cuisses et en jambes. J'étais encore tout plein des *Métamorphoses* d'Ovide, et d'un livre où il était démontré que la race des hommes était bâtarde d'une race de babouins : j'aimais autant descendre d'un poisson que d'un singe.

Avec le temps j'eus quelques doutes sur cette généalogie, et même sur la formation des montagnes. « Quoi ! me dit-il, vous ne savez pas que les courants de la mer, qui jettent toujours du sable à droite et à gauche à dix ou douze pieds de hauteur, tout au plus, ont produit, dans une suite infinie de siècles, des montagnes de vingt mille pieds de haut, lesquelles ne sont pas de sable ? Apprenez que la mer a nécessairement couvert tout le globe. La preuve en est qu'on a vu des ancres de vaisseau sur le mont Saint-Bernard, qui étaient là plusieurs siècles avant que les hommes eussent des vaisseaux. Figurez-vous que la terre est un globe de verre qui a été longtemps tout couvert d'eau. »

Plus il m'endoctrinait, plus je devenais incrédule. « Quoi

donc ! me dit-il, n'avez-vous pas vu le falun de Touraine à trente-six lieues de la mer ? C'est un amas de coquilles avec lesquelles on engraisse la terre comme avec du fumier. Or, si la mer a déposé dans la succession des temps une mine entière de coquilles à trente-six lieues de l'Océan, pourquoi n'aura-t-elle pas été jusqu'à trois mille lieues pendant plusieurs siècles sur notre globe de verre ? »

Je lui répondis : « Monsieur Telliamed, il y a des gens qui font quinze lieues par jour à pied ; mais ils ne peuvent en faire cinquante. Je ne crois pas que mon jardin soit de verre ; et quant à votre falun, je doute encore qu'il soit un lit de coquilles de mer. Il se pourrait bien que ce ne fût qu'une mine de petites pierres calcaires qui prennent aisément la forme des fragments de coquilles, comme il y a des pierres qui sont figurées en langues, et qui ne sont point des langues ; en étoiles, et qui ne sont point des astres ; en serpents roulés sur eux-mêmes, et qui ne sont point des serpents ; en parties naturelles du beau sexe, et qui ne sont point pourtant les dépouilles des dames. On voit des dendrites, des pierres figurées, qui représentent des arbres et des maisons, sans que jamais ces petites pierres aient été des maisons et des chênes.

« Si la mer avait déposé tant de lits de coquilles en Touraine, pourquoi aurait-elle négligé la Bretagne, la Normandie, la Picardie, et toutes les autres côtes ? J'ai bien peur que ce falun tant vanté ne vienne pas plus de la mer que les hommes. Et quand la mer se serait répandue à trente-six lieues, ce n'est pas à dire qu'elle ait été jusqu'à trois mille, et même jusqu'à trois cents, et que toutes les montagnes aient été produites par les eaux. J'aimerais autant dire que le Caucase a formé la mer, que de prétendre que la mer a fait le Caucase.

— Mais, monsieur l'incrédule, que répondrez-vous aux huîtres pétrifiées qu'on a trouvées sur le sommet des Alpes ?

— Je répondrai, monsieur le créateur, que je n'ai pas vu plus d'huîtres pétrifiées que d'ancres de vaisseau sur le haut du mont Cenis. Je répondrai ce qu'on a déjà dit, qu'on a trouvé des écailles d'huîtres (qui se pétrifient aisément) à de très grandes distances de la mer, comme on a déterré des médailles romaines à cent lieues de Rome ; et j'aime mieux croire que des pèlerins de Saint-Jacques ont laissé quelques coquilles vers Saint-Maurice que d'imaginer que la mer a formé le mont Saint-Bernard.

« Il y a des coquillages partout ; mais est-il bien sûr qu'ils ne soient pas les dépouilles des testacés et des crustacés de nos lacs et de nos rivières, aussi bien que des petits poissons marins ?

— Monsieur l'incrédule, je vous tournerai en ridicule dans le monde que je me propose de créer.

— Monsieur le créateur, à vous permis ; chacun est le maître dans son monde ; mais vous ne me ferez jamais croire que celui où nous sommes soit de verre, ni que quelques coquilles soient des démonstrations que la mer a produit les Alpes et le mont Taurus. Vous savez qu'il n'y a aucune coquille dans les montagnes d'Amérique. Il faut que ce ne soit pas vous qui ayez créé cet hémisphère, et que vous vous soyez contenté de former l'ancien monde : c'est bien assez.

— Monsieur, monsieur, si on n'a pas découvert de coquilles sur les montagnes d'Amérique, *on en découvrira.*

— Monsieur, c'est parler en créateur qui sait son secret, et qui est sûr de son fait. Je vous abandonne, si vous voulez, votre falun, pourvu que vous me laissiez mes montagnes. Je suis d'ailleurs le très humble et très obéissant serviteur de votre providence. »

Dans le temps que je m'instruisais ainsi avec Telliamed, un jésuite irlandais déguisé en homme, d'ailleurs grand observateur, et ayant de bons microscopes, fit des anguilles avec de la farine de blé ergoté. On ne douta pas alors qu'on ne fît des hommes avec de la farine de bon froment. Aussitôt on créa des particules organiques qui composèrent des hommes. Pourquoi non ? Le grand géomètre Fatio avait bien ressuscité des morts à Londres : on pouvait tout aussi aisément faire à Paris des vivants avec des particules organiques ; mais, malheureusement les nouvelles anguilles de Needham ayant disparu, les nouveaux hommes disparurent aussi, et s'enfuirent chez les monades, qu'ils rencontrèrent dans le plein au milieu de la matière subtile, globuleuse, et cannelée.

Ce n'est pas que ces créateurs de systèmes n'aient rendu de grands services à la physique ; à Dieu ne plaise que je méprise leurs travaux ! On les a comparés à des alchimistes qui, en faisant de l'or (qu'on ne fait point), ont trouvé de bons remèdes, ou du moins des choses très curieuses. On peut être un homme d'un rare mérite, et se tromper sur la formation des animaux et sur la structure du globe.

Les poissons changés en hommes, et les eaux changées en montagnes, ne m'avaient pas fait autant de mal que M. Boudot. Je me bornais tranquillement à douter, lorsqu'un Lapon me prit sous sa protection. C'était un profond philosophe, mais qui ne pardonnait jamais aux gens qui n'étaient pas de son avis. Il me fit d'abord connaître clairement l'avenir en exaltant mon âme. Je fis de si prodigieux efforts d'exaltation que j'en tombai malade ; mais il me guérit en m'enduisant de poix-résine de la tête aux pieds. A peine fus-je en état de marcher qu'il me proposa un voyage aux terres australes pour y disséquer des têtes de géants, ce qui nous ferait connaître clairement la nature de l'âme. Je ne pouvais supporter la mer ; il eut la bonté de me mener par terre. Il fit creuser un grand trou dans le globe terraqué : ce trou allait droit chez les Patagons. Nous partîmes ; je me cassai une jambe à l'entrée du trou ; on eut beaucoup de peine à me redresser la jambe : il s'y forma un calus qui m'a beaucoup soulagé.

J'ai déjà parlé de tout cela dans une de mes diatribes pour instruire l'univers très attentif à ces grandes choses. Je suis bien vieux ; j'aime quelquefois à répéter mes contes, afin de les inculquer mieux dans la tête des petits garçons pour lesquels je travaille depuis si longtemps.

MARIAGE DE L'HOMME AUX QUARANTE ÉCUS

L'homme aux quarante écus s'étant beaucoup formé, et ayant fait une petite fortune, épousa une jolie fille qui possédait cent écus de rente. Sa femme devint bientôt grosse. Il alla trouver son géomètre, et lui demanda si elle lui donnerait un garçon ou une fille. Le géomètre lui répondit que les sages-femmes, les femmes de chambre, le savaient pour l'ordinaire ; mais que les physiciens, qui prédisent les éclipses, n'étaient pas si éclairés qu'elles.

Il voulut savoir ensuite si son fils ou sa fille avait déjà une âme. Le géomètre dit que ce n'était pas son affaire, et qu'il en fallait parler au théologien du coin.

L'homme aux quarante écus, qui était déjà l'homme aux deux cents écus pour le moins, demanda en quel endroit était son enfant. « Dans une petite poche, lui dit son ami, entre la vessie et l'intestin rectum. — O Dieu paternel ! s'écria-t-il, l'âme immortelle de mon fils née et logée entre de l'urine et quelque chose de pis ! — Oui, mon cher voisin, l'âme d'un cardinal n'a point eu d'autre berceau ; et avec cela on fait le fier, on se donne des airs.

— Ah ! monsieur le savant, ne pourriez-vous point me dire comment les enfants se font ?

— Non, mon ami ; mais, si vous voulez, je vous dirai ce que

les philosophes ont imaginé, c'est-à-dire comment les enfants ne se font point.

« Premièrement, le révérend père Sanchez, dans son excellent livre *de Matrimonio*, est entièrement de l'avis d'Hippocrate ; il croit comme un article de foi que les deux véhicules fluides de l'homme et de la femme s'élancent et s'unissent ensemble, et que dans le moment l'enfant est conçu par cette union ; et il est si persuadé de ce système physique, devenu théologique, qu'il examine, chapitre XXI du livre second, *utrum virgo Maria semen emiserit in copulatione cum Spiritu Sancto.*

— Eh ! monsieur, je vous ai déjà dit que je n'entends pas le latin ; expliquez-moi en français l'oracle du père Sanchez. »

Le géomètre lui traduisit le texte, et tous deux frémirent d'horreur.

Le nouveau marié, en trouvant Sanchez prodigieusement ridicule, fut pourtant assez content d'Hippocrate ; et il se flattait que sa femme avait rempli toutes les conditions imposées par ce médecin pour faire un enfant.

« Malheureusement, lui dit le voisin, il y a beaucoup de femmes qui ne répandent aucune liqueur, qui ne reçoivent qu'avec aversion les embrassements de leurs maris, et qui cependant en ont des enfants. Cela seul décide contre Hippocrate et Sanchez.

« De plus, il y a très grande apparence que la nature agit toujours dans les mêmes cas par les mêmes principes : or il y a beaucoup d'espèces d'animaux qui engendrent sans copulation, comme les poissons écaillés, les huîtres, les pucerons. Il a donc fallu que les physiciens cherchassent une mécanique de génération qui convînt à tous les animaux. Le célèbre Harvey, qui le premier démontra la circulation, et qui était digne de découvrir le secret de la nature, crut l'avoir trouvé dans les poules : elles pondent des œufs ; il jugea que les femmes pondaient aussi. Les mauvais plaisants dirent que c'est pour cela que les bourgeois, et même quelques gens de cour, appellent leur femme ou leur maîtresse *ma poule*, et qu'on dit que toutes les femmes sont coquettes, parce qu'elles voudraient que les coqs les trouvassent belles. Malgré ces railleries, Harvey ne changea point d'avis, et il fut établi dans toute l'Europe que nous venons d'un œuf.

L'HOMME AUX QUARANTE ÉCUS

Mais, monsieur, vous m'avez dit que la nature est toujours semblable à elle-même, qu'elle agit toujours par le même principe dans le même cas : les femmes, les juments, les ânesses, les anguilles, ne pondent point ; vous vous moquez de moi.

LE GÉOMÈTRE

Elles ne pondent point en dehors, mais elles pondent en dedans ; elles ont des ovaires comme tous les oiseaux ; les juments, les anguilles, en ont aussi. Un œuf se détache de l'ovaire ; il est couvé dans la matrice. Voyez tous les poissons écaillés, les grenouilles : ils jettent des œufs, que le mâle féconde. Les baleines et les autres animaux marins de cette espèce font éclore leurs œufs dans leur matrice. Les mites, les teignes, les plus vils insectes, sont visiblement formés d'un œuf : tout vient d'un œuf ; et notre globe est un grand œuf qui contient tous les autres.

L'HOMME AUX QUARANTE ÉCUS

Mais vraiment ce système porte tous les caractères de la vérité ; il est simple, il est uniforme, il est démontré aux yeux dans plus de la moitié des animaux ; j'en suis fort content, je n'en veux point d'autre : les œufs de ma femme me sont fort chers.

LE GÉOMÈTRE

On s'est lassé à la longue de ce système : on a fait les enfants d'une autre façon.

L'HOMME AUX QUARANTE ÉCUS

Et pourquoi, puisque celle-là est si naturelle ?

LE GÉOMÈTRE

C'est qu'on a prétendu que nos femmes n'ont point d'ovaire, mais seulement de petites glandes.

L'HOMME AUX QUARANTE ÉCUS

Je soupçonne que des gens qui avaient un autre système à débiter ont voulu décréditer les œufs.

LE GÉOMÈTRE

Cela pourrait bien être. Deux Hollandais s'avisèrent d'examiner la liqueur séminale au microscope, celle de l'homme, celle de plusieurs animaux, et ils crurent y apercevoir des animaux déjà tout formés qui couraient avec une vitesse inconcevable. Ils en virent même dans le fluide séminal du coq. Alors on jugea que les mâles faisaient tout, et les femelles rien ; elles ne servirent plus qu'à porter le trésor que le mâle leur avait confié.

L'HOMME AUX QUARANTE ÉCUS

Voilà qui est bien étrange. J'ai quelques doutes sur tous ces petits animaux qui frétillent si prodigieusement dans une liqueur, pour être ensuite immobiles dans les œufs des oiseaux, et pour être non moins immobiles neuf mois, à quelques culbutes près, dans le ventre de la femme ; cela ne me paraît pas conséquent. Ce n'est pas, autant que j'en puis juger, la marche de la nature. Comment sont faits, s'il vous plaît, ces petits hommes qui sont si bons nageurs dans la liqueur dont vous me parlez ?

LE GÉOMÈTRE

Comme des vermisseaux. Il y avait surtout un médecin, nommé Andry, qui voyait des vers partout, et qui voulait absolument détruire le système d'Harvey. Il aurait, s'il l'avait pu, anéanti la circulation du sang, parce qu'un autre l'avait découverte. Enfin deux Hollandais et monsieur Andry, à force de tomber dans le péché d'Onan et de voir les choses au microscope, réduisirent l'homme à être chenille. Nous sommes d'abord un ver comme elle ; de là, dans notre enveloppe, nous devenons comme elle, pendant neuf mois, une vraie chrysalide, que les paysans appellent *fève*. Ensuite, si la chenille devient papillon, nous devenons hommes : voilà nos métamorphoses.

L'HOMME AUX QUARANTE ÉCUS

Eh bien ! s'en est-on tenu là ? N'y a-t-il point eu depuis de nouvelle mode ?

LE GÉOMÈTRE

On s'est dégoûté d'être chenille. Un philosophe extrêmement plaisant a découvert dans une *Vénus physique* que l'attraction faisait les enfants ; et voici comment la chose s'opère. Le germe étant tombé dans la matrice, l'œil droit attire l'œil gauche, qui arrive pour s'unir à lui en qualité d'œil ; mais il en est empêché par le nez, qu'il rencontre en chemin, et qui l'oblige de se placer à gauche. Il en est de même des bras, des cuisses et des jambes, qui tiennent aux cuisses. Il est difficile d'expliquer, dans cette hypothèse, la situation des mamelles et des fesses. Ce grand philosophe n'admet aucun dessein de l'Être créateur dans la formation des animaux ; il est bien loin de croire que le cœur soit fait pour recevoir le sang et pour le chasser, l'estomac pour digérer, les yeux pour voir, les oreilles pour entendre : cela lui paraît trop vulgaire ; tout se fait par attraction.

L'HOMME AUX QUARANTE ÉCUS

Voilà un maître fou. Je me flatte que personne n'a pu adopter une idée aussi extravagante.

LE GÉOMÈTRE

On en rit beaucoup ; mais ce qu'il y eut de triste, c'est que cet insensé ressemblait aux théologiens, qui persécutent autant qu'ils le peuvent ceux qu'ils font rire.

D'autres philosophes ont imaginé d'autres manières qui n'ont pas fait une plus grande fortune : ce n'est plus le bras qui va chercher le bras ; ce n'est plus la cuisse qui court après la cuisse ; ce sont de petites molécules, de petites particules de bras et de cuisse qui se placent les unes sur les autres. On sera peut-être enfin obligé d'en revenir aux œufs, après avoir perdu bien du temps.

L'HOMME AUX QUARANTE ÉCUS

J'en suis ravi ; mais quel a été le résultat de toutes ces disputes ?

LE GÉOMÈTRE

Le doute. Si la question avait été débattue entre des théologaux, il y aurait eu des excommunications et du sang répandu ; mais entre des physiciens la paix est bientôt faite : chacun a couché avec sa femme, sans penser le moins du monde à son ovaire, ni à ses trompes de Fallope. Les femmes sont devenues grosses ou enceintes, sans demander seulement comment ce mystère s'opère. C'est ainsi que vous semez du blé, et que vous ignorez comment le blé germe en terre.

L'HOMME AUX QUARANTE ÉCUS

Oh ! je le sais bien ; on me l'a dit il y a longtemps : c'est par pourriture. Cependant il me prend quelquefois des envies de rire de tout ce qu'on m'a dit.

LE GÉOMÈTRE

C'est une fort bonne envie. Je vous conseille de douter de tout, excepté que les trois angles d'un triangle sont égaux à deux droits, et que les triangles qui ont même base et même hauteur sont égaux entre eux, ou autres propositions pareilles, comme, par exemple, que deux et deux font quatre.

L'HOMME AUX QUARANTE ÉCUS

Oui, je crois qu'il est fort sage de douter ; mais je sens que je suis curieux depuis que j'ai fait fortune et que j'ai du loisir. Je voudrais, quand ma volonte remue mon bras ou ma jambe, découvrir le ressort par lequel ma volonté les remue, car sûrement il y en a un. Je suis quelquefois tout étonné de pouvoir lever et abaisser mes yeux, et de ne pouvoir dresser mes oreilles. Je pense, et je voudrais connaître un peu... là... toucher au doigt ma pensée. Cela doit être fort curieux. Je cherche si je pense par moi-même, si Dieu me donne mes idées, si mon âme est venue dans mon corps à six semaines ou à un jour, comment elle s'est logée dans mon cerveau ; si je pense beaucoup quand je dors profondément, et quand je suis en léthargie. Je me creuse la cervelle pour savoir comment un corps en pousse un autre. Mes sensations ne m'étonnent pas moins : j'y trouve du divin, et surtout dans le plaisir.

J'ai fait quelquefois mes efforts pour imaginer un nouveau sens, et je n'ai jamais pu y parvenir. Les géomètres savent toutes ces choses ; ayez la bonté de m'instruire.

LE GÉOMÈTRE

Hélas ! nous sommes aussi ignorants que vous ; adressez-vous à la Sorbonne. »

L'HOMME AUX QUARANTE ÉCUS, DEVENU PÈRE, RAISONNE SUR LES MOINES

Quand l'homme aux quarante écus se vit père d'un garçon, il commença à se croire un homme de quelque poids dans l'État ; il espéra donner au moins dix sujets au roi, qui seraient tous utiles. C'était l'homme du monde qui faisait le mieux des paniers ; et sa femme était une excellente couturière. Elle était née dans le voisinage d'une grosse abbaye de cent mille livres de rente. Son mari me demanda un jour pourquoi ces messieurs, qui étaient en petit nombre, avaient englouti tant de parts de quarante écus. « Sont-ils plus utiles que moi à la patrie ? – Non, mon cher voisin. – Servent-ils comme moi à la population du pays ? – Non, au moins en apparence. – Cultivent-ils la terre ? défendent-ils l'État quand il est attaqué ? – Non, ils prient Dieu pour vous. – Eh bien ! je prierai Dieu pour eux, et partageons.

« Combien croyez-vous que les couvents renferment de ces gens utiles, soit en hommes, soit en filles, dans le royaume ?

– Par les mémoires des intendants, faits sur la fin du dernier siècle, il y en avait environ quatre-vingt-dix mille.

– Par notre ancien compte, ils ne devraient, à quarante écus par tête, posséder que dix millions huit cent mille livres : combien en ont-ils ?

– Cela va à cinquante millions, en comptant les messes et les quêtes des moines mendiants, qui mettent réellement un impôt considérable sur le peuple. Un frère quêteur d'un couvent de Paris s'est vanté publiquement que sa besace valait quatre-vingt mille livres de rente.

– Voyons combien cinquante millions répartis entre quatre-vingt-dix mille têtes tondues donnent à chacune.

– Cinq cent cinquante-cinq livres.

– C'est une somme considérable dans une société nombreuse, où les dépenses diminuent par la quantité même des consommateurs : car il en coûte bien moins à dix personnes pour vivre ensemble que si chacun avait séparément son logis et sa table.

« Les ex-jésuites, à qui on donne aujourd'hui quatre cents livres de pension, ont donc réellement perdu à ce marché ?

– Je ne le crois pas : car ils sont presque tous retirés chez des parents qui les aident ; plusieurs disent la messe pour de l'argent, ce qu'ils ne faisaient pas auparavant ; d'autres se sont faits précepteurs ; d'autres ont été soutenus par des dévotes ; chacun s'est tiré d'affaire, et peut-être y en a-t-il peu aujourd'hui qui, ayant goûté du monde et de la liberté, voulussent reprendre leurs anciennes chaînes. La vie monacale, quoi qu'on en dise, n'est point du tout à envier. C'est une maxime assez connue que les moines sont des gens qui s'assemblent sans se connaître, vivent sans s'aimer, et meurent sans se regretter.

– Vous pensez donc qu'on leur rendrait un très grand service de les défroquer tous ?

– Ils y gagneraient beaucoup sans doute, et l'État encore davantage ; on rendrait à la patrie des citoyens et des citoyennes qui ont sacrifié témérairement leur liberté dans un âge où les lois ne permettent pas qu'on dispose d'un fonds de dix sous de rente ; on tirerait ces cadavres de leurs tombeaux : ce serait une vraie résurrection. Leurs maisons deviendraient des hôtels de ville, des hôpitaux, des écoles publiques, ou seraient affectées à des manufactures ; la population deviendrait plus grande, tous les arts seraient mieux cultivés. On pourrait du moins diminuer le nombre de ces victimes volontaires en fixant le nombre des novices : la patrie aurait plus d'hommes utiles et moins de malheureux. C'est le sentiment de tous les magistrats, c'est le vœu unanime du public, depuis que les esprits sont éclairés. L'exemple de l'Angleterre et de tant d'autres États est une preuve évidente de la nécessité de cette réforme. Que ferait aujourd'hui l'Angleterre, si au lieu de quarante mille hommes de mer, elle avait quarante mille moines ? Plus les arts se sont multipliés, plus le nombre des sujets laborieux est devenu nécessaire. Il y a certainement dans les cloîtres beaucoup de talents ensevelis qui sont perdus pour l'État. Il faut, pour faire fleurir un royaume, le moins de prêtres possible, et le plus d'artisans possible. L'ignorance et la barbarie de nos pères, loin d'être une règle pour nous, n'est qu'un avertissement de faire ce qu'ils feraient s'ils étaient en notre place avec nos lumières.

— Ce n'est donc point par haine contre les moines que vous voulez les abolir ? C'est par pitié pour eux ; c'est par amour pour la patrie. Je pense comme vous. Je ne voudrais point que mon fils fût moine ; et si je croyais que je dusse avoir des enfants pour le cloître, je ne coucherais plus avec ma femme.

— Quel est en effet le bon père de famille qui ne gémisse de voir son fils et sa fille perdus pour la société ? Cela s'appelle *se sauver ;* mais un soldat qui se sauve quand il faut combattre est puni. Nous sommes tous des soldats de l'État ; nous sommes à la solde de la société, nous devenons des déserteurs quand nous la quittons. Que dis-je ? les moines sont des parricides qui étouffent une postérité tout entière. Quatre-vingt-dix mille cloîtrés, qui braillent ou qui nasillent du latin, pourraient donner à l'État chacun deux sujets : cela fait cent soixante mille hommes qu'ils font périr dans leur germe. Au bout de cent ans la perte est immense : cela est démontré.

« Pourquoi donc le monachisme a-t-il prévalu ? parce que le gouvernement fut presque partout détestable et absurde depuis Constantin ; parce que l'empire romain eut plus de moines que de soldats ; parce qu'il y en avait cent mille dans la seule Égypte ; parce qu'ils étaient exempts de travail et de taxe ; parce que les chefs des nations barbares qui détruisirent l'empire, s'étant faits chrétiens pour gouverner des chrétiens, exercèrent la plus horrible tyrannie ; parce qu'on se jetait en foule dans les cloîtres pour échapper aux fureurs de ces tyrans, et qu'on se plongeait dans un esclavage pour en éviter un autre ; parce que les papes, en instituant tant d'ordres différents de fainéants sacrés, se firent autant de sujets dans les autres États ; parce qu'un paysan aime mieux être appelé *mon révérend père*, et donner des bénédictions, que de conduire la charrue ; parce qu'il ne sait pas que la charrue est plus noble que le froc ; parce qu'il aime mieux vivre aux dépens des sots que par un travail honnête ; enfin parce qu'il ne sait pas qu'en se faisant moine il se prépare des jours malheureux, tissus d'ennui et de repentir.

— Allons, monsieur, plus de moines, pour leur bonheur et pour le nôtre. Mais je suis fâché d'entendre dire au seigneur de mon village, père de quatre garçons et de trois filles, qu'il ne saura où les placer s'il ne fait pas ses filles religieuses.

— Cette allégation trop souvent répétée est inhumaine, antipatriotique, destructive de la société.

« Toutes les fois qu'on peut dire d'un état de vie, quel qu'il puisse être : si tout le monde embrassait cet état le genre humain serait perdu, il est démontré que cet état ne vaut rien, et que celui qui le prend nuit au genre humain autant qu'il est en lui.

« Or il est clair que si tous les garçons et toutes les filles s'encloîtraient le monde périrait : donc la moinerie est par cela seul l'ennemie de la nature humaine, indépendamment des maux affreux qu'elle a causés quelquefois.

— Ne pourrait-on pas en dire autant des soldats ?

— Non assurément : car si chaque citoyen porte les armes à son tour, comme autrefois dans toutes les républiques, et surtout dans celle de Rome, le soldat n'en est que meilleur cultivateur ; le soldat citoyen se marie, il combat pour sa femme et pour ses enfants. Plût à Dieu que tous les laboureurs fussent soldats et mariés ! ils seraient d'excellents citoyens. Mais un moine, en tant que moine, n'est bon qu'à dévorer la substance de ses compatriotes. Il n'y a point de vérité plus reconnue.

— Mais les filles, monsieur, les filles des pauvres gentilshommes, qu'on ne peut marier, que feront-elles ?

— Elles feront, on l'a dit mille fois, comme les filles d'Angleterre, d'Écosse, d'Irlande, de Suisse, de Hollande, de la moitié de l'Allemagne, de Suède, de Norvège, du Danemark, de Tartarie, de Turquie, d'Afrique, et de presque tout le reste de la terre ; elles seront bien meilleures épouses, bien meilleures mères, quand on se sera accoutumé, ainsi qu'en Allemagne, à prendre des femmes sans dot. Une femme ménagère et laborieuse fera plus de bien dans une maison que la fille d'un financier, qui dépense plus en superfluités qu'elle n'a porté de revenu chez son mari.

« Il faut qu'il y ait des maisons de retraite pour la vieillesse, pour l'infirmité, pour la difformité. Mais, par le plus détestable des abus, les fondations ne sont que pour la jeunesse et pour les personnes bien conformées. On commence, dans le cloître, par faire étaler aux novices des deux sexes leur nudité, malgré toutes les lois de la pudeur ; on les examine attentivement devant et derrière. Qu'une vieille bossue aille se présenter pour entrer dans un cloître, on la chassera avec mépris, à moins qu'elle ne donne une dot immense. Que dis-je ? toute religieuse doit être dotée, sans quoi elle est le rebut du couvent. Il n'y eut jamais d'abus plus intolérable.

— Allez, allez, monsieur, je vous jure que mes filles ne seront jamais religieuses. Elles apprendront à filer, à coudre, à faire de la dentelle, à broder, à se rendre utiles. Je regarde les vœux comme un attentat contre la patrie et contre soi-même. Expliquez-moi, je vous prie, comment il se peut faire qu'un de mes amis, pour contredire le genre humain, prétende que les moines sont très utiles à la population d'un État, parce que leurs bâtiments sont mieux entretenus que ceux des seigneurs, et leurs terres mieux cultivées ?

— Eh ! quel est donc votre ami qui avance une proposition si étrange ?

— C'est l'*Ami* des *hommes,* ou plutôt celui des moines.

— Il a voulu rire ; il sait trop bien que dix familles qui ont chacune cinq mille livres de rente en terre sont cent fois, mille fois plus utiles qu'un couvent qui jouit d'un revenu de cinquante mille livres, et qui a toujours un trésor secret. Il vante les belles maisons bâties par les moines, et c'est précisement ce qui irrite les citoyens : c'est le sujet des plaintes de l'Europe. Le vœu de pauvreté condamne les palais, comme le vœu d'humilité contredit l'orgueil, et comme le vœu d'anéantir sa race contredit la nature.

— Je commence à croire qu'il faut beaucoup se défier des livres.

— Il faut en user avec eux comme avec les hommes : choisir les plus raisonnables, les examiner, et ne se rendre jamais qu'à l'évidence. »

DES IMPÔTS PAYÉS À L'ÉTRANGER

Il y a un mois que l'homme aux quarante écus vint me trouver en se tenant les côtés de rire, et il riait de si grand cœur que je me mis à rire aussi sans savoir de quoi il était question : tant l'homme est né imitateur ! tant l'instinct nous maîtrise ! tant les grands mouvements de l'âme sont contagieux !

Ut ridentibus arrident, ita flentibus adflent[1] Humani vultus.

Quand il eut bien ri, il me dit qu'il venait de rencontrer un homme qui se disait protonotaire du St. Siège, et que cet homme envoyait une grosse somme d'argent à trois cents lieues d'ici, à un Italien, au nom d'un Français à qui le roi avait donné un petit fief, et que ce Français ne pourrait jamais jouir des bienfaits du roi s'il ne donnait à cet Italien la première année de son revenu.

« La chose est très vraie, lui dis-je ; mais elle n'est pas si plaisante. Il en coûte à la France environ quatre cent mille livres par an en menus droits de cette espèce ; et, depuis environ deux siècles et demi que cet usage dure, nous avons déjà porté en Italie quatre-vingts millions.

— Dieu paternel ! s'écria-t-il, que de fois quarante écus ! Cet Italien-là nous subjugua donc, il y a deux siècles et demi ? Il nous imposa ce tribut ?

— Vraiment, répondis-je, il nous en imposait autrefois d'une façon bien plus onéreuse. Ce n'est là qu'une bagatelle en comparaison de ce qu'il leva longtemps sur notre pauvre nation et sur les autres pauvres nations de l'Europe. » Alors je lui racontai comment ces saintes usurpations s'étaient établies. Il sait un peu d'histoire ; il a du bon sens : il comprit aisément que nous avions été des esclaves auxquels il restait encore un petit bout de chaîne. Il parla longtemps avec énergie contre cet abus ; mais avec quel respect pour la religion en général ! Comme il révérait les évêques ! comme il leur souhaitait beaucoup de quarante écus, afin qu'ils les dépensassent dans leurs diocèses en bonnes œuvres !

Il voulait aussi que tous les curés de campagne eussent un nombre de quarante écus suffisant pour les faire vivre avec

1. Le jésuite Sanadon a mis *adsunt* pour *adflent*. Un amateur d'Horace prétend que c'est pour cela qu'on a chasse les jésuites.

décence. « Il est triste, disait-il, qu'un curé soit obligé de disputer trois gerbes de blé à son ouaille, et qu'il ne soit pas largement payé par la province. Il est honteux que ces messieurs soient toujours en procès avec leurs seigneurs. Ces contestations éternelles pour des droits imaginaires, pour des dîmes, détruisent la considération qu'on leur doit. Le malheureux cultivateur, qui a déjà payé aux préposés son dixième, et les deux sous pour livre, et la taille, et la capitation, et le rachat du logement des gens de guerre, après qu'il a logé des gens de guerre, etc., etc., etc. ; cet infortuné, dis-je, qui se voit encore enlever le dixième de sa récolte par son curé, ne le regarde plus comme son pasteur, mais comme son écorcheur, qui lui arrache le peu de peau qui lui reste. Il sent bien qu'en lui enlevant la dixième gerbe de droit divin, on a la cruauté diabolique de ne pas lui tenir compte de ce qu'il lui en a coûté pour faire croître cette gerbe. Que lui reste-t-il, pour lui et pour sa famille ? Les pleurs, la disette, le découragement, le désespoir ; et il meurt de fatigue et de misère. Si le curé était payé par la province, il serait la consolation de ses paroissiens, au lieu d'être regardé par eux comme leur ennemi. »

Ce digne homme s'attendrissait en prononçant ces paroles ; il aimait sa patrie, et était idolâtre du bien public. Il s'écriait quelquefois : « Quelle nation que la française, si on voulait ! »

Nous allâmes voir son fils, à qui sa mère, bien propre et bien lavée, donnait un gros téton blanc. L'enfant était fort joli. « Hélas ! dit le père, te voilà donc, et tu n'as que vingt-trois ans de vie, et quarante écus à prétendre ! »

DES PROPORTIONS

Le produit des extrêmes est égal au produit des moyens ; mais deux sacs de blé volés ne sont pas à ceux qui les ont pris comme la perte de leur vie l'est à l'intérêt de la personne volée.

Le prieur de ***, à qui deux de ses domestiques de campagne avaient dérobé deux setiers de blé, vient de faire pendre les deux délinquants. Cette exécution lui a plus coûté que toute sa récolte ne lui a valu, et, depuis ce temps, il ne trouve plus de valets.

Si les lois avaient ordonné que ceux qui voleraient le blé de leur maître laboureraient son champ toute leur vie, les fers aux pieds et une sonnette au cou, attachée à un carcan, ce prieur aurait beaucoup gagné.

Il faut effrayer le crime : oui, sans doute ; mais le travail forcé et la honte durable l'intimident plus que la potence.

Il y a quelques mois qu'à Londres un malfaiteur fut condamné à être transporté en Amérique pour y travailler aux sucreries avec les nègres. Tous les criminels en Angleterre, comme en bien d'autres pays, sont reçus à présenter requête au roi, soit pour obtenir grâce entière, soit pour diminution de peine. Celui-ci présenta requête pour être pendu : il alléguait qu'il haïssait mortellement le travail, et qu'il aimait mieux être étranglé une minute que de faire du sucre toute sa vie.

D'autres peuvent penser autrement, chacun a son goût ; mais on a déjà dit, et il faut répéter, qu'un pendu n'est bon à rien, et que les supplices doivent être utiles.

Il y a quelques années que l'on condamna dans la Tartarie deux jeunes gens à être empalés, pour avoir regardé, leur bonnet sur la tête, passer une procession de lamas. L'empereur de la Chine, qui est un homme de beaucoup d'esprit, dit qu'il les aurait condamnés à marcher nu-tête à la procession pendant trois mois.

Proportionnez les peines aux délits, a dit le marquis Beccaria ; ceux qui ont fait les lois n'étaient pas géomètres.

Si l'abbé Guyon, ou Cogé, ou l'ex-jésuite Nonotte, ou l'ex-jésuite Patouillet, ou le prédicant La Beaumelle, font de misérables libelles où il n'y a ni vérité, ni raison, ni esprit, irez-vous les faire pendre, comme le prieur de *** a fait pendre ses deux domestiques ; et cela, sous prétexte que les calomniateurs sont plus coupables que les voleurs ?

Condamnerez-vous Fréron même aux galères, pour avoir insulté le bon goût, et pour avoir menti toute sa vie dans l'espérance de payer son cabaretier ?

Ferez-vous mettre au pilori le sieur Larcher, parce qu'il a été très pesant, parce qu'il a entassé erreur sur erreur, parce qu'il n'a jamais su distinguer aucun degré de probabilité, parce qu'il veut que, dans une antique et immense cité renommée par sa police et par la jalousie des maris, dans Babylone enfin, où les femmes étaient gardées par des eunuques, toutes les princesses allassent par dévotion donner publiquement leurs faveurs dans la cathédrale aux étrangers pour de l'argent ? Contentons-nous de l'envoyer sur les lieux courir les bonnes fortunes ; soyons modérés en tout ; mettons de la proportion entre les délits et les peines.

Pardonnons à ce pauvre Jean-Jacques, lorsqu'il n'écrit que pour se contredire, lorsqu'après avoir donné une comédie sifflée sur le théâtre de Paris, il injurie ceux qui en font jouer à cent lieues de là ; lorsqu'il cherche des protecteurs, et qu'il les outrage ; lorsqu'il déclame contre les romans, et qu'il fait des romans dont le héros est un sot précepteur qui reçoit l'aumône d'une Suissesse à laquelle il a fait un enfant, et qui va dépenser son argent dans un bordel de Paris ; laissons-le croire qu'il a surpassé Fénelon et Xénophon, en élevant un jeune homme de qualité dans le métier de menuisier : ces extravagantes platitudes ne méritent pas un décret de prise de corps ; les petites maisons suffisent avec de bons bouillons, de la saignée, et du régime.

Je hais les lois de Dracon, qui punissaient également les crimes et les fautes, la méchanceté et la folie. Ne traitons point le jésuite Nonotte, qui n'est coupable que d'avoir écrit des bêtises et des injures, comme on a traité les jésuites Malagrida, Oldcorn, Garnet, Guignard, Gueret, et comme on devait traiter le jésuite Le Tellier, qui trompa son roi, et qui troubla la France. Distinguons principalement dans tout procès, dans toute contention, dans toute querelle, l'agresseur de l'outragé, l'oppresseur de l'opprimé. La guerre offensive est d'un tyran ; celui qui se défend est un homme juste.

Comme j'étais plongé dans ces réflexions, l'homme aux quarante écus me vint voir tout en larmes. Je lui demandai avec émotion si son fils, qui devait vivre vingt-trois ans, était mort. « Non, dit-il, le petit se porte bien, et ma femme aussi ; mais j'ai été appelé en témoignage contre un meunier à qui on a fait subir la question ordinaire et extraordinaire, et qui s'est trouvé innocent ; je l'ai vu s'évanouir dans les tortures redoublées ; j'ai entendu craquer ses os ; j'entends encore ses cris et ses hurlements, ils me poursuivent ; je pleure de pitié, et je tremble d'horreur. » Je me mis à pleurer et à frémir aussi, car je suis extrêmement sensible.

Ma mémoire alors me représenta l'aventure épouvantable des Calas : une mère vertueuse dans les fers, ses filles éplorées et fugitives, sa maison au pillage ; un père de famille respectable brisé par la torture, agonisant sur la roue, et expirant dans les flammes ; un fils chargé de chaînes, traîné devant les juges, dont un lui dit : « Nous venons de rouer votre père, nous allons vous rouer aussi. »

Je me souvins de la famille des Sirven, qu'un de mes amis rencontra dans des montagnes couvertes de glaces, lorsqu'elle fuyait la persécution d'un juge aussi inique qu'ignorant. « Ce juge, me dit-il, a condamné toute cette famille innocente au supplice, en supposant, sans la moindre apparence de preuve, que le père et la mère, aidés de deux de leurs filles, avaient égorgé et noyé la troisième, de peur qu'elle n'allât à la messe. » Je voyais à la fois, dans des jugements de cette espèce, l'excès de la bêtise, de l'injustice et de la barbarie.

Nous plaignions la nature humaine, l'homme aux quarante écus et moi. J'avais dans ma poche le discours d'un avocat général de Dauphiné, qui roulait en partie sur ces matières intéressantes ; je lui en lus les endroits suivants :

« Certes, ce furent des hommes véritablement grands qui osèrent les premiers se charger de gouverner leurs semblables, et s'imposer le fardeau de la félicité publique ; qui, pour le bien qu'ils voulaient faire aux hommes, s'exposèrent à leur ingratitude, et, pour le repos d'un peuple, renoncèrent au leur ; qui se mirent, pour ainsi dire, entre les hommes et la Providence, pour leur composer, par artifice, un bonheur qu'elle semblait leur avoir refusé.

« Quel magistrat, un peu sensible à ses devoirs, à la seule humanité, pourrait soutenir ces idées ? Dans la solitude d'un cabinet pourra-t-il, sans frémir d'horreur et de pitié, jeter les yeux sur ces papiers, monuments infortunés du crime ou de l'innocence ? Ne lui semble-t-il pas entendre des voix gémissantes sortir de ces fatales écritures, et le presser de décider du sort d'un citoyen, d'un époux, d'un père, d'une famille ? Quel juge impitoyable (s'il est chargé d'un seul procès criminel) pourra passer de sang-froid devant une prison ? C'est donc moi, dira-t-il, qui retiens dans ce détestable séjour mon semblable, peut-être mon égal, mon concitoyen, un homme enfin ! c'est moi qui le lie tous les jours, qui ferme sur lui ces odieuses portes ! Peut-être le désespoir s'est emparé de son âme ; il pousse vers le ciel mon nom avec des malédictions, et sans doute il atteste contre moi le grand Juge qui nous observe et doit nous juger tous les deux.

« Ici un spectacle effrayant se présente tout à coup à mes yeux ; le juge se lasse d'interroger par la parole ; il veut interroger par les supplices : impatient dans ses recherches, et peut-être irrité de leur inutilité, on apporte des torches, des chaînes, des leviers, et tous ces instruments inventés pour la douleur. Un bourreau vient se mêler aux fonctions de la magistrature, et terminer par la violence un interrogatoire commencé par la liberté.

« Douce philosophie ! toi qui ne cherches la vérité qu'avec l'attention et la patience, t'attendais-tu que, dans ton siècle, on employât de tels instruments pour la découvrir ?

« Est-il bien vrai que nos lois approuvent cette méthode inconcevable, et que l'usage la consacre ?

« Leurs lois imitent leurs préjugés ; les punitions publiques sont aussi cruelles que les vengeances particulières, et les actes de leur raison ne sont guère moins impitoyables que ceux de leurs passions. Quelle est donc la cause de cette bizarre opposition ? C'est que nos préjugés sont anciens, et que notre morale est nouvelle ; c'est que nous sommes aussi pénétrés de nos sentiments qu'inattentifs à nos idées ; c'est que l'avidité des plaisirs nous empêche de réfléchir sur nos besoins, et que nous sommes plus empressés de vivre que de nous diriger ; c'est, en un mot, que nos mœurs sont douces, et qu'elles ne sont pas bonnes ; c'est que nous sommes polis, et nous ne sommes seulement pas humains. »

Ces fragments, que l'éloquence avait dictés à l'humanité, remplirent le cœur de mon ami d'une douce consolation. Il admirait avec tendresse. « Quoi ! disait-il dans son transport, on fait des chefs-d'œuvre en province ! on m'avait dit qu'il n'y a que Paris dans le monde.

— Il n'y a que Paris, lui dis-je, où l'on fasse des opéras-comiques ; mais il y a aujourd'hui dans les provinces beaucoup de magistrats qui pensent avec la même vertu, et qui s'expriment avec la même force. Autrefois les oracles de la justice, ainsi que ceux de la morale, n'étaient que ridicules. Le docteur Balouard déclamait au barreau, et Arlequin dans la chaire. La philosophie est enfin venue, elle a dit : « Ne parlez en public que pour dire des vérités neuves et utiles, avec l'éloquence du sentiment et de la raison.

« — Mais si nous n'avons rien de neuf à dire ? se sont écriés les parleurs. — Taisez-vous alors, a répondu la philosophie ; tous ces vains discours d'appareil, qui ne contiennent que des phrases, sont comme le feu de la St. Jean, allume le jour de l'année où l'on a le moins besoin de se chauffer : il ne cause aucun plaisir, et il n'en reste pas même la cendre.

« Que toute la France lise les bons livres. Mais, malgré les progrès de l'esprit humain, on lit très peu ; et, parmi ceux qui veulent quelquefois s'instruire, la plupart lisent très mal. Mes voisins et mes voisines jouent, après dîner, un jeu anglais, que j'ai beaucoup de peine à prononcer, car on l'appelle *wisk*. Plusieurs bons bourgeois, plusieurs grosses têtes, qui se croient de bonnes têtes, vous disent avec un air d'importance que les livres ne sont bons à rien. Mais, messieurs les Velches, savez-vous que vous n'êtes gouvernés que par des livres ?

Savez-vous que l'ordonnance civile, le code militaire, et l'Évangile, sont des livres dont vous dépendez continuellement ? Lisez, éclairez-vous ; ce n'est que par la lecture qu'on fortifie son âme ; la conversation la dissipe, le jeu la resserre.

— J'ai bien peu d'argent, me répondit l'homme aux quarante écus ; mais, si jamais je fais une petite fortune, j'achèterai des livres chez Marc-Michel Rey. »

DE LA VÉROLE

L'homme aux quarante écus demeurait dans un petit canton où l'on n'avait jamais mis de soldats en garnison depuis cent cinquante années. Les mœurs, dans ce coin de terre inconnu, étaient pures comme l'air qui l'environne. On ne savait pas qu'ailleurs l'amour pût être infecté d'un poison destructeur, que les générations fussent attaquées dans leur germe, et que la nature, se contredisant elle-même, pût rendre la tendresse horrible et le plaisir affreux ; on se livrait à l'amour avec la sécurité de l'innocence. Des troupes vinrent, et tout changea.

Deux lieutenants, l'aumônier du régiment, un caporal, et un soldat de recrue qui sortait du séminaire, suffirent pour empoisonner douze villages en moins de trois mois. Deux cousines de l'homme aux quarante écus se virent couvertes de pustules calleuses ; leurs beaux cheveux tombèrent ; leur voix devint rauque ; les paupières de leurs yeux, fixes et éteints, se chargèrent d'une couleur livide, et ne se fermèrent plus pour laisser entrer le repos dans des membres disloqués, qu'une carie secrète commençait à ronger comme ceux de l'Arabe Job, quoique Job n'eût jamais eu cette maladie.

Le chirurgien-major du régiment, homme d'une grande expérience, fut obligé de demander des aides à la cour pour guérir toutes les filles du pays. Le ministre de la guerre, toujours porté d'inclination à soulager le beau sexe, envoya une recrue de fraters, qui gâtèrent d'une main ce qu'ils rétablirent de l'autre.

L'homme aux quarante écus lisait alors l'histoire philosophique de *Candide*, traduite de l'allemand du docteur Ralph, qui prouve évidemment que tout est bien, et qu'il était absolument *impossible*, dans le meilleur des mondes *pos-*

sibles, que la vérole, la peste, la pierre, la gravelle, les écrouelles, la chambre de Valence, et l'Inquisition, n'entrassent dans la composition de l'univers, de cet univers uniquement fait pour l'homme, roi des animaux et image de Dieu, auquel on voit bien qu'il ressemble comme deux gouttes d'eau.

Il lisait, dans l'histoire véritable de *Candide*, que le fameux docteur Pangloss avait perdu dans le traitement un œil et une oreille. « Hélas ! dit-il, mes deux cousines, mes deux pauvres cousines, seront-elles borgnes ou borgnesses et essorillées ? — Non, lui dit le major consolateur ; les Allemands ont la main lourde ; mais, nous autres, nous guérissons les filles promptement, sûrement, et agréablement. »

En effet les deux jolies cousines en furent quittes pour avoir la tête enflée comme un ballon pendant six semaines, pour perdre la moitié de leurs dents, en tirant la langue d'un demi-pied, et pour mourir de la poitrine au bout de six mois.

Pendant l'opération, le cousin et le chirurgien-major raisonnèrent ainsi.

L'HOMME AUX QUARANTE ÉCUS

Est-il possible, monsieur, que la nature ait attaché de si épouvantables tourments à un plaisir si nécessaire, tant de honte à tant de gloire, et qu'il y ait plus de risque à faire un enfant qu'à tuer un homme ? Serait-il vrai au moins, pour notre consolation, que ce fléau diminue un peu sur la terre, et qu'il devienne moins dangereux de jour en jour ?

LE CHIRURGIEN-MAJOR

Au contraire, il se répand de plus en plus dans toute l'Europe chrétienne ; il s'est étendu jusqu'en Sibérie ; j'en ai vu mourir plus de cinquante personnes, et surtout un grand général d'armée et un ministre d'État fort sage. Peu de poitrines faibles résistent à la maladie et au remède. Les deux sœurs, la petite et la grosse, se sont liguées encore plus que les moines pour détruire le genre humain.

L'HOMME AUX QUARANTE ÉCUS

Nouvelle raison pour abolir les moines, afin que, remis au rang des hommes, ils réparent un peu le mal que font les deux sœurs. Dites-moi, je vous prie, si les bêtes ont la vérole.

LE CHIRURGIEN

Ni la petite, ni la grosse, ni les moines, ne sont connus chez elles.

L'HOMME AUX QUARANTE ÉCUS

Il faut donc avouer qu'elles sont plus heureuses et plus prudentes que nous dans ce meilleur des mondes.

LE CHIRURGIEN

Je n'en ai jamais douté ; elles éprouvent bien moins de maladies que nous : leur instinct est bien plus sûr que notre raison ; jamais ni le passé ni l'avenir ne les tourmentent.

L'HOMME AUX QUARANTE ÉCUS

Vous avez été chirurgien d'un ambassadeur de France en Turquie : y a-t-il beaucoup de vérole à Constantinople ?

LE CHIRURGIEN

Les Francs l'ont apportée dans le faubourg de Péra, où ils demeurent. J'y ai connu un capucin qui en était mangé comme Pangloss ; mais elle n'est point parvenue dans la ville : les Francs n'y couchent presque jamais. Il n'y a presque point de filles publiques dans cette ville immense. Chaque homme riche a des femmes esclaves de Circassie, toujours gardées, toujours surveillées, dont la beauté ne peut être dangereuse. Les Turcs appellent la vérole *le mal chrétien,* et cela redouble le profond mépris qu'ils ont pour notre théologie ; mais, en récompense, ils ont la peste, maladie d'Egypte, dont ils font peu de cas, et qu'ils ne se donnent jamais la peine de prévenir.

L'HOMME AUX QUARANTE ÉCUS

En quel temps croyez-vous que ce fléau commença dans l'Europe ?

LE CHIRURGIEN

Au retour du premier voyage de Christophe Colomb chez des peuples innocents qui ne connaissaient ni l'avarice ni la guerre, vers l'an 1494. Ces nations, simples et justes, étaient attaquées de ce mal de temps immémorial, comme la lèpre régnait chez les Arabes et chez les Juifs, et la peste chez les Égyptiens. Le premier fruit que les Espagnols recueillirent de cette conquête du nouveau monde fut la vérole ; elle se répandit plus promptement que l'argent du Mexique, qui ne circula que longtemps après en Europe. La raison en est que, dans toutes les villes, il y avait alors de belles maisons publiques appelées *bordels*, établies par l'autorité des souverains pour conserver l'honneur des dames. Les Espagnols portèrent le venin dans ces maisons privilégiées dont les princes et les évêques tiraient les filles qui leur étaient nécessaires. On a remarqué qu'à Constance il y avait eu sept cent dix-huit filles pour le service du concile qui fit brûler si dévotement Jean Hus et Jérôme de Prague.

On peut juger par ce seul trait avec quelle rapidité le mal parcourut tous les pays. Le premier seigneur qui en mourut fut l'illustrissime et révérendissime évêque et vice-roi de Hongrie, en 1499, que Bartholomeo Montanagua, grand médecin de Padoue, ne put guérir. Gualtieri assure que l'archevêque de Mayence Berthold de Henneberg, « attaqué de la grosse vérole, rendit son âme à Dieu en 1504 ». On sait que notre roi François Ier en mourut. Henri III la prit à Venise ; mais le jacobin Jacques Clément prévint l'effet de la maladie.

Le parlement de Paris, toujours zélé pour le bien public, fut le premier qui donna un arrêt contre la vérole, en 1497. Il défendit à tous les vérolés de rester dans Paris *sous peine de la hart ;* mais, comme il n'était pas facile de prouver juridiquement aux bourgeois et bourgeoises qu'ils étaient en délit, cet arrêt n'eut pas plus d'effet que ceux qui furent rendus depuis contre l'émétique ; et, malgré le parlement, le nombre des coupables augmenta toujours. Il est certain que, si on les avait exorcisés, au lieu de les faire pendre, il n'y en aurait plus aujourd'hui sur la terre ; mais c'est à quoi malheureusement on ne pensa jamais.

L'HOMME AUX QUARANTE ÉCUS

Est-il bien vrai ce que j'ai lu dans *Candide,* que, parmi nous, quand deux armées de trente mille hommes chacune marchent ensemble en front de bandière, on peut parier qu'il y a vingt mille vérolés de chaque côté ?

LE CHIRURGIEN

Il n'est que trop vrai. Il en est de même dans les licences de Sorbonne. Que voulez-vous que fassent de jeunes bacheliers à qui la nature parle plus haut et plus ferme que la théologie ?

Je puis vous jurer que, proportion gardée, mes confrères et moi nous avons traité plus de jeunes prêtres que de jeunes officiers.

L'HOMME AUX QUARANTE ÉCUS

N'y aurait-il point quelque manière d'extirper cette contagion qui désole l'Europe ? On a déjà tâché d'affaiblir le poison d'une vérole, ne pourra-t-on rien tenter sur l'autre ?

LE CHIRURGIEN

Il n'y aurait qu'un seul moyen, c'est que tous les princes de l'Europe se liguassent ensemble, comme dans les temps de Godefroy de Bouillon. Certainement une croisade contre la vérole serait beaucoup plus raisonnable que ne l'ont été celles qu'on entreprit autrefois si malheureusement contre Saladin, Melecsala, et les Albigeois. Il vaudrait bien mieux s'entendre pour repousser l'ennemi commun du genre humain que d'être continuellement occupé à guetter le moment favorable de dévaster la terre et de couvrir les champs de morts, pour arracher à son voisin deux ou trois villes et quelques villages. Je parle contre mes intérêts : car la guerre et la vérole font ma fortune ; mais il faut être homme avant d'être chirurgien-major.

C'est ainsi que l'homme aux quarante écus se formait, comme on dit, *l'esprit et le cœur.* Non seulement il hérita de ses deux cousines, qui moururent en six mois ; mais il eut encore la succession d'un parent fort éloigné, qui avait été sous-fermier des hôpitaux des armées, et qui s'était fort engraissé en mettant les soldats blessés à la diète. Cet homme n'avait jamais voulu se marier ; il avait un assez joli sérail. Il ne reconnut aucun de ses parents, vécut dans la crapule, et mourut à Paris d'indigestion. C'était un homme, comme on voit, fort utile à l'État.

Notre nouveau philosophe fut obligé d'aller à Paris pour recueillir l'héritage de son parent. D'abord les fermiers du domaine le lui disputèrent. Il eut le bonheur de gagner son procès, et la générosité de donner aux pauvres de son canton, qui n'avaient pas leur contingent de quarante écus de rente, une partie des dépouilles du richard. Après quoi il se mit à satisfaire sa grande passion d'avoir une bibliothèque.

Il lisait tous les matins, faisait des extraits, et le soir il consultait les savants pour savoir en quelle langue le serpent avait parlé à notre bonne mère ; si l'âme est dans le corps calleux ou dans la glande pinéale ; si St. Pierre avait demeuré vingt-cinq ans à Rome ; quelle différence spécifique est entre un trône et une domination, et pourquoi les nègres ont le nez épaté. D'ailleurs il se proposa de ne jamais gouverner l'État, et de ne faire aucune brochure contre les pièces nouvelles. On l'appelait monsieur André ; c'était son nom de baptême. Ceux qui l'ont connu rendent justice à sa modestie et à ses qualités, tant acquises que naturelles. Il a bâti une maison commode dans son ancien domaine de quatre arpents. Son fils sera bientôt en âge d'aller au collège ; mais il veut qu'il aille au collège d'Harcourt, et non à celui de Mazarin, à cause du professeur Cogé, qui fait des libelles, et parce qu'il ne faut pas qu'un professeur de collège fasse des libelles.

Madame André lui a donné une fille fort jolie, qu'il espère marier à un conseiller de la cour des aides, pourvu que ce magistrat n'ait pas la maladie que le chirurgien-major veut extirper dans l'Europe chrétienne.

GRANDE QUERELLE

Pendant le séjour de monsieur André à Paris, il y eut une querelle importante. Il s'agissait de savoir si Marc-Antonin était un honnête homme, et s'il était en enfer ou en purgatoire, ou dans les limbes, en attendant qu'il ressuscitât. Tous les honnêtes gens prirent le parti de Marc-Antonin. Ils disaient : « Antonin a toujours été juste, sobre, chaste, bienfaisant. Il est vrai qu'il n'a pas en paradis une place aussi belle que St. Antoine ; car il faut des proportions, comme nous l'avons vu ; mais certainement l'âme de l'empereur Antonin n'est point à la broche dans l'enfer. Si elle est en purgatoire, il faut l'en tirer ; il n'y a qu'à dire des messes pour lui. Les jésuites n'ont plus rien à faire ; qu'ils disent trois mille messes pour le repos de l'âme de Marc-Antonin ; ils y gagneront, à quinze sous la pièce, deux mille deux cent cinquante livres. D'ailleurs, on doit du respect à une tête couronnée ; il ne faut pas la damner légèrement. »

Les adversaires de ces bonnes gens prétendaient au contraire qu'il ne fallait accorder aucune composition à Marc-Antonin ; qu'il était un hérétique ; que les carpocratiens et les aloges n'étaient pas si méchants que lui, qu'il était mort sans confession ; qu'il fallait faire un exemple ; qu'il était bon de le damner pour apprendre à vivre aux empereurs de la

Chine et du Japon, à ceux de Perse, de Turquie et du Maroc, aux rois d'Angleterre, de Suède, de Danemark, de Prusse, au stathouder de Hollande, et aux avoyers du canton de Berne, qui n'allaient pas plus à confesse que l'empereur Marc-Antonin ; et qu'enfin c'est un plaisir indicible de donner des décrets contre des souverains morts, quand on ne peut en lancer contre eux de leur vivant, de peur de perdre ses oreilles.

La querelle devint aussi sérieuse que le fut autrefois celle des Ursulines et des Annonciades, qui disputèrent à qui porterait plus longtemps des œufs à la coque entre les fesses sans les casser. On craignit un schisme, comme du temps des cent et un contes de ma mère l'oie, et de certains billets payables au porteur dans l'autre monde. C'est une chose bien épouvantable qu'un schisme : cela signifie *division dans les opinions*, et, jusqu'à ce moment fatal, tous les hommes avaient pensé de même.

Monsieur André, qui est un excellent citoyen, pria les chefs des deux partis à souper. C'est un des bons convives que nous ayons ; son humeur est douce et vive, sa gaieté n'est point bruyante ; il est facile et ouvert ; il n'a point cette sorte d'esprit qui semble vouloir étouffer celui des autres ; l'autorité qu'il se concilie n'est due qu'à ses grâces, à sa modération, et à une physionomie ronde qui est tout à fait persuasive. Il aurait fait souper gaiement ensemble un Corse et un Génois, un représentant de Genève et un négatif, le muphti et un archevêque. Il fit tomber habilement les premiers coups que les disputants se portaient, en détournant la conversation, et en faisant un conte très agréable qui réjouit également les damnants et les damnés. Enfin, quand ils furent un peu en pointe de vin, il leur fit signer que l'âme de l'empereur Marc-Antonin resterait *in statu quo*, c'est-à-dire je ne sais où, en attendant un jugement définitif.

Les âmes des docteurs s'en retournèrent dans leurs limbes paisiblement après le souper : tout fut tranquille. Cet accommodement fit un très grand honneur à l'homme aux quarante écus ; et toutes les fois qu'il s'élevait une dispute bien acariâtre, bien virulente entre des gens lettrés ou non lettrés, on disait aux deux partis : « Messieurs, allez souper chez monsieur André. ».

Je connais deux factions acharnées qui, faute d'avoir été souper chez monsieur André, se sont attiré de grands malheurs.

SCÉLÉRAT CHASSÉ

La réputation qu'avait acquise monsieur André d'apaiser les querelles en donnant de bons soupers lui attira, la semaine passée, une singulière visite. Un homme noir, assez mal mis, le dos voûté, la tête penchée sur une épaule, l'œil hagard, les mains fort sales, vint le conjurer de lui donner à souper avec ses ennemis.

« Quels sont vos ennemis, lui dit monsieur André, et qui êtes-vous ? — Hélas ! dit-il, j'avoue, monsieur, qu'on me prend pour un de ces maroufles qui font des libelles pour gagner du pain, et qui crient : *Dieu, Dieu, Dieu, religion, religion,* pour attraper quelque petit bénéfice. On m'accuse d'avoir calomnié les citoyens les plus véritablement religieux, les plus sincères adorateurs de la Divinité, les plus honnêtes gens du royaume. Il est vrai, monsieur, que, dans la chaleur de la composition, il échappe souvent aux gens de mon métier de petites inadvertances qu'on prend pour des erreurs grossières, des écarts que l'on qualifie de mensonges impudents. Notre zèle est regardé comme un mélange affreux de friponnerie et de fanatisme. On assure que tandis que nous surprenons la bonne foi de quelques vieilles imbéciles, nous sommes le mépris et l'exécration de tous les honnêtes gens qui savent lire.

« Mes ennemis sont les principaux membres des plus illustres académies de l'Europe, des écrivains honorés, des citoyens bienfaisants. Je viens de mettre en lumière un ouvrage que j'ai intitulé *Antiphilosophique.* Je n'avais que de bonnes intentions mais personne n'a voulu acheter mon livre. Ceux à qui je l'ai présenté l'ont jeté dans le feu, en me disant qu'il n'était pas seulement antiraisonnable, mais antichrétien et très antihonnête.

— Eh bien ! lui dit monsieur André, imitez ceux à qui vous avez présenté votre libelle ; jetez-le dans le feu, et qu'il n'en soit plus parlé. Je loue fort votre repentir ; mais il n'est pas possible que je vous fasse souper avec des gens d'esprit qui ne peuvent être vos ennemis, attendu qu'ils ne vous liront jamais.

— Ne pourriez-vous pas du moins, monsieur, dit le cafard, me réconcilier avec les parents de feu monsieur de Montesquieu, dont j'ai outragé la mémoire pour glorifier le révérend père Routh, qui vint assiéger ses derniers moments, et qui fut chassé de sa chambre ?

— Morbleu ! lui dit monsieur André, il y a longtemps que le révérend père Routh est mort ; allez-vous-en souper avec lui. »

C'est un rude homme que monsieur André, quand il a affaire à cette espèce méchante et sotte. Il sentit que le cafard ne voulait souper chez lui avec des gens de mérite que pour engager une dispute, pour les aller ensuite calomnier, pour écrire contre eux, pour imprimer de nouveaux mensonges. Il le chassa de sa maison comme on avait chassé Routh de l'appartement du président de Montesquieu.

On ne peut guère tromper monsieur André. Plus il était simple et naïf quand il était l'homme aux quarante écus, plus il est devenu avisé quand il a connu les hommes.

LE BON SENS DE MONSIEUR ANDRÉ

Comme le bon sens de monsieur André s'est fortifié depuis qu'il a une bibliothèque ! Il vit avec les livres comme avec les hommes ; il choisit ; et il n'est jamais la dupe des noms. Quel plaisir de s'instruire et d'agrandir son âme pour un écu, sans sortir de chez soi !

Il se félicite d'être né dans un temps où la raison humaine commence à se perfectionner.

« Que je serais malheureux, dit-il, si l'âge où je vis était celui du jésuite Garasse, du jésuite Guignard, ou du docteur Boucher, du docteur Aubry, du docteur Guincestre, ou du temps que l'on condamnait aux galères ceux qui écrivaient contre les catégories d'Aristote. »

La misère avait affaibli les ressorts de l'âme de monsieur André, le bien-être leur a rendu leur élasticité. Il y a mille André dans le monde auxquels il n'a manqué qu'un tour de roue de la fortune pour en faire des hommes d'un vrai mérite.

Il est aujourd'hui au fait de toutes les affaires de l'Europe, et surtout des progrès de l'esprit humain.

« Il me semble, me disait-il mardi dernier, que la Raison voyage à petites journées, du nord au midi, avec ses deux intimes amies, l'Expérience et la Tolérance. L'Agriculture et le Commerce l'accompagnent. Elle s'est présentée en Italie ; mais la Congrégation de l'*Indice* l'a repoussée. Tout ce qu'elle a pu faire a été d'envoyer secrètement quelques-uns de ses facteurs, qui ne laissent pas de faire du bien. Encore quelques années, et le pays des Scipions ne sera plus celui des Arlequins enfroqués.

« Elle a de temps en temps de cruels ennemis en France ; mais elle y a tant d'amis qu'il faudra bien à la fin qu'elle y soit premier ministre.

« Quand elle s'est présentée en Bavière et en Autriche, elle a trouvé deux ou trois grosses têtes à perruque qui l'ont regardée avec des yeux stupides et étonnés. Ils lui ont dit Madame, nous n'avons jamais entendu parler de vous ; nous ne vous connaissons pas. — Messieurs, leur a-t-elle répondu, avec le temps vous me connaîtrez et vous m'aimerez. Je suis très bien reçue à Berlin, à Moscou, à Copenhague, à Stockholm. Il y a longtemps que, par le crédit de Locke, de Gordon, de Trenchard, de milord Shaftesbury, et de tant d'autres, j'ai reçu mes lettres de naturalité en Angleterre. Vous m'en accorderez un jour. Je suis la fille du Temps, et j'attends tout de mon père. »

« Quand elle a passé sur les frontières de l'Espagne et du Portugal, elle a béni Dieu de voir que les bûchers de l'Inquisition n'étaient plus si souvent allumés ; elle a espéré beaucoup en voyant chasser les jésuites, mais elle a craint qu'en purgeant le pays de renards on ne le laissât exposé aux loups.

« Si elle fait encore des tentatives pour entrer en Italie, on croit qu'elle commencera par s'établir à Venise, et qu'elle séjournera dans le royaume de Naples, malgré toutes les liquéfactions de ce pays-là, qui lui donnent des vapeurs. On prétend qu'elle a un secret infaillible pour détacher les cordons d'une couronne qui sont embarrassés, je ne sais comment, dans ceux d'une tiare, et pour empêcher les haquenées d'aller faire la révérence aux mules. »

Enfin la conversation de monsieur André me réjouit beaucoup ; et plus je le vois, plus je l'aime.

D'UN BON SOUPER CHEZ MONSIEUR ANDRÉ

Nous soupâmes hier ensemble avec un docteur de Sorbonne, monsieur Pinto, célèbre juif, le chapelain de la chapelle réformée de l'ambassadeur batave, le secrétaire de monsieur le prince Gallitzin, du rite grec, un capitaine suisse calviniste, deux philosophes, et trois dames d'esprit.

Le souper fut fort long, et cependant on ne disputa pas plus sur la religion que si aucun des convives n'en avait jamais eu : tant il faut avouer que nous sommes devenus polis ; tant on craint à souper de contrister ses frères ! Il n'en est pas ainsi du régent Cogé, et de l'ex-jésuite Nonotte, et de l'ex-jésuite

Patouillet, et de l'ex-jésuite Rotalier, et de tous les animaux de cette espèce. Ces croquants-là vous disent plus de sottises dans une brochure de deux pages que la meilleure compagnie de Paris ne peut dire de choses agréables et instructives dans un souper de quatre heures. Et, ce qu'il y a d'étrange, c'est qu'ils n'oseraient dire en face à personne ce qu'ils ont l'impudence d'imprimer.

La conversation roula d'abord sur une plaisanterie des *Lettres persanes,* dans laquelle on répète, d'après plusieurs graves personnages, que le monde va non seulement en empirant, mais en se dépeuplant tous les jours ; de sorte que si le proverbe *plus on est de fous, plus on rit* a quelque vérité, le rire sera incessamment banni de la terre.

Le docteur de Sorbonne assura qu'en effet le monde était réduit presque à rien. Il cita le père Petau, qui démontre qu'en moins de trois cents ans un seul des fils de Noé (je ne sais si c'est Sem ou Japhet) avait procréé de son corps une série d'enfants qui se montait à six cent vingt-trois milliards six cent douze millions trois cent cinquante-huit mille fidèles, l'an 285 après le déluge universel.

Monsieur André demanda pourquoi, du temps de Philippe le Bel, c'est-à-dire environ trois cents ans après Hugues Capet, il n'y avait pas six cent vingt-trois milliards de princes de la maison royale ? « C'est que la foi est diminuée », dit le docteur de Sorbonne.

On parla beaucoup de Thèbes-aux-cent-portes, et du million de soldats qui sortait par ces portes avec vingt mille chariots de guerre. « Serrez, serrez, disait monsieur André ; je soupçonne, depuis que je me suis mis à lire, que le même génie qui a écrit *Gargantua* écrivait autrefois toutes les histoires.

— Mais enfin, lui dit un des convives, Thèbes, Memphis, Babylone, Ninive, Troie, Séleucie, étaient de grandes villes, et n'existent plus. — Cela est vrai, répondit le secrétaire de monsieur le prince Gallitzin ; mais Moscou, Constantinople, Londres, Paris, Amsterdam, Lyon qui vaut mieux que Troie, toutes les villes de France, d'Allemagne, d'Espagne, et du Nord, étaient alors des déserts. »

Le capitaine suisse, homme très instruit, nous avoua que quand ses ancêtres voulurent quitter leurs montagnes et leurs précipices pour aller s'emparer, comme de raison, d'un pays plus agréable, César, qui vit de ses yeux le dénombrement de ces émigrants, trouva qu'il se montait à trois cent soixante et huit mille, en comptant les vieillards, les enfants, et les femmes. Aujourd'hui, le seul canton de Berne possède autant d'habitants : il n'est pas tout à fait la moitié de la Suisse, et je puis vous assurer que les treize cantons ont au-delà de sept cent vingt mille âmes, en comptant les natifs qui servent ou qui négocient en pays étrangers. Après cela, messieurs les savants, faites des calculs et des systèmes, ils seront aussi faux les uns que les autres.

Ensuite on agita la question si les bourgeois de Rome, du temps des Césars, étaient plus riches que les bourgeois de Paris, du temps de monsieur Silhouette.

« Ah ! ceci me regarde, dit monsieur André. J'ai été longtemps l'homme aux quarante écus ; je crois bien que les citoyens romains en avaient davantage. Ces illustres voleurs de grand chemin avaient pillé les plus beaux pays de l'Asie, de l'Afrique, et de l'Europe. Ils vivaient fort splendidement du fruit de leurs rapines ; mais enfin il y avait des gueux à Rome. Et je suis persuadé que parmi ces vainqueurs du monde il y eut des gens réduits à quarante écus de rente comme je l'ai été.

— Savez-vous bien, lui dit un savant de l'Académie des inscriptions et belles-lettres, que Lucullus dépensait, à chaque souper qu'il donnait dans le salon d'Apollon, trente-neuf mille trois cent soixante et douze livres treize sous de notre monnaie courante ? mais qu'Atticus, le célèbre épicurien Atticus, ne dépensait point par mois, pour sa table, au-delà de deux cent trente-cinq livres tournois ?

— Si cela est, dis-je, il était digne de présider à la confrérie de la lésine, établie depuis peu en Italie. J'ai lu comme vous, dans Florus, cette incroyable anecdote ; mais apparemment que Florus n'avait jamais soupé chez Atticus, ou que son texte a été corrompu, comme tant d'autres, par les copistes. Jamais Florus ne me fera croire que l'ami de César et de Pompée, de Cicéron et d'Antoine, qui mangeaient souvent chez lui, en fût quitte pour un peu moins de dix louis d'or par mois.

« Et voilà justement comme on écrit l'histoire. »

Madame André, prenant la parole, dit au savant que, s'il voulait défrayer sa table pour dix fois autant, il lui ferait grand plaisir.

Je suis persuadé que cette soirée de monsieur André valait bien un mois d'Atticus ; et les dames doutèrent fort que les soupers de Rome fussent plus agréables que ceux de Paris. La conversation fut très gaie, quoique un peu savante. Il ne fut parlé ni des modes nouvelles, ni des ridicules d'autrui, ni de l'histoire scandaleuse du jour.

La question du luxe fut traitée à fond. On demanda si c'était le luxe qui avait détruit l'empire romain, et il fut prouvé que les deux empires d'Occident et d'Orient n'avaient été détruits que par la controverse et par les moines. En effet, quand Alaric prit Rome, on n'était occupé que de disputes théologiques ; et quand Mahomet II prit Constantinople, les moines défendaient beaucoup plus l'éternité de la lumière du Tabor, qu'ils voyaient à leur nombril, qu'ils ne défendaient la ville contre les Turcs.

Un de nos savants fit une réflexion qui me frappa beaucoup : c'est que ces deux grands empires sont anéantis, et que les ouvrages de Virgile, d'Horace, et d'Ovide, subsistent.

On ne fit qu'un saut du siècle d'Auguste au siècle de Louis XIV. Une dame demanda pourquoi, avec beaucoup d'esprit, on ne faisait plus guère aujourd'hui d'ouvrages de génie ?

Monsieur André répondit que c'est parce qu'on en avait fait dans le siècle passé. Cette idée était fine et pourtant vraie ; elle fut approfondie. Ensuite on tomba rudement sur un Écossais, qui s'est avisé de donner des règles de goût et de critiquer les plus admirables endroits de Racine sans savoir le français[1]. On traita encore plus sévèrement un Italien nommé Denina, qui a dénigré l'*Esprit des lois* sans le comprendre, et qui surtout a censuré ce que l'on aime le mieux dans cet ouvrage.

Cela fit souvenir du mépris affecté que Boileau étalait pour le Tasse. Quelqu'un des convives avança que le Tasse, avec ses défauts, était autant au-dessus d'Homère, que Montesquieu, avec ses défauts encore plus grands, est au-dessus du fatras de Grotius. On s'éleva contre ces mauvaises critiques,

1. Ce Monsieur Home, grand juge d'Écosse, enseigne la manière de faire parler les héros d'une tragédie avec esprit, et voici un exemple remarquable qu'il rapporte de la tragédie de *Henri IV*, du divin Shakespeare. Le divin Shakespeare introduit milord Falstaff, chef de justice, qui vient de prendre prisonnier le chevalier Jean Coleville, et qui le présente au roi :

« Sire, le voilà, je vous le livre ; je supplie Votre Grâce de faire enregistrer ce fait d'armes parmi les autres de cette journée, ou pardieu je le ferai mettre dans une ballade avec mon portrait à la tête ; on verra Coleville me baisant les pieds. Voilà ce que je ferai si vous ne rendez pas ma gloire aussi brillante qu'une pièce de deux sous dorée ; et alors vous me verrez, dans le clair ciel de la renommée, tenir votre splendeur comme la pleine lune efface les charbons éteints de l'élément de l'air, qui ne paraissent autour d'elle que comme des têtes d'épingle. »

C'est cet absurde et abominable galimatias, très fréquent dans le divin Shakespeare, que Monsieur Jean Home propose pour le modèle du bon goût et de l'esprit dans la tragédie. Mais en récompense Monsieur Home trouve l'*Iphigénie* et la *Phèdre* de Racine extrêmement ridicules.

dictées par la haine nationale et le préjugé. Le signor Denina fut traité comme il le méritait, et comme les pédants le sont par les gens d'esprit.

On remarqua surtout avec beaucoup de sagacité que la plupart des ouvrages littéraires du siècle présent, ainsi que les conversations, roulent sur l'examen des chefs-d'œuvre du dernier siècle. Notre mérite est de discuter leur mérite. Nous sommes comme des enfants déshérités qui font le compte du bien de leurs pères. On avoua que la philosophie avait fait de très grands progrès ; mais que la langue et le style s'étaient un peu corrompus.

C'est le sort de toutes les conversations de passer d'un sujet à un autre. Tous ces objets de curiosité, de science, et de goût disparurent bientôt devant le grand spectacle que l'impératrice de Russie et le roi de Pologne donnaient au monde. Ils venaient de relever l'humanité écrasée, et d'établir la liberté de conscience dans une partie de la terre beaucoup plus vaste que ne le fut jamais l'empire romain. Ce service rendu au genre humain, cet exemple donné à tant de cours qui se croient politiques, fut célébré comme il devait l'être. On but à la santé de l'impératrice, du roi philosophe, et du primat philosophe, et on leur souhaita beaucoup d'imitateurs. Le docteur de Sorbonne même les admira : car il y a quelques gens de bon sens dans ce corps, comme il y eut autrefois des gens d'esprit chez les Béotiens.

Le secrétaire russe nous étonna par le récit de tous les grands établissements qu'on faisait en Russie. On demanda pourquoi on aimait mieux lire l'histoire de Charles XII, qui a passé sa vie à détruire, que celle de Pierre le Grand, qui a consumé la sienne à créer. Nous conclûmes que la faiblesse et la frivolité sont la cause de cette préférence ; que Charles XII fut le don Quichotte du Nord, et que Pierre en fut le Solon ; que les esprits superficiels préfèrent l'héroïsme extravagant aux grandes vues d'un législateur ; que les détails de la fondation d'une ville leur plaisent moins que la témérité d'un homme qui brave dix mille Turcs avec ses seuls domestiques ; et qu'enfin la plupart des lecteurs aiment mieux s'amuser que s'instruire. De là vient que cent femmes lisent les *Mille et une Nuits* contre une qui lit deux chapitres de Locke.

De quoi ne parla-t-on point dans ce repas, dont je me souviendrai longtemps ! Il fallut bien enfin dire un mot des acteurs et des actrices, sujet éternel des entretiens de table de Versailles et de Paris. On convint qu'un bon déclamateur était aussi rare qu'un bon poète. Le souper finit par une chanson très jolie qu'un des convives fit pour les dames. Pour moi, j'avoue que le banquet de Platon ne m'aurait pas fait plus de plaisir que celui de monsieur et de madame André.

Nos petits-maîtres et nos petites-maîtresses s'y seraient ennuyés sans doute : ils prétendent être la bonne compagnie ; mais ni monsieur André ni moi ne soupons jamais avec cette bonne compagnie-là.

LA PRINCESSE DE BABYLONE

I

Le vieux Bélus, roi de Babylone, se croyait le premier homme de la terre : car tous ses courtisans le lui disaient, et ses historiographes le lui prouvaient. Ce qui pouvait excuser en lui ce ridicule, c'est qu'en effet ses prédécesseurs avaient bâti Babylone plus de trente mille ans avant lui, et qu'il l'avait embellie. On sait que son palais et son parc, situés à quelques parasanges de Babylone, s'étendaient entre l'Euphrate et le Tigre, qui baignaient ces rivages enchantés. Sa vaste maison, de trois mille pas de façade, s'élevait jusqu'aux nues. La plate-forme était entourée d'une balustrade de marbre blanc de cinquante pieds de hauteur, qui portait les statues colossales de tous les rois et de tous les grands hommes de l'empire. Cette plate-forme, composée de deux rangs de briques couvertes d'une épaisse surface de plomb d'une extrémité à l'autre, était chargée de douze pieds de terre, et sur cette terre on avait élevé des forêts d'oliviers, d'orangers, de citronniers, de palmiers, de gérofliers, de cocotiers, de cannelliers, qui formaient des allées impénétrables aux rayons du soleil.

Les eaux de l'Euphrate, élevées par des pompes dans cent colonnes creusées, venaient dans ces jardins remplir de vastes bassins de marbre, et, retombant ensuite par d'autres canaux, allaient former dans le parc des cascades de six mille pieds de longueur, et cent mille jets d'eau dont la hauteur pouvait à peine être aperçue : elles retournaient ensuite dans l'Euphrate, dont elles étaient parties. Les jardins de Sémiramis, qui étonnèrent l'Asie plusieurs siècles après, n'étaient qu'une faible imitation de ces antiques merveilles : car, du temps de Sémiramis, tout commençait à dégénérer chez les hommes et chez les femmes.

Mais ce qu'il y avait de plus admirable à Babylone, ce qui éclipsait tout le reste, était la fille unique du roi, nommée Formosante. Ce fut d'après ses portraits et ses statues que dans la suite des siècles Praxitèle sculpta son Aphrodite, et celle qu'on nomma *la Vénus aux belles fesses*. Quelle différence, ô ciel ! de l'original aux copies ! Aussi Bélus était plus fier de sa fille que de son royaume. Elle avait dix-huit ans : il lui fallait un époux digne d'elle ; mais où le trouver ? Un ancien oracle avait ordonné que Formosante ne pourrait appartenir qu'à celui qui tendrait l'arc de Nembrod. Ce Nembrod, le fort chasseur devant le Seigneur, avait laissé un arc de sept pieds babyloniques de haut, d'un bois d'ébène plus dur que le fer du mont Caucase, qu'on travaille dans les forges de Derbent ; et nul mortel, depuis Nembrod, n'avait pu bander cet arc merveilleux.

Il était dit encore que le bras qui aurait tendu cet arc tuerait le lion le plus terrible et le plus dangereux qui serait lâché dans le cirque de Babylone. Ce n'était pas tout : le bandeur de l'arc, le vainqueur du lion devait terrasser tous ses rivaux ; mais il devait surtout avoir beaucoup d'esprit, être le plus magnifique des hommes, le plus vertueux, et posséder la chose la plus rare qui fût dans l'univers entier.

Il se présenta trois rois qui osèrent disputer Formosante : le pharaon d'Égypte, le scha des Indes, et le grand kan des Scythes. Bélus assigna le jour, et le lieu du combat à l'extrémité de son parc, dans le vaste espace bordé par les eaux de l'Euphrate et du Tigre réunies. On dressa autour de la lice un amphithéâtre de marbre qui pouvait contenir cinq cent mille spectateurs. Vis-à-vis l'amphithéâtre était le trône du roi, qui devait paraître avec Formosante, accompagnée de toute la cour ; et à droite et à gauche entre le trône et l'amphithéâtre, étaient d'autres trônes et d'autres sièges pour les trois rois et pour tous les autres souverains qui seraient curieux de venir voir cette auguste cérémonie.

Le roi d'Égypte arriva le premier, monté sur le bœuf Apis, et tenant en main le sistre d'Isis. Il était suivi de deux mille prêtres vêtus de robes de lin plus blanches que la neige, de deux mille eunuques, de deux mille magiciens, et de deux mille guerriers.

Le roi des Indes arriva bientôt après dans un char traîné par douze éléphants. Il avait une suite encore plus nombreuse et plus brillante que le pharaon d'Égypte.

Le dernier qui parut était le roi des Scythes. Il n'avait auprès de lui que des guerriers choisis, armés d'arcs et de flèches. Sa monture était un tigre superbe qu'il avait dompté, et qui était aussi haut que les plus beaux chevaux de Perse. La taille de ce monarque, imposante et majestueuse, effaçait celle de ses rivaux ; ses bras nus, aussi nerveux que blancs, semblaient déjà tendre l'arc de Nembrod.

Les trois princes se prosternèrent d'abord devant Bélus et Formosante. Le roi d'Égypte offrit à la princesse les deux plus beaux crocodiles du Nil, deux hippopotames, deux zèbres, deux rats d'Égypte, et deux momies, avec les livres du grand Hermès, qu'il croyait être ce qu'il y avait de plus rare sur la terre.

Le roi des Indes lui offrit cent éléphants qui portaient chacun une tour de bois doré, et mit à ses pieds le *Veidam*, écrit de la main de Xaca lui-même.

Le roi des Scythes, qui ne savait ni lire ni écrire, présenta cent chevaux de bataille couverts de housses de peaux de renards noirs.

La princesse baissa les yeux devant ses amants, et s'inclina avec des grâces aussi modestes que nobles.

Bélus fit conduire ces monarques sur les trônes qui leur étaient préparés. « Que n'ai-je trois filles ! leur dit-il, je rendrais aujourd'hui six personnes heureuses. » Ensuite il fit tirer au sort à qui essayerait le premier l'arc de Nembrod. On mit dans un casque d'or les noms des trois prétendants. Celui du roi d'Égypte sortit le premier ; ensuite parut le nom du roi des Indes. Le roi Scythe, en regardant l'arc et ses rivaux, ne se plaignit point d'être le troisième.

Tandis qu'on préparait ces brillantes épreuves, vingt mille pages et vingt mille jeunes filles distribuaient sans confusion des rafraîchissements aux spectateurs entre les rangs des sièges. Tout le monde avouait que les dieux n'avaient établi les rois que pour donner tous les jours des fêtes, pourvu qu'elles fussent diversifiées ; que la vie est trop courte pour en user autrement ; que les procès, les intrigues, la guerre, les disputes des prêtres, qui consument la vie humaine, sont des choses absurdes et horribles ; que l'homme n'est né que pour la joie ; qu'il n'aimerait pas les plaisirs passionnément et continuellement s'il n'était pas formé pour eux ; que l'essence de la nature humaine est de se réjouir, et que tout le reste est folie. Cette excellente morale n'a jamais été démentie que par les faits.

Comme on allait commencer ces essais, qui devaient décider de la destinée de Formosante, un jeune inconnu monté sur une licorne, accompagné de son valet monté de même, et portant sur le poing un gros oiseau, se présente à la barrière. Les gardes furent surpris de voir en cet équipage une figure qui avait l'air de la divinité. C'était, comme on a dit depuis, le visage d'Adonis sur le corps d'Hercule ; c'était la majesté avec les grâces. Ses sourcils noirs et ses longs cheveux blonds, mélange de beauté inconnu à Babylone, charmèrent l'assemblée : tout l'amphitheâtre se leva pour le mieux regarder ; toutes les femmes de la cour fixèrent sur lui des regards étonnés. Formosante elle-même, qui baissait toujours les yeux, les releva et rougit ; les trois rois pâlirent ; tous les spectateurs, en comparant Formosante avec l'inconnu, s'écriaient : « Il n'y a dans le monde que ce jeune homme qui soit aussi beau que la princesse. »

Les huissiers, saisis d'étonnement, lui demandèrent s'il était roi. L'étranger répondit qu'il n'avait pas cet honneur, mais qu'il était venu de fort loin par curiosité pour voir s'il y avait des rois qui fussent dignes de Formosante. On l'introduisit dans le premier rang de l'amphithéâtre, lui, son valet, ses deux licornes, et son oiseau. Il salua profondément Bélus, sa fille, les trois rois, et toute l'assemblée. Puis il prit place en rougissant. Ses deux licornes se couchèrent à ses pieds, son oiseau se percha sur son épaule, et son valet, qui portait un petit sac, se mit à côté de lui.

Les épreuves commencèrent. On tira de son étui d'or l'arc de Nembrod. Le grand maître des cérémonies, suivi de cinquante pages et précédé de vingt trompettes, le présenta au roi d'Égypte, qui le fit bénir par ses prêtres ; et, l'ayant posé sur la tête du bœuf Apis, il ne douta pas de remporter cette première victoire. Il descend au milieu de l'arène, il essaie, il épuise ses forces, il fait des contorsions qui excitent le rire de l'amphithéâtre, et qui font même sourire Formosante.

Son grand aumônier s'approcha de lui : « Que Votre Majesté, lui dit-il, renonce à ce vain honneur, qui n'est que celui des muscles et des nerfs ; vous triompherez dans tout le reste. Vous vaincrez le lion, puisque vous avez le sabre d'Osiris. La princesse de Babylone doit appartenir au prince qui a le plus d'esprit, et vous avez deviné des énigmes. Elle doit épouser le plus vertueux, vous l'êtes, puisque vous avez été élevé par les prêtres d'Égypte. Le plus généreux doit l'emporter, et vous avez donné les deux plus beaux crocodiles et les deux plus beaux rats qui soient dans le Delta. Vous possédez le bœuf Apis et les livres d'Hermès, qui sont la chose la plus rare de l'univers. Personne ne peut vous disputer Formosante. — Vous avez raison, dit le roi d'Égypte », et il se remit sur son trône.

On alla mettre l'arc entre les mains du roi des Indes. Il en eut des ampoules pour quinze jours, et se consola en présumant que le roi des Scythes ne serait pas plus heureux que lui.

Le Scythe mania l'arc à son tour. Il joignait l'adresse à la force : l'arc parut prendre quelque élasticité entre ses mains ; il le fit un peu plier, mais jamais il ne put venir à bout de le tendre. L'amphithéâtre, à qui la bonne mine de ce prince inspirait des inclinations favorables, gémit de son peu de succès, et jugea que la belle princesse ne serait jamais mariée.

Alors le jeune inconnu descendit d'un saut dans l'arène, et, s'adressant au roi des Scythes : « Que Votre Majesté, lui dit-il, ne s'étonne point de n'avoir pas entièrement réussi. Ces arcs d'ébène se font dans mon pays ; il n'y a qu'un certain tour à donner. Vous avez beaucoup plus de mérite à l'avoir fait plier que je n'en peux avoir à le tendre. » Aussitôt il prit une flèche, l'ajusta sur la corde, tendit l'arc de Nembrod, et fit voler la flèche bien au-delà des barrières. Un million de mains applaudit à ce prodige. Babylone retentit d'acclamations, et toutes les femmes disaient : « Quel bonheur qu'un si beau garçon ait tant de force ! »

Il tira ensuite de sa poche une petite lame d'ivoire, écrivit sur cette lame avec une aiguille d'or, attacha la tablette d'ivoire à l'arc, et présenta le tout à la princesse avec une grâce qui ravissait tous les assistants. Puis il alla modestement se remettre à sa place entre son oiseau et son valet. Babylone entière était dans la surprise ; les trois rois étaient confondus, et l'inconnu ne paraissait pas s'en apercevoir.

Formosante fut encore plus étonnée en lisant sur la tablette d'ivoire attachée à l'arc ces petits vers en beau langage chaldéen :

L'arc de Nembrod est celui de la guerre ;
L'arc de l'amour est celui du bonheur ;
Vous le portez. Par vous ce dieu vainqueur.
Est devenu le maître de la terre.
Trois rois puissants, trois rivaux aujourd'hui,
Osent prétendre à l'honneur de vous plaire :
Je ne sais pas qui votre cœur préfère
Mais l'univers sera jaloux de lui.

Ce petit madrigal ne fâcha point la princesse. Il fut critiqué par quelques seigneurs de la vieille cour, qui dirent qu'autrefois dans le bon temps on aurait comparé Bélus au soleil, et Formosante à la lune, son cou à une tour, et sa gorge à un boisseau de froment. Ils dirent que l'étranger n'avait point d'imagination, et qu'il s'écartait des règles de la véritable poésie ; mais toutes les dames trouvèrent les vers fort galants. Elles s'émerveillèrent qu'un homme qui bandait si bien un arc eût tant d'esprit. La dame d'honneur de la princesse lui dit : « Madame, voilà bien des talents en pure perte. De quoi servira à ce jeune homme son esprit et l'arc de Bélus ? — A le faire admirer, répondit Formosante. — Ah ! dit la dame d'honneur entre ses dents, encore un madrigal, et il pourrait bien être aimé. »

Cependant Bélus, ayant consulté ses mages, déclara qu'aucun des trois rois n'ayant pu bander l'arc de Nembrod, il n'en fallait pas moins marier sa fille, et qu'elle appartiendrait à celui qui viendrait à bout d'abattre le grand lion qu'on nourrissait exprès dans sa ménagerie. Le roi d'Égypte, qui avait été élevé dans toute la sagesse de son pays, trouva qu'il était fort ridicule d'exposer un roi aux bêtes pour le marier. Il avouait que la possession de Formosante était d'un grand prix ; mais il prétendait que, si le lion l'étranglait, il ne pourrait jamais épouser cette belle Babylonienne. Le roi des Indes entra dans les sentiments de l'Egyptien ; tous deux conclurent que le roi de Babylone se moquait d'eux ; qu'il fallait faire venir des armées pour le punir ; qu'ils avaient assez de sujets qui se tiendraient fort honorés de mourir au service de leurs maîtres, sans qu'il en coûtât un cheveu à leurs têtes sacrées ; qu'ils détrôneraient aisément le roi de Babylone, et qu'ensuite ils tireraient au sort la belle Formosante.

Cet accord étant fait, les deux rois dépêchèrent chacun dans leur pays un ordre exprès d'assembler une armée de trois cent mille hommes pour enlever Formosante.

Cependant le roi des Scythes descendit seul dans l'arène, le cimeterre à la main. Il n'était pas éperdument épris des charmes de Formosante ; la gloire avait été jusque-là sa seule passion ; elle l'avait conduit à Babylone. Il voulait faire voir que si les rois de l'Inde et de l'Égypte étaient assez prudents pour ne se pas compromettre avec des lions, il était assez courageux pour ne pas dédaigner ce combat, et qu'il réparerait l'honneur du diadème. Sa rare valeur ne lui permit pas seulement de se servir du secours de son tigre. Il s'avance seul, légèrement armé, couvert d'un casque d'acier garni d'or, ombragé de trois queues de cheval blanches comme la neige.

On lâche contre lui le plus énorme lion qui ait jamais été nourri dans les montagnes de l'Anti-Liban. Ses terribles griffes semblaient capables de déchirer les trois rois à la fois, et sa vaste gueule de les dévorer. Ses affreux rugissements faisaient retentir l'amphithéâtre. Les deux fiers champions se précipitent l'un contre l'autre d'une course rapide. Le courageux Scythe enfonce son épée dans le gosier du lion, mais la pointe, rencontrant une de ces épaisses dents que rien ne peut percer, se brise en éclats, et le monstre des forêts, furieux de sa blessure, imprimait déjà ses ongles sanglants dans les flancs du monarque.

Le jeune inconnu, touché du péril d'un si brave prince, se jette dans l'arène plus prompt qu'un éclair ; il coupe la tête du lion avec la même dextérité qu'on a vu depuis dans nos carrousels de jeunes chevaliers adroits enlever des têtes de maures ou des bagues.

Puis, tirant une petite boîte, il la présente au roi scythe, en lui disant : « Votre Majesté trouvera dans cette petite boîte le véritable dictame qui croît dans mon pays. Vos glorieuses blessures seront guéries en un moment. Le hasard seul vous a empêché de triompher du lion ; votre valeur n'en est pas moins admirable. »

Le roi scythe, plus sensible à la reconnaissance qu'à la jalousie, remercia son libérateur, et, après l'avoir tendrement embrassé, rentra dans son quartier pour appliquer le dictame sur ses blessures.

L'inconnu donna la tête du lion à son valet ; celui-ci, après l'avoir lavée à la grande fontaine qui était au-dessous de l'amphithéâtre, et en avoir fait écouler tout le sang, tira un fer de son petit sac, arracha les quarante dents du lion, et mit à leur place quarante diamants d'une égale grosseur.

Son maître, avec sa modestie ordinaire, se remit à sa place ; il donna la tête du lion à son oiseau : « Bel oiseau, dit-il, allez porter aux pieds de Formosante ce faible hommage. » L'oiseau part, tenant dans une de ses serres le terrible trophée ; il le présente à la princesse en baissant humblement le cou, et en s'aplatissant devant elle. Les quarante brillants éblouirent tous les yeux. On ne connaissait pas encore cette magnificence dans la superbe Babylone : l'émeraude, la topaze, le saphir, et le pyrope, étaient regardés encore comme les plus précieux ornements. Bélus et toute la cour étaient saisis d'admiration. L'oiseau qui offrait ce présent les surprit encore davantage. Il était de la taille d'un aigle, mais ses yeux étaient aussi doux et aussi tendres que ceux de l'aigle sont fiers et menaçants. Son bec était couleur de rose, et semblait tenir quelque chose de la belle bouche de Formosante. Son cou rassemblait toutes les couleurs de l'iris, mais plus vives et plus brillantes. L'or en mille nuances éclatait sur son plumage. Ses pieds paraissaient un mélange d'argent et de pourpre ; et la queue des beaux oiseaux qu'on attela depuis au char de Junon n'approchait pas de la sienne.

L'attention, la curiosité, l'étonnement, l'extase de toute la cour, se partageaient entre les quarante diamants et l'oiseau. Il s'était perché sur la balustrade, entre Bélus et sa fille Formosante ; elle le flattait, le caressait, le baisait. Il semblait recevoir ses caresses avec un plaisir mêlé de respect. Quand la princesse lui donnait des baisers, il les rendait, et la regardait ensuite avec des yeux attendris. Il recevait d'elle des biscuits et des pistaches, qu'il prenait de sa patte purpurine et argentée, et qu'il portait à son bec avec des grâces inexprimables.

Bélus, qui avait considéré les diamants avec attention, jugeait qu'une de ses provinces pouvait à peine payer un présent si riche. Il ordonna qu'on préparât pour l'inconnu des dons encore plus magnifiques que ceux qui étaient destinés aux trois monarques. « Ce jeune homme, disait-il, est sans doute le fils du roi de la Chine, ou de cette partie du monde qu'on nomme *Europe*, dont j'ai entendu parler, ou de l'Afrique, qui est, dit-on, voisine du royaume d'Égypte. »

Il envoya sur-le-champ son grand écuyer complimenter l'inconnu, et lui demander s'il était souverain d'un de ces empires, et pourquoi, possédant de si étonnants trésors, il était venu avec un valet et un petit sac.

Tandis que le grand écuyer avançait vers l'amphithéâtre pour s'acquitter de sa commission, arriva un autre valet sur une licorne. Ce valet, adressant la parole au jeune homme, lui dit : « Ormar, votre père touche à l'extrémité de sa vie, et je suis venu vous en avertir. « L'inconnu leva les yeux au ciel, versa des larmes, et ne répondit que par ce mot : « Partons. »

Le grand écuyer, après avoir fait les compliments de Bélus au vainqueur du lion, au donneur des quarante diamants, au maître du bel oiseau, demanda au valet de quel royaume était souverain le père de ce jeune héros. Le valet répondit : « Son père est un vieux berger qui est fort aimé dans le canton. »

Pendant ce court entretien l'inconnu était déjà monté sur sa licorne. Il dit au grand écuyer : « Seigneur, daignez me mettre aux pieds de Bélus et de sa fille. J'ose la supplier d'avoir grand soin de l'oiseau que je lui laisse ; il est unique comme elle. » En achevant ces mots, il partit comme un éclair ; les deux valets le suivirent, et on les perdit de vue.

Formosante ne put s'empêcher de jeter un grand cri. L'oiseau, se retournant vers l'amphithéâtre où son maître avait été assis, parut très affligé de ne le plus voir. Puis regardant fixement la princesse, et frottant doucement sa belle main de son bec, il sembla se vouer à son service.

Bélus, plus étonné que jamais, apprenant que ce jeune homme si extraordinaire était le fils d'un berger, ne put le croire. Il fit courir après lui ; mais bientôt on lui rapporta que les licornes sur lesquelles ces trois hommes couraient ne pouvaient être atteintes, et qu'au galop dont elles allaient elles devaient faire cent lieues par jour.

II

Tout le monde raisonnait sur cette aventure étrange, et s'épuisait en vaines conjectures. Comment le fils d'un berger peut-il donner quarante gros diamants ? Pourquoi est-il monté sur une licorne ? On s'y perdait ; et Formosante, en caressant son oiseau, était plongée dans une rêverie profonde.

La princesse Aldée, sa cousine issue de germaine, très bien faite, et presque aussi belle que Formosante, lui dit : « Ma cousine, je ne sais pas si ce jeune demi-dieu est le fils d'un berger ; mais il me semble qu'il a rempli toutes les conditions attachées à votre mariage. Il a bandé l'arc de Nembrod, il a vaincu le lion, il a beaucoup d'esprit puisqu'il a fait pour vous un assez joli impromptu. Après les quarante énormes diamants qu'il vous a donnés, vous ne pouvez nier qu'il ne soit le plus généreux des hommes. Il possédait dans son oiseau ce qu'il y a de plus rare sur la terre. Sa vertu n'a point d'égale, puisque, pouvant demeurer auprès de vous, il est parti sans délibérer dès qu'il a su que son père était malade. L'oracle est accompli dans tous ses points, excepté dans celui qui exige qu'il terrasse ses rivaux ; mais il a fait plus, il a sauvé la vie du seul concurrent qu'il pouvait craindre ; et, quand il s'agira de battre les deux autres, je crois que vous ne doutez pas qu'il n'en vienne à bout aisément.

— Tout ce que vous dites est bien vrai, répondit Formosante ; mais est-il possible que le plus grand des hommes, et peut-être même le plus aimable, soit le fils d'un berger ? »

La dame d'honneur, se mêlant de la conversation, dit que très souvent ce mot de berger était appliqué aux rois ; qu'on les appelait *bergers,* parce qu'ils tondent de fort près leur troupeau ; que c'était sans doute une mauvaise plaisanterie de son valet ; que ce jeune héros n'était venu si mal accompagné que pour faire voir combien son seul mérite était au-dessus du faste des rois, et pour ne devoir Formosante qu'à lui-même. La princesse ne répondit qu'en donnant à son oiseau mille tendres baisers.

On préparait cependant un grand festin pour les trois rois et pour tous les princes qui étaient venus à la fête. La fille et la nièce du roi devaient en faire les honneurs. On portait chez les rois des présents dignes de la magnificence de Babylone. Bélus, en attendant qu'on servît, assembla son conseil sur le mariage de la belle Formosante, et voici comme il parla en grand politique :

« Je suis vieux, je ne sais plus que faire, ni à qui donner ma fille. Celui qui la méritait n'est qu'un vil berger, le roi des Indes et celui d'Égypte sont des poltrons ; le roi des Scythes me conviendrait assez, mais il n'a rempli aucune des conditions imposées. Je vais encore consulter l'oracle. En attendant, délibérez, et nous conclurons suivant ce que l'oracle aura dit : car un roi ne doit se conduire que par l'ordre exprès des dieux immortels. »

Alors il va dans sa chapelle ; l'oracle lui répond en peu de mots, suivant sa coutume : « Ta fille ne sera mariée que quand elle aura couru le monde. » Bélus, étonné, revient au conseil, et rapporte cette réponse.

Tous les ministres avaient un profond respect pour les oracles ; tous convenaient ou feignaient de convenir qu'ils étaient le fondement de la religion ; que la raison doit se taire devant eux ; que c'est par eux que les rois règnent sur les peuples, et les mages sur les rois ; que sans les oracles il n'y aurait ni vertu ni repos sur la terre. Enfin, après avoir témoigné la plus profonde vénération pour eux, presque tous conclurent que celui-ci était impertinent, qu'il ne fallait pas lui obéir ; que rien n'était plus indécent pour une fille, et surtout pour celle du grand roi de Babylone, que d'aller courir sans savoir où ; que c'était le vrai moyen de n'être point mariée, ou de faire un mariage clandestin, honteux et ridicule ; qu'en un mot cet oracle n'avait pas le sens commun.

Le plus jeune des ministres, nommé Onadase, qui avait plus d'esprit qu'eux, dit que l'oracle entendait sans doute quelque pèlerinage de dévotion, et qu'il s'offrait à être le conducteur de la princesse. Le conseil revint à son avis, mais chacun voulut servir d'écuyer. Le roi décida que la princesse pourrait aller à trois cents parasanges sur le chemin de l'Arabie, à un temple dont le saint avait la réputation de procurer d'heureux mariages aux filles, et que ce serait le doyen du conseil qui l'accompagnerait. Après cette décision on alla souper.

III

Au milieu des jardins, entre deux cascades, s'élevait un salon ovale de trois cents pieds de diamètre, dont la voûte d'azur semée d'étoiles d'or représentait toutes les constellations avec les planètes, chacune à leur véritable place, et cette voûte tournait, ainsi que le ciel, par des machines aussi invisibles que le sont celles qui dirigent les mouvements célestes. Cent mille flambeaux enfermés dans des cylindres de cristal de roche éclairaient les dehors et l'intérieur de la salle à manger. Un buffet en gradins portait vingt mille vases ou plats d'or ; et vis-à-vis le buffet d'autres gradins étaient remplis de musiciens. Deux autres amphithéâtres étaient chargés, l'un, des fruits de toutes les saisons ; l'autre, d'amphores de cristal où brillaient tous les vins de la terre.

Les convives prirent leurs places autour d'une table de compartiments qui figuraient des fleurs et des fruits, tous en pierres précieuses. La belle Formosante fut placée entre le roi des Indes et celui d'Égypte, la belle Aldée auprès du roi des Scythes. Il y avait une trentaine de princes, et chacun d'eux était à côté d'une des plus belles dames du palais. Le roi de Babylone au milieu, vis-à-vis de sa fille, paraissait partagé entre le chagrin de n'avoir pu la marier et le plaisir de la garder encore. Formosante lui demanda la permission de mettre son oiseau sur la table à côté d'elle. Le roi le trouva très bon.

La musique, qui se fit entendre, donna une pleine liberté à chaque prince d'entretenir sa voisine. Le festin parut aussi agréable que magnifique. On avait servi devant Formosante un ragoût que le roi son père aimait beaucoup. La princesse dit qu'il fallait le porter devant Sa Majesté ; aussitôt l'oiseau se saisit du plat avec une dextérité merveilleuse et va le présenter au roi. Jamais on ne fut plus étonné à souper. Bélus lui fit autant de caresses que sa fille. L'oiseau reprit ensuite son vol pour retourner auprès d'elle. Il déployait en volant une si belle queue, ses ailes étendues étalaient tant de brillantes couleurs, l'or de son plumage jetait un éclat si éblouissant, que tous les yeux ne regardaient que lui. Tous les concertants cessèrent leur musique et devinrent immobiles. Personne ne mangeait, personne ne parlait, on n'entendait qu'un murmure d'admiration. La princesse de Babylone le baisa pendant tout le souper, sans songer seulement s'il y avait des rois dans le monde. Ceux des Indes et d'Égypte sentirent redoubler leur dépit et leur indignation, et chacun d'eux se promit bien de hâter la marche de ses trois cent mille hommes pour se venger.

Pour le roi des Scythes, il était occupé à entretenir la belle Aldée : son cœur altier, méprisant sans dépit les inattentions de Formosante, avait conçu pour elle plus d'indifférence que de colère. Elle est belle, disait-il, je l'avoue ; mais elle me paraît de ces femmes qui ne sont occupées que de leur beauté, et qui pensent que le genre humain doit leur être bien obligé quand elles daignent se laisser voir en public. On n'adore point des idoles dans mon pays. J'aimerais mieux une laideron complaisante et attentive que cette belle statue. Vous avez, madame, autant de charmes qu'elle, et vous daignez au moins faire conversation avec les étrangers. Je vous avoue, avec la franchise d'un Scythe, que je vous donne la préférence sur votre cousine. » Il se trompait pourtant sur le caractère de Formosante : elle n'était pas si dédaigneuse qu'elle le paraissait ; mais son compliment fut très bien reçu de la princesse Aldée. Leur entretien devint fort intéressant : ils étaient très contents, et déjà sûrs l'un de l'autre avant qu'on sortît de table.

Après le souper, on alla se promener dans les bosquets. Le roi des Scythes et Aldée ne manquèrent pas de chercher un cabinet solitaire. Aldée, qui était la franchise même, parla ainsi à ce prince :

« Je ne hais point ma cousine, quoiqu'elle soit plus belle que moi, et qu'elle soit destinée au trône de Babylone : l'honneur de vous plaire me tient lieu d'attraits. Je préfère la Scythie avec vous à la couronne de Babylone sans vous ; mais cette couronne m'appartient de droit, s'il y a des droits dans le monde : car je suis de la branche aînée de Nembrod, et Formosante n'est que de la cadette. Son grand-père détrôna le mien, et le fit mourir.

— Telle est donc la force du sang dans la maison de Babylone ! dit le Scythe. Comment s'appelait votre grand-père ? — Il se nommait Aldée, comme moi. Mon père avait le même nom : il fut relégué au fond de l'empire avec ma mère ; et Bélus, après leur mort, ne craignant rien de moi, voulut m'élever auprès de sa fille ; mais il a décidé que je ne serais jamais mariée.

— Je veux venger votre père, et votre grand-père, et vous, dit le roi des Scythes. Je vous réponds que vous serez mariée ; je vous enlèverai après-demain de grand matin, car il faut dîner demain avec le roi de Babylone, et je reviendrai soutenir vos droits avec une armée de trois cent mille hommes. — Je le veux bien », dit la belle Aldée ; et, après s'être donné leur parole d'honneur, ils se séparèrent.

Il y avait longtemps que l'incomparable Formosante s'était allée coucher. Elle avait fait placer à côté de son lit un petit oranger dans une caisse d'argent pour y faire reposer son oiseau. Ses rideaux étaient fermés ; mais elle n'avait nulle envie de dormir. Son cœur et son imagination étaient trop éveillés. Le charmant inconnu était devant ses yeux ; elle le voyait tirant une flèche avec l'arc de Nembrod ; elle le contemplait coupant la tête du lion ; elle récitait son madrigal ; enfin elle le voyait s'échapper de la foule, monté sur sa licorne ; alors elle éclatait en sanglots ; elle s'écriait avec larmes : « Je ne le reverrai donc plus ; il ne reviendra pas.

— Il reviendra, madame, lui répondit l'oiseau du haut de son oranger ; peut-on vous avoir vue, et ne pas vous revoir ?

— O ciel ! ô puissances éternelles ! mon oiseau parle le pur chaldéen ! n En disant ces mots, elle tire ses rideaux, lui tend les bras, se met à genoux sur son lit : « êtes-vous un dieu descendu sur la terre ? êtes-vous le grand Orosmade caché sous ce beau plumage ? Si vous êtes un dieu, rendez-moi ce beau jeune homme.

— Je ne suis qu'une volatile, répliqua l'autre ; mais je naquis dans le temps que toutes les bêtes parlaient encore, et que les oiseaux, les serpents, les ânesses, les chevaux, et les griffons, s'entretenaient familièrement avec les hommes. Je n'ai pas voulu parler devant le monde, de peur que vos dames d'honneur ne me prissent pour un sorcier : je ne veux me découvrir qu'à vous. »

Formosante, interdite, égarée, enivrée de tant de merveilles, agitée de l'empressement de faire cent questions à la fois, lui demanda d'abord quel âge il avait. « Vingt-sept mille neuf cents ans et six mois, madame ; je suis de l'âge de la petite révolution du ciel que vos mages appellent *la précession des équinoxes* et qui s'accomplit en près de vingt-huit mille de vos années. Il y a des révolutions infiniment plus longues : aussi nous avons des êtres beaucoup plus vieux que moi. Il y a vingt-deux mille ans que j'appris le chaldéen dans un de mes voyages. J'ai toujours conservé beaucoup de goût pour la langue chaldéenne ; mais les autres animaux mes confrères ont renoncé à parler dans vos climats. – Et pourquoi cela, mon divin oiseau ? – Hélas ! c'est parce que les hommes ont pris enfin l'habitude de nous manger, au lieu de converser et de s'instruire avec nous. Les barbares ! ne devaient-ils pas être convaincus qu'ayant les mêmes organes qu'eux, les mêmes sentiments, les mêmes besoins, les mêmes désirs, nous avions ce qui s'appelle *une âme* tout comme eux ; que nous étions leurs frères, et qu'il ne fallait cuire et manger que les méchants ? Nous sommes tellement vos frères que le grand Être, l'Être éternel et formateur, ayant fait un pacte avec les hommes[1], nous comprit expressément dans le traité. Il vous défendit de vous nourrir de notre sang, et à nous, de sucer le vôtre.

« Les fables de votre ancien Locman, traduites en tant de langues, seront un témoignage éternellement subsistant de l'heureux commerce que vous avez eu autrefois avec nous. Elles commencent toutes par ces mots : *Du temps que les bêtes parlaient*. Il est vrai qu'il y a beaucoup de femmes parmi vous qui parlent toujours à leurs chiens ; mais ils ont résolu de ne point répondre depuis qu'on les a forcés à coups de fouet d'aller à la chasse, et d'être les complices du meurtre de nos anciens amis communs, les cerfs, les daims, les lièvres et les perdrix.

« Vous avez encore d'anciens poèmes dans lesquels les chevaux parlent, et vos cochers leur adressent la parole tous les jours ; mais c'est avec tant de grossièreté, et en prononçant des mots si infâmes, que les chevaux, qui vous aimaient tant autrefois, vous détestent aujourd'hui.

« Les pays où demeure votre charmant inconnu, le plus parfait des hommes, est demeuré le seul où votre espèce sache encore aimer la nôtre et lui parler ; – et c'est la seule contrée de la terre où les hommes soient justes.

– Et où est-il ce pays de mon cher inconnu ? quel est le nom de ce héros ? comment se nomme son empire ? car je ne croirai pas plus qu'il est un berger que je ne crois que vous êtes une chauve-souris.

– Son pays, madame, est celui des Gangarides, peuple vertueux et invincible qui habite la rive orientale du Gange.

1. Voyez le chap. 9 de la *Genèse* ; et les chap. 3, 18 et 19 de l'*Ecclésiaste*.

Le nom de mon ami est Amazan. Il n'est pas roi, et je ne sais même s'il voudrait s'abaisser à l'être ; il aime trop ses compatriotes : il est berger comme eux. Mais n'allez pas vous imaginer que ces bergers ressemblent aux vôtres, qui, couverts à peine de lambeaux déchirés, gardent des moutons infiniment mieux habillés qu'eux ; qui gémissent sous le fardeau de la pauvreté, et qui payent à un exacteur la moitié des gages chétifs qu'ils reçoivent de leurs maîtres. Les bergers gangarides, nés tous égaux, sont les maîtres des troupeaux innombrables qui couvrent leurs prés éternellement fleuris. On ne les tue jamais : c'est un crime horrible vers le Gange de tuer et de manger son semblable. Leur laine, plus fine et plus brillante que la plus belle soie, est le plus grand commerce de l'Orient. D'ailleurs la terre des Gangarides produit tout ce qui peut flatter les désirs de l'homme. Ces gros diamants qu'Amazan a eu l'honneur de vous offrir sont d'une mine qui lui appartient. Cette licorne que vous l'avez vu monter est la monture ordinaire des Gangarides. C'est le plus bel animal, le plus fier, le plus terrible, et le plus doux qui orne la terre. Il suffirait de cent Gangarides et de cent licornes pour dissiper des armées innombrables. Il y a environ deux siècles qu'un roi des Indes fut assez fou pour vouloir conquérir cette nation : il se présenta suivi de dix mille éléphants et d'un million de guerriers. Les licornes percèrent les éléphants, comme j'ai vu sur votre table des mauviettes enfilées dans des brochettes d'or. Les guerriers tombaient sous le sabre des Gangarides comme les moissons de riz sont coupées par les mains des peuples de l'Orient. On prit le roi prisonnier avec plus de six cent mille hommes. On le baigna dans les eaux salutaires du Gange ; on le mit au régime du pays, qui consiste à ne se nourrir que de végétaux prodigués par la nature pour nourrir tout ce qui respire. Les hommes alimentés de carnage et abreuvés de liqueurs fortes ont tous un sang aigri et adulte qui les rend fous en cent manières différentes. Leur principale démence est la fureur de verser le sang de leurs frères, et de dévaster des plaines fertiles pour régner sur des cimetières. On employa six mois entiers à guérir le roi des Indes de sa maladie. Quand les médecins eurent enfin jugé qu'il avait le pouls plus tranquille et l'esprit plus rassis, ils en donnèrent le certificat au conseil des Gangarides. Ce conseil, ayant pris l'avis des licornes, renvoya humainement le roi des Indes, sa sotte cour et ses imbéciles guerriers dans leur pays. Cette leçon les rendit sages, et, depuis ce temps, les Indiens respectèrent les Gangarides, comme les ignorants qui voudraient s'instruire respectent parmi vous les philosophes chaldéens, qu'ils ne peuvent égaler. — A propos, mon cher oiseau, lui dit la princesse, y a-t-il une religion chez les Gangarides ? — S'il y en a une ? Madame, nous nous assemblons pour rendre grâces à Dieu, les jours de la pleine lune, les hommes dans un grand temple de cèdre, les femmes dans un autre, de peur des distractions ; tous les oiseaux dans un bocage, les quadrupèdes sur une belle pelouse. Nous remercions Dieu de tous les biens qu'il nous a faits. Nous avons surtout des perroquets qui prêchent à merveille.

« Telle est la patrie de mon cher Amazan ; c'est là que je demeure ; j'ai autant d'amitié pour lui qu'il vous a inspiré d'amour. Si vous m'en croyez, nous partirons ensemble, et vous irez lui rendre sa visite.

— Vraiment, mon oiseau, vous faites là un joli métier, répondit en souriant la princesse, qui brulait d'envie de faire le voyage, et qui n'osait le dire. — Je sers mon ami, dit l'oiseau ; et, après le bonheur de vous aimer, le plus grand est celui de servir vos amours. »

Formosante ne savait plus où elle en était ; elle se croyait transportée hors de la terre. Tout ce qu'elle avait vu dans cette journée, tout ce qu'elle voyait, tout ce qu'elle entendait, et surtout ce qu'elle sentait dans son cœur, la plongeait dans un ravissement qui passait de bien loin celui qu'éprouvent aujourd'hui les fortunés musulmans quand, dégagés de leurs liens terrestres, ils se voient dans le neuvième ciel entre les bras de leurs houris, environnés et pénétrés de la gloire et de la félicité célestes.

IV

Elle passa toute la nuit à parler d'Amazan. Elle ne l'appelait plus que son *berger ;* et c'est depuis ce temps-là que les noms de *berger* et d'*amant* sont toujours employés l'un pour l'autre chez quelques nations.

Tantôt elle demandait à l'oiseau si Amazan avait eu d'autres maîtresses. Il répondait que non, et elle était au comble de la joie. Tantôt elle voulait savoir à quoi il passait sa vie ; et elle apprenait avec transport qu'il l'employait à faire du bien, à cultiver les arts, à pénétrer les secrets de la nature, à perfectionner son être. Tantôt elle voulait savoir si l'âme de son oiseau était de la même nature que celle de son amant ; pourquoi il avait vécu près de vingt-huit mille ans, tandis que son amant n'en avait que dix-huit ou dix-neuf. Elle faisait cent questions pareilles, auxquelles l'oiseau répondait avec une discrétion qui irritait sa curiosité. Enfin, le sommeil ferma leurs yeux, et livra Formosante à la douce illusion des songes envoyés par les dieux, qui surpassent quelquefois la réalité même, et que toute la philosophie des Chaldéens a bien de la peine à expliquer.

Formosante ne s'éveilla que très tard. Il était petit jour chez elle quand le roi son père entra dans sa chambre. L'oiseau reçut Sa Majesté avec une politesse respectueuse, alla au-devant de lui, battit des ailes, allongea son cou, et se remit sur son oranger. Le roi s'assit sur le lit de sa fille, que ses rêves avaient encore embellie. Sa grande barbe s'approcha de ce beau visage, et après lui avoir donné deux baisers, il lui parla en ces mots :

« Ma chère fille, vous n'avez pu trouver hier un mari, comme je l'espérais ; il vous en faut un pourtant : le salut de mon empire l'exige. J'ai consulté l'oracle, qui, comme vous savez, ne ment jamais, et qui dirige toute ma conduite. Il m'a ordonné de vous faire courir le monde. Il faut que vous voyagiez. — Ah ! chez les Gangarides sans doute », dit la princesse ; et en prononçant ces mots, qui lui échappaient, elle sentit bien qu'elle disait une sottise. Le roi, qui ne savait pas un mot de géographie, lui demanda ce qu'elle entendait par des Gangarides. Elle trouva aisément une défaite. Le roi lui apprit qu'il fallait faire un pèlerinage ; qu'il avait nommé les personnes de sa suite, le doyen des conseillers d'État, le grand aumônier, une dame d'honneur, un médecin, un apothicaire, et son oiseau, avec tous les domestiques convenables.

Formosante, qui n'était jamais sortie du palais du roi son père, et qui jusqu'à la journée des trois rois et d'Amazan n'avait mené qu'une vie très insipide dans l'étiquette du faste et dans l'apparence des plaisirs, fut ravie d'avoir un pèlerinage à faire. « Qui sait, disait-elle tout bas à son cœur, si les dieux n'inspireront pas à mon cher Gangaride le même désir d'aller à la même chapelle, et si je n'aurai pas le bonheur de revoir le pèlerin ? » Elle remercia tendrement son père, en lui disant qu'elle avait eu toujours une secrète dévotion pour le saint chez lequel on l'envoyait.

Bélus donna un excellent dîner à ses hôtes ; il n'y avait que des hommes. C'étaient tous gens fort mal assortis : rois, princes, ministres, pontifes, tous jaloux les uns des autres, tous pesant leurs paroles, tous embarrassés de leurs voisins et d'eux-mêmes. Le repas fut triste, quoiqu'on y bût beaucoup. Les princesses restèrent dans leurs appartements, occupées chacune de leur départ. Elles mangèrent à leur petit couvert. Formosante ensuite alla se promener dans les jardins avec son cher oiseau, qui, pour l'amuser, vola d'arbre en arbre en étalant sa superbe queue et son divin plumage.

Le roi d'Égypte, qui était chaud de vin, pour ne pas dire ivre, demanda un arc et des flèches à un de ses pages. Ce prince était à la vérité l'archer le plus maladroit de son royaume. Quand il tirait au blanc, la place où l'on était le plus en sûreté était le but où il visait. Mais le bel oiseau, en volant aussi rapidement que la flèche, se présenta lui-même au coup, et tomba tout sanglant entre les bras de Formosante. L'Égyptien, en riant d'un sot rire, se retira dans son quartier. La princesse perça le ciel de ses cris, fondit en larmes, se meurtrit les joues et la poitrine. L'oiseau mourant lui dit tout bas : « Brûlez-moi, et ne manquez pas de porter mes cendres vers l'Arabie Heureuse, à l'orient de l'ancienne ville d'Aden ou d'Eden, et de les exposer au soleil sur un petit bûcher de gérofle et de cannelle. » Après avoir proféré ces paroles, il expira. Formosante resta longtemps évanouie et ne revit le jour que pour éclater en sanglots. Son père, partageant sa douleur et faisant des imprécations contre le roi d'Égypte, ne douta pas que cette aventure n'annonçât un avenir sinistre. Il alla vite consulter l'oracle de sa chapelle. L'oracle répondit : « Mélange de tout ; mort vivant, infidélité et constance, perte et gain, calamités et bonheur. » Ni lui ni son conseil n'y purent rien comprendre ; mais enfin il était satisfait d'avoir rempli ses devoirs de dévotion.

Sa fille, éplorée, pendant qu'il consultait l'oracle, fit rendre à l'oiseau les honneurs funèbres qu'il avait ordonnés, et résolut de le porter en Arabie au péril de ses jours. Il fut brûlé dans du lin incombustible avec l'oranger sur lequel il avait couché ; elle en recueillit la cendre dans un petit vase d'or tout entouré d'escarboucles et des diamants qu'on ôta de la gueule du lion. Que ne put-elle, au lieu d'accomplir ce devoir funeste, brûler tout en vie le détestable roi d'Égypte ! C'était là tout son désir. Elle fit tuer, dans son dépit, les deux crocodiles, ses deux hippopotames, ses deux zèbres, ses deux rats, et fit jeter ses deux momies dans l'Euphrate ; si elle avait tenu son bœuf Apis, elle ne l'aurait pas épargné.

Le roi d'Égypte, outré de cet affront, partit sur-le-champ pour faire avancer ses trois cent mille hommes. Le roi des

Indes, voyant partir son allié, s'en retourna le jour même, dans le ferme dessein de joindre ses trois cent mille Indiens à l'armée égyptienne. Le roi de Scythie délogea dans la nuit avec la princesse Aldée, bien résolu de venir combattre pour elle à la tête de trois cent mille Scythes, et de lui rendre l'héritage de Babylone, qui lui était dû, puisqu'elle descendait de la branche aînée.

De son côté la belle Formosante se mit en route à trois heures du matin avec sa caravane de pèlerins, se flattant bien qu'elle pourrait aller en Arabie exécuter les dernières volontés de son oiseau, et que la justice des dieux immortels lui rendrait son cher Amazan sans qui elle ne pouvait plus vivre.

Ainsi, à son réveil, le roi de Babylone ne trouva plus personne. « Comme les grandes fêtes se terminent, disait-il, et comme elles laissent un vide étonnant dans l'âme, quand le fracas est passé. » Mais il fut transporté d'une colère vraiment royale lorsqu'il apprit qu'on avait enlevé la princesse Aldée. Il donna ordre qu'on éveillât tous ses ministres, et qu'on assemblât le conseil. En attendant qu'ils vinssent, il ne manqua pas de consulter son oracle ; mais il ne put jamais en tirer que ces paroles si célèbres depuis dans tout l'univers : *Quand on ne marie pas les filles, elles se marient elles-mêmes.*

Aussitôt l'ordre fut donné de faire marcher trois cent mille hommes contre le roi des Scythes. Voilà donc la guerre la plus terrible allumée de tous les côtés ; et elle fut produite par les plaisirs de la plus belle fête qu'on ait jamais donnée sur la terre. L'Asie allait être désolée par quatre armées de trois cent mille combattants chacune. On sent bien que la guerre de Troie, qui étonna le monde quelques siècles après, n'était qu'un jeu d'enfants en comparaison ; mais aussi on doit considérer que dans la querelle des Troyens il ne s'agissait que d'une vieille femme fort libertine qui s'était fait enlever deux fois, au lieu qu'ici il s'agissait de deux filles et d'un oiseau.

Le roi des Indes allait attendre son armée sur le grand et magnifique chemin qui conduisait alors en droiture de Babylone à Cachemire. Le roi des Scythes courait avec Aldée par la belle route qui menait au mont Immaüs. Tous ces chemins ont disparu dans la suite par le mauvais gouvernement. Le roi d'Égypte avait marché à l'occident, et côtoyait la petite mer Méditerranée, que les ignorants Hébreux ont depuis nommée *la Grande Mer.*

A l'égard de la belle Formosante, elle suivait le chemin de Bassora, planté de hauts palmiers qui fournissaient un ombrage éternel et des fruits dans toutes les saisons. Le temple où elle allait en pèlerinage était dans Bassora même. Le saint à qui ce temple avait été dédié était à peu près dans le goût de celui qu'on adora depuis à Lampsaque. Non seulement il procurait des maris aux filles mais il tenait lieu souvent de mari. C'était le saint le plus fêté de toute l'Asie.

Formosante ne se souciait point du tout du saint de Bassora : elle n'invoquait que son cher berger gangaride, son bel Amazan. Elle comptait s'embarquer à Bassora, et entrer dans l'Arabie Heureuse pour faire ce que l'oiseau mort avait ordonné.

A la troisième couchée, à peine était-elle entrée dans une hôtellerie où ses fourriers avaient tout préparé pour elle, qu'elle apprit que le roi d'Égypte y entrait aussi. Instruit de la marche de la princesse par ses espions, il avait sur-le-champ changé de route, suivi d'une nombreuse escorte. Il arrive ; il fait placer des sentinelles à toutes les portes ; il monte dans la chambre de la belle Formosante, et lui dit : « Mademoiselle, c'est vous précisément que je cherchais ; vous avez fait très peu de cas de moi lorsque j'étais à Babylone ; il est juste de punir les dédaigneuses et les capricieuses : vous aurez, s'il vous plaît, la bonté de souper avec moi ce soir ; vous n'aurez point d'autre lit que le mien, et je me conduirai avec vous selon que j'en serai content. »

Formosante vit bien qu'elle n'était pas la plus forte ; elle savait que le bon esprit consiste à se conformer à sa situation ; elle prit le parti de se délivrer du roi d'Égypte par une innocente adresse : elle le regarda du coin de l'œil, ce qui plusieurs siècles après s'est appelé *lorgner* ; et voici comme elle lui parla avec une modestie, une grâce, une douceur, un embarras, et une foule de charmes qui auraient rendu fou le plus sage des hommes, et aveuglé le plus clairvoyant :

« Je vous avoue, monsieur, que je baissai toujours les yeux devant vous quand vous fîtes l'honneur au roi mon père de venir chez lui. Je craignais mon cœur, je craignais ma simplicité trop naïve : je tremblais que mon père et vos rivaux ne s'aperçussent de la préférence que je vous donnais, et que vous méritez si bien. Je puis à présent me livrer à mes sentiments. Je jure par le bœuf Apis, qui est, après vous, tout ce que je respecte le plus au monde, que vos propositions m'ont enchantée. J'ai déjà soupé avec vous chez le roi mon père ; j'y souperai encore bien ici sans qu'il soit de la partie : tout ce que je vous demande, c'est que votre grand aumônier boive avec nous, il m'a paru à Babylone un très bon convive ;

j'ai d'excellent vin de Chiraz, je veux vous en faire goûter à tous deux. A l'égard de votre seconde proposition, elle est très engageante ; mais il ne convient pas à une fille bien née d'en parler : qu'il vous suffise de savoir que je vous regarde comme le plus grand des rois et le plus aimable des hommes. »

Ce discours fit tourner la tête au roi d'Égypte ; il voulut bien que l'aumônier fût en tiers. « J'ai encore une grâce à vous demander, lui dit la princesse ; c'est de permettre que mon apothicaire vienne me parler : les filles ont toujours de certaines petites incommodités qui demandent de certains soins, comme vapeurs de tête, battements de cœur, coliques, étouffements, auxquels il faut mettre un certain ordre dans de certaines circonstances ; en un mot, j'ai un besoin pressant de mon apothicaire, et j'espère que vous ne me refuserez pas cette légère marque d'amour.

— Mademoiselle, lui répondit le roi d'Égypte, quoiqu'un apothicaire ait des vues précisément opposées aux miennes, et que les objets de son art soient le contraire de ceux du mien, je sais trop bien vivre pour vous refuser une demande si juste : je vais ordonner qu'il vienne vous parler en attendant le souper ; je conçois que vous devez être un peu fatiguée du voyage ; vous devez aussi avoir besoin d'une femme de chambre, vous pourrez faire venir celle qui vous agréera davantage ; j'attendrai ensuite vos ordres et votre commodité. » Il se retira ; l'apothicaire et la femme de chambre nommée Irla arrivèrent. La princesse avait en elle une entière confiance ; elle lui ordonna de faire apporter six bouteilles de vin de Chiraz pour le souper, et d'en faire boire de pareil à tous les sentinelles qui tenaient ses officiers aux arrêts ; puis elle recommanda à l'apothicaire de faire mettre dans toutes les bouteilles certaines drogues de sa pharmacie qui faisaient dormir les gens vingt-quatre heures, et dont il était toujours pourvu. Elle fut ponctuellement obéie. Le roi revint avec le grand aumônier au bout d'une demi-heure : le souper fut très gai ; le roi et le prêtre vidèrent les six bouteilles, et avouèrent qu'il n'y avait pas de si bon vin en Égypte ; la femme de chambre eut soin d'en faire boire aux domestiques qui avaient servi. Pour la princesse, elle eut grande attention de n'en point boire, disant que son médecin l'avait mise au régime. Tout fut bientôt endormi.

L'aumônier du roi d'Égypte avait la plus belle barbe que pût porter un homme de sa sorte. Formosante la coupa très adroitement ; puis, l'ayant fait coudre à un petit ruban, elle l'attacha à son menton. Elle s'affubla de la robe du prêtre et de toutes les marques de sa dignité, habilla sa femme de chambre en sacristain de la déesse Isis ; enfin, s'étant munie de son urne et de ses pierreries, elle sortit de l'hôtellerie à travers les sentinelles, qui dormaient comme leur maître. La suivante avait eu soin de faire tenir à la porte deux chevaux prêts. La princesse ne pouvait mener avec elle aucun des officiers de sa suite : ils auraient été arrêtés par les grandes gardes.

Formosante et Irla passèrent à travers des haies de soldats qui, prenant la princesse pour le grand prêtre, l'appelaient *mon révérendissime père en Dieu,* et lui demandaient sa bénédiction. Les deux fugitives arrivent en vingt-quatre heures à Bassora, avant que le roi fût éveillé. Elles quittèrent alors leur déguisement, qui eût pu donner des soupçons. Elles frétèrent au plus vite un vaisseau qui les porta, par le détroit d'Ormus, au beau rivage d'Eden, dans l'Arabie Heureuse. C'est cet Éden dont les jardins furent si renommés qu'on en fit depuis la demeure des justes ; ils furent le modèle des Champs-Élysées, des jardins des Hespérides, et de ceux des îles Fortunées : car, dans ces climats chauds, les hommes n'imaginèrent point de plus grande béatitude que les ombrages et les murmures des eaux. Vivre éternellement dans les cieux avec l'Être suprême, ou aller se promener dans le jardin, dans le paradis, fut la même chose pour les hommes, qui parlent toujours sans s'entendre, et qui n'ont pu guère avoir encore d'idées nettes ni d'expressions justes.

Dès que la princesse se vit dans cette terre, son premier soin fut de rendre à son cher oiseau les honneurs funèbres qu'il avait exigés d'elle. Ses belles mains dressèrent un petit bûcher de girofle et de cannelle. Quelle fut sa surprise lorsqu'ayant répandu les cendres de l'oiseau sur ce bûcher, elle le vit s'enflammer de lui-même ! Tout fut bientôt consumé. Il ne parut, à la place des cendres, qu'un gros œuf dont elle vit sortir son oiseau plus brillant qu'il ne l'avait jamais été. Ce fut le plus beau des moments que la princesse eût éprouvés dans toute sa vie ; il n'y en avait qu'un qui pût lui être plus cher : elle le désirait, mais elle ne l'espérait pas.

« Je vois bien, dit-elle à l'oiseau, que vous êtes le phénix dont on m'avait tant parlé. Je suis prête à mourir d'étonnement et de joie. Je ne croyais point à la résurrection ; mais mon bonheur m'en a convaincue. — La résurrection, madame, lui dit le phénix, est la chose du monde la plus simple. Il n'est pas plus surprenant de naître deux fois qu'une. Tout est résurrection dans ce monde ; les chenilles ressuscitent en papillons ; un noyau mis en terre ressuscite en arbre ; tous les animaux ensevelis dans la terre ressuscitent en herbes, en plantes, et nourrissent d'autres animaux dont ils font bientôt une partie de la substance : toutes les particules qui composaient les corps sont changées en différents êtres. Il est vrai que je suis le seul à qui le puissant Orosmade ait fait la grâce de ressusciter dans sa propre nature. »

Formosante, qui, depuis le jour qu'elle vit Amazan et le phénix pour la première fois, avait passé toutes ses heures à s'étonner, lui dit : « Je conçois bien que le grand Être ait pu former de vos cendres un phénix à peu près semblable à vous ; mais que vous soyez précisément la même personne, que vous ayez la même âme, j'avoue que je ne le comprends pas bien clairement. Qu'est devenue votre âme pendant que je vous portais dans ma poche après votre mort ?

— Eh ! mon Dieu ! madame, n'est-il pas aussi facile au grand Orosmade de continuer son action sur une petite étincelle de moi-même que de commencer cette action ? Il m'avait accordé auparavant le sentiment, la mémoire et la pensée : il me les accorde encore ; qu'il ait attaché cette faveur à un atome de feu élémentaire caché dans moi, ou à l'assemblage de mes organes, cela ne fait rien au fond : les phénix et les hommes ignoreront toujours comment la chose se passe ; mais la plus grande grâce que l'Être suprême m'ait accordée est de me faire renaître pour vous. Que ne puis-je passer les vingt-huit mille ans que j'ai encore à vivre jusqu'à ma prochaine résurrection entre vous et mon cher Amazan !

— Mon phénix, lui repartit la princesse, songez que les premières paroles que vous me dîtes à Babylone, et que je n'oublierai jamais, me flattèrent de l'espérance de revoir ce cher berger que j'idolâtre : il faut absolument que nous allions ensemble chez les Gangarides, et que je le ramène à Babylone. — C'est bien mon dessein, dit le phénix ; il n'y a pas un moment à perdre. Il faut aller trouver Amazan par le plus court chemin, c'est-à-dire par les airs. Il y a dans l'Arabie Heureuse deux griffons, mes amis intimes, qui ne demeurent qu'à cent cinquante milles d'ici : je vais leur écrire par la poste aux pigeons ; ils viendront avant la nuit. Nous aurons tout le temps de vous faire travailler un petit canapé commode avec des tiroirs où l'on mettra vos provisions de bouche. Vous serez très à votre aise dans cette voiture avec votre demoiselle. Les deux griffons sont les plus vigoureux de leur espèce ; chacun d'eux tiendra un des bras du canapé entre ses griffes ; mais, encore une fois, les moments sont chers. » Il alla sur-le-champ avec Formosante commander le canapé à un tapissier de sa connaissance. Il fut achevé en quatre heures. On mit dans les tiroirs des petits pains à la reine, des biscuits meilleurs que ceux de Babylone, des poncires, des ananas, des cocos, des pistaches, et du vin d'Éden, qui l'emporte sur le vin de Chiras autant que celui de Chiras est au-dessus de celui de Surenne.

Le canapé était aussi léger que commode et solide. Les deux griffons arrivèrent dans Éden à point nommé. Formosante et Irla se placèrent dans la voiture. Les deux griffons l'enlevèrent comme une plume. Le phénix tantôt volait auprès, tantôt se perchait sur le dossier. Les deux griffons cinglèrent vers le Gange avec la rapidité d'une flèche qui fend les airs. On ne se reposait que la nuit pendant quelques moments pour manger, et pour faire boire un coup aux deux voituriers.

On arriva enfin chez les Gangarides. Le cœur de la princesse palpitait d'espérance, d'amour et de joie. Le phénix fit arrêter la voiture devant la maison d'Amazan : il demande à lui parler ; mais il y avait trois heures qu'il en était parti, sans qu'on sût où il était allé.

Il n'y a point de termes dans la langue même des Gangarides qui puissent exprimer le désespoir dont Formosante fut accablée. « Hélas ! voilà ce que j'avais craint, dit le phénix ; les trois heures que vous avez passées dans votre hôtellerie sur le chemin de Bassora avec ce malheureux roi d'Égypte vous ont enlevé peut-être pour jamais le bonheur de votre vie : j'ai bien peur que nous n'ayons perdu Amazan sans retour. »

Alors il demanda aux domestiques si on pouvait saluer madame sa mère. Ils répondirent que son mari était mort l'avant-veille et qu'elle ne voyait personne. Le phénix, qui avait du crédit dans la maison, ne laissa pas de faire entrer la princesse de Babylone dans un salon dont les murs étaient revêtus de bois d'oranger à filets d'ivoire ; les sous-bergers et sous-bergères, en longues robes blanches ceintes de garnitures aurore, lui servirent dans cent corbeilles de simple porcelaine cent mets délicieux, parmi lesquels on ne voyait aucun cadavre déguisé : c'était du riz, du sagou, de la semoule, du vermicelle, des macaronis, des omelettes, des œufs au lait, des fromages à la crème, des pâtisseries de toute espèce, des légumes, des fruits d'un parfum et d'un goût dont on n'a point d'idée dans les autres climats ; c'était une profusion de liqueurs rafraîchissantes, supérieures aux meilleurs vins.

Pendant que la princesse mangeait, couchée sur un lit de roses, quatre pavons, ou paons, ou pans, heureusement muets, l'éventaient de leurs brillantes ailes ; deux cents oiseaux, cent bergers et cent bergères, lui donnèrent un concert à deux chœurs ; les rossignols, les serins, les fauvettes, les pinsons, chantaient le dessus avec les bergères ; les bergers faisaient la haute-contre et la basse : c'était en tout la belle et simple nature. La princesse avoua que, s'il y avait plus de magnificence à Babylone, la nature était mille fois plus agréable chez les Gangarides ; mais, pendant qu'on lui donnait cette musique si consolante et si voluptueuse, elle versait des larmes ; elle disait à la jeune Irla sa compagne : « Ces bergers et ces bergères, ces rossignols et ces serins font l'amour, et moi, je suis privée du héros gangaride, digne objet de mes très tendres et très impatients désirs. »

Pendant qu'elle faisait ainsi cette collation, qu'elle admirait et qu'elle pleurait, le phénix disait à la mère d'Amazan : « Madame, vous ne pouvez vous dispenser de voir la princesse de Babylone ; vous savez... — Je sais tout, dit-elle, jusqu'à son aventure dans l'hôtellerie sur le chemin de Bassora ; un merle m'a tout conté ce matin ; et ce cruel merle est cause que mon fils, au désespoir, est devenu fou, et a quitté la maison paternelle. — Vous ne savez donc pas, reprit le phénix, que la princesse m'a ressuscité ? — Non, mon cher enfant ; je savais par le merle que vous étiez mort, et j'en étais inconsolable. J'étais si affligée de cette perte, de la mort de mon mari, et du départ précipité de mon fils, que j'avais fait défendre ma porte. Mais puisque la princesse de Babylone me fait l'honneur de me venir voir, faites-la entrer au plus vite ; j'ai des choses de la dernière conséquence à lui dire, et je veux que vous y soyez présent. » Elle alla aussitôt dans un autre salon au-devant de la princesse. Elle ne marchait pas facilement : c'était une dame d'environ trois cents années ; mais elle avait encore de beaux restes, et on voyait bien que vers les deux cent trente à quarante ans elle avait été charmante. Elle reçut Formosante avec une noblesse respectueuse, mêlée d'un air d'intérêt et de douleur qui fit sur la princesse une vive impression.

Formosante lui fit d'abord ses tristes compliments sur la mort de son mari. « Hélas ! dit la veuve, vous devez vous intéresser à sa perte plus que vous ne pensez. — J'en suis touchée sans doute, dit Formosante ; il était le père de... » A ces mots elle pleura. « Je n'étais venue que pour lui et à travers bien des dangers. J'ai quitté pour lui mon père et la plus brillante cour de l'univers ; j'ai été enlevée par un roi d'Égypte, que je déteste. Échappée à ce ravisseur, j'ai traversé les airs pour venir voir ce que j'aime ; j'arrive, et il me fuit ! » Les pleurs et les sanglots l'empêchèrent d'en dire davantage.

La mère lui dit alors : « Madame, lorsque le roi d'Égypte vous ravissait, lorsque vous soupiez avec lui dans un cabaret sur le chemin de Bassora, lorsque vos belles mains lui versaient du vin de Chiras, vous souvenez-vous d'avoir vu un merle qui voltigeait dans la chambre ? — Vraiment oui, vous m'en rappelez la mémoire ; je n'y avais pas fait d'attention ; mais, en recueillant mes idées, je me souviens très bien qu'au moment que le roi d'Égypte se leva de table pour me donner un baiser, le merle s'envola par la fenêtre en jetant un grand cri, et ne reparut plus.

— Hélas ! madame, reprit la mère d'Amazan, voilà ce qui fait précisément le sujet de nos malheurs ; mon fils avait envoyé ce merle s'informer de l'état de votre santé et de tout ce qui se passait à Babylone ; il comptait revenir bientôt se mettre à vos pieds et vous consacrer sa vie. Vous ne savez pas à quel excès il vous adore. Tous les Gangarides sont amoureux et fidèles ; mais mon fils est le plus passionné et le plus constant de tous. Le merle vous rencontra dans un cabaret ; vous buviez très gaiement avec le roi d'Égypte et un vilain prêtre ; il vous vit enfin donner un tendre baiser à ce monarque, qui avait tué le phénix, et pour qui mon fils conserve une horreur invincible. Le merle à cette vue fut saisi d'une juste indignation ; il s'envola en maudissant vos funestes amours ; il est revenu aujourd'hui, il a tout conté ; mais dans quels moments, juste ciel ! dans le temps où mon fils pleurait avec moi la mort de son père et celle du phénix ; dans le temps qu'il apprenait de moi qu'il est votre cousin issu de germain !

— O ciel ! mon cousin ! madame, est-il possible ? par quelle aventure ? comment ? quoi ! je serais heureuse à ce point ! et je serais en même temps assez infortunée pour l'avoir offensé !

— Mon fils est votre cousin, vous dis-je, reprit la mère, et je vais bientôt — vous en donner la preuve ; mais en devenant ma parente vous m'arrachez mon fils ; il ne pourra survivre à la douleur que lui a causée votre baiser donné au roi d'Égypte.

— Ah ! ma tante, s'écria la belle Formosante, je jure par lui et par le puissant Orosmade que ce baiser funeste, loin d'être criminel, était la plus forte preuve d'amour que je pusse donner à votre fils. Je désobéissais à mon père pour lui. J'allais pour lui de l'Euphrate au Gange. Tombée entre les mains de l'indigne pharaon d'Égypte, je ne pouvais lui échapper qu'en le trompant. J'en atteste les cendres et l'âme du phénix, qui étaient alors dans ma poche ; il peut me rendre justice ; mais comment votre fils, né sur les bords du Gange, peut-il être mon cousin, moi dont la famille règne sur les bords de l'Euphrate depuis tant de siècles ?

— Vous savez, lui dit la vénérable Gangaride, que votre grand-oncle Aldée était roi de Babylone, et qu'il fut détrôné par le père de Bélus. — Oui, madame. — Vous savez que son fils Aldée avait eu de son mariage la princesse Aldée, élevée dans votre cour. C'est ce prince, qui, étant persécuté par votre père, vint se réfugier dans notre heureuse contrée, sous un autre nom ; c'est lui qui m'épousa ; j'en ai eu le jeune prince Aldée-Amazan, le plus beau, le plus fort, le plus courageux, le plus vertueux des mortels, et aujourd'hui le plus fou. Il alla aux fêtes de Babylone sur la réputation de votre beauté : depuis ce temps-là il vous idolâtre, et peut-être je ne reverrai jamais mon cher fils. »

Alors elle fit déployer devant la princesse tous les titres de la maison des Aldées ; à peine Formosante daigna les regarder. Ah ! madame, s'écria-t-elle, examine-t-on ce qu'on désire ? Mon cœur vous en croit assez. Mais où est Aldée-Amazan ? où est mon parent, mon amant, mon roi ? où est ma vie ? quel chemin a-t-il pris ? J'irais le chercher dans tous les globes que l'Éternel a formés, et dont il est le plus bel ornement. J'irais dans l'étoile Canope, dans Sheat, dans Aldébaran ; j'irais le convaincre de mon amour et de mon innocence. »

Le phénix justifia la princesse du crime que lui imputait le merle d'avoir donné par amour un baiser au roi d'Égypte ; mais il fallait détromper Amazan et le ramener. Il envoie des oiseaux sur tous les chemins ; il met en campagne les licornes : on lui rapporte enfin qu'Amazan a pris la route de la Chine. « Eh bien ! allons à la Chine, s'écria la princesse ; le voyage n'est pas long ; j'espère bien vous ramener votre fils dans quinze jours au plus tard. » A ces mots, que de larmes de tendresse versèrent la mère gangaride et la princesse de Babylone ! que d'embrassements ! que d'effusion de cœur !

Le phénix commanda sur-le-champ un carrosse à six

licornes. La mère fournit deux cents cavaliers, et fit présent à la princesse, sa nièce, de quelques milliers des plus beaux diamants du pays. Le phénix, affligé du mal que l'indiscrétion du merle avait causé, fit ordonner à tous les merles de vider le pays ; et c'est depuis ce temps qu'il ne s'en trouve plus sur les bords du Gange.

V

Les licornes, en moins de huit jours, amenèrent Formosante, Irla, et le phénix, à Cambalu, capitale de la Chine. C'était une ville plus grande que Babylone, et d'une espèce de magnificence toute différente. Ces nouveaux objets, ces mœurs nouvelles, auraient amusé Formosante si elle avait pu être occupée d'autre chose que d'Amazan.

Dès que l'empereur de la Chine eut appris que la princesse de Babylone était à une porte de la ville, il lui dépêcha quatre mille mandarins en robes de cérémonie ; tous se prosternèrent devant elle, et lui présentèrent chacun un compliment écrit en lettres d'or sur une feuille de soie pourpre. Formosante leur dit que si elle avait quatre mille langues, elle ne manquerait pas de répondre sur-le-champ à chaque mandarin ; mais que, n'en ayant qu'une, elle les priait de trouver bon qu'elle s'en servît pour les remercier tous en général. Ils la conduisirent respectueusement chez l'empereur.

C'était le monarque de la terre le plus juste, le plus poli, et le plus sage. Ce fut lui qui, le premier, laboura un petit champ de ses mains impériales, pour rendre l'agriculture respectable à son peuple. Il établit, le premier, des prix pour la vertu. Les lois, partout ailleurs, étaient honteusement bornées à punir les crimes. Cet empereur venait de chasser de ses États une troupe de bonzes étrangers qui étaient venus du fond de l'Occident, dans l'espoir insensé de forcer toute la Chine à penser comme eux, et qui, sous prétexte d'annoncer des vérités, avaient acquis déjà des richesses et des honneurs. Il leur avait dit, en les chassant, ces propres paroles enregistrées dans les annales de l'empire :

« Vous pourriez faire ici autant de mal que vous en avez fait ailleurs : vous êtes venus prêcher des dogmes d'intolérance chez la nation la plus tolérante de la terre. Je vous renvoie pour n'être jamais forcé de vous punir. Vous serez reconduits honorablement sur mes frontières ; on vous fournira tout pour retourner aux bornes de l'hémisphère dont vous êtes partis. Allez en paix si vous pouvez être en paix, et ne revenez plus. »

La princesse de Babylone apprit avec joie ce jugement et ce discours ; elle en était plus sûre d'être bien reçue à la cour, puisqu'elle était très éloignée d'avoir des dogmes intolérants. L'empereur de la Chine, en dînant avec elle tête à tête, eut la politesse de bannir l'embarras de toute étiquette gênante ; elle lui présenta le phénix, qui fut très caressé de l'empereur, et qui se percha sur son fauteuil. Formosante, sur la fin du repas, lui confia ingénument le sujet de son voyage, et le pria de faire chercher dans Cambalu le bel Amazan, dont elle lui conta l'aventure, sans lui rien cacher de la fatale passion dont son cœur était enflammé pour ce jeune héros. « A qui en parlez-vous ? lui dit l'empereur de la Chine ; il m'a fait le plaisir de venir dans ma cour ; il m'a enchanté, cet aimable Amazan : il est vrai qu'il est profondément affligé ; mais ses grâces n'en sont que plus touchantes ; aucun de mes favoris n'a plus d'esprit que lui ; nul mandarin de robe n'a de plus vastes connaissances ; nul mandarin d'épée n'a l'air plus martial et plus héroïque ; son extrême jeunesse donne un nouveau prix à tous ses talents ; si j'étais assez malheureux, assez abandonné du Tien et du Changti pour vouloir être conquérant, je prierais Amazan de se mettre à la tête de mes armées, et je serais sûr de triompher de l'univers entier. C'est bien dommage que son chagrin lui dérange quelquefois l'esprit.

— Ah ! monsieur, lui dit Formosante avec un air enflammé et un ton de douleur, de saisissement et de reproche, pourquoi ne m'avez-vous pas fait dîner avec lui ? Vous me faites mourir ; envoyez-le prier tout à l'heure. — Madame il est parti ce matin, et il n'a point dit dans quelle contrée il portait ses pas. » Formosante se tourna vers le phénix : « Eh bien, dit-elle, phénix, avez-vous jamais vu une fille plus malheureuse que moi ? Mais, monsieur, continua-t-elle, comment, pourquoi a-t-il pu quitter si brusquement une cour aussi polie que la vôtre, dans laquelle il me semble qu'on voudrait passer sa vie ?

— Voici, madame, ce qui est arrivé. Une princesse du sang, des plus aimables, s'est éprise de passion pour lui, et lui a donné un rendez-vous chez elle à midi ; il est parti au point du jour, et il a laissé ce billet, qui a coûté bien des larmes à ma parente.

« Belle princesse du sang de la Chine, vous méritez un cœur qui n'ait jamais été qu'à vous ; j'ai juré aux dieux immortels de n'aimer jamais que Formosante, princesse de Babylone, et de lui apprendre comment on peut dompter ses désirs dans ses voyages ; elle a eu le malheur de succomber avec un indigne roi d'Égypte : je suis le plus malheureux des hommes ; j'ai perdu mon père et le phénix, et l'espérance d'être aimé de Formosante ; j'ai quitté ma mère affligée, ma patrie, ne pouvant vivre un moment dans les lieux où j'ai appris que Formosante en aimait un autre que moi ; j'ai juré de parcourir la terre et d'être fidèle. Vous me mépriseriez, et les dieux me puniraient, si je violais mon serment ; prenez un amant, madame, et soyez aussi fidèle que moi. »

— Ah ! laissez-moi cette étonnante lettre, dit la belle Formosante, elle fera ma consolation ; je suis heureuse dans mon infortune. Amazan m'aime ; Amazan renonce pour moi à la possession des princesses de la Chine ; il n'y a que lui sur la terre capable de remporter une telle victoire ; il me donne un grand exemple ; le phénix sait que je n'en avais pas besoin ; il est bien cruel d'être privée de son amant pour le plus innocent des baisers donné par pure fidélité. Mais enfin où est-il allé ? quel chemin a-t-il pris ? daignez me l'enseigner, et je pars. »

L'empereur de la Chine lui répondit qu'il croyait, sur les rapports qu'on lui avait faits, que son amant avait suivi une route qui menait en Scythie. Aussitôt les licornes furent attelées, et la princesse, après les plus tendres compliments, prit congé de l'empereur avec le phénix, sa femme de chambre Irla, et toute sa suite.

Dès qu'elle fut en Scythie, elle vit plus que jamais combien les hommes et les gouvernements diffèrent, et différeront toujours jusqu'au temps où quelque peuple plus éclairé que les autres communiquera la lumière de proche en proche après mille siècles de ténèbres, et qu'il se trouvera dans des climats barbares des âmes héroïques qui auront la force et la persévérance de changer les brutes en hommes. Point de villes en Scythie, par conséquent point d'arts agréables. On ne voyait que de vastes prairies et des nations entières sous des tentes et sur des chars. Cet aspect imprimait la terreur. Formosante demanda dans quelle tente ou dans quelle charrette logeait le roi. On lui dit que depuis huit jours il s'était mis en marche à la tête de trois cent mille hommes de cavalerie pour aller à la rencontre du roi de Babylone, dont il avait enlevé la nièce, la belle princesse Aldée. « Il a enlevé ma cousine ! s'écria Formosante ; je ne m'attendais pas à cette nouvelle aventure. Quoi ! ma cousine, qui était trop heureuse de me faire la cour, est devenue reine, et je ne suis pas encore mariée. » Elle se fit conduire incontinent aux tentes de la reine.

Leur réunion inespérée dans ces climats lointains, les choses singulières qu'elles avaient mutuellement à s'apprendre, finirent dans leur entrevue un charme qui leur fit oublier qu'elles ne s'étaient jamais aimées ; elles se revirent avec transport ; une douce illusion se mit à la place de la vraie tendresse ; elles s'embrassèrent en pleurant, et il y eut même entre elles de la cordialité et de la franchise, attendu que l'entrevue ne se faisait pas dans un palais.

Aldée reconnut le phénix et la confidente Irla ; elle donna des fourrures de zibeline à sa cousine, qui lui donna des diamants. On parla de la guerre que les deux rois entreprenaient ; on déplora la condition des hommes, que des monarques envoient par fantaisie s'égorger pour des différends que deux honnêtes gens pourraient concilier en une heure ; mais surtout on s'entretint du bel étranger vainqueur des lions, donneur des plus gros diamants de l'univers, faiseur de madrigaux, possesseur du phenix, devenu le plus malheureux des hommes sur le rapport d'un merle. « C'est mon cher frère, disait Aldée. — C'est mon amant ! s'écriait Formosante ; vous l'avez vu sans doute, il est peut-être encore ici ; car, ma cousine, il sait qu'il est votre frère ; il ne vous aura pas quittée brusquement comme il a quitté le roi de la Chine.

— Si je l'ai vu, grands dieux ! reprit Aldée ; il a passé quatre jours entiers avec moi. Ah ! ma cousine, que mon frère est à plaindre ! Un faux rapport l'a rendu absolument fou ; il court le monde sans savoir où il va. Figurez-vous qu'il a poussé la démence jusqu'à refuser les faveurs de la plus belle Scythe de toute la Scythie. Il partit hier après lui avoir écrit une lettre dont elle a été désespérée. Pour lui, il est allé chez les Cimmériens. — Dieu soit loué ! s'écria Formosante ; encore un refus en ma faveur ! mon bonheur a passé mon espoir, comme mon malheur a surpassé toutes mes craintes. Faites-moi donner cette lettre charmante, que je parte, que je le suive, les mains pleines de ses sacrifices. Adieu, ma cousine ; Amazan est chez les Cimmériens : j'y vole. »

Aldée trouva que la princesse sa cousine était encore plus folle que son frère Amazan. Mais comme elle avait senti elle-même les atteintes de cette épidémie, comme elle avait quitté les délices et la magnificence de Babylone pour le roi des Scythes, comme les femmes s'intéressent toujours aux folies dont l'amour est cause, elle s'attendrit véritablement pour Formosante, lui souhaita un heureux voyage, et lui promit de servir sa passion si jamais elle était assez heureuse pour revoir son frère.

VI

Bientôt la princesse de Babylone et le phénix arrivèrent dans l'empire des Cimmériens, bien moins peuplé, à la vérité, que la Chine, mais deux fois plus étendu ; autrefois semblable à la Scythie, et devenu depuis quelque temps aussi florissant que les royaumes qui se vantaient d'instruire les autres États.

Après quelques jours de marche on entra dans une très grande ville que l'impératrice régnante faisait embellir ; mais elle n'y était pas : elle voyageait alors des frontières de l'Europe à celles de l'Asie pour connaître ses États par ses yeux, pour juger des maux et porter les remèdes, pour accroître les avantages, pour semer l'instruction.

Un des principaux officiers de cette ancienne capitale, instruit de l'arrivée de la Babylonienne et du phénix, s'empressa de rendre ses hommages à la princesse, et de lui faire les honneurs du pays, bien sûr que sa maîtresse, qui était la plus polie et la plus magnifique des reines, lui saurait gré d'avoir reçu une si grande dame avec les mêmes égards qu'elle aurait prodigués elle-même.

On logea Formosante au palais, dont on écarta une foule importune de peuple ; on lui donna des fêtes ingénieuses. Le seigneur cimmérien, qui était un grand naturaliste, s'entretint beaucoup avec le phénix dans les temps où la princesse était retirée dans son appartement. Le phénix lui avoua qu'il avait autrefois voyagé chez les Cimmériens, et qu'il ne reconnaissait plus le pays. « Comment de si prodigieux changements, disait-il, ont-ils pu être opérés dans un temps si court ? Il n'y a pas trois cents ans que je vis ici la nature sauvage dans toute son horreur ; j'y trouve aujourd'hui les arts, la splendeur, la gloire et la politesse. — Un seul homme a commencé ce grand ouvrage, répondit le Cimmérien ; une femme l'a perfectionné ; une femme a été meilleure législatrice que l'Isis des Égyptiens et la Cérès des Grecs. La plupart des législateurs ont eu un génie étroit et despotique qui a resserré leurs vues dans le pays qu'ils ont gouverné ; chacun a regardé son peuple comme étant seul sur la terre, ou comme devant être l'ennemi du reste de la terre. Ils ont formé des institutions pour ce seul peuple, introduit des usages pour lui seul, établi une religion pour lui seul. C'est ainsi que les Égyptiens, si fameux par des monceaux de pierres, se sont abrutis et déshonorés par leurs superstitions barbares. Ils croient les autres nations profanes, ils ne communiquent point avec elles ; et, excepté la cour, qui s'élève quelquefois au-dessus des préjugés vulgaires, il n'y a pas un Égyptien qui voulût manger dans un plat dont un étranger se serait servi. Leurs prêtres sont cruels et absurdes. Il vaudrait mieux n'avoir point de lois, et n'écouter que la nature, qui a gravé dans nos cœurs les caractères du juste et de l'injuste, que de soumettre la société à des lois si insociables.

« Notre impératrice embrasse des projets entièrement opposés : elle considère son vaste État, sur lequel tous les méridiens viennent se joindre, comme devant correspondre à tous les peuples qui habitent sous ces différents méridiens. La première de ses lois a été la tolérance de toutes les religions, et la compassion pour toutes les erreurs. Son puissant génie a connu que si les cultes sont différents, la morale est partout la même ; par ce principe elle a lié sa nation à toutes les nations du monde, et les Cimmériens vont regarder le Scandinavien et le Chinois comme leurs frères. Elle a fait plus : elle a voulu que cette précieuse tolérance, le premier lien des hommes, s'établît chez ses voisins ; ainsi elle a mérité le titre de mère de la patrie, et elle aura celui de bienfaitrice du genre humain, si elle persévère.

« Avant elle, des hommes malheureusement puissants envoyaient des troupes de meurtriers ravir à des peuplades inconnues et arroser de leur sang les héritages de leurs pères : on appelait ces assassins des héros ; leur brigandage était de la gloire. Notre souveraine a une autre gloire : elle a fait marcher des armées pour apporter la paix, pour empêcher les hommes de se nuire, pour les forcer à se supporter les uns les autres ; et ses étendards ont été ceux de la concorde publique. »

Le phénix, enchanté de tout ce que lui apprenait ce seigneur, lui dit : « Monsieur, il y a vingt-sept mille neuf cents années et sept mois que je suis au monde ; je n'ai encore rien vu de comparable à ce que vous me faites entendre. » Il lui demanda des nouvelles de son ami Amazan ; le Cimmérien lui conta les mêmes choses qu'on avait dites à la princesse chez les Chinois et chez les Scythes. Amazan s'enfuyait de toutes les cours qu'il visitait sitôt qu'une dame lui avait donné un rendez-vous auquel il craignait de succomber. Le phénix instruisit bientôt Formosante de cette nouvelle marque de fidélité qu'Amazan lui donnait, fidélité d'autant plus étonnante qu'il ne pouvait pas soupçonner que sa princesse en fût jamais informée.

Il était parti pour la Scandinavie. Ce fut dans ces climats que des spectacles nouveaux frappèrent encore ses yeux. Ici la royauté et la liberté subsistaient ensemble par un accord qui paraît impossible dans d'autres États ; les agriculteurs avaient part à la législation, aussi bien que les grands du royaume ; et un jeune prince donnait les plus grandes espérances d'être digne de commander à une nation libre. Là c'était quelque chose de plus étrange : le seul roi qui fût despotique de droit sur la terre par un contrat formel avec son peuple était en même temps le plus jeune et le plus juste des rois.

Chez les Sarmates, Amazan vit un philosophe sur le trône : on pouvait l'appeler *le roi de l'anarchie,* car il était le chef de cent mille petits rois dont un seul pouvait d'un mot anéantir les résolutions de tous les autres. Éole n'avait pas plus de peine à contenir tous les vents qui se combattent sans cesse, que ce monarque n'en avait à concilier les esprits : c'était un pilote environné d'un éternel orage ; et cependant le vaisseau ne se brisait pas, car le prince était un excellent pilote.

En parcourant tous ces pays si différents de sa patrie, Amazan refusait constamment toutes les bonnes fortunes qui se présentaient à lui, toujours désespéré du baiser que Formosante avait donné au roi d'Égypte, toujours affermi dans son inconcevable résolution de donner à Formosante l'exemple d'une fidélité unique et inébranlable.

La princesse de Babylone avec le phénix le suivait partout à la piste, et ne le manquait jamais que d'un jour ou deux, sans que l'un se lassât de courir, et sans que l'autre perdît un moment à le suivre.

Ils traversèrent ainsi toute la Germanie ; ils admirèrent les progrès que la raison et la philosophie faisaient dans le Nord : tous les princes y étaient instruits, tous autorisaient la liberté de penser ; leur éducation n'avait point été confiée à des hommes qui eussent intérêt de les tromper, ou qui fussent trompés eux-mêmes : on les avait élevés dans la connaissance de la morale universelle, et dans le mépris des superstitions ; on avait banni dans tous ces États un usage insensé, qui énervait et dépeuplait plusieurs pays méridionaux : cette coutume était d'enterrer tout vivants, dans de vastes cachots, un nombre infini des deux sexes éternellement séparés l'un de l'autre, et de leur faire jurer de n'avoir jamais de communication ensemble. Cet excès de démence, accrédité pendant des siècles, avait dévasté la terre autant que les guerres les plus cruelles.

Les princes du Nord avaient à la fin compris que, si on voulait avoir des haras, il ne fallait pas séparer les plus forts chevaux des cavales. Ils avaient détruit aussi des erreurs non moins bizarres et non moins pernicieuses. Enfin les hommes osaient être raisonnables dans ces vastes pays, tandis qu'ailleurs on croyait encore qu'on ne peut les gouverner qu'autant qu'ils sont imbéciles.

VII

Amazan arriva chez les Bataves ; son cœur éprouva une douce satisfaction dans son chagrin d'y retrouver quelque faible image du pays des heureux Gangarides : la liberté, l'égalité, la propreté, l'abondance, la tolérance ; mais les dames du pays étalent si froides qu'aucune ne lui fit d'avances comme on lui en avait fait partout ailleurs ; il n'eut pas la peine de résister. S'il avait voulu attaquer ces dames, il les aurait toutes subjuguées l'une après l'autre, sans être aimé d'aucune ; mais il était bien éloigné de songer à faire des conquêtes.

Formosante fut sur le point de l'attraper chez cette nation insipide : il ne s'en fallut que d'un moment.

Amazan avait entendu parler chez les Bataves avec tant d'éloges d'une certaine île, nommée Albion, qu'il s'était déterminé à s'embarquer, lui et ses licornes, sur un vaisseau qui, par un vent d'orient favorable, l'avait porté en quatre heures au rivage de cette terre plus célèbre que Tyr et que l'île Atlantide.

La belle Formosante, qui l'avait suivi au bord de la Duina, de la Vistule, de l'Elbe, du Véser, arrive enfin aux bouches du Rhin, qui portait alors ses eaux rapides dans la mer Germanique.

Elle apprend que son cher amant a vogué aux côtes d'Albion ; elle croit voir son vaisseau ; elle pousse des cris de joie dont toutes les dames bataves furent surprises, n'imaginant pas qu'un jeune homme pût causer tant de joie ; et à l'égard du phénix, elles n'en firent pas grand cas, parce qu'elles jugèrent que ses plumes ne pourraient probablement se vendre aussi bien que celles des canards et des oisons de leurs marais. La princesse de Babylone loua ou nolisa deux vaisseaux pour la transporter avec tout son monde dans cette bienheureuse île, qui allait posséder l'unique objet de tous ses désirs, l'âme de sa vie, le dieu de son cœur.

Un vent funeste d'occident s'éleva tout à coup dans le moment même où le fidèle et malheureux Amazan mettait pied à terre en Albion : les vaisseaux de la princesse de Babylone ne purent démarrer. Un serrement de cœur, une douleur amère, une mélancolie profonde, saisirent Formosante : elle se mit au lit, dans sa douleur, en attendant que le vent changeât ; mais il souffla huit jours entiers avec une violence désespérante. La princesse, pendant ce siècle de huit jours, se faisait lire par Irla des romans : ce n'est pas que les Bataves en sussent faire ; mais, comme ils étaient les facteurs de l'univers, ils vendaient l'esprit des autres nations, ainsi que leurs denrées. La princesse fit acheter chez Marc-Michel Rey tous les contes que l'on avait écrits chez les Ausoniens et chez les Velches, et dont le débit était défendu sagement chez ces peuples pour enrichir les Bataves ; elle espérait qu'elle trouverait dans ces histoires quelque aventure qui ressemblerait à la sienne, et qui charmerait sa douleur. Irla lisait, le phénix disait son avis, et la princesse ne trouvait rien dans *la Paysanne parvenue,* ni dans *le Sopha,* ni dans *les Quatre Facardins,* qui eût le moindre rapport à ses aventures ; elle interrompait à tout moment la lecture pour demander de quel côté venait le vent.

VIII

Cependant Amazan était déjà sur le chemin de la capitale d'Albion, dans son carrosse à six licornes, et revait à sa princesse. Il aperçut un équipage versé dans un fossé ; les domestiques s'étaient écartés pour aller chercher du secours ; le maître de l'équipage restait tranquillement dans sa voiture, ne témoignant pas la plus légère impatience, et s'amusant à fumer, car on fumait alors : il se nommait milord *What-then,* ce qui signifie à peu près milord *Qu'importe* en la langue dans laquelle je traduis ces mémoires.

Amazan se précipita pour lui rendre service ; il releva tout seul la voiture, tant sa force était supérieure à celle des autres hommes. Milord Qu'importe se contenta de dire : « Voilà un homme bien vigoureux. » Des rustres du voisinage, étant accourus, se mirent en colère de ce qu'on les avait fait venir inutilement, et s'en prirent à l'étranger : ils le menacèrent en l'appelant *chien d'étranger,* et ils voulurent le battre.

Amazan en saisit deux de chaque main, et les jeta à vingt pas ; les autres le respectèrent, le saluèrent, lui demandèrent pour boire : il leur donna plus d'argent qu'ils n'en avaient jamais vu. Milord Qu'importe lui dit : « Je vous estime ; venez dîner avec moi dans ma maison de campagne, qui n'est qu'à trois milles » ; il monta dans la voiture d'Amazan, parce que la sienne était dérangée par la secousse.

Après un quart d'heure de silence, il regarda un moment Amazan, et lui dit : *How dye do ;* à la lettre : *Comment faites-vous faire ?* et dans la langue du traducteur : *Comment vous portez-vous ?* ce qui ne veut rien dire du tout en aucune langue ; puis il ajouta : « Vous avez là six jolies licornes » ; et il se remit à fumer.

Le voyageur lui dit que ses licornes étaient à son service ; qu'il venait avec elles du pays des Gangarides ; et il en prit occasion de lui parler de la princesse de Babylone, et du fatal baiser qu'elle avait donné au roi d'Égypte ; à quoi l'autre ne répliqua rien du tout, se souciant très peu qu'il y eût dans le monde un roi d'Égypte et une princesse de Babylone. Il fut encore un quart d'heure sans parler ; après quoi il redemanda à son compagnon *comment il faisait faire,* et si on mangeait du bon *roastbeef* dans le pays des Gangarides. Le voyageur lui répondit avec sa politesse ordinaire qu'on ne mangeait point ses frères sur les bords du Gange. Il lui expliqua le système qui fut, après tant de siècles, celui de Pythagore, de Porphyre, de Iamblique. Sur quoi milord s'endormit, et ne fit qu'un somme jusqu'à ce qu'on fût arrivé à sa maison.

Il avait une femme jeune et charmante, à qui la nature avait donné une âme aussi vive et aussi sensible que celle de son mari était indifférente. Plusieurs seigneurs albioniens étaient venus ce jour-là dîner avec elle. Il y avait des caractères de toutes les espèces : car le pays n'ayant presque jamais été gouverné que par des étrangers, les familles venues avec ces princes avaient toutes apporté des mœurs différentes. Il se trouva dans la compagnie des gens très aimables, d'autres d'un esprit supérieur, quelques-uns d'une science profonde.

La maîtresse de la maison n'avait rien de cet air emprunté et gauche, de cette roideur, de cette mauvaise honte qu'on reprochait alors aux jeunes femmes d'Albion ; elle ne cachait point, par un maintien dédaigneux et par un silence affecté, la stérilité de ses idées et l'embarras humiliant de n'avoir rien à dire : nulle femme n'était plus engageante. Elle reçut Amazan avec la politesse et les graces qui lui étaient naturelles. L'extrême beauté de ce jeune étranger, et la comparaison soudaine qu'elle fit entre lui et son mari, la frappèrent d'abord sensiblement.

On servit. Elle fit asseoir Amazan à côté d'elle, et lui fit manger des poudings de toute espèce, ayant su de lui que les Gangarides ne se nourrissaient de rien qui eût reçu des dieux le don céleste de la vie. Sa beauté, sa force, les mœurs des Gangarides, les progrès des arts, la religion et le gouvernement, furent le sujet d'une conversation aussi agréable qu'instructive pendant le repas, qui dura jusqu'à la nuit, et pendant lequel milord Qu'importe but beaucoup et ne dit mot.

Après le dîner, pendant que milady versait du thé et qu' elle dévorait des yeux le jeune homme, il s'entretenait avec un membre du parlement : car chacun sait que dès lors il y avait un parlement, et qu'il s'appelait *wittenagemoth*, ce qui signifie *l'assemblée des gens d'esprit*. Amazan s'informait de la constitution, des mœurs, des lois, des forces, des usages, des arts, qui rendaient ce pays si recommandable ; et ce seigneur lui parlait en ces termes :

« Nous avons longtemps marché tout nus, quoique le climat ne soit pas chaud. Nous avons été longtemps traités en esclaves par des gens venus de l'antique terre de Saturne, arrosée des eaux du Tibre ; mais nous nous sommes fait nous-mêmes beaucoup plus de maux que nous n'en avions essuyé de nos premiers vainqueurs. Un de nos rois poussa la bassesse jusqu'à se déclarer sujet d'un prêtre qui demeurait aussi sur les bords du Tibre, et qu'on appelait *le Vieux des sept montagnes :* tant la destinée de ces sept montagnes a été longtemps de dominer sur une grande partie de l'Europe habitée alors par des brutes !

« Après ces temps d'avilissement sont venus des siècles de férocité et d'anarchie. Notre terre, plus orageuse que les mers que l'environnent, a été saccagée et ensanglantée par nos discordes. Plusieurs têtes couronnées ont péri par le dernier supplice. Plus de cent princes du sang des rois ont fit leurs jours sur l'échafaud ; on a arraché le cœur de tous leurs adhérents, et on en a battu leurs joues. C était au bourreau qu'il appartenait d'écrire l'histoire de notre île, puisque c'était lui qui avait terminé toutes les grandes affaires.

« Il n'y a pas longtemps que, pour comble d'horreur, quelques personnes portant un manteau noir, et d'autres qui mettaient une chemise blanche par-dessus leur jaquette ? ayant été mordues par des chiens enragés communiquèrent la rage à la nation entière. Tous les citoyens furent ou meurtriers ou égorgés, ou bourreaux ou suppliciés, ou déprédateurs ou esclaves, au nom du ciel et en cherchant le Seigneur.

« Qui croirait que de cet abîme épouvantable, de ce chaos de dissensions, d'atrocités, d'ignorance et de fanatisme, il est enfin résulté le plus parfait gouvernement peut-être qui soit aujourd'hui dans le monde ? Un roi honore et riche, tout-puissant pour faire le bien, impuissant pour faire le mal, est à la tête d'une nation libre, guerrière, commerçante et éclairée. Les grands d'un côté, et les représentants des villes de l'autre, partagent la législation avec le monarque.

« On avait vu, par une fatalité singulière, le désordre, les guerres civiles ? l'anarchie et la pauvreté, désoler le pays quand les rois affectaient le pouvoir arbitraire. La tranquillité, la richesse, la félicité publique, n'ont régné chez nous que quand les rois ont reconnu qu'ils n'étaient pas absolus. Tout était subverti quand on disputait sur des choses inintelligibles ; tout a été dans l'ordre quand on les a méprisées. Nos flottes victorieuses portent notre gloire sur toutes les mers ; et les lois mettent en sûreté nos fortunes : jamais un juge ne peut les expliquer arbitrairement ; jamais on ne rend un arrêt qui ne soit motivé. Nous punirions comme des assassins des juges qui oseraient envoyer à la mort un citoyen sans manifester les témoignages qui l'accusent et la loi qui le condamne.

« Il est vrai qu'il y a toujours chez nous deux partis qui se combattent avec la plume et avec des intrigues ; mais aussi ils se réunissent toujours quand il s'agit de prendre les armes pour défendre la patrie et la liberté. Ces deux partis veillent l'un sur l'autre ; ils s'empêchent mutuellement de violer le dépôt sacré des lois ; ils se haïssent, mais ils aiment l'État : ce sont des amants jaloux qui servent à l'envi la même maîtresse.

« Du même fonds d'esprit qui nous a fait connaître et soutenir les droits de la nature humaine nous avons porté les sciences au plus haut point où elles puissent parvenir chez les hommes. Vos Égyptiens, qui passent pour de si grands mécaniciens ; vos Indiens, qu'on croit de si grands philosophes ; vos Babyloniens, qui se vantent d'avoir observé les astres pendant quatre cent trente mille années ; les Grecs, qui ont écrit tant de phrases et si peu de choses, ne savent précisément rien en comparaison de nos moindres écoliers, qui ont étudié les découvertes de nos grands maîtres. Nous avons arraché plus de secrets à la nature dans l'espace de cent années que le genre humain n'en avait découvert dans la multitude des siècles.

« Voilà au vrai l'état où nous sommes. Je ne vous ai caché ni le bien, ni le mal, ni nos opprobres, ni notre gloire ; et je n'ai rien exagéré. »

Amazan, à ce discours, se sentit pénétré du désir de s'instruire dans ces sciences sublimes dont on lui parlait ; et si sa passion pour la princesse de Babylone, son respect filial pour sa mère, qu'il avait quittée, et l'amour de sa patrie, n'eussent fortement parlé à son cœur déchiré, il aurait voulu passer sa vie dans l'île d'Albion ; mais ce malheureux baiser donné par sa princesse au roi d'Égypte ne lui laissait pas assez de liberté dans l'esprit pour étudier les hautes sciences.

« Je vous avoue, dit-il, que m'ayant imposé la loi de courir le monde et de m'éviter moi-même, je serais curieux de voir cette antique terre de Saturne, ce peuple du Tibre et des sept montagnes à qui vous avez obéi autrefois ; il faut, sans doute, que ce soit le premier peuple de la terre. — Je vous conseille de faire ce voyage, lui répondit l'Albionien, pour peu que vous aimiez la musique et la peinture. Nous allons très souvent nous-mêmes porter quelquefois notre ennui vers les sept montagnes. Mais vous serez bien étonné en voyant les descendants de nos vainqueurs. »

Cette conversation fut longue. Quoique le bel Amazan eût la cervelle un peu attaquée, il parlait avec tant d'agréments, sa voix était si touchante, son maintien si noble et si doux, que la maîtresse de la maison ne put s'empêcher de l'entretenir à son tour tête à tête. Elle lui serra tendrement la main en lui parlant, et en le regardant avec des yeux humides et étincelants qui portaient les désirs dans tous les ressorts de la vie. Elle le retint à souper et à coucher. Chaque instant, chaque parole, chaque regard, enflammèrent sa passion. Dès que tout le monde fut retiré, elle lui écrivit un petit billet, ne doutant pas qu'il ne vînt lui faire la cour dans son lit, tandis que milord Qu'importe dormait dans le sien. Amazan eut encore le courage de résister : tant un grain de folie produit d'effets miraculeux dans une âme forte et profondément blessée.

Amazan, selon sa coutume, fit à la dame une réponse respectueuse, par laquelle il lui représentait la sainteté de son serment, et l'obligation étroite où il était d'apprendre à la princesse de Babylone à dompter ses passions ; après quoi il fit atteler ses licornes, et repartit pour la Batavie, laissant toute la compagnie émerveillée de lui, et la dame du logis désespérée. Dans l'excès de sa douleur, elle laissa traîner la lettre d'Amazan ; milord Qu'importe la lut le lendemain matin. « Voilà, dit-il en levant les épaules, de bien plates niaiseries » ; et il alla chasser au renard avec quelques ivrognes du voisinage.

Amazan voguait déjà sur la mer, muni d'une carte géographique dont lui avait fait présent le savant Albionien qui s'était entretenu avec lui chez milord Qu'importe. Il voyait avec surprise une grande partie de la terre sur une feuille de papier.

Ses yeux et son imagination s'égaraient dans ce petit espace ; il regardait le Rhin, le Danube, les Alpes du Tyrol, marqués alors par d'autres noms, et tous les pays par où il devait passer avant d'arriver à la ville des sept montagnes ; mais surtout il jetait les yeux sur la contrée des Gangarides, sur Babylone, où il avait vu sa chère princesse, et sur le fatal pays de Bassora, où elle avait donné un baiser au roi d'Égypte. Il soupirait, il versait des larmes ; mais il convenait que l'Albionien, qui lui avait fait présent de l'univers en raccourci, n'avait pas eu tort en disant qu'on était mille fois plus instruit sur les bords de la Tamise que sur ceux du Nil, de l'Euphrate, et du Gange.

Comme il retournait en Batavie, Formosante volait vers Albion avec ses deux vaisseaux, qui cinglaient à pleines voiles ; celui d'Amazan et celui de la princesse se croisèrent, se touchèrent presque : les deux amants étaient près l'un de l'autre, et ne pouvaient s'en douter. Ah, s'ils l'avaient su ! Mais l'impérieuse destinée ne le permit pas.

IX

Sitôt qu'Amazan fut débarqué sur le terrain égal et fangeux de la Batavie, il partit comme un éclair pour la ville aux sept montagnes. Il fallut traverser la partie méridionale de la Germanie. De quatre milles en quatre milles on trouvait un prince et une princesse, des filles d'honneur, et des gueux. Il était étonné des coquetteries que ces dames et ces filles d'honneur lui faisaient partout avec la bonne foi germanique, et il n'y répondait que par de modestes refus. Après avoir franchi les Alpes, il s'embarqua sur la mer de Dalmatie, et aborda dans une ville qui ne ressemblait à rien du tout de ce qu'il avait vu jusqu'alors. La mer formait les rues, les maisons étaient bâties dans l'eau. Le peu de places publiques qui ornaient cette ville était couvert d'hommes et de femmes qui avaient un double visage, celui que la nature leur avait donné, et une face de carton mal peint, qu'ils appliquaient par-dessus : en sorte que la nation semblait composée de spectres. Les étrangers qui venaient dans cette contrée commençaient par acheter un visage, comme on se pourvoit ailleurs de bonnets et de souliers. Amazan dédaigna cette mode contre nature ; il se présenta tel qu'il était. Il y avait dans la ville douze mille filles enregistrées dans le grand livre de la république : filles utiles à l'État, chargées du commerce le plus avantageux et le plus agréable qui ait jamais enrichi une nation. Les négociants ordinaires envoyaient à grands frais et à grands risques des étoffes dans l'Orient ; ces belles négociantes faisaient sans aucun risque un trafic toujours renaissant de leurs attraits. Elles vinrent toutes se présenter au bel Amazan, et lui offrir le choix. Il s'enfuit au plus vite en prononçant le nom de l'incomparable princesse de Babylone, et en jurant par les dieux immortels qu'elle était plus belle que toutes les douze mille filles vénitiennes. « Sublime friponne, s'écriait-il dans ses transports, je vous apprendrai à être fidèle ! »

Enfin les ondes jaunes du Tibre, des marais empestés, des habitants hâves, décharnés et rares, couverts de vieux manteaux troués qui laissaient voir leur peau sèche et tannée, se présentèrent à ses yeux, et lui annoncèrent qu'il était à la porte de la ville aux sept montagnes, de cette ville de héros et de législateurs qui avaient conquis et policé une grande partie du globe.

Il s'était imaginé qu'il verrait à la porte triomphale cinq cents bataillons commandés par des héros, et, dans le sénat, une assemblée de demi-dieux, donnant des lois à la terre ; il trouva, pour toute armée, une trentaine de gredins montant la garde avec un parasol, de peur du soleil. Ayant pénétré jusqu'à un temple qui lui parut très beau, mais moins que celui de Babylone, il fut assez surpris d'y entendre une musique exécutée par des hommes qui avaient des voix de femmes.

« Voilà, dit-il, un plaisant pays que cette antique terre de Saturne ! J'ai vu une ville où personne n'avait son visage ; en voici une autre où les hommes n'ont ni leur voix ni leur barbe. » On lui dit que ces chantres n'étaient plus hommes, qu'on les avait dépouillés de leur virilité afin qu'ils chantassent plus agréablement les louanges d'une prodigieuse quantité de gens de mérite. Amazan ne comprit rien à ce discours. Ces messieurs le prièrent de chanter ; il chanta un air gangaride avec sa grâce ordinaire.

Sa voix était une très belle haute-contre. « Ah ! monsignor, lui dirent-ils, quel charmant soprano vous auriez ! Ah ! si... — Comment, si ? Que prétendez-vous dire ? — Ah ! monsignor !... — Eh bien ? — Si vous n'aviez point de barbe ! » Alors ils lui expliquèrent très plaisamment, et avec des gestes fort comiques, selon leur coutume, de quoi il était question. Amazan demeura tout confondu. « J'ai voyagé, dit-il, et jamais je n'ai entendu parler d'une telle fantaisie. »

Lorsqu'on eut bien chanté, le *Vieux des sept montagnes* alla en grand cortège à la porte du temple ; il coupa l'air en quatre avec le pouce élevé, deux doigts étendus et deux autres pliés, en disant ces mots dans une langue qu'on ne parlait plus : *A la ville et à l'univers*[1]. Le Gangaride ne pouvait comprendre que deux doigts pussent atteindre si loin.

Il vit bientôt défiler toute la cour du maître du monde : elle était composée de graves personnages, les uns en robes rouges, les autres en violet ; presque tous regardaient le bel Amazan en adoucissant les yeux ; ils lui faisaient des révérences, et se disaient l'un à l'autre : *San Martino, che bel ragazzo ! San Pancratio, che bel fanciullo !*

Les ardents, dont le métier était de montrer aux étrangers les curiosités de la ville, s'empressèrent de lui faire voir des masures où un muletier ne voudrait pas passer la nuit, mais qui avaient été autrefois de dignes monuments de la grandeur d'un peuple roi. Il vit encore des tableaux de deux cents ans, et des statues de plus de vingt siècles, qui lui parurent des chefs-d'œuvre. « Faites-vous encore de pareils ouvrages ?

— Non, Votre Excellence, lui répondit un des ardents ; mais nous méprisons le reste de la terre, parce que nous conservons ces raretés. Nous sommes des espèces de fripiers qui tirons notre gloire des vieux habits qui restent dans nos magasins. »

Amazan voulut voir le palais du prince : on l'y conduisit. Il vit des hommes en violet qui comptaient l'argent des revenus de l'État : tant d'une terre située sur le Danube, tant d'une autre sur la Loire, ou sur le Guadalquivir, ou sur la Vistule. « Oh ! oh ! dit Amazan après avoir consulté sa carte de

1. *Urbi et orbi.*

géographie, votre maître possède donc toute l'Europe comme ces anciens héros des sept montagnes ? – Il doit posséder l'univers entier de droit divin, lui répondit un violet ; et même il a été un temps où ses prédécesseurs ont approché de la monarchie universelle ; mais leurs successeurs ont la bonté de se contenter aujourd'hui de quelque argent que les rois leurs sujets leur font payer en forme de tribut.

– Votre maître est donc en effet le roi des rois ? C'est donc là son titre ? dit Amazan. – Non, Votre Excellence ; son titre est *serviteur des serviteurs ;* il est originairement poissonnier et portier, et c'est pourquoi les emblèmes de sa dignité sont des clefs et des filets ; mais il donne toujours des ordres à tous les rois. Il n'y a pas longtemps qu'il envoya cent et un commandements à un roi du pays des Celtes, et le roi obéit.

– Votre poissonnier, dit Amazan, envoya donc cinq ou six cent mille hommes pour faire exécuter ses cent et une volontés ?

– Point du tout, Votre Excellence ; notre saint maître n'est point assez riche pour soudoyer dix mille soldats ; mais il a quatre à cinq cent mille prophètes divins distribués dans les autres pays. Ces prophètes de toutes couleurs sont, comme de raison, nourris aux dépens des peuples ; ils annoncent de la part du ciel que mon maître peut avec ses clefs ouvrir et fermer toutes les serrures, et surtout celles des coffres-forts. Un prêtre normand, qui avait auprès du roi dont je vous parle la charge de confident de ses pensées, le convainquit qu'il devait obéir sans réplique aux cent et une pensées de mon maître : car il faut que vous sachiez qu'une des prérogatives du *Vieux des sept montagnes* est d'avoir toujours raison, soit qu'il daigne parler, soit qu'il daigne écrire.

– Parbleu, dit Amazan, voilà un singulier homme ! je serais curieux de dîner avec lui. – Votre Excellence, quand vous seriez roi, vous ne pourriez manger à sa table ; tout ce qu'il pourrait faire pour vous, ce serait de vous en faire servir une à côté de lui plus petite et plus basse que la sienne. Mais, si vous voulez avoir l'honneur de lui parler, je lui demanderai audience pour vous, moyennant la *buona mancia,* que vous aurez la bonté de me donner. – Très volontiers », dit le Gangaride. Le violet s'inclina. « Je vous introduirai demain, dit-il ; vous ferez trois génuflexions, et vous baiserez les pieds du *Vieux des sept montagnes.* » A ces mots, Amazan fit de si prodigieux éclats de rire qu'il fut près de suffoquer ; il sortit en se tenant les côtés, et rit aux larmes pendant tout le chemin, jusqu'à ce qu'il fût arrivé à son hôtellerie, où il rit encore très longtemps.

A son dîner, il se présenta vingt hommes sans barbe et vingt violons qui lui donnèrent un concert. Il fut courtisé le reste de la journée par les seigneurs les plus importants de la ville : ils lui firent des propositions encore plus étranges que celle de baiser les pieds du *Vieux des sept montagnes.* Comme il était extrêmement poli, il crut d'abord que ces messieurs le prenaient pour une dame, et les avertit de leur méprise avec l'honnêteté la plus circonspecte. Mais, étant pressé un peu vivement par deux ou trois des plus déterminés violets, il les jeta par les fenêtres, sans croire faire un grand sacrifice à la belle Formosante. Il quitta au plus vite cette ville des maîtres du monde, où il fallait baiser un vieillard à l'orteil, comme si sa joue était à son pied, et où l'on n'abordait les jeunes gens qu'avec des cérémonies encore plus bizarres.

X

De province en province, ayant toujours repoussé les agaceries de toute espèce, toujours fidèle à la princesse de Babylone, toujours en colère contre le roi d'Égypte, ce modèle de constance parvint à la capitale nouvelle des Gaules. Cette ville avait passé, comme tant d'autres, par tous les degrés de la barbarie, de l'ignorance, de la sottise et de la misère. Son premier nom avait été *la boue* et *la crotte ;* ensuite elle avait pris celui d'Isis, du culte d'Isis parvenu jusque chez elle. Son premier sénat avait été une compagnie de bateliers. Elle avait été longtemps esclave des héros déprédateurs des sept montagnes ; et, après quelques siècles, d'autres héros brigands, venus de la rive ultérieure du Rhin, s'étaient emparés de son petit terrain.

Le temps, qui change tout, en avait fait une ville dont la moitié était très noble et très agréable, l'autre un peu grossière et ridicule : c'était l'emblème de ses habitants. Il y avait dans son enceinte environ cent mille personnes au moins qui n'avaient rien à faire qu'à jouer et à se divertir. Ce peuple d'oisifs jugeait des arts que les autres cultivaient. Ils ne savaient rien de ce qui se passait à la cour ; quoiqu'elle ne fût qu'à quatre petits milles d'eux, il semblait qu'elle en fût à six cents milles au moins. La douceur de la société, la gaieté, la frivolité, étaient leur importante et leur unique affaire ; on les gouvernait comme des enfants à qui l'on prodigue des jouets pour les empêcher de crier. Si on leur parlait des horreurs qui avaient, deux siècles auparavant, désolé leur patrie, et des temps épouvantables où la moitié de la nation avait massacré l'autre pour des sophismes, ils disaient qu'en effet cela n'était pas bien, et puis ils se mettaient à rire et à chanter des vaudevilles.

Plus les oisifs étaient polis, plaisants, et aimables, plus on observait un triste contraste entre eux et des compagnies d'occupés.

Il était, parmi ces occupés, ou qui prétendaient l'être, une troupe de sombres fanatiques, moitié absurdes, moitié fripons, dont le seul aspect contristait la terre, et qui l'auraient bouleversée, s'ils l'avaient pu, pour se donner un peu de crédit ; mais la nation des oisifs, en dansant et en chantant, les faisait rentrer dans leurs cavernes, comme les oiseaux obligent les chats-huants à se replonger dans les trous des masures.

D'autres occupés, en plus petit nombre, étaient les conservateurs d'anciens usages barbares contre lesquels la nature effrayée réclamait à haute voix ; ils ne consultaient que leurs registres rongés des vers. S'ils y voyaient une coutume insensée et horrible, ils la regardaient comme une loi sacrée. C'est par cette lâche habitude de n'oser penser par eux-mêmes, et de puiser leurs idées dans les débris des temps où l'on ne pensait pas, que, dans la ville des plaisirs, il était encore des mœurs atroces. C'est par cette raison qu'il n'y avait nulle proportion entre les délits et les peines. On faisait quelquefois souffrir mille morts à un innocent pour lui faire avouer un crime qu'il n'avait pas commis.

On punissait une étourderie de jeune homme comme on aurait puni un empoisonnement ou un parricide. Les oisifs en poussaient des cris perçants, et le lendemain ils n'y pensaient plus, et ne parlaient que de modes nouvelles.

Ce peuple avait vu s'écouler un siècle entier pendant lequel les beaux-arts s'élevèrent à un degré de perfection qu'on n'aurait jamais osé espérer ; les étrangers venaient alors, comme à Babylone, admirer les grands monuments d'architecture, les prodiges des jardins, les sublimes efforts de la sculpture et de la peinture. Ils étaient enchantés d'une musique qui allait à l'âme sans étonner les oreilles.

La vraie poésie, c'est-à-dire celle qui est naturelle et harmonieuse, celle qui parle au cœur autant qu'à l'esprit, ne fut connue de la nation que dans cet heureux siècle. De nouveaux genres d'éloquence déployèrent des beautés sublimes. Les théâtres surtout retentirent de chefs-d'œuvre dont aucun peuple n'approcha jamais. Enfin le bon goût se répandit dans toutes les professions, au point qu'il y eut de bons écrivains même chez les druides.

Tant de lauriers, qui avaient levé leurs têtes jusqu'aux nues, se séchèrent bientôt dans une terre épuisée. Il n'en resta qu'un très petit nombre dont les feuilles étaient d'un vert pâle et mourant. La décadence fut produite par la facilité de faire et par la paresse de bien faire, par la satiété du beau et par le goût du bizarre. La vanité protégea des artistes qui ramenaient les temps de la barbarie ; et cette même vanité, en persécutant les talents véritables, les força de quitter leur patrie ; les frelons firent disparaître les abeilles.

Presque plus de véritables arts, presque plus de génie ; le mérite consistait à raisonner à tort et à travers sur le mérite du siècle passé : le barbouilleur des murs d'un cabaret critiquait savamment les tableaux des grands peintres ; les barbouilleurs de papier défiguraient les ouvrages des grands écrivains. L'ignorance et le mauvais goût avaient d'autres barbouilleurs à leurs gages ; on répétait les mêmes choses dans cent volumes sous des titres différents. Tout était ou dictionnaire ou brochure. Un gazetier druide écrivait deux fois par semaine les annales obscures de quelques énergumènes ignorés de la nation, et de prodiges célestes opérés dans des galetas par de petits gueux et de petites gueuses ; d'autres ex-druides, vêtus de noir, prêts de mourir de colère et de faim, se plaignaient dans cent écrits qu'on ne leur permît plus de tromper les hommes, et qu'on laissât ce droit à des boucs vêtus de gris. Quelques archi-druides imprimaient des libelles diffamatoires.

Amazan ne savait rien de tout cela ; et, quand il l'aurait su, il ne s'en serait guère embarrassé, n'ayant la tête remplie que de la princesse de Babylone, du roi de l'Égypte, et de son serment inviolable de mépriser toutes les coquetteries des dames, dans quelque pays que le chagrin conduisît ses pas.

Toute la populace légère, ignorante, et toujours poussant à l'excès cette curiosité naturelle au genre humain, s'empressa longtemps autour de ses licornes ; les femmes, plus sensées, forcèrent les portes de son hôtel pour contempler sa personne.

Il témoigna d'abord à son hôte quelque désir d'aller à la cour ; mais des oisifs de bonne compagnie, qui se trouvèrent là par hasard, lui dirent que ce n'était plus la mode, que les temps étaient bien changés, et qu'il n'y avait plus de plaisirs qu'à la ville. Il fut invité le soir même à souper par une dame dont l'esprit et les talents étaient connus hors de sa patrie, et qui avait voyagé dans quelques pays où Amazan avait passé. Il goûta fort cette dame et la société rassemblée chez elle. La liberté y était décente, la gaieté n'y était point bruyante, la science n'y avait rien de rebutant, et l'esprit rien d'apprêté. Il vit que le nom de bonne compagnie n'est pas un vain nom, quoiqu'il soit souvent usurpé. Le lendemain il dîna dans une société non moins aimable, mais beaucoup plus voluptueuse. Plus il fut satisfait des convives, plus on fut content de lui. Il sentait son âme s'amollir et se dissoudre comme les aromates de son pays se fondent doucement à un feu modéré, et s'exhalent en parfums délicieux.

Après le dîner, on le mena à un spectacle enchanteur, condamné par les druides parce qu'il leur enlevait les auditeurs dont ils étaient les plus jaloux. Ce spectacle était un composé de vers agréables, de chants délicieux, de danses qui exprimaient les mouvements de l'âme, et de perspectives qui charmaient les yeux en les trompant. Ce genre de plaisir, qui rassemblait tant de genres, n'était connu que sous un nom étranger : il s'appelait *Opéra*, ce qui signifiait autrefois dans la langue des sept montagnes *travail, soin, occupation, industrie, entreprise, besogne, affaire.* Cette affaire l'enchanta. Une fille surtout le charma par sa voix mélodieuse et par les grâces qui l'accompagnaient : cette fille d'*affaire*, après le spectacle, lui fut présentée par ses nouveaux amis. Il lui fit présent d'une poignée de diamants. Elle en fut si reconnaissante qu'elle ne put le quitter du reste du jour. Il soupa avec elle, et, pendant le repas, il oublia sa sobriété ; et, après le repas, il oublia son serment d'être toujours insensible à la beauté, et inexorable aux tendres coquetteries. Quel exemple de la faiblesse humaine !

La belle princesse de Babylone arrivait alors avec le phénix, sa femme de chambre Irla, et ses deux cents cavaliers gangarides montés sur leurs licornes. Il fallut attendre assez longtemps pour qu'on ouvrît les portes. Elle demanda d'abord si le plus beau des hommes, le plus courageux, le plus spirituel et le plus fidèle, était encore dans cette ville. Les magistrats virent bien qu'elle voulait parler d'Amazan. Elle se fit conduire à son hôtel ; elle entra, le cœur palpitant d'amour : toute son âme était pénétrée de l'inexprimable joie de revoir enfin dans son amant le modèle de la constance. Rien ne put l'empêcher d'entrer dans sa chambre ; les rideaux étaient ouverts ; elle vit le bel Amazan dormant entre les bras d'une jolie brune. Ils avaient tous deux un très grand besoin de repos.

Formosante jeta un cri de douleur qui retentit dans toute la maison, mais qui ne put éveiller ni son cousin ni la fille d'*affaire.* Elle tomba pâmée entre les bras d'Irla. Dès qu'elle eut repris ses sens, elle sortit de cette chambre fatale avec une douleur mêlée de rage. Irla s'informa quelle était cette jeune demoiselle qui passait des heures si douces avec le bel Amazan. On lui dit que c'était une fille d'*affaire* fort complaisante, qui joignait à ses talents celui de chanter avec assez de grâce. « O juste ciel, ô puissant Orosmade ! s'écriait la belle princesse de Babylone tout en pleurs, par qui suis-je trahie, et pour qui ! Ainsi donc celui qui a refusé pour moi tant de princesses m'abandonne pour une farceuse des Gaules ! Non, je ne pourrai survivre à cet affront.

— Madame, lui dit Irla, voilà comme sont faits tous les jeunes gens d'un bout du monde à l'autre : fussent-ils amoureux d'une beauté descendue du ciel, ils lui feraient, dans de certains moments, des infidélités pour une servante de cabaret.

— C'en est fait, dit la princesse, je ne le reverrai de ma vie ; partons dans l'instant même, et qu'on attelle mes licornes. » Le phénix la conjura d'attendre au moins qu'Amazan fût éveillé, et qu'il pût lui parler. « Il ne le mérite pas, dit la princesse ; vous m'offenseriez cruellement : il croirait que je vous ai prié de lui faire des reproches, et que je veux me raccommoder avec lui. Si vous m'aimez, n'ajoutez pas cette injure à l'injure qu'il m'a faite. » Le phénix, qui après tout devait la vie à la fille du roi de Babylone, ne put lui désobéir. Elle repartit avec tout son monde. « Où allons-nous, madame ? lui demandait Irla. — Je n'en sais rien, répondait la princesse, nous prendrons le premier chemin que nous trouverons : pourvu que je fuie Amazan pour jamais, Je suis contente. »

Le phénix, qui était plus sage que Formosante, parce qu'il était sans passion, la consolait en chemin ; il lui remontrait avec douceur qu'il était triste de se punir pour les fautes d'un autre ; qu'Amazan lui avait donné des preuves assez éclatantes et assez nombreuses de fidélité pour qu'elle pût lui pardonner de s'être oublié un moment ; que c'était un juste à qui la grâce d'Orosmade avait manqué ; qu'il n'en serait que plus constant désormais dans l'amour et dans la vertu ; que le désir d'expier sa faute le mettrait au-dessus de lui-même ; qu'elle n'en serait que plus heureuse : que plusieurs grandes princesses avant elle avaient pardonné de semblables écarts, et s'en étaient bien trouvées ; il lui en rapportait des exemples, et il possédait tellement l'art de conter que le cœur de Formosante fut enfin plus calme et plus paisible ; elle aurait voulu n'être point sitôt partie : elle trouvait que ses licornes allaient trop vite, mais elle n'osait revenir sur ses pas ; combattue entre l'envie de pardonner et celle de montrer sa colère, entre son amour et sa vanité, elle laissait aller ses licornes ; elle courait le monde selon la prédiction de l'oracle de son père.

Amazan, à son réveil, apprend l'arrivée et le départ de Formosante et du phénix ; il apprend le désespoir et le courroux de la princesse ; on lui dit qu'elle a juré de ne lui pardonner jamais. « Il ne me reste plus, s'écria-t-il, qu'à la suivre et à me tuer à ses pieds. »

Ses amis de la bonne compagnie des oisifs accoururent au bruit de cette aventure ; tous lui remontrèrent qu'il valait infiniment mieux demeurer avec eux ; que rien n'était comparable à la douce vie qu'ils menaient dans le sein des arts et d'une volupté tranquille et délicate ; que plusieurs étrangers et des rois mêmes avaient préféré ce repos, si agréablement occupé et si enchanteur, à leur patrie et à leur trône ; que d'ailleurs sa voiture était brisée, et qu'un sellier lui en faisait une à la nouvelle mode ; que le meilleur tailleur de la ville lui avait déjà coupé une douzaine d'habits du dernier goût ; que les dames les plus spirituelles et les plus aimables de la ville, chez qui on jouait très bien la comédie, avaient retenu chacune leur jour pour lui donner des fêtes. La fille d'*affaire*, pendant ce temps-là, prenait son chocolat à sa toilette, riait, chantait, et faisait des agaceries au bel Amazan, qui s'aperçut enfin qu'elle n'avait pas le sens d'un oison.

Comme la sincérité, la cordialité, la franchise, ainsi que la magnanimité et le courage, composaient le caractère de ce grand prince, il avait conté ses malheurs et ses voyages à ses amis ; ils savaient qu'il était cousin issu de germain de la princesse ; ils étaient informés du baiser funeste donné par elle au roi d'Égypte. « On se pardonne, lui dirent-ils, ces petites frasques entre parents, sans quoi il faudrait passer sa vie dans d'éternelles querelles. » Rien n'ébranla son dessein de courir après Formosante ; mais, sa voiture n'étant pas prête, il fut obligé de passer trois jours parmi les oisifs dans les fêtes et dans les plaisirs ; enfin il prit congé d'eux en les embrassant, en leur faisant accepter les diamants de son pays les mieux montés, en leur recommandant d'être toujours légers et frivoles, puisqu'ils n'en étaient que plus aimables et plus heureux. « Les Germains, disait-il, sont les vieillards de l'Europe ; les peuples d'Albion sont les hommes faits ; les habitants de la Gaule sont les enfants, et j'aime à jouer avec eux. »

XI

Ses guides n'eurent pas de peine à suivre la route de la princesse ; on ne parlait que d'elle et de son gros oiseau. Tous les habitants étaient encore dans l'enthousiasme de l'admiration. Les peuples de la Dalmatie et de la Marche d'Ancône éprouvèrent depuis une surprise moins délicieuse quand ils virent une maison voler dans les airs ; les bords de la Loire, de la Dordogne, de la Garonne, de la Gironde, retentissaient encore d'acclamations.

Quand Amazan fut au pied des Pyrénées, les magistrats et les druides du pays lui firent danser malgré lui un tambourin ; mais sitôt qu'il eut franchi les Pyrénées, il ne vit plus de gaieté et de joie. S'il entendit quelques chansons de loin à loin, elles étaient toutes sur un ton triste : les habitants marchaient gravement avec des grains enfilés et un poignard à leur ceinture. La nation, vêtue de noir, semblait être en deuil. Si les domestiques d'Amazan interrogeaient les passants, ceux-ci répondaient par signes ; si on entrait dans une hôtellerie, le maître de la maison enseignait aux gens en trois paroles qu'il n'y avait rien dans la maison, et qu'on pouvait envoyer chercher à quelques milles les choses dont on avait un besoin pressant.

Quand on demandait à ces silenciaires s'ils avaient vu passer la belle princesse de Babylone, ils répondaient avec moins de brièveté : « Nous l'avons vue, elle n'est pas si belle : il n'y a de beau que les teints basanés ; elle étale une gorge d'albâtre qui est la chose du monde la plus dégoûtante, et qu'on ne connaît presque point dans nos climats. »

Amazan avançait vers la province arrosée du Bétis. Il ne s'était pas écoulé plus de douze mille années depuis que ce pays avait été découvert par les Tyriens, vers le même temps qu'ils firent la découverte de la grande île Atlantique, submergée quelques siècles après. Les Tyriens cultivèrent la Bétique, que les naturels du pays laissaient en friche, prétendant qu'ils ne devaient se mêler de rien, et que c'était aux Gaulois leurs voisins à venir cultiver leurs terres. Les Tyriens avaient amené avec eux des Palestins, qui, dès ce temps-là, couraient dans tous les climats, pour peu qu'il y eût de l'argent à gagner. Ces Palestins, en prêtant sur gages à cinquante pour cent, avaient attiré à eux presque toutes les richesses du pays. Cela fit croire aux peuples de la Bétique que les Palestins étaient sorciers ; et tous ceux qui étaient accusés de magie étaient brûlés sans miséricorde par une compagnie de druides qu'on appelait *les rechercheurs,* ou *les anthropokaies.* Ces prêtres les revêtaient d'abord d'un habit de masque, s'emparaient de leurs biens, et récitaient dévotement les propres prières des Palestins tandis qu'on les cuisait à petit feu *por l'amor de Dios.*

La princesse de Babylone avait mis pied à terre dans la ville qu'on appela depuis *Sevilla.* Son dessein était de s'embarquer sur le Bétis pour retourner par Tyr à Babylone revoir le roi Bélus son père, et oublier, si elle pouvait, son infidèle amant, ou bien le demander en mariage. Elle fit venir chez elle deux Palestins qui faisaient toutes les affaires de la cour. Ils devaient lui fournir trois vaisseaux. Le phénix fit avec eux tous les arrangements nécessaires, et convint du prix après avoir un peu disputé.

L'hôtesse était fort dévote, et son mari, non moins dévot, était familier, c'est-à-dire espion des druides rechercheurs anthropokaies ; il ne manqua pas de les avertir qu'il avait dans sa maison une sorcière et deux Palestins qui faisaient un pacte avec le diable, déguisé en gros oiseau doré. Les rechercheurs, apprenant que la dame avait une prodigieuse quantité de diamants, la jugèrent incontinent sorcière ; ils attendirent la nuit pour enfermer les deux cents cavaliers et les licornes, qui dormaient dans de vastes écuries, car les rechercheurs sont poltrons.

Après avoir bien barricadé les portes, ils se saisirent de la princesse et d'Irla ; mais ils ne purent prendre le phénix, qui s'envola à tire d'ailes : il se doutait bien qu'il trouverait Amazan sur le chemin des Gaules à Sevilla.

Il le rencontra sur la frontière de la Bétique, et lui apprit le désastre de la princesse. Amazan ne put parler : il était trop saisi, trop en fureur. Il s'arme d'une cuirasse d'acier damasquinée d'or, d'une lance de douze pieds, de deux javelots, et d'une épée tranchante, appelée *la fulminante,* qui pouvait fendre d'un seul coup des arbres, des rochers et des druides ; il couvre sa belle tête d'un casque d'or ombragé de plumes de héron et d'autruche. C'était l'ancienne armure de Magog, dont sa sœur Aldée lui avait fait présent dans son voyage en Scythie ; le peu de suivants qui l'accompagnaient montent comme lui chacun sur sa licorne.

Amazan, en embrassant son cher phénix, ne lui dit que ces tristes paroles : « Je suis coupable ; si je n'avais pas couché avec une fille d'*affaire* dans la ville des oisifs, la belle princesse de Babylone ne serait pas dans cet état épouvantable ; courons aux anthropokaies. »

Il entre bientôt dans Sevilla : quinze cents alguazils gardaient les portes de l'enclos où les deux cents Gangarides et leurs licornes étaient renfermés sans avoir à manger ; tout était préparé pour le sacrifice qu'on allait faire de la princesse de Babylone, de sa femme de chambre Irla, et des deux riches Palestins.

Le grand anthropokaie, entouré de ses petits anthropokaies, était déjà sur son tribunal sacré ; une foule de Sévillois portant des grains enfilés à leurs ceintures joignaient les deux mains sans dire un mot, et l'on amenait la belle princesse, Irla, et les deux Palestins, les mains liées derrière le dos et vêtus d'un habit de masque.

Le phénix entre par une lucarne dans la prison où les Gangarides commençaient déjà à enfoncer les portes. L'invincible Amazan les brisait en dehors. Ils sortent tout armés, tous sur leurs licornes ; Amazan se met à leur tête. Il n'eut pas de peine à renverser les alguazils, les familiers, les prêtres anthropokaies ; chaque licorne en perçait des douzaines à la fois. La fulminante d'Amazan coupait en deux tous ceux qu'il rencontrait ; le peuple fuyait en manteau noir et en fraise sale, toujours tenant à la main ses grains bénits *por l'amor de Dios*.

Amazan saisit de sa main le grand rechercheur sur son tribunal, et le jette sur le bûcher qui était préparé à quarante pas ; il y jeta aussi les autres petits rechercheurs l'un après l'autre. Il se prosterne ensuite aux pieds de Formosante. « Ah ! que vous êtes aimable, dit-elle, et que je vous adorerais si vous ne m'aviez pas fait une infidélité avec une fille d'*affaire* ! »

Tandis qu'Amazan faisait sa paix avec la princesse, tandis que ses Gangarides entassaient dans le bûcher les corps de tous les anthropokaies, et que les flammes s'élevaient jusqu'aux nues, Amazan vit de loin comme une armée qui venait à lui. Un vieux monarque, la couronne en tête, s'avançait sur un char traîné par huit mules attelées avec des cordes ; cent autres chars suivaient. Ils étaient accompagnés de graves personnages en manteau noir et en fraise, montés sur de très beaux chevaux ; une multitude de gens à pied suivait en cheveux gras et en silence.

D'abord Amazan fit ranger autour de lui ses Gangarides, et s'avança, la lance en arrêt. Dès que le roi l'aperçut, il ôta sa couronne, descendit de son char, embrassa l'étrier d'Amazan, et lui dit : « Homme envoyé de Dieu, vous êtes le vengeur du genre humain, le libérateur de ma patrie, mon protecteur. Ces monstres sacrés dont vous avez purgé la terre étaient mes maîtres au nom du *Vieux des sept montagnes* ; j'étais forcé de souffrir leur puissance criminelle. Mon peuple m'aurait abandonné si j'avais voulu seulement modérer leurs abominables atrocités. D'aujourd'hui je respire, je règne, et je vous le dois. »

Ensuite il baisa respectueusement la main de Formosante, et la supplia de vouloir bien monter avec Amazan, Irla, et le phénix, dans son carrosse à huit mules. Les deux Palestins, banquiers de la cour, encore prosternés à terre de frayeur et de reconnaissance, se relevèrent, et la troupe des licornes suivit le roi de la Bétique dans son palais.

Comme la dignité du roi d'un peuple grave exigeait que ses mules allassent au petit pas, Amazan et Formosante eurent le temps de lui conter leurs aventures. Il entretint aussi le phénix ; il l'admira et le baisa cent fois. Il comprit combien les peuples d'Occident, qui mangeaient les animaux, et qui n'entendaient plus leur langage, étaient ignorants, brutaux et barbares ; que les seuls Gangarides avaient conservé la nature et la dignité primitive de l'homme ; mais il convenait surtout que les plus barbares des mortels étaient ces rechercheurs anthropokaies, dont Amazan venait de purger le monde. Il ne cessait de le bénir et de le remercier. La belle Formosante oubliait déjà l'aventure de la fille d'*affaire*, et n'avait l'âme remplie que de la valeur du héros qui lui avait sauvé la vihe. Amazan, instruit de l'innocence du baiser donné au roi d'Égypte, et de la résurrection du phénix, goûtait une joie pure, et était enivré du plus violent amour.

On dîna au palais, et on y fit assez mauvaise chère. Les cuisiniers de la Bétique étaient les plus mauvais de l'Europe. Amazan conseilla d'en faire venir des Gaules. Les musiciens du roi exécutèrent pendant le repas cet air célèbre qu'on appela dans la suite des siècles *les Folies d'Espagne.* Après le repas on parla d'affaires.

Le roi demanda au bel Amazan, à la belle Formosante et au beau phénix, ce qu'ils prétendaient devenir. « Pour moi, dit Amazan, mon intention est de retourner à Babylone, dont je suis l'héritier présomptif, et de demander à mon oncle Bélus ma cousine issue de germaine, l'incomparable Formosante, à moins qu'elle n'aime mieux vivre avec moi chez les Gangarides.

— Mon dessein, dit la princesse, est assurément de ne jamais me séparer de mon cousin issu de germain. Mais je crois qu'il convient que je me rende auprès du roi mon père, d'autant plus qu'il ne m'a donné permission que d'aller en pèlerinage à Bassora, et que j'ai couru le monde. — Pour moi, dit le phénix, je suivrai partout ces deux tendres et généreux amants.

— Vous avez raison, dit le roi de la Bétique ; mais le retour à Babylone n'est pas si aisé que vous le pensez. Je sais tous les jours des nouvelles de ce pays-là par les vaisseaux tyriens, et par mes banquiers palestins, qui sont en correspondance avec tous les peuples de la terre. Tout est en armes vers l'Euphrate et le Nil. Le roi de Scythie redemande l'héritage de sa femme, à la tête de trois cent mille guerriers tous à cheval. Le roi d'Égypte et le roi des Indes désolent aussi les bords du Tigre et de l'Euphrate, chacun à la tête de trois cent mille hommes, pour se venger de ce qu'on s'est moqué d'eux. Pendant que le roi d'Égypte est hors de son pays, son ennemi le roi d'Éthiopie ravage l'Égypte avec trois cent mille hommes, et le roi de Babylone n'a encore que six cent mille hommes sur pied pour se défendre.

« Je vous avoue, continua le roi, que lorsque j'entends parler de ces prodigieuses armées que l'Orient vomit de son sein, et de leur étonnante magnificence ; quand je les compare à nos petits corps de vingt à trente mille soldats, qu'il est si difficile de vêtir et de nourrir, je suis tenté de croire que l'Orient a été fait bien longtemps avant l'Occident. Il semble que nous soyons sortis avant-hier du chaos, et hier de la barbarie.

— Sire, dit Amazan, les derniers venus l'emportent quelquefois sur ceux qui sont entrés les premiers dans la carrière. On pense dans mon pays que l'homme est originaire de l'Inde, mais je n'en ai aucune certitude.

— Et vous, dit le roi de la Bétique au phénix, qu'en pensez-vous ? — Sire, répondit le phénix, je suis encore trop jeune pour être instruit de l'antiquité. Je n'ai vécu qu'environ vingt-sept mille ans ; mais mon père, qui avait vécu cinq fois cet âge, me disait qu'il avait appris de son père que les contrées de l'Orient avaient toujours été plus peuplées et plus riches que les autres. Il tenait de ses ancêtres que les générations de tous les animaux avaient commencé sur les bords du Gange. Pour moi, je n'ai pas la vanité d'être de cette opinion.

Je ne puis croire que les renards d'Albion, les marmottes des Alpes, et les loups de la Gaule, viennent de mon pays ; de même que je ne crois pas que les sapins et les chênes de vos contrées descendent des palmiers et des cocotiers des Indes.

— Mais d'où venons-nous donc ? dit le roi. — Je n'en sais rien, dit le phénix ; je voudrais seulement savoir où la belle princesse de Babylone et mon cher ami Amazan pourront aller. — Je doute fort, repartit le roi, qu'avec ses deux cents licornes il soit en état de percer à travers tant d'armées de trois cent mille hommes chacune. — Pourquoi non ? » dit Amazan.

Le roi de la Bétique sentit le sublime du *Pourquoi non* ; mais il crut que le sublime seul ne suffisait pas contre des armées innombrables. « Je vous conseille, dit-il, d'aller trouver le roi d'Éthiopie ; je suis en relation avec ce prince noir par le moyen de mes Palestins. Je vous donnerai des lettres pour lui. Puisqu'il est l'ennemi du roi d'Égypte, il sera trop heureux d'être fortifié par votre alliance. Je puis vous aider de deux mille hommes très sobres et très braves ; il ne tiendra qu'à vous d'en engager autant chez les peuples qui demeurent, ou plutôt qui sautent au pied des Pyrénées, et qu'on appelle *Vasques* ou *Vascons*. Envoyez un de vos guerriers sur une licorne avec quelques diamants : il n'y a point de Vascon qui ne quitte le castel, c'est-à-dire la chaumière de son père, pour vous servir. Ils sont infatigables, courageux et plaisants ; vous en serez très satisfait. En attendant qu'ils soient arrivés, nous vous donnerons des fêtes et nous vous préparerons des vaisseaux. Je ne puis trop reconnaître le service que vous m'avez rendu. »

Amazan jouissait du bonheur d'avoir retrouvé Formosante, et de goûter en paix dans sa conversation tous les charmes de l'amour réconcilié, qui valent presque ceux de l'amour naissant.

Bientôt une troupe fière et joyeuse de Vascons arriva en dansant un tambourin ; l'autre troupe fière et sérieuse de Bétiquois était prête. Le vieux roi tanné embrassa tendrement les deux amants ; il fit charger leurs vaisseaux d'armes, de lits, de jeux d'échecs, d'habits noirs, de golilles, d'oignons, de moutons, de poules, de farine, et de beaucoup d'ail, en leur souhaitant une heureuse traversée, un amour constant, et des victoires.

La flotte aborda le rivage où l'on dit que tant de siècles après la Phénicienne Didon, sœur d'un Pygmalion, épouse d'un Sichée, ayant quitté cette ville de Tyr, vint fonder la superbe ville de Carthage, en coupant un cuir de bœuf en lanières, selon le témoignage des plus graves auteurs de l'antiquité, lesquels n'ont jamais conté de fables, et selon les professeurs qui ont écrit pour les petits garçons ; quoique après tout il n'y ait jamais eu personne à Tyr qui se soit appelé Pygmalion, ou Didon, ou Sichée, qui sont des noms entièrement grecs, et quoique enfin il n'y eût point de roi à Tyr en ces temps-là.

La superbe Carthage n'était point encore un port de mer ; il n'y avait là que quelques Numides qui faisaient sécher des poissons au soleil. On côtoya la Byzacène et les Syrtes, les bords fertiles où furent depuis Cyrène et la grande Chersonèse.

Enfin on arriva vers la première embouchure du fleuve sacré du Nil. C'est à l'extrémité de cette terre fertile que le port de Canope recevait déjà les vaisseaux de toutes les nations commerçantes, sans qu'on sût si le dieu Canope avait fondé le port, ou si les habitants avaient fabriqué le dieu, ni si l'étoile Canope avait donné son nom à la ville, ou si la ville avait donné le sien à l'étoile. Tout ce qu'on en savait, c'est que la ville et l'étoile étaient fort anciennes, et c'est tout ce qu'on peut savoir de l'origine des choses, de quelque nature qu'elles puissent être.

Ce fut là que le roi d'Éthiopie, ayant ravagé toute l'Égypte, vit débarquer l'invincible Amazan et l'adorable Formosante. Il prit l'un pour le dieu des combats, et l'autre pour la déesse de la beauté. Amazan lui présenta la lettre de recommandation d'Espagne. Le roi d'Éthiopie donna d'abord des fêtes admirables, suivant la coutume indispensable des temps héroïques ; ensuite on parla d'aller exterminer les trois cent mille hommes du roi d'Égypte, les trois cent mille de l'empereur des Indes, et les trois cent mille du grand kan des Scythes, qui assiégeaient l'immense, l'orgueilleuse, la voluptueuse ville de Babylone.

Les deux mille Espagnols qu'Amazan avait amenés avec lui dirent qu'ils n'avaient que faire du roi d'Éthiopie pour secourir Babylone ; que c'était assez que leur roi leur eût ordonné d'aller la délivrer ; qu'il suffisait d'eux pour cette expédition.

Les Vascons dirent qu'ils en avaient bien fait d'autres ; qu'ils battraient tout seuls les Égyptiens, les Indiens et les Scythes, et qu'ils ne voulaient marcher avec les Espagnols qu'à condition que ceux-ci seraient à l'arrière-garde.

Les deux cents Gangarides se mirent à rire des prétentions de leurs alliés, et ils soutinrent qu'avec cent licornes seulement ils feraient fuir tous les rois de la terre. La belle Formosante les apaisa par sa prudence et par ses discours enchanteurs. Amazan présenta au monarque noir ses Gangarides, ses licornes, les Espagnols, les Vascons, et son bel oiseau.

Tout fut prêt bientôt pour marcher par Memphis, par Héliopolis, par Arsinoé, par Pétra, par Artémite, par Sora, par Apamée, pour aller attaquer les trois rois, et pour faire cette guerre mémorable devant laquelle toutes les guerres que les hommes ont faites depuis n'ont été que des combats de coqs et de cailles.

Chacun sait comment le roi d'Éthiopie devint amoureux de la belle Formosante, et comment il la surprit au lit, lorsqu'un doux sommeil fermait ses longues paupières. On se souvient qu'Amazan, témoin de ce spectacle, crut voir le jour et la nuit couchant ensemble. On n'ignore pas qu'Amazan, indigné de l'affront, tira soudain sa fulminante, qu'il coupa la tête perverse du nègre insolent, et qu'il chassa tous les Éthiopiens d'Égypte. Ces prodiges ne sont-ils pas écrits dans le livre des chroniques d'Égypte ? La renommée a publié de ses cent bouches les victoires qu'il remporta sur les trois rois avec ses Espagnols, ses Vascons et ses licornes. Il rendit la belle Formosante à son père ; il délivra toute la suite de sa maîtresse, que le roi d'Égypte avait réduite en esclavage. Le grand kan des Scythes se déclara son vassal, et son mariage avec la princesse Aldée fut confirmé. L'invincible et généreux Amazan, reconnu pour héritier du royaume de Babylone, entra dans la ville en triomphe avec le phénix, en présence de cent rois tributaires. La fête de son mariage surpassa en tout celle que le roi Bélus avait donnée. On servit à table le bœuf Apis rôti. Le roi d'Égypte et celui des Indes donnèrent à boire aux deux époux, et ces noces furent célébrées par cinq cents grands poètes de Babylone.

O muses ! qu'on invoque toujours au commencement de son ouvrage, je ne vous implore qu'à la fin. C'est en vain qu'on me reproche de dire grâces sans avoir dit *benedicite.* Muses ! vous n'en serez pas moins mes protectrices. Empêchez que des continuateurs téméraires ne gâtent par leurs fables les vérités que j'ai enseignées aux mortels dans ce fidèle récit, ainsi qu'ils ont osé falsifier *Candide,* l'*Ingénu,* et les chastes aventures de la chaste Jeanne, qu'un ex-capucin a défigurées par des vers dignes des capucins, dans des éditions bataves. Qu'ils ne fassent pas ce tort à mon typographe, chargé d'une nombreuse famille, et qui possède à peine de quoi avoir des caractères, du papier et de l'encre.

O muses ! imposez silence au détestable Cogé, professeur de bavarderie au collège Mazarin, qui n'a pas été content des discours moraux de Bélisaire et de l'empereur Justinien, et qui a écrit de vilains libelles diffamatoires contre ces deux grands hommes.

Mettez un bâillon au pédant Larcher, qui, sans savoir un mot de l'ancien babylonien, sans avoir voyagé comme moi sur les bords de l'Euphrate et du Tigre, a eu l'imprudence de soutenir que la belle Formosante, fille du plus grand roi du monde, et la princesse Aldée, et toutes les femmes de cette respectable cour, allaient coucher avec tous les palefreniers de l'Asie pour de l'argent, dans le grand temple de Babylone, par principe de religion. Ce libertin de collège, votre ennemi et celui de la pudeur, accuse les belles Égyptiennes de Mendès de n'avoir aimé que des boucs, se proposant en secret, par cet exemple, de faire un tour en Égypte pour avoir enfin de bonnes aventures.

Comme il ne connaît pas plus le moderne que l'antique, il insinue, dans l'espérance de s'introduire auprès de quelque vieille, que notre incomparable Ninon, à l'âge de quatre-vingts ans, coucha avec l'abbé Gédoin, de l'Académie française et de celle des inscriptions et belles-lettres. Il n'a jamais entendu parler de l'abbé de Châteauneuf, qu'il prend pour l'abbé Gédoin. Il ne connaît pas plus Ninon que les filles de Babylone.

Muses, filles du ciel, votre ennemi Larcher fait plus : il se répand en éloges sur la pédérastie ; il ose dire que tous les bambins de mon pays sont sujets à cette infamie. Il croit se sauver en augmentant le nombre des coupables.

Nobles et chastes muses, qui détestez également le pédantisme et la pédérastie, protégez-moi contre maître Larcher !

Et vous, maître Aliboron, dit Fréron, ci-devant soi-disant jésuite, vous dont le Parnasse est tantôt à Bicêtre et tantôt au cabaret du coin ; vous à qui l'on a rendu tant de justice sur tous les théâtres de l'Europe dans l'honnête comédie de *l'Écossaise ;* vous, digne fils du prêtre Desfontaines, qui naquîtes de ses amours avec un de ces beaux enfants qui portent un fer et un bandeau comme le fils de Vénus, et qui s'élancent comme lui dans les airs, quoiqu'ils n'aillent jamais qu'au haut des cheminées ; mon cher Aliboron, pour qui j'ai toujours eu tant de tendresse, et qui m'avez fait rire un mois de suite du temps de cette *Écossaise,* je vous recommande ma princesse de Babylone ; dites-en bien du mal afin qu'on la lise.

Je ne vous oublierai point ici, gazetier ecclésiastique, illustre orateur des convulsionnaires, père de l'Église fondée par l'abbé Bécherand et par Abraham Chaumeix ; ne manauez pas de dire dans vos feuilles, aussi pieuses qu'éloquentes et sensées, que la *Princesse de Babylone* est hérétique, déiste et athée. Tâchez surtout d'engager le sieur Riballier à faire condamner la *Princesse de Babylone* par la Sorbonne ; vous ferez grand plaisir à mon libraire, à qui j'ai donné cette petite histoire pour ses étrennes.

LES LETTRES D'AMABED, ETC.

TRADUITES PAR L'ABBÉ TAMPONET

PREMIÈRE LETTRE

D'AMABED À SHASTASID, GRAND BRAME DE MADURÉ

A Bénarès, le second du mois de la souris,
l'an du renouvellement du monde 115652[1].

Lumière de mon âme, père de mes pensées, toi qui conduis les hommes dans les voies de l'Éternel, à toi, savant Shastasid, respect et tendresse.

Je me suis déjà rendu la langue chinoise si familière, suivant tes sages conseils, que je lis avec fruit leurs cinq Kings, qui me semblent égaler en antiquité notre *Shasta*, dont tu es l'interprète, les sentences du premier Zoroastre, et les livres de l'Égyptien Thaut.

Il paraît à mon âme, qui s'ouvre toujours devant toi, que ces écrits et ces cultes n'ont rien pris les uns des autres : car nous sommes les seuls à qui Brama, confident de l'Éternel, ait enseigné la rébellion des créatures célestes, le pardon que l'éternel leur accorde, et la formation de l'homme ; les autres peuples n'ont rien dit, ce me semble, de ces choses sublimes.

Je crois surtout que nous ne tenons rien, ni nous, ni les Chinois, des Égyptiens. Ils n'ont pu former une société policée et savante que longtemps après nous, puisqu'il leur a fallu

1. Cette date répond à l'année de notre ère vulgaire 1512, deux ans après qu'Alphonse d'Albuquerque eut pris Goa. Il faut savoir que les brames comptaient 111100 années depuis la rébellion et la chute des êtres célestes, et 4552 ans depuis la promulgation du *Shasta*, leur premier livre sacré : ce qui faisait 115652 pour l'année correspondante à notre année 1512, temps auquel régnaient : Babar, dans le Mogol ; Ismaël Sophi, en Perse ; Sélim, en Turquie ; Maximilien Ier, en Allemagne ; Louis XII, en France ; Jules II, à Rome ; Jeanne la Folle, en Espagne ; Emmanuel, en Portugal.

dompter leur Nil avant de pouvoir cultiver les campagnes et bâtir leurs villes.

Notre *Shasta* divin n'a, je l'avoue, que quatre mille cinq cent cinquante-deux ans d'antiquité ; mais il est prouvé par nos monuments que cette doctrine avait été enseignée de père en fils plus de cent siècles avant la publication de ce sacré livre. J'attends sur cela les instructions de ta paternité.

Depuis la prise de Goa par les Portugais, il est venu quelques docteurs d'Europe à Bénarès. Il y en a un à qui j'enseigne la langue indienne ; il m'apprend en récompense un jargon qui a cours dans l'Europe, et qu'on nomme l'*italien*. C'est une plaisante langue. Presque tous les mots se terminent en *a*, en *e*, en i, en o ; je l'apprends facilement, et j'aurai bientôt le plaisir de lire les livres européens.

Ce docteur s'appelle le père Fa tutto ; il paraît poli et insinuant ; je l'ai présenté à *Charme des yeux*, la belle Adaté, que mes parents et les siens me destinent pour épouse ; elle apprend l'italien avec moi. Nous avons conjugué ensemble le verbe *j'aime* dès le premier jour. Il nous a fallu deux jours pour tous les autres verbes. Après elle, tu es le mortel le plus près de mon cœur. Je prie Birmah et Brama de conserver tes jours jusqu'à l'âge de cent trente ans, passé lequel la vie n'est plus qu'un fardeau.

RÉPONSE

DE SHASTASID

J'ai reçu ta lettre, esprit enfant de mon esprit. Puisse Drugha [1], montée sur son dragon, étendre toujours sur toi ses dix bras vainqueurs des vices !

Il est vrai (et nous n'en devons tirer aucune vanité) que nous sommes le peuple de la terre le plus anciennement policé. Les Chinois eux-mêmes n'en disconviennent pas. Les Égyptiens sont un peuple tout nouveau qui fut lui-même enseigné par les Chaldéens. Ne nous glorifions pas d'être les plus anciens, et songeons à être toujours les plus justes.

Tu sauras, mon cher Amabed, que depuis très peu de temps

1. Drugha est le mot indien qui signifie *vertu*. Elle est représentée avec dix bras, et montée sur un dragon pour combattre les vices, qui sont l'intempérance, l'incontinence, le larcin, le meurtre, l'injure, la médisance, la calomnie, la fainéantise, la résistance à ses père et mère, l'ingratitude. C'est cette figure que plusieurs missionnaires ont prise pour le diable.

une faible image de notre révélation sur la chute des êtres célestes et le renouvellement du monde a pénétré jusqu'aux Occidentaux. Je trouve, dans une traduction arabe d'un livre syriaque, qui n'est composé que depuis environ quatorze cents ans, ces propres paroles : *L'Éternel tient liées de chaînes éternelles, jusqu'au grand jour du jugement, les puissances célestes qui ont souillé leur dignité première*[1]. L'auteur cite en preuve un livre composé par un de leurs premiers hommes, nommé Enoch. Tu vois par là que les nations barbares n'ont jamais été éclairées que par un rayon faible et trompeur qui s'est égaré vers eux du sein de notre lumière.

Mon cher fils, je crains mortellement l'irruption des barbares d'Europe dans nos heureux climats. Je sais trop quel est cet Albuquerque qui est venu des bords de l'Occident dans ce pays cher à l'astre du jour. C'est un des plus illustres brigands qui aient désolé la terre. Il s'est emparé de Goa contre la foi publique. Il a noyé dans leur sang des hommes justes et paisibles. Ces Occidentaux habitent un pays pauvre qui ne leur produit que très peu de soie : point de coton, point de sucre, nulle épicerie. La terre même dont nous fabriquons la porcelaine leur manque. Dieu leur a refusé le cocotier, qui ombrage, loge, vêtit, nourrit, abreuve les enfants de Brama. Ils ne connaissent qu'une liqueur qui leur fait perdre la raison. Leur vraie divinité est l'or ; ils vont chercher ce dieu à une autre extrémité du monde.

Je veux croire que ton docteur est un homme de bien ; mais l'Éternel nous permet de nous défier de ces étrangers. S'ils sont moutons à Bénarès, on dit qu'ils sont tigres dans les contrées où les Européens se sont établis.

Puissent ni la belle Adaté ni toi n'avoir jamais à se plaindre du père Fa tutto ! Mais un secret pressentiment m'alarme. Adieu. Que bientôt Adaté, unie à toi par un saint mariage, puisse goûter dans tes bras les joies célestes.

Cette lettre te parviendra par un banian, qui ne partira qu'à la pleine lune de l'éléphant.

SECONDE LETTRE

D'AMABED À SHASTASID

Père de mes pensées, j'ai eu le temps d'apprendre ce jargon d'Europe avant que ton marchand banian ait pu arriver sur le rivage du Gange. Le père Fa tutto me témoigne toujours une

1. On voit que Shastasid avait lu notre Bible en arabe, et qu'il a en vue l'épître de St. Jude, où se trouvent en effet ces paroles au verset 6. Le livre

amitié sincère. En vérité je commence à croire qu'il ne ressemble point aux perfides dont tu crains, avec raison, la méchanceté. La seule chose qui pourrait me donner de la défiance, c'est qu'il me loue trop, et qu'il ne loue jamais assez Charme des yeux ; mais d'ailleurs il me paraît rempli de vertu et d'onction. Nous avons lu ensemble un livre de son pays, qui m'a paru bien étrange C'est une histoire universelle du monde entier, dans laquelle il n'est pas dit un mot de notre antique empire, rien des immenses contrées au-delà du Gange, rien de la Chine, rien de la vaste Tartarie. Il faut que les auteurs, dans cette partie de l'Europe, soient bien ignorants. Je les compare à des villageois qui parlent avec emphase de leurs chaumières, et qui ne savent pas où est la capitale ; ou plutôt à ceux qui pensent que le monde finit aux bornes de leur horizon.

Ce qui m'a le plus surpris, c'est qu'ils comptent les temps depuis la création de leur monde tout autrement que nous. Mon docteur européan m'a montré un de ses almanachs sacrés, par lequel ses compatriotes sont à présent dans l'année de leur création 5552, ou dans l'année 6244, ou bien dans l'année 6940[1], comme on voudra. Cette bizarrerie m'a surpris. Je lui ai demandé comme on pouvait avoir trois époques différentes de la même aventure. « Tu ne peux, lui ai-je dit, avoir à la fois trente ans, quarante ans, et cinquante ans. Comment ton monde peut-il avoir trois dates qui se contrarient ? » Il m'a répondu que ces trois dates se trouvent dans le même livre, et qu'on est obligé chez eux de croire les contradictions pour humilier la superbe de l'esprit.

Ce même livre traite d'un premier homme qui s'appelait Adam, d'un Caïn, d'un Mathusalem, d'un Noé qui planta des vignes après que l'océan eut submergé tout le globe ; enfin d'une infinité de choses dont je n'ai jamais entendu parler et que je n'ai lues dans aucun de nos livres. Nous en avons ri, la belle Adaté et moi, en l'absence du père Fa tutto : car nous sommes trop bien élevés et trop pénétrés de tes maximes pour rire des gens en leur présence.

Je plains ces malheureux d'Europe, qui n'ont été créés que depuis 6940 ans tout au plus, tandis que notre ère est de 115652 années. Je les plains davantage de manquer de poivre, de cannelle, de gérofle, de thé, de café, de soie, de coton, de

apocryphe qui n'a jamais existé est celui d'Enoch, cité par St. Jude au verset 14.

1. C'est la différence du texte hébreu, du samaritain et des Septante.

vernis, d'encens, d'aromates, et de tout ce qui peut rendre la vie agréable : il faut que la Providence les ait longtemps oubliés. Mais je les plains encore plus de venir de si loin, parmi tant de périls, ravir nos denrées, les armes à la main. On dit qu'ils ont commis à Calicut des cruautés épouvantables pour du poivre : cela fait frémir la nature indienne, qui est en tout différente de la leur, car leurs poitrines et leurs cuisses sont velues. Ils portent de longues barbes, leurs estomacs sont carnassiers. Ils s'enivrent avec le jus fermenté de la vigne, plantée, disent-ils, par leur Noé. Le père Fa tutto lui-même, tout poli qu'il est, a égorgé deux petits poulets ; il les a fait cuire dans une chaudière, et il les a mangés impitoyablement. Cette action barbare lui a attiré la haine de tout le voisinage, que nous n'avons apaisé qu'avec peine. Dieu me pardonne ! je crois que cet étranger aurait mangé nos vaches sacrées, qui nous donnent du lait, si on l'avait laissé faire. Il a bien promis qu'il ne commettrait plus de meurtres envers les poulets, et qu'il se contenterait d'œufs frais, de laitage, de riz, de nos excellents légumes, de pistaches, de dattes, de cocos, de gâteaux, d'amandes, de biscuits, d'ananas, d'oranges, et de tout ce que produit notre climat béni de l'Éternel.

Depuis quelques jours, il paraît plus attentif auprès de Charme des yeux. Il a même fait pour elle deux vers italiens qui finissent en *o*. Cette politesse me plaît beaucoup, car tu sais que mon bonheur est qu'on rende justice à ma chère Adaté.

Adieu. Je me mets à tes pieds, qui t'ont toujours conduit dans la voie droite, et je baise tes mains, qui n'ont jamais écrit que la vérité.

RÉPONSE

DE SHASTASID

Mon cher fils en Birmah, en Brama, je n'aime point ton Fa tutto, qui tue des poulets, et qui fait des vers pour ta chère Adaté. Veuille Birmah rendre vains mes soupçons !

Je puis te jurer qu'on n'a jamais connu son Adam ni son Noé dans aucune partie du monde, tout récents qu'ils sont. La Grèce même, qui était le rendez-vous de toutes les fables quand Alexandre approcha de nos frontières, n'entendit jamais parler de ces noms-là. Je ne m'étonne pas que des amateurs du vin, tels que les peuples occidentaux, fassent un si grand cas de celui qui, selon eux, planta la vigne ; mais sois sûr que Noé a été ignoré de toute l'antiquité connue.

Il est vrai que du temps d'Alexandre il y avait dans un coin de la Phénicie un petit peuple de courtiers et d'usuriers, qui avait été longtemps esclave à Babylone. Il se forgea une histoire pendant sa captivité, et c'est dans cette seule histoire qu'il ait jamais été question de Noé. Quand ce petit peuple obtint depuis des privilèges dans Alexandrie, il y traduisit ses annales en grec. Elles furent ensuite traduites en arabe, et ce n'est que dans nos derniers temps que nos savants en ont eu quelque connaissance ; mais cette histoire est aussi méprisée par eux que la misérable horde qui l'a écrite[1].

Il serait plaisant, en effet, que tous les hommes, qui sont frères, eussent perdu leurs titres de famille, et que ces titres ne se retrouvassent que dans une petite branche composée d'usuriers et de lépreux. J'ai peur, mon cher ami, que les concitoyens de ton père Fa tutto, qui ont, comme tu me le mandes, adopté ces idées, ne soient aussi insensés, aussi ridicules, qu'ils sont intéressés, perfides, et cruels.

Épouse au plus tôt ta charmante Adaté, car, encore une fois, je crains les Fa tutto plus que les Noé.

TROISIÈME LETTRE

D'AMABED À SHASTASID

Béni soit à jamais Birmah, qui a fait l'homme pour la femme ! Sois béni, ô cher Shastasid, qui t'intéresses tant à mon bonheur ! Charme des yeux est à moi ; je l'ai épousée. Je ne touche plus à la terre ; je suis dans le ciel : il n'a manqué que toi à cette divine cérémonie. Le docteur Fa tutto a été témoin de nos saints engagements ; et, quoiqu'il ne soit pas de notre religion, il n'a fait nulle difficulté d'écouter nos chants et nos prières : il a été fort gai au festin des noces. Je succombe à ma félicité. Tu jouis d'un autre bonheur : tu possèdes la sagesse ; mais l'incomparable Adaté me possède. Vis longtemps heureux, sans passions, tandis que la mienne m'absorbe dans une mer de voluptés. Je ne puis t'en dire davantage : je revole dans les bras d'Adaté.

1. On voit bien que Shastasid parle ici en brame qui n'a pas le don de la foi, et à qui la grâce a manqué.

QUATRIÈME LETTRE

D'AMABED À SHASTASID

Cher ami, cher père, nous partons, la tendre Adaté et moi, pour te demander ta bénédiction. Notre félicité serait imparfaite si nous ne remplissions pas ce devoir de nos cœurs ; mais, le croirais-tu ? nous passons par Goa, dans la compagnie de Coursom, le célèbre marchand, et de sa femme. Fa tutto dit que Goa est devenue la plus belle ville de l'Inde ; que le grand Albuquerque nous recevra comme des ambassadeurs ; qu'il nous donnera un vaisseau à trois voiles pour nous conduire à Maduré. Il a persuadé ma femme, et j'ai voulu le voyage dès qu'elle l'a voulu. Fa tutto nous assure qu'on parle italien plus que portugais à Goa. Charme des yeux brûle d'envie de faire usage d'une langue qu'elle vient d'apprendre. Je partage tous ses goûts. On dit qu'il y a des gens qui ont eu deux volontés ; mais Adaté et moi nous n'en avons qu'une, parce que nous n'avons qu'une âme à nous deux. Enfin nous partons demain avec la douce espérance de verser dans tes bras, avant deux mois, des larmes de joie et de tendresse.

PREMIÈRE LETTRE

D'ADATÉ À SHASTASID

A Goa, le 5 du mois du tigre,
l'an du renouvellement du monde 115652.

Birmah, entends mes cris, vois mes pleurs, sauve mon cher époux ! Brama, fils de Birmah, porte ma douleur et ma crainte à ton père ! Généreux Shastasid, plus sage que nous, tu avais prévu nos malheurs. Mon cher Amabed, ton disciple, mon tendre époux, ne t'écrira plus ; il est dans une fosse que les barbares appellent *prison.* Des gens que je ne puis définir, on les nomme ici *inquisitori,* je ne sais ce que ce mot signifie ; ces monstres, le lendemain de notre arrivée, saisirent mon mari et mol, et nous mirent chacun dans une fosse séparée comme si nous étions morts. Mais si nous l'étions, il fallait du moins nous ensevelir ensemble. Je ne sais ce qu'ils ont fait de mon cher Amabed. J'ai dit à mes anthropophages : « Où est Amabed ? Ne le tuez pas, et tuez-moi. » Ils ne m'ont rien répondu. « Où est-il ? pourquoi m'avez-vous séparée de lui ! » Ils ont gardé le silence : ils m'ont enchaînée. J'ai depuis une heure un peu plus de liberté ; le marchand Coursom a trouvé moyen de me faire tenir du papier, du coton, un pinceau et de l'encre. Mes larmes imbibent tout, ma main tremble, mes yeux s'obscurcissent, je me meurs.

SECONDE LETTRE

D'ADATÉ À SHASTASID

ÉCRITE DE LA PRISON DE L'INQUISITION

Divin Shastasid, je fus hier longtemps évanouie ; je ne pus achever ma lettre : je la pliai quand je repris un peu mes sens ; je la mis dans mon sein, qui n'allaitera pas les enfants que j'espérais avoir d'Amabed ; je mourrai avant que Birmah m'ait accordé la fécondité.

Ce matin au point du jour, sont entrés dans ma fosse deux spectres armés de hallebardes, portant au cou des grains enfilés, et ayant sur la poitrine quatre petites bandes rouges croisées. Ils m'ont prise par les mains, toujours sans me rien dire, et m'ont menée dans une chambre où il y avait pour tous meubles une grande table, cinq chaises, et un grand tableau qui représentait un homme tout nu, les bras étendus et les pieds joints.

Aussitôt entrent cinq personnages vêtus de robes noires avec une chemise par-dessus leur robe, et deux longs pendants d'étoffe bigarrée par-dessus leur chemise. Je suis tombée à terre de frayeur. Mais quelle a été ma surprise ! J'ai vu le père Fa tutto parmi ces cinq fantômes. Je l'ai vu, il a rougi ; mais il m'a regardée d'un air de douceur et de compassion qui m'a un peu rassurée pour un moment. « Ah ! père Fa tutto, ai-je dit, où suis-je ? Qu'est devenu Amabed ? dans quel gouffre m'avez-vous jetée ? On dit qu'il y a des nations qui se nourrissent de sang humain : va-t-on nous tuer ? va-t-on nous dévorer ? » Il ne m'a répondu qu'en levant les yeux et les mains au ciel ; mais avec une attitude si douloureuse et si tendre que je ne savais plus que penser.

Le président de ce conseil de muets a enfin délié sa langue, et m'a adressé la parole ; il m'a dit ces mots : « Est-il vrai que vous avez été baptisée ? » J'étais si abîmée dans mon étonnement et dans ma douleur que d'abord je n'ai pu répondre. Il a recommencé la même question d'une voix terrible. Mon sang s'est glacé, et ma langue s'est attachée à mon palais. Il a répété les mêmes mots pour la troisième fois, et à la fin j'ai dit *oui* ; car il ne faut jamais mentir. J'ai été baptisée dans le Gange comme tous les fidèles enfants de Brama le sont, comme tu le fus, divin Shastasid, comme l'a été mon cher et malheureux Amabed. Oui, je suis baptisée, c'est ma consolation, c'est ma gloire. Je l'ai avoué devant ces spectres.

A peine cette parole *oui*, symbole de la vérité, est sortie de ma bouche, qu'un des cinq monstres noirs et blancs s'est écrié : *Apostata !* Les autres ont répété : *Apostata !* Je ne sais ce que ce mot veut dire ; mais ils l'ont prononcé d'un ton si lugubre et si épouvantable que mes trois doigts sont en convulsion en te l'écrivant.

Alors le père Fa tutto, prenant la parole et me regardant toujours avec des yeux bénins, les a assurés que j'avais dans le fond de bons sentiments, qu'il répondait de moi, que la grâce opérerait, qu'il se chargeait de ma conscience ; et il a fini son discours, auquel je ne comprenais rien, par ces paroles : *Io la convertero*. Cela signifie en italien, autant que j'en puis juger : *Je la retournerai.*

« Quoi ! disais-je en moi-même, il me retournera ! Qu'entend-il par me retourner ! Veut-il dire qu'il me rendra à ma patrie ? Ah ! père Fa tutto, lui ai-je dit, retournez donc le jeune Amabed, mon tendre époux, rendez-moi mon âme, rendez-moi ma vie. »

Alors il a baissé les yeux ; il a parlé en secret aux quatre fantômes dans un coin de la chambre. Ils sont partis avec les deux hallebardiers. Tous ont fait une profonde révérence au tableau qui représente un homme tout nu ; et le père Fa tutto est resté seul avec moi.

Il m'a conduite dans une chambre assez propre, et m'a promis que, si je voulais m'abandonner à ses conseils, je ne serais plus enfermée dans une fosse. « Je suis désespéré comme vous, m'a-t-il dit, de tout ce qui est arrivé. Je m'y suis opposé autant que j'ai pu, mais nos saintes lois m'ont lié les mains ; enfin, grâces au ciel et à moi, vous êtes libre dans une bonne chambre, dont vous ne pouvez pas sortir. Je viendrai vous y voir souvent ; je vous consolerai, je travaillerai à votre félicité présente et future.

— Ah ! lui ai-je répondu, il n'y a que mon cher Amabed qui puisse la faire, cette félicité, et il est dans une fosse ! Pourquoi y ai-je été plongée ? qui sont ces spectres qui m'ont demandé si j'avais été baignée ? où m'avez-vous conduite ? m'avez-vous trompée ? est-ce vous qui êtes la cause de ces horribles cruautés ? Faites-moi venir le marchand Coursom, qui est de mon pays et homme de bien. Rendez-moi ma suivante, ma compagne, mon amie Déra, dont on m'a séparée. Est-elle aussi dans un cachot pour avoir été baignée ? Qu'elle vienne ; que je revoie Amabed, ou que je meure ! »

Il a répondu à mes discours et aux sanglots qui les entrecoupaient par des protestations de service et de zèle dont j'ai été touchée. Il m'a promis qu'il m'instruirait des causes de toute cette épouvantable aventure, et qu'il obtiendrait qu'on me rendît ma pauvre Déra, en attendant qu'il pût parvenir à délivrer mon mari. Il m'a plainte ; j'ai vu même ses yeux un peu mouillés. Enfin, au son d'une cloche, il est sorti de ma chambre en me prenant la main, et en la mettant sur son cœur. C'est le signe visible, comme tu le sais, de la sincérité, qui est invisible. Puisqu'il a mis ma main sur son cœur, il ne me trompera pas. Eh ! pourquoi me tromperait-il ? que lui ai-je fait pour me persécuter ? nous l'avons si bien traité à Bénarès, mon mari et moi ! je lui ai fait tant de présents quand il m'enseignait l'italien ! Il a fait des vers italiens pour moi, il ne peut pas me haïr. Je le regarderai comme mon bienfaiteur s'il me rend mon malheureux époux, si nous pouvons tous deux sortir de cette terre envahie et habitée par des anthropophages, si nous pouvons venir embrasser tes genoux à Maduré, et recevoir tes saintes bénédictions.

TROISIÈME LETTRE

D'ADATÉ À SHASTASID

Tu permets sans doute, généreux Shastasid, que je t'envoie le journal de mes infortunes inouïes ; tu aimes Amabed, tu prends pitié de mes larmes, tu lis avec intérêt dans un cœur percé de toutes parts, qui te déploie ses inconsolables afflictions.

On m'a rendu mon amie Déra, et je pleure avec elle. Les monstres l'avaient descendue dans une fosse, comme moi. Nous n'avons nulle nouvelle d'Amabed. Nous sommes dans la même maison, et il y a entre nous un espace infini, un chaos impénétrable. Mais voici des choses qui vont faire frémir ta vertu, et qui déchireront ton âme juste.

Ma pauvre Déra a su, par un de ces deux satellites qui marchent toujours devant les cinq anthropophages, que cette nation a un baptême comme nous. J'ignore comment nos sacrés rites ont pu parvenir jusqu'à eux. Ils ont prétendu que nous avions été baptisés suivant les rites de leur secte. Ils sont si ignorants qu'ils ne savent pas qu'ils tiennent de nous le baptême depuis très peu de siècles. Ces barbares se sont imaginé que nous étions de leur secte, et que nous avions renoncé à leur culte. Voilà ce que voulait dire ce mot *apostata*, que les anthropophages faisaient retentir à mes oreilles avec tant de férocité. Ils disent que c'est un crime horrible et digne des plus grands supplices d'être d'une autre religion que la leur. Quand le père Fa tutto leur disait : *Io la convertero*, je la retournerai, il entendait qu'il me ferait retourner à la religion des brigands. Je n'y conçois rien ; mon esprit est couvert d'un nuage, comme mes yeux. Peut-être mon désespoir trouble mon entendement ; mais je ne puis comprendre comment ce Fa tutto, qui me connaît si bien, a pu dire qu'il me ramènerait à une religion que je n'ai jamais connue, et qui est aussi ignorée dans nos climats que l'étaient les Portugais quand ils sont venus pour la première fois dans l'Inde chercher du poivre les armes à la main. Nous nous perdons dans nos conjectures, la bonne Déra et moi. Elle soupçonne le père Fa tutto de quelques desseins secrets ; mais me préserve Birmah de former un jugement téméraire !

J'ai voulu écrire au grand brigand Albuquerque pour implorer sa justice, et pour lui demander la liberté de mon cher mari ; mais on m'a dit qu'il était parti pour aller surprendre Bombay et le piller ! Quoi ! Venir de si loin dans le dessein de ravager nos habitations et de nous tuer ! et cependant ces monstres sont baptisés comme nous ! On dit pourtant que cet Albuquerque a fait quelques belles actions. Enfin je n'ai plus d'espérance que dans l'Être des êtres, qui doit punir le crime et protéger l'innocence. Mais j'ai vu ce matin un tigre qui dévorait deux agneaux. Je tremble de n'être pas assez précieuse devant l'Être des êtres pour qu'il daigne me secourir.

QUATRIÈME LETTRE

D'ADATÉ À SHASTASID

Il sort de ma chambre, ce père Fa tutto : quelle entrevue ! quelle complication de perfidies, de passions, et de noirceurs ! Le cœur humain est donc capable de réunir tant d'atrocités ! Comment les écrirai-je à un juste ?

Il tremblait quand il est entré. Ses yeux étaient baissés ; j'ai tremblé plus que lui. Bientôt il s'est rassuré. « Je ne sais pas, m'a-t-il dit, si je pourrai sauver votre mari. Les juges ont ici quelquefois de la compassion pour les jeunes femmes ; mais ils sont bien sévères pour les hommes. – Quoi ! la vie de mon mari n'est pas en sûreté ? » Je suis tombée en faiblesse. Il a cherché des eaux spiritueuses pour me faire revenir ; il n'y en avait point. Il a envoyé ma bonne Déra en acheter à l'autre bout de la rue chez un banian. Cependant il m'a délacée pour donner passage aux vapeurs qui m'étouffaient. J'ai été étonnée, en revenant à moi, de trouver ses mains sur ma gorge et sa bouche sur la mienne. J'ai jeté un cri affreux, je me suis reculée d'horreur. Il m'a dit : « Je prenais de vous un soin que la charité commande. Il fallait que votre gorge fût en liberté, et je m'assurais de votre respiration.

– Ah ! prenez soin que mon mari respire. Est-il encore dans cette fosse horrible ? – Non, m'a-t-il répondu. J'ai eu, avec bien de la peine, le crédit de le faire transférer dans un cachot plus commode. – Mais, encore une fois, quel est son crime ? quel est le mien ? d'où vient cette épouvantable inhumanité ? pourquoi violer envers nous les droits de l'hospitalité, celui des gens, celui de la nature ? – C'est notre sainte religion qui exige de nous ces petites sévérités. Vous et votre mari vous êtes accusés d'avoir renoncé tous deux à votre baptême. »

Je me suis écriée alors : « Que voulez-vous dire ? Nous n'avons jamais été baptisés à votre mode ; nous l'avons été dans le Gange, au nom de Brama. Est-ce vous qui avez persuadé cette exécrable imposture aux spectres qui m'ont interrogée ? Quel pouvait être votre dessein ?

Il a rejeté bien loin cette idée. Il m'a parlé de vertu, de vérité, de charité ; il a presque dissipé un moment mes soupçons, en m'assurant que ces spectres sont des gens de bien, des hommes de Dieu, des juges de l'âme, qui ont partout de saints espions, et principalement auprès des étrangers qui abordent dans Goa. Ces espions ont, dit-il, juré à ses confrères, les juges de l'âme, devant le tableau de l'homme tout nu, qu'Amabed et moi nous avons été baptisés à la mode des brigands portugais, qu'Amabed est *apostato*, et que je suis *apostata*.

O vertueux Shastasid ! ce que j'entends, ce que je vois de moment en moment me saisit d'épouvante depuis la racine des cheveux jusqu'à l'ongle du petit doigt du pied.

« Quoi ! vous êtes, ai-je dit au père Fa tutto, un des cinq

hommes de Dieu, un des juges de l'âme ? — Oui, ma chère Adaté, oui, Charme des yeux, je suis un des cinq dominicains délégués par le vice-Dieu de l'univers pour disposer souverainement des âmes et des corps. — Qu'est-ce qu'un dominicain ? qu'est-ce qu'un vice-Dieu ? — Un dominicain est un prêtre, enfant de St. Dominique, inquisiteur pour la foi ; et un vice-Dieu est un prêtre que Dieu a choisi pour le représenter, pour jouir de dix millions de roupies par an, et pour envoyer dans toute la terre des dominicains vicaires du vicaire de Dieu. »

J'espère, grand Shastasid, que tu m'expliqueras ce galimatias infernal, ce mélange incompréhensible d'absurdités et d'horreurs, d'hypocrisie et de barbarie.

Fa tutto me disait tout cela avec un air de componction, avec un ton de vérité qui, dans un autre temps, aurait pu produire quelque effet sur mon âme simple et ignorante. Tantôt il levait les yeux au ciel, tantôt il les arrêtait sur moi. Ils étaient animés et remplis d'attendrissement. Mais cet attendrissement jetait dans tout mon corps un frissonnement d'horreur et de crainte. Amabed est continuellement dans ma bouche comme dans mon cœur. « Rendez-moi mon cher Amabed ! » c'était le commencement, le milieu, et la fin de tous mes discours.

Ma bonne Déra arrive dans ce moment ; elle m'apporte des eaux de cinnamum et d'amomum. Cette charmante créature a trouvé le moyen de remettre au marchand Coursom mes trois lettres précédentes. Coursom part cette nuit ; il sera dans peu de jours à Maduré. Je serai plainte du grand Shastasid ; il versera des pleurs sur le sort de mon mari ; il me donnera des conseils ; un rayon de sa sagesse pénétrera dans la nuit de mon tombeau.

RÉPONSE

DU BRAME SHASTASID
AUX TROIS LETTRES PRÉCÉDENTES D'ADATÉ

Vertueuse et infortunée Adaté, épouse de mon cher disciple Amabed, Charme des yeux, les miens ont versé sur tes trois lettres des ruisseaux de larmes. Quel démon ennemi de la nature a déchaîné du fond des ténèbres de l'Europe les monstres à qui l'Inde est en proie ! Quoi ! tendre épouse de mon cher disciple, tu ne vois pas que le père Fa tutto est un scélérat qui t'a fait tomber dans le piège ! Tu ne vois pas que c'est lui seul qui a fait enfermer ton mari dans une fosse, et qui t'y a plongée toi-même pour que tu lui eusses l'obligation de t'en avoir tirée ! Que n'exigera-t-il pas de ta reconnaissance ! Je tremble avec toi : je donne part de cette violation du droit des gens à tous les pontifes de Brama, à tous les omras, à tous les raïas, aux nababs, au grand empereur des Indes lui-même, le sublime Babar, roi des rois, cousin du soleil et de la lune, fils de Mirsamachamed, fils de Semcor, fils d'Abouchaïd, fils de Miracha, fils de Timur, afin qu'on s'oppose de tous côtés aux brigandages des voleurs d'Europe. Quelle profondeur de scélératesse ! Jamais les prêtres de Timur, de Gengis-kan, d'Alexandre, d'Ogus-kan, de Sésac, de Bacchus, qui tour à tour vinrent subjuguer nos saintes et paisibles contrées, ne permirent de pareilles horreurs hypocrites ; au contraire, Alexandre laissa partout des marques éternelles de sa générosité. Bacchus ne fit que du bien : c'était le favori du ciel ; une colonne de feu conduisait son armée pendant la nuit, et une nuée marchait devant elle pendant le jour[1] ; il traversait la mer Rouge à pied sec ; il commandait au soleil et à la lune de s'arrêter quand il le fallait ; deux gerbes de rayons divins sortaient de son front ; l'ange exterminateur était debout à ses côtés, mais il employait toujours l'ange de la joie. Votre Albuquerque, au contraire, n'est venu qu'avec des moines, des fripons de marchands, et des meurtriers. Coursom le juste m'a confirmé le malheur d'Amabed et le vôtre. Puissé-je avant ma mort vous sauver tous deux, ou vous venger ! Puisse l'éternel Birmah vous tirer des mains du moine Fa tutto ! Mon cœur saigne des blessures du vôtre.

N. B. Cette lettre ne parvint à Charme des yeux que longtemps après, lorsqu'elle partit de la ville de Goa.

1. Il est indubitable que les fables concernant Bacchus étaient fort communes en Arabie et en Grèce, longtemps avant que les nations fussent informées si les Juifs avaient une histoire ou non. Josèphe avoue même que les Juifs tinrent toujours leurs livres cachés à leurs voisins. Bacchus était révéré en Égypte, en Arabie, en Grèce, longtemps avant que le nom de Moïse pénétrât dans ces contrées. Les anciens vers orphiques appellent Bacchus *Misa ou Mosa*. Il fut élevé sur la montagne de Nisa, qui est précisément le mont Sina. Il s'enfuit vers la mer Rouge ; il y rassembla une armée, et passa avec elle cette mer à pied sec. Il arrêta le soleil et la lune ; son chien le suivit dans toutes ses expéditions, et le nom de *Caleb*, l'un des conquérants hébreux, signifie *chien*.

Les savants ont beaucoup disputé, et ne sont pas convenus si Moïse est antérieur à Bacchus, ou Bacchus à Moïse. Ils sont tous deux de grands hommes ; mais Moïse, en frappant un rocher avec sa baguette, n'en fit sortir que de l'eau ; au lieu que Bacchus, en frappant la terre de son thyrse, en fit sortir du vin. C'est de là que toutes les chansons de table célèbrent Bacchus, et qu'il n'y a peut-être pas deux chansons en faveur de Moïse.

CINQUIÈME LETTRE

D'ADATÉ AU GRAND BRAME SHASTASID

De quels termes oserai-je me servir pour t'exprimer mon nouveau malheur ? comment la pudeur pourra-t-elle parler de la honte ? Birmah a vu le crime, et il l'a souffert ! que deviendrai-je ? La fosse où j'étais enterrée est bien moins horrible que mon état.

Le père Fa tutto est entré ce matin dans ma chambre, tout parfumé, et couvert d'une simarre de soie légère. J'étais dans mon lit. « Victoire ! m'a-t-il dit, l'ordre de délivrer votre mari est signé. » A ces mots, les transports de la joie se sont emparés de tous mes sens ; je l'ai nommé *mon protecteur, mon père.* Il s'est penché vers moi : il m'a embrassée. J'ai cru d'abord que c'était une caresse innocente, un témoignage chaste de ses bontés pour moi ; mais, dans le même instant, écartant ma couverture, dépouillant sa simarre, se jetant sur moi comme un oiseau de proie sur une colombe, me pressant du poids de son corps, ôtant de ses bras nerveux tout mouvement à mes faibles bras, arrêtant sur mes lèvres ma voix plaintive par des baisers criminels, enflammé, invincible, inexorable... quel moment ! et pourquoi ne suis-je pas morte !

Déra, presque nue, est venue à mon secours ; mais lorsque rien ne pouvait plus me secourir qu'un coup de tonnerre. O Providence de Birmah ! il n'a point tonné, et le détestable Fa tutto a fait pleuvoir dans mon sein la brûlante rosée de son crime. Non, Drugha elle-même, avec ses dix bras célestes, n'aurait pu déranger ce Mosasor[1] indomptable.

Ma chère Déra le tirait de toutes ses forces ; mais figurez-vous un passereau qui becquèterait le bout des plumes d'un vautour acharné sur une tourterelle : c'est l'image du père Fa tutto, de Déra, et de la pauvre Adaté.

Pour se venger des importunités de Déra, il la saisit elle-même, la renverse d'une main en me retenant de l'autre ; il la traite comme il m'a traitée, sans miséricorde ; ensuite il sort fièrement comme un maître qui a châtié deux esclaves, et nous dit : « Sachez que je vous punirai ainsi toutes deux quand vous ferez les mutines. »

1. Ce Mosasor est l'un des principaux anges rebelles qui combattirent contre l'Éternel, comme le rapporte l'*Autorashasta*, le plus ancien livre des brahmanes ; et c'est là probablement l'origine de la guerre des Titans et de toutes les fables imaginées depuis sur ce modèle.

Nous sommes restées, Déra et moi, un quart d'heure sans oser dire un mot, sans oser nous regarder. Enfin Déra s'est écriée : « Ah ! ma chère maîtresse, quel homme ! Tous les gens de son espèce sont-ils aussi cruels que lui ? »

Pour moi, je ne pensais qu'au malheureux Amabed. On m'a promis de me le rendre, et on ne me le rend point. Me tuer, c'était l'abandonner ; ainsi je ne me suis pas tuée.

Je ne m'étais nourrie depuis un jour que de ma douleur. On ne nous a point apporté à manger à l'heure accoutumée. Déra s'en étonnait, et s'en plaignait. Il me paraissait bien honteux de manger après ce qui nous était arrivé. Cependant nous avions un appétit dévorant ; rien ne venait, et après nous être pâmées de douleur nous nous évanouissions de faim.

Enfin, sur le soir, on nous a servi une tourte de pigeonneaux, une poularde et deux perdrix, avec un seul petit pain ; et, pour comble d'outrage, une bouteille de vin sans eau. C'est le tour le plus sanglant qu'on puisse jouer à deux femmes comme nous, après tout ce que nous avions souffert ; mais que faire ? je me suis mise à genoux : « O Birmah ! ô Visnou ! ô Brama ! vous savez que l'âme n'est point souillée de ce qui entre dans le corps. Si vous m'avez donné une âme, pardonnez-lui la nécessité funeste où est mon corps de n'être pas réduit aux légumes ; je sais que c'est un péché horrible de manger du poulet ; mais on nous y force. Puissent tant de crimes retomber sur la tête du père Fa tutto ! Qu'il soit, après sa mort, changé en une jeune malheureuse Indienne ; que je sois changée en dominicain ; que je lui rende tous les maux qu'il m'a faits, et que je sois plus impitoyable encore pour lui qu'il ne l'a été pour moi ! » Ne sois point scandalisé ; pardonne, vertueux Shastasid ! Nous nous sommes mises à table. Qu'il est dur d'avoir des plaisirs qu'on se reproche !

Postscrit. Immédiatement après dîner, j'écris au modérateur de Goa, qu'on appelle le corrégidor. Je lui demande la liberté d'Amabed et la mienne ; je l'instruis de tous les crimes du père Fa tutto. Ma chère Déra dit qu'elle lui fera parvenir ma lettre par cet alguazil des inquisiteurs pour la foi, qui vient quelquefois la voir dans mon antichambre, et qui a pour elle beaucoup d'estime. Nous verrons ce que cette démarche hardie pourra produire.

SIXIÈME LETTRE

D'ADATÉ

Le croirais-tu, sage instructeur des hommes ? Il y a des justes à Goa ! et don Jéronimo le corrégidor en est un. Il a été touché de mon malheur et de celui d'Amabed. L'injustice le révolte, le crime l'indigne. Il s'est transporté avec des officiers de justice à la prison qui nous renferme. J'apprends qu'on appelle ce repaire *le palais du St. Office.* Mais, ce qui t'étonnera, on lui a refusé l'entrée. Les cinq spectres, suivis de leurs hallebardiers, se sont présentés à la porte, et on a dit à la justice : « Au nom de Dieu tu n'entreras pas. — J'entrerai au nom du roi, a dit le corrégidor ; c'est un cas royal. — C'est un cas sacré », ont répondu les spectres. Don Jéronimo le juste a dit : « Je dois interroger Amabed, Adaté, Déra, et le père Fa tutto. — Interroger un inquisiteur, un dominicain ! s'est écrié le chef des spectres ; c'est un sacrilège : *scommunicao, scommunicao.* » On dit que ce sont des mots terribles, et qu'un homme sur qui on les a prononcés meurt ordinairement au bout de trois jours.

Les deux partis se sont échauffés ; ils étaient prêts d'en venir aux mains ; enfin ils s'en sont rapportés à l'obispo de Goa. Un obispo est à peu près parmi ces barbares ce que tu es chez les enfants de Brama ; c'est un intendant de leur religion ; il est vêtu de violet, et il porte aux mains des souliers violets. Il a sur la tête, les jours de cérémonie, un pain de sucre fendu en deux. Cet homme a décidé que les deux partis avaient également tort, et qu'il n'appartenait qu'à leur vice-Dieu de juger le père Fa tutto. Il a été convenu qu'on l'enverrait par-devant sa divinité avec Amabed et moi, et ma fidèle Déra.

Je ne sais où demeure ce vice, si c'est dans le voisinage du grand-lama, ou en Perse, mais n'importe. Je vais revoir Amabed ; j'irais avec lui au bout du monde, au ciel, en enfer. J'oublie dans ce moment ma fosse, ma prison, les violences de Fa tutto, ses perdrix, que j'ai eu la lâcheté de manger, et son vin, que j'ai eu la faiblesse de boire.

SEPTIÈME LETTRE

D'ADATÉ

Je l'ai revu, mon tendre époux ; on nous a réunis, je l'ai tenu dans mes bras. Il a effacé la tache du crime dont cet abominable Fa tutto m'avait souillée ; semblable à l'eau sainte du

Gange, qui lave toutes les macules des âmes, il m'a rendu une nouvelle vie. Il n'y a que cette pauvre Déra qui reste encore profanée ; mais tes prières et tes bénédictions remettront son innocence dans tout son éclat.

On nous fait partir demain sur un vaisseau qui fait voile pour Lisbonne. C'est la patrie du fier Albuquerque. C'est là sans doute qu'habite ce vice-Dieu qui doit juger entre Fa tutto et nous. S'il est vice-Dieu, comme tout le monde l'assure ici, il est bien certain qu'il damnera Fa tutto. C'est une petite consolation, mais je cherche bien moins la punition de ce terrible coupable que le bonheur du tendre Amabed.

Quelle est donc la destinée des faibles mortels, de ces feuilles que les vents emportent ! Nous sommes nés, Amabed et moi, sur les bords du Gange ; on nous emmène en Portugal ; on va nous juger dans un monde inconnu, nous qui sommes nés libres ! Reverrons-nous jamais notre patrie ? pourrons-nous accomplir le pèlerinage que nous méditions vers ta personne sacrée ?

Comment pourrons-nous, moi et ma chère Déra, être enfermées dans le même vaisseau avec le père Fa tutto ? cette idée me fait trembler. Heureusement j'aurai mon brave époux pour me défendre. Mais que deviendra Déra, qui n'a point de mari ? Enfin nous nous recommandons à la Providence.

Ce sera désormais mon cher Amabed qui t'écrira : il fera le journal de nos destins ; il te peindra la nouvelle terre et les nouveaux cieux que nous allons voir. Puisse Brama conserver longtemps ta tête rase et l'entendement divin qu'il a placé dans la moelle de ton cerveau !

PREMIÈRE LETTRE

D'AMABED À SHASTASID, APRÈS SA CAPTIVITÉ

Je suis donc encore au nombre des vivants ! C'est donc moi qui t'écris, divin Shastasid ! J'ai tout su, et tu sais tout. Charme des yeux n'a point été coupable ; elle ne peut l'être. La vertu est dans le cœur, et non ailleurs. Ce rhinocéros de Fa tutto, qui avait cousu à sa peau celle du renard, soutient hardiment qu'il nous a baptisés, Adaté et moi, dans Bénarès, à la mode de l'Europe ; que je suis *apostato*, et que Charme des yeux est *apostata*. Il jure, par l'homme nu qui est peint ici sur presque toutes les murailles, qu'il est injustement accusé d'avoir violé ma chère épouse et ta jeune Déra. Charme des yeux, de son côté, et la douce Déra, jurent qu'elles ont été violées. Les esprits européans ne peuvent percer ce sombre abîme : ils disent tous qu'il n'y a que leur vice-Dieu qui puisse y rien connaître, attendu qu'il est infaillible.

Don Jéronimo, le corrégidor, nous fait tous embarquer demain pour comparaître devant cet être extraordinaire qui ne se trompe jamais. Ce grand juge des barbares ne siège point à Lisbonne, mais beaucoup plus loin, dans une ville magnifique qu'on nomme Roume. Ce nom est absolument inconnu chez nos Indiens. Voilà un terrible voyage. A quoi les enfants de Brama sont-ils exposés dans cette courte vie !

Nous avons pour compagnons de voyage des marchands d'Europe, des chanteuses, deux vieux officiers des troupes du roi de Portugal, qui ont gagné beaucoup d'argent dans notre pays, des prêtres du vice-Dieu, et quelques soldats.

C'est un grand bonheur pour nous d'avoir appris l'italien, qui est la langue courante de tous ces gens-là : car comment pourrions-nous entendre le jargon portugais ? Mais, ce qui est horrible, c'est d'être dans la même barque avec un Fa tutto. On nous fait coucher ce soir à bord, pour démarrer demain au lever du soleil. Nous aurons une petite chambre de six pieds de long sur quatre de large pour ma femme et pour Déra. On dit que c'est une faveur insigne. Il faut faire ses petites provisions de toute espèce. C'est un bruit, c'est un tintamarre inexprimable. La foule du peuple se précipite pour nous regarder. Charme des yeux est en larmes ; Déra tremble : il faut s'armer de courage. Adieu ; adresse pour nous tes saintes prières à l'Éternel, qui créa les malheureux mortels il y a juste cent quinze mille six cent cinquante-deux révolutions annuelles du soleil autour de la terre, ou de la terre autour du soleil.

SECONDE LETTRE

D'AMABED, PENDANT SA ROUTE

Après un jour de navigation, le vaisseau s'est trouvé vis-à-vis Bombay, dont l'exterminateur Albuquerque, qu'on appelle ici *le grand*, s'est emparé. Aussitôt un bruit infernal s'est fait entendre : notre vaisseau a tiré neuf coups de canon ; on lui en a répondu autant des remparts de la ville. Charme des yeux et la jeune Déra ont cru être à leur dernier jour. Nous étions couverts d'une fumée épaisse. Croirais-tu, sage

Shastasid, que ce sont là des politesses ? C'est la façon dont ces barbares se saluent. Une chaloupe a apporté des lettres pour le Portugal : alors nous avons fait voile dans la grande mer, laissant à notre droite les embouchures du grand fleuve Zonboudipo, que les barbares appellent l'Indus.

Nous ne voyons plus que les airs, nommés *ciel* par ces brigands, si peu dignes du ciel, et cette grande mer que l'avarice et la cruauté leur ont fait traverser.

Cependant le capitaine paraît un homme honnête et prudent. Il ne permet pas que le père Fa tutto soit sur le tillac quand nous y prenons le frais ; et lorsqu'il est en haut, nous nous tenons en bas. Nous sommes comme le jour et la nuit, qui ne paraissent jamais ensemble sur le même horizon. Je ne cesse de réfléchir sur la destinée qui se joue des malheureux mortels. Nous voguons sur la mer des Indes avec un dominicain, pour aller être jugés dans Roume, à six mille lieues de notre patrie.

Il y a dans le vaisseau un personnage considérable qu'on nomme l'*aumônier*. Ce n'est pas qu'il fasse l'aumône ; au contraire on lui donne de l'argent pour dire des prières dans une langue qui n'est ni la portugaise ni l'italienne, et que personne de l'équipage n'entend ; peut-être ne l'entend-il pas lui-même ; car il est toujours en dispute sur le sens des paroles avec le père Fa tutto.

Le capitaine m'a dit que cet aumônier est franciscain, et que, l'autre étant dominicain, ils sont obligés en conscience de n'être jamais du même avis. Leurs sectes sont ennemies jurées l'une de l'autre ; aussi sont-ils vêtus tout différemment pour marquer la différence de leurs opinions.

Ce franciscain s'appelle Fa molto. Il me prête des livres italiens concernant la religion du vice-Dieu devant qui nous comparaîtrons. Nous lisons ces livres, ma chère Adaté et moi. Déra assiste à la lecture. Elle y a eu d'abord de la répugnance, craignant de déplaire à Brama ; mais plus nous lisons, plus nous nous fortifions dans l'amour des saints dogmes que tu enseignes aux fidèles.

TROISIÈME LETTRE

DU JOURNAL D'AMABED

Nous avons lu avec l'aumônier des épîtres d'un des grands saints de la religion italienne et portugaise. Son nom est Pual. Toi, qui possèdes la science universelle, tu connais Pual sans doute. C'est un grand homme : il a été renversé de cheval par une voix, et aveuglé par un trait de lumière ; il se vante d'avoir été comme moi au cachot ; il ajoute qu'il a eu cinq fois trente-neuf coups de fouet, ce qui fait en tout cent quatre-vingt-quinze écourgées sur les fesses ; plus, trois fois des coups de bâton, sans spécifier le nombre ; plus, il dit qu'il a été lapidé une fois : cela est violent, car on n'en revient guère ; plus, il jure qu'il a été un jour et une nuit au fond de la mer. Je le plains beaucoup ; mais, en récompense, il a été ravi au troisième ciel. Je t'avoue, illuminé Shastasid, que je voudrais en faire autant, dussé-je acheter cette gloire par cent quatre-vingt-quinze coups de verges bien appliqués sur le derrière :

Il est beau qu'un mortel jusques aux cieux s'élève ;
Il est beau même d'en tomber,

comme dit un de nos plus aimables poètes indiens, qui est quelquefois sublime.

Enfin je vois qu'on a conduit comme moi Pual à Roume pour être jugé. Quoi donc ! mon cher Shastasid, Roume a donc jugé tous les mortels dans tous les temps ? Il faut certainement qu'il y ait dans cette ville quelque chose de supérieur au reste de la terre : tous les gens qui sont dans le vaisseau ne jurent que par Roume ; on faisait tout à Goa au nom de Roume.

Je te dirai bien plus. Le Dieu de notre aumônier Fa molto, qui est le même que celui de Fa tutto, naquit et mourut dans un pays dépendant de Roume, et il paya le tribut au zamorin qui régnait dans cette ville. Tout cela ne te paraît-il pas bien surprenant ? Pour moi, je crois rêver, et que tous les gens qui m'entourent rêvent aussi.

Notre aumônier Fa molto nous a lu des choses encore plus merveilleuses. Tantôt c'est un âne qui parle, tantôt c'est un de leurs saints qui passe trois jours et trois nuits dans le ventre d'une baleine, et qui en sort de fort mauvaise humeur. Ici c'est un prédicateur qui s'en va prêcher dans le ciel, monté sur un char de feu traîné par quatre chevaux de feu. Un docteur passe la mer à pied sec, suivi de deux ou trois millions d'hommes qui s'enfuient avec lui. Un autre docteur arrête le soleil et la lune ; mais cela ne me surprend point : tu m'as appris que Bacchus en avait fait autant.

Ce qui me fait le plus de peine, à moi qui me pique de propreté et d'une grande pudeur, c'est que le dieu de ces gens-là ordonne à un de ses prédicateurs de manger de la matière louable sur son pain ; et à un autre, de coucher pour de l'argent avec des filles de joie, et d'en avoir des enfants.

Il y a bien pis. Ce savant homme nous a fait remarquer deux sœurs, Oolla et Ooliba. Tu les connais bien, puisque tu as tout lu. Cet article a fort scandalisé ma femme : le blanc de ses yeux en a rougi. J'ai remarqué que la bonne Déra était tout en feu à ce paragraphe. Il faut certainement que ce franciscain Fa molto soit un gaillard. Cependant il a fermé son livre dès qu'il a vu combien Charme des yeux et moi nous étions effarouchés, et il est sorti pour aller méditer sur le texte.

Il m'a laissé son livre sacré ; j'en ai lu quelques pages au hasard. O Brama ! ô justice éternelle ! quels hommes que tous ces gens-là ! ils couchent tous avec leurs servantes dans leur vieillesse. L'un fait des infamies à sa belle-mère, l'autre à sa belle-fille. Ici c'est une ville tout entière qui veut absolument traiter un pauvre prêtre comme une jolie fille, là deux demoiselles de condition enivrent leur père, couchent avec lui l'une après l'autre et en ont des enfants.

Mais ce qui m'a le plus épouvanté, le plus saisi d'horreur, c'est que les habitants d'une ville magnifique à qui leur Dieu députa deux êtres éternels qui sont sans cesse au pied de son trône, deux esprits purs, resplendissants d'une lumière divine... ma plume frémit comme mon âme... le dirai-je ? oui, ces habitants firent tout ce qu'ils purent pour violer ces messagers de Dieu. Quel péché abominable avec des hommes ! mais avec des anges, cela est-il possible ? Cher Shastasid, bénissons Birmah, Visnou, et Brama ; remercions-les de n'avoir jamais connu ces inconcevables turpitudes. On dit que le conquérant Alexandre voulut autrefois introduire cette coutume superstitieuse parmi nous ; qu'il polluait publiquement son mignon Ephestion. Le ciel l'en punit. Ephestion et lui périrent à la fleur de leur âge. Je te salue, maître de mon âme, esprit de mon esprit. Adaté, la triste Adaté, se recommande à tes prières.

QUATRIÈME LETTRE

D'AMABED À SHASTASID

Du cap qu'on appelle Bonne-Espérance,
le quinze du mois du rhinocéros.

Il y a longtemps que je n'ai étendu mes feuilles de coton sur une planche, et trempé mon pinceau dans la laque noire délayée, pour te rendre un compte fidèle. Nous avons laissé loin derrière nous à notre droite le golfe de Babelmandel, qui entre dans la fameuse mer Rouge, dont les flots se séparèrent autrefois, et s'amoncelèrent comme des montagnes pour laisser passer Bacchus et son armée. Je regrettais qu'on n'eût point mouillé aux côtes de l'Arabie Heureuse, ce pays presque aussi beau que le nôtre, dans lequel Alexandre voulait établir le siège de son empire et l'entrepôt du commerce du monde. J'aurais voulu voir cet Aden ou Eden, dont les jardins sacrés furent si renommés dans l'antiquité ; ce Moka fameux par le café, qui ne croît jusqu'à présent que dans cette province ; Mecca, où le grand prophète des musulmans établit le siège de son empire, et où tant de nations de l'Asie, de l'Afrique et de l'Europe, viennent tous les ans baiser une pierre noire descendue du ciel qui n'envoie pas souvent de pareilles pierres aux mortels ; mais il ne nous est pas permis de contenter notre curiosité. Nous voguons toujours pour arriver à Lisbonne, et de là à Roume.

Nous avons déjà passé la ligne équinoxiale ; nous sommes descendus à terre au royaume de Mélinde, où les Portugais ont un port considérable. Notre équipage y a embarqué de l'ivoire, de l'ambre gris, du cuivre, de l'argent, et de l'or. Nous voici parvenus au grand Cap : c'est le pays des Hottentots. Ces peuples ne paraissent pas descendus des enfants de Brama. La nature y a donné aux femmes un tablier que forme leur peau ; ce tablier couvre leur joyau, dont les Hottentots sont idolâtres, et pour lequel ils font des madrigaux et des chansons. Ces peuples vont tout nus. Cette mode est fort naturelle ; mais elle ne me paraît ni honnête ni habile. Un Hottentot est bien malheureux : il n'a plus rien à désirer quand il a vu sa Hottentote par-devant et par derrière. Le charme des obstacles lui manque. Il n'y a plus rien de piquant pour lui. Les robes de nos Indiennes, inventées pour être troussées, marquent un génie bien supérieur. Je suis persuadé que le sage Indien à qui nous devons le jeu des échecs et celui du trictrac imagina aussi les ajustements des dames pour notre félicité.

Nous resterons deux jours à ce cap, qui est la borne du monde, et qui semble séparer l'Orient de l'Occident. Plus je réfléchis sur la couleur de ces peuples, sur le gloussement dont ils se servent pour se faire entendre au lieu d'un langage articulé, sur leur figure, sur le tablier de leurs dames, plus je suis convaincu que cette race ne peut avoir la même origine que nous.

Notre aumônier prétend que les Hottentots, les Nègres et

les Portugais, descendent du même père. Cette idée est bien ridicule ; j'aimerais autant qu'on me dît que les poules, les arbres, et l'herbe de ce pays-là, viennent des poules, des arbres et de l'herbe de Bénarès ou de Pékin.

CINQUIÈME LETTRE

D'AMABED

Du 16 au soir, au cap dit de Bonne-Espérance.

Voici bien une autre aventure. Le capitaine se promenait avec Charme des yeux et moi sur un grand plateau au pied duquel la mer du Midi vient briser ses vagues. L'aumônier Fa molto a conduit notre jeune Déra tout doucement dans une petite maison nouvellement bâtie, qu'on appelle *un cabaret.* La pauvre fille n'y entendait point finesse, et croyait qu'il n'y avait rien à craindre, parce que cet aumônier n'est pas dominicain. Bientôt nous avons entendu des cris. Figure-toi que le père Fa tutto a été jaloux de ce tête-à-tête. Il est entré dans le cabaret en furieux ; il y avait deux matelots qui ont été jaloux aussi. C'est une terrible passion que la jalousie. Les deux matelots et les deux prêtres avaient beaucoup bu de cette liqueur qu'ils disent avoir été inventée par leur Noé, et dont nous prétendons que Bacchus est l'auteur : présent funeste, qui pourrait être utile s'il n'était pas si facile d'en abuser. Les Européans disent que ce breuvage leur donne de l'esprit : comment cela peut-il être, puisqu'il leur ôte la raison ?

Les deux hommes de mer et les deux bonzes d'Europe se sont gourmés violemment, un matelot donnant sur Fa tutto, celui-ci sur l'aumônier, ce franciscain sur l'autre matelot qui rendait ce qu'il recevait ; tous quatre changeant de main à tout moment, deux contre deux, trois contre un, tous contre tous, chacun jurant, chacun tirant à soi notre infortunée, qui jetait des cris lamentables. Le capitaine est accouru au bruit ; il a frappé indifféremment sur les quatre combattants ; et pour mettre Déra en sûreté, il l'a menée dans son quartier, où elle est enfermée avec lui depuis deux heures. Les officiers et les passagers, qui sont tous fort polis, se sont assemblés autour de nous, et nous ont assuré que les deux moines (c'est ainsi qu'ils les appellent) seraient punis sévèrement par le vice-Dieu dès qu'ils seraient arrivés à Roume. Cette espérance nous a un peu consolés.

Au bout de deux heures le capitaine est revenu en nous ramenant Déra avec des civilités et des compliments dont ma chère femme a été très contente. O Brama ! qu'il arrive d'étranges choses dans les voyages, et qu'il serait bien plus sage de rester chez soi !

SIXIÈME LETTRE

D'AMABED, PENDANT SA ROUTE

Je ne t'ai point écrit depuis l'aventure de notre petite Déra. Le capitaine, pendant la traversée, a toujours eu pour elle des bontés très distinguées. J'avais peur qu'il ne redoublât de civilités pour ma femme ; mais elle a feint d'être grosse de quatre mois. Les Portugais regardent les femmes grosses comme des personnes sacrées qu'il n'est pas permis de chagriner. C'est du moins une bonne coutume qui met en sûreté le cher honneur d'Adaté. Le dominicain a eu ordre de ne se présenter jamais devant nous, et il a obéi.

Le franciscain, quelques jours après la scène du cabaret, vint nous demander pardon. Je le tirai à part. Je lui demandai comment, ayant fait vœu de chasteté, il avait pu s'émanciper à ce point. Il me répondit : « Il est vrai que j'ai fait ce vœu ; mais si j'avais promis que mon sang ne coulerait jamais dans mes veines, et que mes ongles et mes cheveux ne croîtraient pas, vous m'avouerez que je ne pourrais accomplir cette promesse. Au lieu de nous faire jurer d'être chastes, il fallait nous forcer à l'être, et rendre tous les moines eunuques. Tant qu'un oiseau a ses plumes, il vole. Le seul moyen d'empêcher un cerf de courir est de lui couper les jambes. Soyez très sûr que les prêtres vigoureux comme moi, et qui n'ont point de femmes, s'abandonnent malgré eux à des excès qui font rougir la nature, après quoi ils vont célébrer les saints mystères. »

J'ai beaucoup appris dans la conversation avec cet homme. Il m'a instruit de tous ces mystères de sa religion, qui m'ont tous étonné. « Le révérend père Fa tutto, m'a-t-il dit, est un fripon qui ne croit pas un mot de tout ce qu'il enseigne ; pour moi, j'ai des doutes violents ; mais je les écarte, je me mets un bandeau sur les yeux, je repousse mes pensées et je marche comme je puis dans la carrière que je cours. Tous les moines sont réduits à cette alternative : ou l'incrédulité leur fait détester leur profession, ou la stupidité la leur rend supportable. »

Croirais-tu bien qu'après ces aveux, il m'a proposé de me faire chrétien ? Je lui ai dit : « Comment pouvez-vous me présenter une religion dont vous n'êtes pas persuadé vous-même, à moi qui suis né dans la plus ancienne religion du monde, à moi dont le culte existait cent quinze mille trois cents ans pour le moins, de votre aveu, avant qu'il y eût des franciscains dans le monde ?

— Ah ! mon cher Indien, m'a-t-il dit, si je pouvais réussir à vous rendre chrétien, vous et la belle Adaté, je ferais crever de dépit ce maraud de dominicain, qui ne croit pas à l'immaculée conception de la Vierge ! Vous feriez ma fortune ; je pourrais devenir *obispo*[1] ; ce serait une bonne action, et Dieu vous en saurait gré. »

C'est ainsi, divin Shastasid, que parmi ces barbares d'Europe on trouve des hommes qui sont un composé d'erreur, de faiblesse, de cupidité et de bêtise, et d'autres qui sont des coquins conséquents et endurcis. J'ai fait part de ces conversations à Charme des yeux : elle a souri de pitié. Qui l'eût cru que ce serait dans un vaisseau, en voguant vers les côtes d'Afrique, que nous apprendrions à connaître les hommes !

SEPTIÈME LETTRE

D'AMABED

Quel beau climat que ces côtes méridionales ! mais quels vilains habitants ! quelles brutes ! Plus la nature a fait pour nous, moins nous faisons pour elle. Nul art n'est connu chez tous ces peuples. C'est une grande question parmi eux s'ils sont descendus des singes, ou si les singes sont venus d'eux. Nos sages ont dit que l'homme est l'image de Dieu : voilà une plaisante image de l'Être éternel qu'un nez noir épaté, avec peu ou point d'intelligence ! Un temps viendra, sans doute, où ces animaux sauront bien cultiver la terre, l'embellir par des maisons et par des jardins, et connaître la route des astres. Il faut du temps pour tout. Nous datons, nous autres, notre philosophie de cent quinze mille six cent cinquante-deux ans : en vérité, sauf le respect que je te dois, je pense que nous nous trompons ; il me semble qu'il faut bien plus de temps

1. *Obispo* est le mot portugais qui signifie *episcopus*, évêque, en langage gaulois. Ce mot n'est dans aucun des quatre Évangiles.

pour être arrivés au point où nous sommes. Mettons seulement vingt mille ans pour inventer un langage tolérable, autant pour écrire par le moyen d'un alphabet, autant pour la métallurgie, autant pour la charrue et la navette, autant pour la navigation ; et combien d'autres arts encore exigent-ils de siècles ! Les Chaldéens datent de quatre cent mille ans, et ce n'est pas encore assez.

Le capitaine a acheté, sur un rivage qu'on nomme Angola, six nègres qu'on lui a vendus pour le prix courant de six bœufs. Il faut que ce pays-là soit bien plus peuplé que le nôtre puisqu'on y vend les hommes si bon marché. Mais aussi comment une si abondante population s'accorde-t-elle avec tant d'ignorance ?

Le capitaine a quelques musiciens auprès de lui : il leur a ordonné de jouer de leurs instruments, et aussitôt ces pauvres nègres se sont mis à danser avec presque autant de justesse que nos éléphants. Est-il possible qu'aimant la musique ils n'aient pas su inventer le violon, pas même la musette ? Tu me diras, grand Shastasid, que l'industrie des éléphants mêmes n'a pas pu parvenir à cet effort, et qu'il faut attendre. A cela je n'ai rien à répliquer.

HUITIÈME LETTRE

D'AMABED

L'année est à peine révolue, et nous voici à la vue de Lisbonne, sur le fleuve du Tage, qui depuis longtemps a la réputation de rouler de l'or dans ses flots. S'il est ainsi, d'où vient donc que les Portugais vont en chercher si loin ? Tous ces gens d'Europe répondent qu'on n'en peut trop avoir. Lisbonne est, comme tu me l'avais dit, la capitale d'un très petit royaume. C'est la patrie de cet Albuquerque qui nous a fait tant de mal. J'avoue qu'il y a quelque chose de grand dans ces Portugais, qui ont subjugué une partie de nos belles contrées. Il faut que l'envie d'avoir du poivre donne de l'industrie et du courage.

Nous espérions, Charme des yeux et moi, entrer dans la ville ; mais on ne l'a pas permis, parce qu'on dit que nous sommes prisonniers du vice-Dieu, et que le dominicain Fa tutto, le franciscain aumônier Fa molto, Déra, Adaté et moi, nous devons tous être jugés à Roume.

On nous a fait passer sur un autre vaisseau qui part pour la ville du vice-Dieu.

Le capitaine est un vieux Espagnol différent en tout du Portugais, qui en usait si poliment avec nous. Il ne parle que par monosyllabes, et encore très rarement ; il porte à sa ceinture des grains enfilés qu'il ne cesse de compter : on dit que c'est une grande marque de vertu.

Déra regrette fort l'autre capitaine ; elle trouve qu'il était bien plus civil. On a remis à l'Espagnol une grosse liasse de papiers, pour instruire notre procès en cour de Roume. Un scribe du vaisseau l'a lue à haute voix. Il prétend que le père Fa tutto sera condamné à ramer dans une des galères du vice-Dieu, et que l'aumônier Fa molto aura le fouet en arrivant. Tout l'équipage est de cet avis ; le capitaine a serré les papiers sans rien dire. Nous mettons à la voile. Que Brama ait pitié de nous, et qu'il te comble de ses faveurs ! Brama est juste ; mais c'est une chose bien singulière qu'étant né sur le rivage du Gange j'aille être jugé à Roume. On assure pourtant que la même chose est arrivée à plus d'un étranger.

NEUVIÈME LETTRE

D'AMABED

Rien de nouveau ; tout l'équipage est silencieux et morne comme le capitaine. Tu connais le proverbe indien : *Tout se conforme aux mœurs du maître.* Nous avons passé une mer qui n'a que neuf mille pas de large entre deux montagnes ; nous sommes entrés dans une autre mer semée d'îles. Il y en a une fort singulière : elle est gouvernée par des religieux chrétiens qui portent un habit court et un chapeau, et qui font vœu de tuer tous ceux qui portent un bonnet et une robe. Ils doivent aussi faire l'oraison. Nous avons mouillé dans une île plus grande et fort jolie, qu'on nomme *Sicile ;* elle était bien plus belle autrefois : on parle de villes admirables dont on ne voit plus que les ruines. Elle fut habitée par des dieux, des déesses, des géants, des héros ; on y forgeait la foudre. Une déesse nommée Cérès la couvrit de riches moissons. Le vice-Dieu a changé tout cela ; on y voit beaucoup de processions et de coupeurs de bourse.

DIXIÈME LETTRE

D'AMABED

Enfin nous voici sur la terre sacrée du vice-Dieu. J'avais lu dans le livre de l'aumônier que ce pays était d'or et d'azur ; que les murailles étaient d'émeraudes et de rubis ; que les ruisseaux étaient d'huile, les fontaines, de lait, les campagnes couvertes de vignes dont chaque cep produisait cent tonneaux de vin[1]. Peut-être trouverons-nous tout cela quand nous serons auprès de Roume.

Nous avons abordé avec beaucoup de peine dans un petit port fort incommode, qu'on appelle *la cité vieille.* Elle tombe en ruines, et est fort bien nommée.

On nous a donné, pour nous conduire, des charrettes attelées par des bœufs. Il faut que ces bœufs viennent de loin, car la terre à droite et à gauche n'est point cultivée : ce ne sont que des marais infects, des bruyères, des landes stériles. Nous n'avons vu dans le chemin que des gens couverts de la moitié d'un manteau, sans chemise, qui nous demandaient l'aumône fièrement. Ils ne se nourrissent, nous a-t-on dit, que de petits pains très plats qu'on leur donne gratis le matin, et ne s'abreuvent que d'eau bénite.

Sans ces troupes de gueux qui font cinq ou six mille pas pour obtenir, par leurs lamentations, la trentième partie d'une roupie, ce canton serait un désert affreux. On nous avertit même que quiconque y passe la nuit est en danger de mort. Apparemment que Dieu est fâché contre son vicaire, puisqu'il lui a donné un pays qui est le cloaque de la nature. J'apprends que cette contrée a été autrefois très belle et très fertile, et qu'elle n'est devenue si misérable que depuis le temps où ces vicaires s'en sont mis en possession.

Je t'écris, sage Shastasid, sur ma charrette, pour me désennuyer. Adaté est bien étonnée. Je t'écrirai dès que je serai dans Roume.

ONZIÈME LETTRE

D'AMABED

Nous y voilà, nous y sommes, dans cette ville de Roume. Nous arrivâmes hier en plein jour, *le trois du mois de la brebis,* qu'on dit ici le 15 mars 1513. Nous avons d'abord éprouvé tout le contraire de ce que nous attendions.

A peine étions-nous à la porte dite de Saint-Pancrace[2], que

1. Il veut apparemment parler de la sainte Jérusalem décrite dans le livre exact de l'*Apocalypse,* dans Justin, dans Tertullien, Irénée, et autres grands personnages ; mais on voit bien que ce pauvre brame n'en avait qu'une idée très imparfaite.

2. C'était autrefois la porte du Janicule ; voyez comme la nouvelle Roume l'emporte sur l'ancienne.

nous avons vu deux troupes de spectres, dont l'une est vêtue comme notre aumônier, et l'autre comme le père Fa tutto. Elles avaient chacune une bannière à leur tête, et un grand bâton sur lequel était sculpté un homme tout nu, dans la même attitude que celui de Goa. Elles marchaient deux à deux, et chantaient un air à faire bâiller toute une province. Quand cette procession fut parvenue à notre charrette, une troupe cria : « C'est saint Fa tutto ! », l'autre : « C'est saint Fa molto ! » On baisa leurs robes, le peuple se mit à genoux. « Combien avez-vous converti d'Indiens, mon révérend père ? — Quinze mille sept cents, disait l'un. — Onze mille neuf cents, disait l'autre. — Bénie soit la vierge Marie ! » Tout le monde avait les yeux sur nous, tout le monde nous entourait. « Sont-ce là de vos catechumènes, mon révérend père ? — Oui, nous les avons baptisés. — Vraiment ils sont bien jolis. Gloire dans les hauts ! Gloire dans les hauts ! »

Le père Fa tutto et le père Fa molto furent conduits, chacun par sa procession, dans une maison magnifique ; et pour nous, nous allâmes à l'auberge. Le peuple nous y suivit en criant *Cazzo, Cazzo,* en nous donnant des bénédictions, en nous baisant les mains, en donnant mille éloges à ma chère Adaté, à Déra, et à moi-même. Nous ne revenions pas de notre surprise.

A peine fûmes-nous dans notre auberge qu'un homme vêtu d'une robe violette, accompagné de deux autres en manteau noir, vint nous féliciter sur notre arrivée. La première chose qu'il fit fut de nous offrir de l'argent de la part de la *Propaganda,* si nous en avions besoin. Je ne sais pas ce que c'est que cette propagande. Je lui répondis qu'il nous en restait encore avec beaucoup de diamants (en effet, j'avais eu le soin de cacher toujours ma bourse et une boîte de brillants dans mon caleçon). Aussitôt cet homme se prosterna presque devant moi, et me traita d'*excellence.* « Son Excellence la signora Adaté, n'est-elle pas bien fatiguée du voyage ? Ne va-t-elle pas se coucher ? Je crains de l'incommoder, mais je serai toujours à ses ordres. Le signor Amabed peut disposer de moi, je lui enverrai un Cicéron[1] qui sera à son service ; il n'a qu'à commander. Veulent-ils tous deux, quand ils seront reposés, me faire l'honneur de venir prendre le rafraîchissement chez moi ? j'aurai l'honneur de leur envoyer un carrosse. »

Il faut avouer, mon divin Shastasid, que les Chinois ne sont

1. On sait qu'on appelle à Rome *Cicérons* ceux qui font métier de montrer aux étrangers les antiquailles.

pas plus polis que cette nation occidentale. Ce seigneur se retira. Nous dormîmes six heures, la belle Adaté et moi. Quand il fut nuit, le carrosse vint nous prendre. Nous allâmes chez cet homme civil. Son appartement était illuminé et orné de tableaux bien plus agréables que celui de l'homme tout nu que nous avions vu à Goa. Une très nombreuse compagnie nous accabla de caresses, nous admira d'être Indiens, nous félicita d'être baptisés, et nous offrit ses services pour tout le temps que nous voudrions rester à Roume.

Nous voulions demander justice du père Fa tutto ; on ne nous donna pas le temps d'en parler. Enfin nous fûmes reconduits, étonnés, confondus d'un tel accueil, et n'y comprenant rien.

DOUZIÈME LETTRE

D'AMABED

Aujourd'hui nous avons reçu des visites sans nombre, et une princesse de Piombino nous a envoyé deux écuyers nous prier de venir dîner chez elle. Nous y sommes allés dans un équipage magnifique. L'homme violet s'y est trouvé. J'ai su que c'est un des seigneurs, c'est-à-dire un des valets du vice-Dieu, qu'on appelle préférés, *prelati.* Rien n'est plus aimable, plus honnête que cette princesse de Piombino. Elle m'a placé à table à côté d'elle. Notre répugnance à manger des pigeons romains et des perdrix l'a fort surprise. Le *préféré* nous a dit que, puisque nous étions baptisés, il fallait manger des perdrix et boire du vin de Montepulciano ; que tous les vice-Dieu en usaient ainsi ; que c'était la marque essentielle d'un véritable chrétien.

La belle Adaté a répondu avec sa naïveté ordinaire qu'elle n'était pas chrétienne, qu'elle avait été baptisée dans le Gange. « Eh ! mon Dieu ! madame, a dit le *préféré,* dans le Gange, ou dans le Tibre, ou dans un bain, qu'importe ? Vous êtes des nôtres. Vous avez été convertie par le père Fa tutto ; c'est pour nous un honneur que nous ne voulons pas perdre. Voyez quelle supériorité notre religion a sur la vôtre ! » Et aussitôt il a couvert nos assiettes d'ailes de gelinottes. La princesse a bu à notre santé et à notre salut. On nous a pressés avec tant de grâce, on a dit tant de bons mots, on a été si poli, si gai, si séduisant, qu'enfin, ensorcelés par le plaisir (j'en demande pardon à Brama), nous avons fait, Adaté et moi, la meilleure chère du monde, avec un ferme propos de nous laver dans le Gange jusqu'aux oreilles, à notre retour, pour effacer notre péché. On n'a pas douté que nous ne fussions chrétiens. « Il faut, disait la princesse, que ce père Fa tutto soit un grand missionnaire ; j'ai envie de le prendre pour mon confesseur. » Nous rougissions et nous baissions les yeux, ma pauvre femme et moi.

De temps en temps la signora Adaté faisait entendre que nous venions pour être jugés par le vice-Dieu, et qu'elle avait la plus grande envie de le voir. « Il n'y en a point, nous a dit la princesse ; il est mort, et on est occupé à présent à en faire un autre : dès qu'il sera fait on vous présentera à Sa Sainteté. Vous serez témoin de la plus auguste fête que les hommes puissent jamais voir, et vous en serez le plus bel ornement. » Adaté a répondu avec esprit ; et la princesse s'est prise d'un grand goût pour elle.

Sur la fin du repas nous avons eu une musique qui était (si j'ose le dire) supérieure à celle de Bénarès et de Maduré.

Après dîner, la princesse a fait atteler quatre chars dorés : elle nous a fait monter dans le sien. Elle nous a fait voir de beaux édifices, des statues, des peintures. Le soir, on a dansé. Je comparais secrètement cette réception charmante avec le cul-de-basse-fosse où nous avions été renfermés dans Goa, et je comprenais à peine comment le même gouvernement, la même religion, pouvaient avoir tant de douceur et d'agrément dans Roume, et exercer au loin tant d'horreurs.

TREIZIÈME LETTRE

D'AMABED

Tandis que cette ville est partagée sourdement en petites factions pour élire un vice-Dieu, que ces factions, animées de la plus forte haine, se ménagent toutes avec une politesse qui ressemble à l'amitié, que le peuple regarde les pères Fa tutto et Fa molto comme les favoris de la Divinité, qu'on s'empresse autour de nous avec une curiosité respectueuse, je fais, mon cher Shastasid, de profondes réflexions sur le gouvernement de Roume.

Je le compare au repas que nous a donné la princesse de Piombino. La salle était propre, commode, et parée ; l'or et l'argent brillaient sur les buffets ; la gaieté, l'esprit et les grâces, animaient les convives ; mais, dans les cuisines, le sang et la graisse coulaient ; les peaux des quadrupèdes, les plumes des oiseaux et leurs entrailles, pêle-mêle amoncelées, soulevaient le cœur, et répandaient l'infection.

Telle est, ce me semble, la cour romaine. Polie et flatteuse chez elle, ailleurs brouillonne et tyrannique. Quand nous disons que nous espérons avoir justice de Fa tutto, on se met doucement à rire ; on nous dit que nous sommes trop au-dessus de ces bagatelles ; que le gouvernement nous considère trop pour souffrir que nous gardions le souvenir d'une telle *facétie ;* que les Fa tutto et les Fa molto sont des espèces de singes élevés avec soin pour faire des tours de passe-passe devant le peuple ; et on finit par des protestations de respect et d'amitié pour nous. Quel parti veux-tu que nous prenions grand Shastasid ? Je crois que le plus sage est de rire comme les autres, et d'être poli comme eux. Je veux étudier Roume, elle en vaut la peine.

QUATORZIÈME LETTRE

D'AMABED

Il y a un assez grand intervalle entre ma dernière lettre et la présente. J'ai lu, j'ai vu, j'ai conversé, j'ai médité. Je te jure qu'il n'y eut jamais sur la terre une contradiction plus énorme qu'entre le gouvernement romain et sa religion. J'en parlais hier à un théologien du vice-Dieu. Un théologien est, dans cette cour, ce que sont les derniers valets dans une maison : ils font la grosse besogne, portent les ordures, et, s'ils y trouvent quelque chiffon qui puisse servir, ils le mettent à part pour le besoin.

Je lui disais : « Votre Dieu est né dans une étable entre un bœuf et un âne ; il a été élevé, a vécu, est mort dans la pauvreté ; il a ordonné expressément la pauvreté à ses disciples ; il leur a déclaré qu'il n'y aurait parmi eux ni premier ni dernier, et que celui qui voudrait commander aux autres les servirait.

« Cependant je vois ici qu'on fait exactement tout le contraire de ce que veut votre Dieu. Votre culte même est tout différent du sien. Vous obligez les hommes à croire des choses dont il n'a pas dit un seul mot.

— Tout cela est vrai, m'a-t-il répondu. Notre Dieu n'a pas commandé à nos maîtres formellement de s'enrichir aux dépens des peuples, et de ravir le bien d'autrui ; mais il l'a commandé virtuellement. Il est né entre un bœuf et un âne ; mais trois rois sont venus l'adorer dans une écurie. Les bœufs et les ânes figurent les peuples que nous enseignons, et les trois rois figurent tous les monarques qui sont à nos pieds. Ses disciples étaient dans l'indigence : donc nos maîtres doivent aujourd'hui regorger de richesses. Car, si ces premiers vice-Dieu n'eurent besoin que d'un écu, ceux d'aujourd'hui ont un besoin pressant de dix millions d'écus. Or, être pauvre, c'est n'avoir précisément que le nécessaire. Donc nos maîtres, n'ayant pas même le nécessaire, accomplissent la loi de la pauvreté à la rigueur.

« Quant aux dogmes, notre Dieu n'écrivit jamais rien, et nous savons écrire : donc c'est à nous d'écrire les dogmes ; aussi les avons-nous fabriqués avec le temps selon le besoin. Par exemple nous avons fait du mariage le signe visible d'une chose invisible : cela fait que tous les procès suscités pour cause de mariage ressortissent de tous les coins de l'Europe à notre tribunal de Roume, parce que nous seuls pouvons voir des choses invisibles. C'est une source abondante de trésors qui coule dans notre chambre sacrée des finances pour étancher la soif de notre pauvreté. »

Je lui demandai si la chambre sacrée n'avait pas encore d'autres ressources. « Nous n'y avons pas manqué, dit-il ; nous tirons parti des vivants et des morts. Par exemple, dès qu'une âme est trépassée, nous l'envoyons dans une infirmerie ; nous lui faisons prendre médecine dans l'apothicairerie des âmes ; et vous ne sauriez croire combien cette apothicairerie nous vaut d'argent. — Comment cela, monsignor ? car il me semble que la bourse d'une âme est d'ordinaire assez mal garnie. — Cela est vrai, signor ; mais elles ont des parents qui sont bien aises de retirer leurs parents morts de l'infirmerie, et de les faire placer dans un lieu plus agréable. Il est triste pour une âme de passer toute une éternité à prendre médecine. Nous composons avec les vivants : ils achètent la santé des âmes de leurs défunts parents, les uns plus cher, les autres à meilleur compte, selon leurs facultés. Nous leur délivrons des billets pour l'apothicairerie. Je vous assure que c'est un de nos meilleurs revenus.

— Mais, monsignor, comment ces billets parviennent-ils aux âmes ? » Il se mit à rire. « C'est l'affaire des parents, dit-il ; et puis ne vous ai-je pas dit que nous avons un pouvoir incontestable sur les choses invisibles ? »

Ce monsignor me paraît bien dessalé ; je me forme beaucoup avec lui, et je me sens déjà tout autre.

QUINZIÈME LETTRE

D'AMABED

Tu dois savoir, mon cher Shastasid, que le Cicéron à qui monsignor m'a recommandé, et dont je t'ai dit un mot dans mes précédentes lettres, est un homme fort intelligent qui montre aux étrangers les curiosités de l'ancienne Roume et de la nouvelle. L'une et l'autre, comme tu le vois, ont commandé aux rois ; mais les premiers Romains acquirent leur pouvoir par leur épée, et les derniers par leur plume. La discipline militaire donna l'empire aux Césars, dont tu connais l'histoire ; la discipline monastique donne une autre espèce d'empire à ces vice-Dieu qu'on appelle *Papes*. On voit des processions dans la même place où l'on voyait autrefois des triomphes. Les Cicérons expliquent tout cela aux étrangers ; ils leur fournissent des livres et des filles. Pour moi, qui ne veux pas faire d'infidélité à ma belle Adaté (tout jeune que je suis) je me borne aux livres ; et j'étudie principalement la religion du pays, qui me divertit beaucoup.

Je lisais avec mon Cicéron l'histoire de la vie du Dieu du pays. Elle est fort extraordinaire. C'était un homme qui séchait des figuiers d'une seule parole, qui changeait l'eau en vin, et qui noyait des cochons. Il avait beaucoup d'ennemis. Tu sais qu'il était né dans une bourgade appartenant à l'empereur de Roume. Ses ennemis étaient malins ; ils lui demandèrent un jour s'ils devaient payer le tribut à l'empereur ; il leur répondit : « Rendez au prince ce qui est au prince ; mais rendez à Dieu ce qui est à Dieu. » Cette réponse me paraît sage ; nous en parlions, mon Cicéron et moi, lorsque monsignor est entré. Je lui ai dit beaucoup de bien de son Dieu, et je l'ai prié de m'expliquer comment sa chambre des finances observait ce précepte en prenant tout pour elle, et en ne donnant rien à l'empereur. Car tu dois savoir que, bien que les Romains aient un vice-Dieu, ils ont un empereur aussi auquel même ils donnent le titre de *roi des Romains*. Voici ce que cet homme très avisé m'a répondu :

« Il est vrai que nous avons un empereur ; mais il ne l'est qu'en peinture. Il est banni de Roume ; il n'y a pas seulement une maison ; nous le laissons habiter auprès d'un grand fleuve qui est gelé quatre mois de l'année, dans un pays dont le langage écorche nos oreilles. Le véritable empereur est le pape, puisqu'il règne dans la capitale de l'empire. Ainsi

Rendez à l'empereur veut dire *Rendez au pape ; Rendez à Dieu* signifie encore *Rendez au pape,* puisqu'en effet il est vice-Dieu. Il est seul le maître de tous les cœurs et de toutes les bourses. Si l'autre empereur qui demeure sur un grand fleuve osait seulement dire un mot, alors nous soulèverions contre lui tous les habitants des rives du grand fleuve, qui sont pour la plupart de gros corps sans esprit, et nous armerions contre lui les autres rois, qui partageraient avec lui ses dépouilles. »

Te voilà au fait, divin Shastasid, de l'esprit de Roume. Le pape est en grand ce que le dalaï-lama est en petit : s'il n'est pas immortel comme le lama, il est tout-puissant pendant sa vie, ce qui vaut bien mieux. Si quelquefois on lui résiste, si on le dépose, si on lui donne des soufflets, ou si même on le tue[1] entre les bras de sa maîtresse, comme il est arrivé quelquefois, ces inconvénients n'attaquent jamais son divin caractère. On peut lui donner cent coups d'étrivières ; mais il faut toujours croire tout ce qu'il dit. Le pape meurt ; la papauté est immortelle. Il y a eu trois ou quatre vice-Dieu à la fois qui disputaient cette place. Alors la divinité était partagée entre eux : chacun en avait sa part ; chacun était infaillible dans son parti.

J'ai demandé à monsignor par quel art sa cour est parvenue à gouverner toutes les autres cours. « Il faut peu d'art, me dit-il, aux gens d'esprit pour conduire les sots. » J'ai voulu savoir si on ne s'était jamais révolté contre les décisions du vice-Dieu. Il m'a avoué qu'il y avait eu des hommes assez téméraires pour lever les yeux ; mais qu'on les leur avait crevés aussitôt, ou qu'on avait exterminé ces misérables, et que ces révoltes n'avaient jamais servi jusqu'à présent qu'à mieux affermir l'infaillibilité sur le trône de la vérité.

On vient de nommer un nouveau vice-Dieu. Les cloches sonnent, on frappe les tambours, les trompettes éclatent, le canon tire, cent mille voix lui répondent. Je t'informerai de tout ce que j'aurai vu.

1. Jean VIII, assassiné à coups de marteau par un mari jaloux.
Jean X, amant de Théodora, étranglé dans son lit.
Étienne VIII, enfermé au château qu'on appelle aujourd'hui *St.-Ange.*
Étienne IX, sabré au visage par les Romains.
Jean XII, déposé par l'empereur Othon I, assassiné chez une de ses maîtresses.
Benoît V, exilé par l'empereur Othon I.
Benoît VII, étranglé par le bâtard de Jean X.
Benoît IX, qui acheta le pontificat, lui troisième, et revendit sa part, etc., etc. Ils étaient tous infaillibles.

SEIZIÈME LETTRE

D'AMABED

Ce fut le 25 du mois du crocodile, et le 13 de la planète de Mars, comme on dit ici, que des hommes vêtus de rouge et inspirés élurent l'homme infaillible devant qui je dois être jugé, aussi bien que Charme des yeux, en qualité d'*apostata*.

Ce dieu en terre s'appelle *Leone*, dixième du nom. C'est un très bel homme de trente-quatre à trente-cinq ans, et fort aimable ; les femmes sont folles de lui. Il était attaqué d'un mal immonde qui n'est bien connu encore qu'en Europe, mais dont les Portugais commencent à faire part à l'Indoustan. On croyait qu'il en mourrait, et c'est pourquoi on l'a élu, afin que cette sublime place fut bientôt vacante ; mais il est guéri, et il se moque de ceux qui l'ont nommé.

Rien n'a été si magnifique que son couronnement ; il y a dépensé cinq millions de roupies pour subvenir aux nécessités de son Dieu, qui a été si pauvre ! Je n'ai pu t'écrire dans le fracas de nos fêtes : elles se sont succédé si rapidement, il a fallu passer par tant de plaisirs, que le loisir a été impossible.

Le vice-Dieu Leone a donné des divertissements dont tu n'as point d'idée. Il y en a un surtout, qu'on appelle *comédie*, qui me plaît beaucoup plus que tous les autres ensemble. C'est une représentation de la vie humaine ; c'est un tableau vivant : les personnages parlent et agissent ; ils exposent leurs intérêts ; ils développent leurs passions ; ils remuent l'âme des spectateurs.

La comédie que je vis avant-hier chez le pape est intitulée *la Mandragore*. Le sujet de la pièce est un jeune homme adroit qui veut coucher avec la femme de son voisin. Il engage avec de l'argent un moine, un Fa tutto ou un Fa molto, à séduire sa maîtresse et à faire tomber son mari dans un piège ridicule. On se moque tout le long de la pièce de la religion que l'Europe professe, dont Roume est le centre, et dont le siège papal est le trône. De tels plaisirs te paraîtront peut-être indécents, mon cher et pieux Shastasid. Charme des yeux en a été scandalisée ; mais la comédie est si jolie que le plaisir l'a emporté sur le scandale.

Les festins, les bals, les belles cérémonies de la religion, les danseurs de corde, se sont succédé tour à tour sans interruption. Les bals surtout sont fort plaisants. Chaque personne invitée au bal met un habit étranger et un visage de carton par-dessus le sien. On tient sous ce déguisement des propos à faire éclater de rire. Pendant les repas il y a toujours une musique très agréable ; enfin, c'est un enchantement.

On m'a conté qu'un vice-Dieu prédécesseur de Leone, nommé Alexandre, sixième du nom, avait donné aux noces d'une de ses bâtardes une fête bien plus extraordinaire. Il y fit danser cinquante filles toutes nues. Les bracmanes n'ont jamais institué de pareilles danses : tu vois que chaque pays a ses coutumes. Je t'embrasse avec respect, et je te quitte pour aller danser avec ma belle Adaté. Que Birmah te comble de bénédictions.

DIX-SEPTIÈME LETTRE

D'AMABED

Vraiment, mon grand brame, tous les vice-Dieu n'ont pas été si plaisants que celui-ci. C'est un plaisir de vivre sous sa domination. Le défunt, nommé Jules, était d'un caractère différent ; c'était un vieux soldat turbulent qui aimait la guerre comme un fou ; toujours à cheval, toujours le casque en tête, distribuant des bénédictions et des coups de sabre, attaquant tous ses voisins, damnant leurs âmes, et tuant leurs corps, autant qu'il le pouvait : il est mort d'un accès de colère. Quel diable de vice-Dieu on avait là ! Croirais-tu bien qu'avec un morceau de papier il s'imaginait dépouiller les rois de leurs royaumes ? Il s'avisa de détrôner de cette manière le roi d'un pays assez beau, qu'on appelle *la France.* Ce roi était un fort bon homme. Il passe ici pour un sot, parce qu'il n'a pas été heureux. Ce pauvre prince fut obligé d'assembler un jour les plus savants hommes de son royaume [1] pour leur deman-

1. Le pape Jules II excommunia le roi de France Louis XII, en 1510. Il mit le royaume de France en interdit, et le donna au premier qui voudrait s'en saisir. Cette excommunication et cette interdiction furent réitérées en 1512. On a peine à concevoir aujourd'hui cet excès d'insolence et de ridicule. Mais depuis Grégoire VII, il n'y eut presque aucun évêque de Rome qui ne fît ou qui ne voulût faire et défaire des souverains, selon son bon plaisir. Tous les souverains méritaient cet infâme traitement, puisqu'ils avaient été assez imbéciles pour fortifier eux-mêmes chez leurs sujets l'opinion de l'infaillibilité du pape et son pouvoir sur toutes les Églises. Ils s'étaient donné eux-mêmes des fers qu'il était très difficile de briser. Le gouvernement fut partout un chaos formé par la superstition. La raison n'a pénétré que très tard chez les peuples de l'Occident : elle a guéri quelques blessures que cette superstition, ennemie du genre humain, avait faites aux hommes ; mais il en reste encore de profondes cicatrices.

der s'il lui était permis de se défendre contre un vice-Dieu qui le détrônait avec du papier. C'est être bien bon que de faire une question pareille ! J'en témoignais ma surprise au monsignor violet qui m'a pris en amitié. « Est-il possible, lui disais-je, qu'on soit si sot en Europe ? — J'ai bien peur, me dit-il, que les vice-Dieu n'abusent tant de la complaisance des hommes qu'à la fin ils leur donneront de l'esprit. »

Il faudra donc qu'il y ait des révolutions dans la religion de l'Europe. Ce qui te surprendra, docte et pénétrant Shastasid, c'est qu'il ne s'en fit point sous le vice-Dieu Alexandre, qui régnait avant Jules. Il faisait assassiner, pendre, noyer, empoisonner impunément tous les seigneurs ses voisins. Un de ses cinq bâtards fut l'instrument de cette foule de crimes à la vue de toute l'Italie. Comment les peuples persistèrent-ils dans la religion de ce monstre ! c'est celui-là même qui faisait danser les filles sans aucun ornement superflu. Ses scandales devaient inspirer le mépris, ses barbaries devaient aiguiser contre lui mille poignards : cependant il vécut honoré et paisible dans sa cour. La raison en est, à mon avis, que les prêtres gagnaient à tous ses crimes, et que les peuples n'y perdaient rien. Dès qu'on vexera trop les peuples, ils briseront leurs liens. Cent coups de bélier n'ont pu ébranler le colosse, un caillou le jettera par terre. C'est ce que disent ici les gens déliés qui se piquent de prévoir.

Enfin les fêtes sont finies ; il n'en faut pas trop : rien ne lasse comme les choses extraordinaires devenues communes. Il n'y a que les besoins renaissants qui puissent donner du plaisir tous les jours. Je me recommande à tes saintes prières.

DIX-HUITIÈME LETTRE

D'AMABED

L'infaillible nous a voulu voir en particulier, Charme des yeux et moi. Notre monsignor nous a conduits dans son palais. Il nous a fait mettre à genoux trois fois. Le vice-Dieu nous a fait baiser son pied droit en se tenant les côtés de rire. Il nous a demandé si le père Fa tutto nous avait convertis, et si en effet nous étions chrétiens. Ma femme a répondu que le père Fa tutto était un insolent, et le pape s'est mis à rire encore plus fort. Il a donné deux baisers à ma femme et à moi aussi.

Ensuite il nous a fait asseoir à côté de son petit lit de

baise-pieds. Il nous a demandé comment on faisait l'amour à Bénarès, à quel âge on mariait communément les filles, si le grand Brama avait un sérail. Ma femme rougissait ; je répondais avec une modestie respectueuse. Ensuite il nous a congédiés, en nous recommandant le christianisme, en nous embrassant, et en nous donnant de petites claques sur les fesses en signe de bonté. Nous avons rencontré en sortant les pères Fa tutto et Fa molto, qui nous ont baisé le bas de la robe. Le premier moment, qui commande toujours à l'âme, nous a fait d'abord reculer avec horreur, ma femme et moi. Mais le violet nous a dit : « Vous n'êtes pas encore entièrement formés ; ne manquez pas de faire mille caresses à ces bons pères : c'est un devoir essentiel dans ce pays-ci d'embrasser ses plus grands ennemis ; vous les ferez empoisonner, si vous pouvez, à la première occasion ; mais, en attendant, vous ne pouvez leur marquer trop d'amitié. » Je les embrassai donc, mais Charme des yeux leur fit une révérence fort sèche, et Fa tutto la lorgnait du coin de l'œil en s'inclinant jusqu'à terre devant elle. Tout ceci est un enchantement. Nous passons nos jours à nous étonner. En vérité je doute que Maduré soit plus agréable que Roume.

DIX-NEUVIÈME LETTRE

D'AMABED

Point de justice du père Fa tutto. Hier notre jeune Déra s'avisa d'aller le matin, par curiosité, dans un petit temple. Le peuple était à genoux ; un brame du pays, vêtu magnifiquement, se courbait sur une table ; il tournait le derrière au peuple. On dit qu'il faisait Dieu. Dès qu'il eut fait Dieu, il se montra par-devant. Déra fit un cri, et dit : « Voilà le coquin qui m'a violée ! » Heureusement, dans l'excès de sa douleur et de sa surprise, elle prononça ces paroles en indien. On m'assure que si le peuple les avait comprises, la canaille se serait jetée sur elle comme sur une sorcière. Fa tutto lui répondit en italien : « Ma fille, la grâce de la vierge Marie soit avec vous ! parlez plus bas. » Elle revint tout éperdue nous conter la chose. Nos amis nous ont conseillé de ne nous jamais plaindre. Ils nous ont dit que Fa tutto est un saint et qu'il ne faut jamais mal parler des saints. Que veux-tu ! ce qui est fait est fait. Nous prenons en patience tous les agréments qu'on nous fait goûter dans ce pays-ci. Chaque jour nous apprend des choses dont nous ne nous doutions pas. On se forme beaucoup par les voyages.

Il est venu à la cour de Leone un grand poète ; son nom est messer Ariosto : il n'aime pas les moines ; voici comme il parle d'eux :

Non sa quel che sia amor, non sa che vaglia
La caritade ; e quindi avvien che i frati
Sono si ingorda e si crudel canaglia.

Cela veut dire en indien :

Modermen sebar eso
La te ben sofa meso.

Tu sens quelle supériorité la langue indienne, qui est si antique, conservera toujours sur tous les jargons nouveaux de l'Europe : nous exprimons en quatre mots ce qu'ils ont de la peine à faire entendre en dix. Je conçois bien que cet Arioste dise que les moines sont de la canaille ; mais je ne sais pourquoi il prétend qu'ils ne connaissent point l'amour. Hélas ! nous en savons des nouvelles. Peut-être entend-il qu'ils jouissent et qu'ils n'aiment point.

VINGTIÈME LETTRE

D'AMABED

Il y a quelques jours, mon cher grand brame, que je ne t'ai écrit. Les empressements dont on nous honore en sont la cause. Notre monsignor nous donna un excellent repas, avec deux jeunes gens vêtus de rouge de la tête aux pieds. Leur dignité est *cardinal,* comme qui dirait *gond de porte :* l'un est le cardinal Sacripante, et l'autre le cardinal Faquinetti. Ils sont les premiers de la terre après le vice-Dieu : aussi sont-ils intitulés *vicaires du vicaire.* Leur droit, qui est sans doute droit divin, est d'être égaux aux rois et supérieurs aux princes, et d'avoir surtout d'immenses richesses. Ils méritent bien tout cela, vu la grande utilité dont ils sont au monde.

Ces deux gentilshommes, en dînant avec nous, proposèrent de nous mener passer quelques jours à leurs maisons de campagne : car c'est à qui nous aura. Après s'être disputé la préférence le plus plaisamment du monde, Faquinetti s'est emparé de la belle Adaté, et j'ai été le partage de Sacripante, à condition qu'ils changeraient le lendemain, et que le troisième jour nous nous rassemblerions tous quatre. Déra était du voyage. Je ne sais comment te conter ce qui nous est arrivé ; je vais pourtant essayer de m'en tirer.

Ici finit le manuscrit des lettres d'Amabed. On a cherché dans toutes les bibliothèques de Maduré et de Bénarès la suite de ces lettres. Il est sûr qu'elle n'existe pas.

Ainsi, supposé que quelque malheureux faussaire imprime jamais le reste des aventures des deux jeunes Indiens, *nouvelles Lettres d'Amabed, nouvelles Lettres de Charme des yeux, réponses du grand brame Shastasid,* le lecteur peut être sûr qu'on le trompe et qu'on l'ennuie, comme il est arrivé cent fois en cas pareil.

LE TAUREAU BLANC,

TRADUIT DU SYRIAQUE PAR MR. MAMAKI,

INTERPRÈTE DU ROI D'ANGLETERRE POUR LES LANGUES ORIENTALES

CHAPITRE PREMIER[1]

COMMENT LA PRINCESSE AMASIDE RENCONTRE UN BŒUF

La jeune princesse Amaside, fille d'Amasis, roi de Tanis en Égypte, se promenait sur le chemin de Péluse avec les dames de sa suite. Elle était plongée dans une tristesse profonde ; les larmes coulaient de ses beaux yeux. On sait quel était le sujet de sa douleur, et combien elle craignait de déplaire au roi son père par sa douleur même. Le vieillard Mambrès, ancien mage et eunuque des pharaons, était auprès d'elle, et ne la quittait presque jamais. Il la vit naître, il l'éleva, il lui enseigna tout ce qu'il est permis à une belle princesse de savoir des sciences de l'Égypte. L'esprit d'Amaside égalait sa beauté ; elle était aussi sensible, aussi tendre que charmante, et c'était cette sensibilité qui lui coûtait tant de pleurs.

La princesse était âgée de vingt-quatre ans ; le mage Mambrès en avait environ treize cents. C'était lui, comme on sait, qui avait eu avec le grand Moïse cette dispute fameuse dans laquelle la victoire fut longtemps balancée entre ces deux profonds philosophes. Si Mambrès succomba, ce ne fut que par la protection visible des puissances célestes, qui favorisèrent son rival : il fallut des dieux pour vaincre Mambrès.

Amasis le fit surintendant de la maison de sa fille, et il s'acquittait de cette charge avec sa sagesse ordinaire : la belle Amaside l'attendrissait par ses soupirs. « O mon amant ! mon jeune et cher amant ! s'écriait-elle quelquefois ; ô le plus grand des vainqueurs, le plus accompli, le plus beau des hommes ! quoi ! depuis près de sept ans tu as disparu de la terre ! Quel dieu t'a enlève à ta tendre Amaside ? tu n'es point mort, les savants prophètes de l'Égypte en conviennent ; mais tu es mort pour moi, je suis seule sur la terre, elle est déserte. Par quel étrange prodige as-tu abandonné ton trône et ta maîtresse ? Ton trône ! il était le premier du monde, et c'est peu de chose ; mais moi, qui t'adore, ô mon cher Na... ! » Elle allait achever.

« Tremblez de prononcer ce nom fatal, lui dit le sage Mambrès, ancien eunuque et mage des pharaons. Vous seriez peut-être décelée par quelqu'une de vos dames du palais. Elles vous sont toutes dévouées, et toutes les belles dames se font sans doute un mérite de servir les nobles passions des belles princesses ; mais enfin il peut se trouver une indiscrète, et même à toute force une perfide. Vous savez que le roi votre père, qui d'ailleurs vous aime, a juré de vous faire couper le cou si vous prononciez ce nom terrible, toujours prêt à vous échapper. Pleurez, mais taisez-vous. Cette loi est bien dure, mais vous n'avez pas été élevée dans la sagesse égyptienne pour ne savoir pas commander à votre langue. Songez qu'Harpocrate, l'un de nos plus grands dieux, a toujours le doigt sur la bouche. » La belle Amaside pleura, et ne parla plus.

Comme elle avançait en silence vers les bords du Nil, elle aperçut de loin, sous un bocage baigné par le fleuve, une vieille femme couverte de lambeaux gris, assise sur un tertre. Elle avait auprès d'elle une ânesse, un chien, un bouc. Vis-à-vis d'elle était un serpent qui n'était pas comme les serpents ordinaires, car ses yeux étaient aussi tendres qu'animés ; sa physionomie était noble et intéressante ; sa peau brillait des couleurs les plus vives et les plus douces. Un énorme poisson, à moitié plongé dans le fleuve, n'était pas la moins étonnante personne de la compagnie. Il y avait sur une branche un corbeau et un pigeon. Toutes ces créatures semblaient avoir ensemble une conversation assez animée.

« Hélas ! dit la princesse tout bas, ces gens-là parlent sans doute de leurs amours, et il ne m'est pas permis de prononcer le nom de ce que j'aime ! »

La vieille tenait à la main une chaîne légère d'acier, longue de cent brasses, à laquelle était attaché un taureau qui paissait dans la prairie. Ce taureau était blanc, fait au tour, potelé, léger même, ce qui est bien rare. Ses cornes étaient d'ivoire. C'était ce qu'on vit jamais de plus beau dans son espèce. Celui de Pasiphaé, celui dont Jupiter prit la figure pour enlever Europe, n'approchaient pas de ce superbe animal. La charmante génisse en laquelle Isis fut changée aurait à peine été digne de lui.

Dès qu'il vit la princesse, il courut vers elle avec la rapidité d'un jeune cheval arabe qui franchit les vastes plaines et les fleuves de l'antique Saana, pour s'approcher de la brillante cavale qui règne dans son cœur, et qui fait dresser ses oreilles. La vieille faisait ses efforts pour le retenir ; le serpent semblait l'épouvanter par ses sifflements ; le chien le suivait et lui mordait ses belles jambes ; l'ânesse traversait son chemin et lui détachait des ruades pour le faire retourner. Le gros poisson remontait le Nil, et, s'élançant hors de l'eau, menaçait de le dévorer ; le bouc restait immobile et saisi de crainte ; le corbeau voltigeait autour de la tête du taureau, comme s'il eût voulu s'efforcer de lui crever les yeux. La colombe seule l'accompagnait par curiosité, et lui applaudissait par un doux murmure.

Un spectacle si extraordinaire rejeta Mambrès dans ses sérieuses pensées. Cependant le taureau blanc, tirant après lui sa chaîne et la vieille, était déjà parvenu auprès de la princesse, qui était saisie d'étonnement et de peur. Il se jette à ses pieds, il les baise, il verse des larmes, il la regarde avec des yeux où régnait un mélange inouï de douleur et de joie. Il n'osait mugir, de peur d'effaroucher la belle Amaside. Il ne pouvait parler. Un faible usage de la voix accordé par le ciel à quelques animaux lui était interdit ; mais toutes ses actions étaient éloquentes. Il plut beaucoup à la princesse. Elle sentit qu'un léger amusement pouvait suspendre pour quelques moments les chagrins les plus douloureux. « Voilà, disait-elle, un animal bien aimable ; je voudrais l'avoir dans mon écurie. »

A ces mots, le taureau plia les quatre genoux, et baisa la terre. « Il m'entend ! s'écria la princesse ; il me témoigne qu'il veut m'appartenir. Ah ! divin mage, divin eunuque, donnez-moi cette consolation, achetez ce beau chérubin[1] ; faites le prix avec la vieille, à laquelle il appartient sans doute. Je veux que cet animal soit à moi ; ne me refusez pas cette consolation innocente. » Toutes les dames du palais joignirent leurs instances aux prières de la princesse. Mambrès se laissa toucher, et alla parler à la vieille.

1. Chérub, en chaldéen et en syriaque, signifie un bœuf.

CHAPITRE SECOND

COMMENT LE SAGE MAMBRÈS, CI-DEVANT SORCIER DE PHARAON, RECONNUT UNE VIEILLE, ET COMMENT IL FUT RECONNU PAR ELLE

« Madame, lui dit-il, vous savez que les filles, et surtout les princesses, ont besoin de se divertir. La fille du roi est folle de votre taureau ; je vous prie de nous le vendre, vous serez payée argent comptant.

— Seigneur, lui répondit la vieille, ce précieux animal n'est point à moi. Je suis chargée, moi et toutes les bêtes que vous avez vues, de le garder avec soin, d'observer toutes ses démarches ; et d'en rendre compte. Dieu me préserve de vouloir jamais vendre cet animal impayable ! »

Mambrès, à ce discours, se sentit éclairé de quelques traits d'une lumière confuse qu'il ne démêlait pas encore. Il regarda la vieille au manteau gris avec plus d'attention : « Respectable dame, lui dit-il, ou je me trompe, ou je vous ai vue autrefois. — Je ne me trompe pas, répondit la vieille, je vous ai vu, seigneur, il y a sept cents ans, dans un voyage que je fis de Syrie en Égypte, quelques mois après la destruction de Troie, lorsque Hiram régnait à Tyr, et Néphel Kerés sur l'antique Égypte.

— Ah ! madame, s'écria le vieillard, vous êtes l'auguste pythonisse d'Endor. — Et vous, seigneur, lui dit la pythonisse en l'embrassant, vous êtes le grand Mambrès d'Égypte.

— O rencontre imprévue ! jour mémorable ! décrets éternels ! dit Mambrès. Ce n'est pas, sans doute, sans un ordre de la Providence universelle que nous nous retrouvons dans cette prairie sur les rivages du Nil, près de la superbe ville de Tanis. Quoi ! c'est vous, madame, qui êtes si fameuse sur les bords de votre petit Jourdain, et la première personne du monde pour faire venir des ombres. — Quoi ! c'est vous, Seigneur, qui êtes si fameux pour changer les baguettes en serpents, le jour en ténèbres, et les rivières en sang. — Oui, madame ; mais mon grand âge affaiblit une partie de mes lumières et de ma puissance. J'ignore d'où vous vient ce beau taureau blanc, et qui sont ces animaux qui veillent avec vous autour de lui. » La vieille se recueillit, leva les yeux au ciel, puis répondit en ces termes :

« Mon cher Mambrès, nous sommes de la même profession ; mais il m'est expressément défendu de vous dire quel est ce taureau. Je puis vous satisfaire sur les autres animaux. Vous les reconnaîtrez aisément aux marques qui les caractérisent. Le serpent est celui qui persuada Ève de manger une pomme, et d'en faire manger à son mari. L'ânesse est celle qui parla dans un chemin creux à Balaam, votre contemporain. Le poisson qui a toujours sa tête hors de l'eau, est celui qui avala Jonas il y a quelques années. Ce chien est celui qui suivit l'ange Raphaël et le jeune Tobie dans le voyage qu'ils firent à Ragès en Médie, du temps du grand Salmanazar. Ce bouc est celui qui expie tous les péchés d'une nation. Ce corbeau et ce pigeon sont ceux qui étaient dans l'arche de Noé, grand événement, catastrophe universelle, que presque toute la terre ignore encore ! Vous voilà au fait. Mais pour le taureau, vous n'en saurez rien. »

Mambrès écoutait avec respect. Puis il dit : « L'Éternel révèle ce qu'il veut et à qui il veut, illustre pythonisse. Toutes ces bêtes, qui sont commises avec vous à la garde du taureau blanc, ne sont connues que de votre généreuse et agréable nation, qui est elle-même inconnue à presque tout le monde. Les merveilles que vous et les vôtres, et moi et les miens, nous avons opérées, seront un jour un grand sujet de doute et de scandale pour les faux sages. Heureusement elles trouveront croyance chez les sages véritables qui seront soumis aux voyants dans une petite partie du monde, et c'est tout ce qu'il faut. »

Comme il prononçait ces paroles, la princesse le tira par la manche, et lui dit : « Mambrès, est-ce que vous ne m'achèterez pas mon taureau ? » Le mage, plongé dans une rêverie profonde, ne répondit rien ; et Amaside versa des larmes.

Elle s'adressa alors elle-même à la vieille, et lui dit : « Ma bonne, je vous conjure par tout ce que vous avez de plus cher au monde, par votre père, par votre mère, par votre nourrice, qui sans doute vivent encore, de me vendre non seulement votre taureau, mais aussi votre pigeon, qui lui paraît fort affectionné. Pour vos autres bêtes, je n'en veux point ; mais je suis fille à tomber malade de vapeurs si vous ne me vendez ce charmant taureau blanc, qui fera toute la douceur de ma vie. »

La vieille lui baisa respectueusement les franges de sa robe de gaze, et lui dit : « Princesse, mon taureau n'est point à vendre, votre illustre mage en est instruit. Tout ce que je pourrais faire pour votre service, ce serait de le mener paître tous les jours près de votre palais ; vous pourriez le caresser, lui donner des biscuits, le faire danser à votre aise. Mais il faut qu'il soit continuellement sous les yeux de toutes les bêtes qui m'accompagnent, et qui sont chargées de sa garde. S'il ne veut point s'échapper, elles ne lui feront point de mal ; mais s'il essaye encore de rompre sa chaîne, comme il a fait dès qu'il vous a vue, malheur à lui ! je ne répondrais pas de sa vie. Ce gros poisson que vous voyez l'avalerait infailliblement, et le garderait plus de trois jours dans son ventre ; ou bien ce serpent, qui vous a paru peut-être assez doux et assez aimable, lui pourrait faire une piqûre mortelle. »

Le taureau blanc, qui entendait à merveille tout ce que disait la vieille, mais qui ne pouvait parler, accepta toutes ses propositions d'un air soumis. Il se coucha à ses pieds, mugit doucement ; et, regardant Amaside avec tendresse, il semblait lui dire : « Venez me voir quelquefois sur l'herbe. » Le serpent prit alors la parole, et dit : « Princesse, je vous conseille de faire aveuglément tout ce que mademoiselle d'Endor vient de vous dire. » L'ânesse dit aussi son mot, et fut de l'avis du serpent. Amaside était affligée que ce serpent et cette ânesse parlassent si bien, et qu'un beau taureau, qui avait les sentiments si nobles et si tendres, ne pût les exprimer. « Hélas ! rien n'est plus commun à la cour, disait-elle tout bas ; on y voit tous les jours de beaux seigneurs qui n'ont point de conversation, et des malotrus qui parlent avec assurance.

— Ce serpent n'est point un malotru, dit Mambrès ; ne vous y trompez pas. C'est peut-être la personne de la plus grande considération. »

Le jour baissait, la princesse fut obligée de s'en retourner, après avoir bien promis de revenir le lendemain à la même heure. Ses dames du palais étaient émerveillées, et ne comprenaient rien à ce qu'elles avaient vu et entendu. Mambrès faisait ses réflexions. La princesse, songeant que le serpent avait appelé la vieille *mademoiselle,* conclut au hasard qu'elle était pucelle, et sentit quelque affliction de l'être encore : affliction respectable, qu'elle cachait avec autant de scrupule que le nom de son amant.

CHAPITRE TROISIÈME

COMMENT LA BELLE AMASIDE EUT UN SECRET ENTRETIEN AVEC UN BEAU SERPENT

La belle princesse recommanda le secret à ses dames sur ce qu'elles avaient vu. Elles le promirent toutes et en effet le gardèrent un jour entier. On peut croire qu'Amaside dormit peu cette nuit. Un charme inexplicable lui rappelait sans cesse l'idée de son beau taureau. Dès qu'elle put être en liberté avec son sage Mambrès, elle lui dit : « O sage ! cet animal me tourne la tête. — Il occupe beaucoup la mienne, dit Mambrès. Je vois clairement que ce chérubin est fort au-dessus de son espèce. Je vois qu'il y a là un grand mystère, mais je crains un événement funeste. Votre père Amasis est violent et soupçonneux ; toute cette affaire exige que vous vous conduisiez avec la plus grande prudence.

— Ah ! dit la princesse, j'ai trop de curiosité pour être prudente ; c'est la seule passion qui puisse se joindre dans mon cœur à celle qui me dévore pour l'amant que j'ai perdu. Quoi ! ne pourrai-je savoir ce que c'est que ce taureau blanc qui excite dans moi un trouble si inouï ?

— Madame, lui répondit Mambrès, je vous ai avoué déjà que ma science baisse à mesure que mon âge avance ; mais je me trompe fort, ou le serpent est instruit de ce que vous avez tant d'envie de savoir. Il a de l'esprit, il s'explique en bons termes, il est accoutumé depuis longtemps à se mêler des affaires des dames. — Ah ! sans doute, dit Amaside, c'est ce beau serpent de l'Égypte, qui, en se mettant la queue dans la bouche, est le symbole de l'éternité, qui éclaire le monde dès qu'il ouvre les yeux, et qui l'obscurcit dès qu'il les ferme. — Non, madame. — C'est donc le serpent d'Esculape ? — Encore moins. — C'est peut-être Jupiter sous la forme d'un serpent ? — Point du tout. — Ah ! je vois, c'est votre baguette, que vous changeâtes autrefois en serpent ? — Non, vous dis-je, madame ; mais tous ces serpents-là sont de la même famille. Celui-là a beaucoup de réputation dans son pays : il y passe pour le plus habile serpent qu'on ait jamais vu. Adressez-vous à lui. Toutefois je vous avertis que c'est une entreprise fort dangereuse. Si j'étais à votre place, je laisserais là le taureau, l'ânesse, le serpent, le poisson, le chien, le bouc, le corbeau, et la colombe. Mais la passion vous emporte ; tout ce que je puis faire est d'en avoir pitié, et de trembler. »

La princesse le conjura de lui procurer un tête-à-tête avec le serpent. Mambrès, qui était bon, y consentit ; et, en réfléchissant toujours profondément, il alla trouver sa pythonisse. Il lui exposa la fantaisie de sa princesse avec tant d'insinuation qu'il la persuada.

La vieille lui dit donc qu'Amaside était la maîtresse ; que le serpent savait très bien vivre, qu'il était fort poli avec les dames ; qu'il ne demandait pas mieux que de les obliger, et qu'il se trouverait au rendez-vous.

Le vieux mage revint apporter à la princesse cette bonne nouvelle ; mais il craignait encore quelque malheur, et faisait toujours ses réflexions. « Vous voulez parler au serpent, madame ; ce sera quand il plaira à Votre Altesse. Souvenez-vous qu'il faut beaucoup le flatter, car tout animal est pétri d'amour-propre, et surtout lui. On dit même qu'il fut chassé autrefois d'un beau lieu pour son excès d'orgueil. – Je ne l'ai jamais ouï dire, repartit la princesse. – Je le crois bien », reprit le vieillard. Alors il lui apprit tous les bruits qui avaient couru sur ce serpent si fameux. « Mais, madame, quelque aventure singulière qui lui soit arrivée, vous ne pouvez arracher son secret qu'en le flattant. Il passe dans un pays voisin pour avoir joué autrefois un tour pendable aux femmes ; il est juste qu'à son tour une femme le séduise. – J'y ferai mon possible », dit la princesse.

Elle partit donc avec ses dames du palais et le bon mage eunuque. La vieille alors faisait paître le taureau blanc assez loin. Mambrès laissa Amaside en liberté, et alla entretenir sa pythonisse. La dame d'honneur causa avec l'ânesse ; les dames de compagnie s'amusèrent avec le bouc, le chien, le corbeau, et la colombe ; pour le gros poisson, qui faisait peur à tout le monde, il se replongea dans le Nil par ordre de la vieille.

Le serpent alla aussitôt au-devant de la belle Amaside dans le bocage, et ils eurent ensemble cette conversation :

LE SERPENT

Vous ne sauriez croire combien je suis flatté, madame, de l'honneur que Votre Altesse daigne me faire.

LA PRINCESSE

Monsieur, votre grande réputation, la finesse de votre physionomie et le brillant de vos yeux, m'ont aisément déterminée à rechercher ce tête-a-tête. Je sais, par la voix publique (si elle n'est point trompeuse), que vous avez été un grand seigneur dans le ciel empyrée.

LE SERPENT

Il est vrai, madame, que j'y avais une place assez distinguée. On prétend que je suis un favori disgracié : c'est un bruit qui a couru d'abord dans l'Inde[1]. Les bracmanes sont

1. Les bracmanes furent en effet les premiers qui imaginèrent une révolte dans le ciel, et cette fable servit longtemps après de canevas à l'histoire de la guerre les géants contre les dieux, et à quelques autres histoires.

les premiers qui ont donné une longue histoire de mes aventures. Je ne doute pas que des poètes du Nord n'en fassent un jour un poème épique bien bizarre, car, en vérité, c'est tout ce qu'on en peut faire. Mais je ne suis pas tellement déchu que je n'aie encore dans ce globe-ci un domaine très considérable. J'oserais presque dire que toute la terre m'appartient.

LA PRINCESSE

Je le crois, monsieur, car on dit que vous avez le talent de persuader tout ce que vous voulez, et c'est régner que de plaire.

LE SERPENT

J'éprouve, madame, en vous voyant et en vous écoutant, que vous avez sur moi cet empire qu'on m'attribue sur tant d'autres âmes.

LA PRINCESSE

Vous êtes, je le crois, un aimable vainqueur. On prétend que vous avez subjugué bien des dames, et que vous commençâtes par notre mère commune, dont j'ai oublié le nom.

LE SERPENT

On me fait tort : je lui donnai le meilleur conseil du monde. Elle m'honorait de sa confiance. Mon avis fut qu'elle et son mari devaient se gorger du fruit de l'arbre de la science. Je crus plaire en cela au maître des choses. Un arbre si nécessaire au genre humain ne me paraissait pas planté pour être inutile. Le maître aurait-il voulu être servi par des ignorants et des idiots ? L'esprit n'est-il pas fait pour s'éclairer, pour se perfectionner ? Ne faut-il pas connaître le bien et le mal pour faire l'un et pour éviter l'autre ? Certainement on me devait des remerciements.

LA PRINCESSE

Cependant on dit qu'il vous en arriva mal. C'est apparemment depuis ce temps-là que tant de ministres ont été punis d'avoir donné de bons conseils, et que tant de vrais savants et de grands génies ont été persécutés pour avoir écrit des choses utiles au genre humain.

LE SERPENT

Ce sont apparemment mes ennemis, madame, qui vous ont fait ces contes. Ils vont criant que je suis mal en cour. Une preuve que j'y ai un très grand crédit, c'est qu'eux-mêmes avouent que j'entrai dans le conseil quand il fut question d'éprouver le bonhomme Job, et que j'y fus encore appelé quand on y prit la résolution de tromper un certain roitelet nommé Achab[1] : ce fut moi seul qu'on chargea de cette noble commission.

LA PRINCESSE

Ah ! monsieur, je ne crois pas que vous soyez fait pour tromper. Mais, puisque vous êtes toujours dans le ministère, puis-je vous demander une grâce ? J'espère qu'un seigneur si aimable ne me refusera pas.

LE SERPENT

Madame, vos prières sont des lois. Qu'ordonnez-vous ?

LA PRINCESSE

Je vous conjure de me dire ce que c'est que ce beau taureau blanc pour qui j'éprouve dans moi des sentiments incompréhensibles, qui m'attendrissent, et qui m'épouvantent. On m'a dit que vous daigneriez m'en instruire.

LE SERPENT

Madame, la curiosité est nécessaire à la nature humaine, et surtout à votre aimable sexe : sans elle on croupirait dans la plus honteuse ignorance. J'ai toujours satisfait, autant que je l'ai pu, la curiosité des dames. On m'accuse de n'avoir eu cette complaisance que pour faire dépit au maître des choses. Je vous jure que mon seul but serait de vous obliger ; mais la vieille a dû vous avertir qu'il y a quelque danger pour vous dans la révélation de ce secret.

LA PRINCESSE

Ah ! c'est ce qui me rend encore plus curieuse.

LE SERPENT

Je reconnais là toutes les belles dames à qui j'ai rendu service.

LA PRINCESSE

Si vous êtes sensible, si tous les êtres se doivent des secours mutuels, si vous avez pitié d'une infortunée, ne me refusez pas.

1. Troisième livre des *Rois*, chap. XXII, V, 21 et 22. « Le Seigneur dit : Qui trompera Achab, roi d'Israel, afin qu'il marche en Ramoth de Galaad, et qu'il y tombe ? Et un esprit s'avança et se présenta devant le Seigneur, et lui dit : « C'est moi qui le tromperai. Et le Seigneur lui dit : Comment ? Oui, tu te tromperas ; et tu prévaudras. Va, et fais ainsi. »

LE SERPENT

Vous me fendez le cœur ; il faut vous satisfaire ; mais ne m'interrompez pas.

LA PRINCESSE

Je vous le promets

LE SERPENT

Il y avait un jeune roi, beau, fait à peindre, amoureux, aimé...

LA PRINCESSE

Un jeune roi ! beau, fait à peindre, amoureux, aimé ! et de qui ? et quel était ce roi ? quel âge avait-il ? qu'est-il devenu ? où est-il ? où est son royaume ? quel est son nom ?

LE SERPENT

Ne voilà-t-il pas que vous m'interrompez, quand j'ai commencé à peine. Prenez garde : si vous n'avez pas plus de pouvoir sur vous-même, vous êtes perdue.

LA PRINCESSE

Ah ! pardon, monsieur, cette indiscrétion ne m'arrivera plus ; continuez, de grâce.

LE SERPENT

Ce grand roi, le plus aimable et le plus valeureux des hommes, victorieux partout où il avait porté ses armes, rêvait souvent en dormant ; et, quand il oubliait ses rêves, il voulait que ses mages s'en ressouvinssent, et qu'ils lui apprissent ce qu'il avait rêvé, sans quoi il les faisait tous pendre, car rien n'est plus juste. Or il y a bientôt sept ans qu'il songea un beau songe dont il perdit la mémoire en se réveillant ; et un jeune Juif, plein d'expérience, lui ayant expliqué son rêve, cet aimable roi fut soudain changé en bœuf[1] ; car...

LA PRINCESSE

Ah ! c'est mon cher Nabu...

Elle ne put achever ; elle tomba évanouie. Mambrès, qui écoutait de loin, la vit tomber, et la crut morte.

1. Toute l'antiquité employait indifféremment les termes de *bœuf* et de *taureau*.

CHAPITRE QUATRIÈME

COMMENT ON VOULUT SACRIFIER LE BŒUF ET EXORCISER LA PRINCESSE

Mambrès court à elle en pleurant. Le serpent est attendri : il ne peut pleurer, mais il siffle d'un ton lugubre ; il crie : « Elle est morte ! » L'ânesse répète : « Elle est morte ! » Le corbeau le redit ; tous les autres animaux paraissent saisis de douleur, excepté le poisson de Jonas, qui a toujours été impitoyable. La dame d'honneur, les dames du palais, arrivent et s'arrachent les cheveux. Le taureau blanc, qui paissait au loin, et qui entend leurs clameurs, court au bosquet, et entraîne la vieille avec lui en poussant des mugissements dont les échos retentissent. En vain toutes les dames versaient sur Amaside expirante leurs flacons d'eau de rose, d'œillet, de myrte, de benjoin, de baume de la Mecque, de cannelle, d'amomon, de gérofle, de muscade, d'ambre gris. Elle n'avait donné aucun signe de vie ; mais, dès qu'elle sentit le beau taureau blanc à ses côtés, elle revint à elle plus fraîche, plus belle, plus animée que jamais. Elle donna cent baisers à cet animal charmant, qui penchait languissamment sa tête sur son sein d'albâtre. Elle l'appelle : « Mon maître, mon roi, mon cœur, ma vie. » Elle passe ses bras d'ivoire autour de ce cou plus blanc que la neige. La paille légère s'attache moins fortement à l'ambre, la vigne à l'ormeau, le lierre au chêne. On entendait le doux murmure de ses soupirs ; on voyait ses yeux, tantôt étincelants d'une tendre flamme, tantôt offusqués par ces larmes précieuses que l'amour fait répandre.

On peut juger dans quelle surprise la dame d'honneur d'Amaside et les dames de compagnie étaient plongées. Dès qu'elles furent rentrées au palais, elles racontèrent toutes à leurs amants cette aventure étrange, et chacune avec des circonstances différentes, qui en augmentaient la singularité, et qui contribuent toujours à la variété de toutes les histoires.

Dès qu'Amasis, roi de Tanis, en fut informé, son cœur royal fut saisi d'une juste colère. Tel fut le courroux de Minos quand il sut que sa fille Pasiphaé prodiguait ses tendres faveurs au père du minotaure. Ainsi frémit Junon lorsqu'elle vit Jupiter son époux caresser la belle vache Io, fille du fleuve Inachus. Amasis fit enfermer la belle Amaside dans sa chambre, et mit une garde d'eunuques noirs à sa porte ; puis il assembla son conseil secret.

Le grand mage Mambrès y présidait, mais il n'avait plus le

même crédit qu'autrefois. Tous les ministres d'État conclurent que le taureau blanc était un sorcier. C'était tout le contraire : il était ensorcelé ; mais on se trompe toujours à la cour dans ces affaires délicates.

On conclut à la pluralité des voix qu'il fallait exorciser la princesse, et sacrifier le taureau blanc et la vieille.

Le sage Mambrès ne voulut point choquer l'opinion du roi et du conseil. C'était à lui qu'appartenait le droit de faire les exorcismes ; il pouvait les différer sous un prétexte très plausible. Le dieu Apis venait de mourir à Memphis. Un dieu bœuf meurt comme un autre. Il n'était permis d'exorciser personne en Égypte jusqu'à ce qu'on eût trouvé un autre bœuf qui pût remplacer le défunt.

Il fut donc arrêté dans le conseil qu'on attendrait la nomination qu'on devait faire du nouveau dieu à Memphis.

Le bon vieillard Mambrès sentait à quel péril sa chère princesse était exposée : il voyait quel était son amant. Les syllabes *Nabu,* qui lui étaient échappées, avaient décelé tout le mystère aux yeux de ce sage.

La dynastie[1] de Memphis appartenait alors aux Babyloniens : ils conservaient ce reste de leurs conquêtes passées, qu'ils avaient faites sous le plus grand roi du monde, dont Amasis était l'ennemi mortel. Mambrès avait besoin de toute sa sagesse pour se bien conduire parmi tant de difficultés. Si le roi Amasis découvrait l'amant de sa fille, elle était morte : il l'avait juré. Le grand, le jeune, le beau roi dont elle était éprise, avait détrôné son père, qui n'avait repris son royaume de Tanis que depuis près de sept ans qu'on ne savait ce qu'était devenu l'adorable monarque, le vainqueur et l'idole des nations, le tendre et généreux amant de la charmante Amaside. Mais aussi, en sacrifiant le taureau, on faisait mourir infailliblement la belle Amaside de douleur.

Que pouvait faire Mambrès dans des circonstances si épineuses ? Il va trouver sa chère nourrissonne au sortir du conseil, et lui dit : « Ma belle enfant, je vous servirai ; mais je vous le répète, on vous coupera le cou si vous prononcez jamais le nom de votre amant.

— Ah ! que m'importe mon cou, dit la belle Amaside, si je ne puis embrasser celui de Nabucho !... Mon père est un bien méchant homme ! Non seulement il refusa de me donner au

1. Dynastie signifie proprement puissance. Ainsi on peut se servir de ce mot, malgré les cavillations de Larcher. Dynastie vient du phénicien *dunast* et Larcher est un ignorant qui ne sait ni le phénicien, ni le syriaque, ni le cophte.

beau prince que j'idolâtre, mais il lui déclara la guerre ; et, quand il a été vaincu par mon amant, il a trouvé le secret de le changer en bœuf. A-t-on jamais vu une malice plus effroyable ? Si mon père n'était pas mon père, je ne sais ce que je lui ferais.

— Ce n'est pas votre père qui lui a joué ce cruel tour, dit le sage Mambrès, c'est un Palestin, un de nos anciens ennemis, un habitant d'un petit pays compris dans la foule des États que votre auguste amant a domptés pour les policer. Ces métamorphoses ne doivent point vous surprendre ; vous savez que j'en faisais autrefois de plus belles : rien n'était plus commun alors que ces changements qui étonnent aujourd'hui les sages. L'histoire véritable que nous avons lue ensemble nous a enseigné que Lycaon, roi d'Arcadie, fut changé en loup. La belle Callisto, sa fille, fut changée en ourse ; Io, fille d'Inachus, notre vénérable Isis, en vache ; Daphné, en laurier ; Syrmx, en flûte. La belle Edith, femme de Loth, le meilleur, le plus tendre père qu'on ait jamais vu, n'est-elle pas devenue dans notre voisinage une grande statue de sel très belle et très piquante, qui a conservé toutes les marques de son sexe, et qui a régulièrement ses ordinaires[1] chaque mois, comme l'attestent les grands hommes qui l'ont vue ? J'ai été témoin de ce changement dans ma Jeunesse. J'ai vu cinq puissantes villes, dans le séjour du monde le plus sec et le plus aride, transformées tout à coup en un beau lac. On ne marchait dans mon jeune temps que sur des métamorphoses.

« Enfin madame, si les exemples peuvent adoucir votre peine, souvenez-vous que Vénus a changé les Cérastes en bœufs. — Je le sais, dit la malheureuse princesse, mais les exemples consolent-ils ? Si mon amant était mort, me consolerais-je par l'Idée que tous les hommes meurent ? — Votre peine peut finir, dit le sage ; et puisque votre tendre amant est devenu bœuf, vous voyez bien que de bœuf il peut devenir homme. Pour moi, il faudrait que je fusse changé en tigre ou en crocodile, si je n'employais pas le peu de pouvoir qui me reste pour le service d'une princesse digne des adorations de la terre, pour la belle Amaside, que j'ai élevée sur mes genoux, et que sa fatale destinée met a des épreuves si cruelles. »

CHAPITRE CINQUIÈME

COMMENT LE SAGE MAMBRÈS SE CONDUISIT SAGEMENT

Le divin Mambrès ayant dit à la princesse tout ce qu'il fallait pour la consoler, et ne l'ayant point consolée courut aussitôt à la vieille. « Ma camarade, lui dit-il, notre métier est beau, mais

1. Tertullien, dans son poème de *Sodome,* dit :

il est bien dangereux ; vous courez risque d'être pendue, et votre bœuf d'être brûlé, ou noyé, ou mangé. Je ne sais pas ce qu'on fera de vos autres bêtes, car, tout prophète que je suis, je sais bien peu de choses ; mais cachez soigneusement le serpent et le poisson ; que l'un ne mette pas la tête hors de l'eau, et que l'autre ne sorte pas de son trou. Je placerai le bœuf dans une de mes écuries à la campagne ; vous y serez avec lui, puisque vous dites qu'il ne vous est pas permis de l'abandonner. Le bouc émissaire pourra dans l'occasion servir d'expiatoire ; nous l'enverrons dans le désert chargé des péchés de la troupe ; il est accoutumé à cette cérémonie, qui ne lui fait aucun mal ; et l'on sait que tout s'expie avec un bouc qui se promène. Je vous prie seulement de me prêter tout à l'heure le chien de Tobie, qui est un lévrier fort agile, l'ânesse de Balaam, qui court mieux qu'un dromadaire, le corbeau et le pigeon de l'arche, qui volent très rapidement. Je veux les envoyer en ambassade à Memphis pour une affaire de la dernière conséquence. »

La vieille repartit au mage : « Seigneur, vous pouvez disposer à votre gré du chien de Tobie, de l'ânesse de Balaam, du corbeau et du pigeon de l'arche, et du bouc émissaire ; mais mon bœuf ne peut coucher dans une écurie. Il est dit qu'il doit être attaché à une chaîne d'acier, « être toujours mouillé de la rosée, et brouter l'herbe sur la terre[1], et que sa portion sera avec les bêtes sauvages ». Il m'est confié, je dois obéir. Que penseraient de moi Daniel, Ezéchiel et Jérémie, si je confiais mon bœuf à d'autres qu'à moi-même ? Je vois que vous savez le secret de cet étrange animal. Je n'ai pas à me reprocher de vous l'avoir révélé. Je vais le conduire loin de cette terre impure, vers le lac Sirbon, loin des cruautés du roi de Tanis. Mon poisson et mon serpent me défendront : je ne crains personne quand je sers mon maître. »

Le sage Mambrès repartit ainsi : « Ma bonne, la volonté de Dieu soit faite ! Pourvu que je retrouve notre taureau blanc, il ne m'importe ni du lac de Sirbon, ni du lac de Mœris, ni du lac de Sodome ; je ne veux que lui faire du bien, et à vous aussi. Mais pourquoi m'avez-vous parlé de Daniel, d'Ézéchiel et de Jérémie ?

— Ah ! seigneur, reprit la vieille, vous savez aussi bien que moi l'intérêt qu'ils ont eu dans cette grande affaire. Mais je n'ai

Dicitur et vivens alio sub corpore sexus
Munificos solito dispungere sanguine menses.

Saint Irénée, liv. IV, dit : *Per naturalia es quœ sunt consuetudinis feminœ ostendens.*

1. Daniel, chap. v.

pas de temps à perdre ; je ne veux point être pendue ; je ne veux point que mon taureau soit brûlé, ou noyé, ou mangé. Je m'en vais auprès du lac de Sirbon par Canope, avec mon serpent et mon poisson. Adieu ! »

Le taureau la suivit tout pensif, après avoir témoigné au bienfaisant Mambrès la reconnaissance qu'il lui devait.

Le sage Mambrès était dans une cruelle inquiétude. Il voyait bien qu'Amasis, roi de Tanis, désespéré de la folle passion de sa fille pour cet animal, et la croyant ensorcelée, ferait poursuivre partout le malheureux taureau, et qu'il serait infailliblement brûlé, en qualité de sorcier, dans la place publique de Tanis, ou livré au poisson de Jonas, ou rôti, ou servi sur table. Il voulait, à quelque prix que ce fût, épargner ce désagrément à la princesse.

Il écrivit une lettre au grand prêtre de Memphis, son ami, en caractères sacrés, sur du papier d'Égypte qui n'était pas encore en usage. Voici les propres mots de sa lettre :

« Lumière du monde, lieutenant d'Isis, d'Osiris, et d'Horus, chef des circoncis, vous dont l'autel est élevé, comme de raison, au-dessus de tous les trônes ; j'apprends que votre dieu le bœuf Apis est mort. J'en ai un autre à votre service. Venez vite avec vos prêtres le reconnaître, l'adorer, et le conduire dans l'écurie de votre temple. Qu' Isis, Osiris et Horus vous aient en leur sainte et digne garde ; et vous, messieurs les prêtres de Memphis, en leur sainte garde !

Votre affectionné ami,
« MAMBRÈS. »

Il fit quatre duplicata de cette lettre, de crainte d'accident, et les enferma dans des étuis de bois d'ébène le plus dur. Puis appelant à lui quatre courriers qu'il destinait à ce message (c'étaient l'ânesse, le chien, le corbeau et le pigeon), il dit à l'ânesse : « Je sais avec quelle fidélité vous avez servi Balaam, mon confrère ; servez-moi de même. Il n'y a point d'onocrotale qui vous égale à la course ; allez, ma chère amie, rendez ma lettre en main propre, et revenez. » L'ânesse lui répondit : « Comme j'ai servi Balaam, je servirai monseigneur ; j'irai et je reviendrai. » Le sage lui mit le bâton d'ébène dans la bouche, et elle partit comme un trait.

Puis il fit venir le chien de Tobie, et lui dit : « Chien fidèle, et plus prompt à la course qu'Achille aux pieds légers, je sais ce que vous avez fait pour Tobie, fils de Tobie, lorsque vous et l'ange Raphaël vous l'accompagnâtes de Ninive à Ragès en Médie et de Ragès à Ninive, et qu'il rapporta à son père dix talents[1] que l'esclave Tobie père avait prêtés à l'esclave Gabelus ; car ces esclaves étaient fort riches. Portez à son adresse cette lettre, qui est plus précieuse que dix talents d'argent. » Le chien lui répondit « Seigneur, si j'ai suivi autrefois le messager Raphaël, je puis tout aussi bien faire votre commission. » Mambrès lui mit la lettre dans la gueule. Il en dit autant à la colombe. Elle lui répondit : « Seigneur, si j'ai rapporté un rameau dans l'arche, je vous apporterai de même votre réponse. » Elle prit la lettre dans son bec. On les perdit tous trois de vue en un instant.

Puis il dit au corbeau : « Je sais que vous avez nourri le grand prophète Élie[2], lorsqu'il était caché auprès du torrent Carith, si fameux dans toute la terre. Vous lui apportiez tous les jours de bon pain et des poulardes grasses ; je ne vous demande que de porter cette lettre à Memphis. »

Le corbeau répondit en ces mots : « Il est vrai, seigneur, que je portais tous les jours à dîner au grand prophète Élie le Thesbite, que j'ai vu monter dans l'atmosphère sur un char de feu traîné par quatre chevaux de feu, quoique ce ne soit pas la coutume ; mais je prenais toujours la moitié du dîner pour moi. Je veux bien porter votre lettre, pourvu que vous m'assuriez de deux bons repas chaque jour, et que je sois payé d'avance en argent comptant pour ma commission. »

Mambrès, en colère, dit à cet animal « Gourmand et malin, je ne suis pas étonné qu'Apollon, de blanc que tu étais comme un cygne, t'ait rendu noir comme une taupe, lorsque dans les plaines de Thessalie tu trahis la belle Coronis, malheureuse mère d'Esculape. Eh ! dis-moi donc, mangeais-tu tous les jours des aloyaux et des poulardes quand tu fus dix mois dans l'arche ? — Monsieur, nous y faisions très bonne chère, repartit le corbeau. On servait du rôti deux fois par jour à toutes les volatiles de mon espèce, qui ne vivent que de chair, comme à vautours, milans, aigles, buses, éperviers, ducs, émouchets, faucons, hiboux, et à la foule innombrable des oiseaux de proie. On garnissait avec une profusion bien plus grande les tables des lions, des léopards, des tigres, des panthères, des onces, des hyènes, des loups, des ours, des renards, des fouines et de tous les quadrupèdes carnivores. Il y avait dans l'arche huit personnes de marque, et les seules qui fussent alors au monde, continuellement occupées du soin de notre table, et de notre garde-robe ; savoir : Noé et sa femme, qui n'avaient guère plus

1. Vingt mille écus argent de France, au cours de ce jour.
2. Troisième livre des *Rois*, chap. XVII.

de six cents ans, leurs trois fils et leurs trois épouses. C'était un plaisir de voir avec quel soin, quelle propreté nos huit domestiques servaient plus de quatre mille convives du plus grand appétit, sans compter les peines prodigieuses qu'exigeaient dix à douze mille autres personnes, depuis l'éléphant et la girafe jusqu'aux vers à soie et aux mouches. Tout ce qui m'étonne, c'est que notre pourvoyeur Noé soit inconnu à toutes les nations, dont il est la tige ; mais je ne m'en soucie guère. Je m'étais déjà trouvé à une pareille fête[1] chez le roi de Thrace Xissutre. Ces choses-là arrivent de temps en temps pour l'instruction des corbeaux. En un mot, je veux faire bonne chère, et être très bien payé en argent comptant.

Le sage Mambrès se garda bien de donner sa lettre à une bête si difficile et si bavarde. Ils se séparèrent fort mécontents l'un de l'autre.

Il fallait cependant savoir ce que deviendrait le beau taureau, et ne pas perdre la piste de la vieille et du serpent. Mambrès ordonna à des domestiques intelligents et affidés de les suivre ; et, pour lui, il s'avança en litière sur le bord du Nil, toujours faisant des réflexions.

« Comment se peut-il, disait-il en lui-même, que ce serpent soit le maître de presque toute la terre, comme il s'en vante, et comme tant de doctes l'avouent, et que cependant il obéisse à une vieille ? Comment est-il quelquefois appelé au conseil de là-haut, tandis qu'il rampe sur la terre ? Pourquoi entre-t-il tous les jours dans le corps des gens par sa seule vertu, et que tant de sages prétendent l'en déloger avec des paroles ? Enfin comment passe-t-il chez un petit peuple du voisinage pour avoir perdu le genre humain, et comment le genre humain n'en sait-il rien ? Je suis bien vieux, j'ai étudié toute ma vie : mais je vois là une foule d'incompatibilités que je ne puis concilier. Je ne saurais expliquer ce qui m'est arrivé à moi-même, ni les grandes choses que j'ai faites autrefois, ni celles dont j'ai été témoin. Tout bien pesé, je commence à soupçonner que ce monde-ci subsiste de contradictions : *Rerum concordia discors,* comme disait autrefois mon maître Zoroastre en sa langue. »

Tandis qu'il était plongé dans cette métaphysique obscure, comme l'est toute métaphysique, un batelier, en chantant une chanson à boire, amarra un petit bateau près de la rive. On en

1. Bérose, auteur chaldéen, rapporte en effet que la même aventure advint au roi de Thrace Xissutre : elle était même encore plus merveilleuse, car son arche avait cinq stades de long sur deux de large. Il s'est élevé une grande dispute entre les savants pour démêler lequel est le plus ancien, du roi Xissutre ou de Noé.

vit sortir trois graves personnages à demi vêtus de lambeaux crasseux et déchirés, mais conservant sous ces livrées de la pauvreté l'air le plus majestueux et le plus auguste. C'étaient Daniel, Ézéchiel, et Jérémie.

CHAPITRE SIXIÈME

COMMENT MAMBRÈS RENCONTRA TROIS PROPHÈTES, ET LEUR DONNA UN BON DÎNER

Ces trois grands hommes, qui avaient la lumière prophétique sur le visage, reconnurent le sage Mambrès pour un de leurs confrères, à quelques traits de cette même lumière qui lui restaient encore, et se prosternèrent devant son palanquin. Mambrès les reconnut aussi pour prophètes encore plus à leurs habits qu'aux traits de feu qui partaient de leurs têtes augustes. Il se douta bien qu'ils venaient savoir des nouvelles du taureau blanc ; et, usant de sa prudence ordinaire, il descendit de sa voiture, et avança quelques pas au-devant d'eux avec une politesse mêlée de dignité. Il les releva, fit dresser des tentes et apprêter un dîner dont il jugea que les trois prophètes avaient grand besoin.

Il fit inviter la vieille, qui n'était encore qu'à cinq cents pas. Elle se rendit à l'invitation, et arriva menant toujours le taureau blanc en laisse.

On servit deux potages, l'un de bisque, l'autre à la reine ; les entrées furent une tourte de langues de carpes, des foies de lottes et de brochets, des poulets aux pistaches, des innocents aux truffes et aux olives, deux dindonneaux au coulis d'écrevisses, de mousserons et de morilles, et un chipolata. Le rôti fut composé de faisan-deaux, de perdreaux, de gelinottes, de cailles et d'ortolans, avec quatre salades. Au milieu était un surtout dans le dernier goût. Rien ne fut plus délicat que l'entremets ; rien de plus magnifique, de plus brillant et de plus ingénieux que le dessert.

Au reste, le discret Mambrès avait eu grand soin que dans ce repas il n'y eût ni pièce de bouilli, ni aloyau, ni langue, ni palais de bœuf, ni tétines de vache, de peur que l'infortuné monarque, assistant de loin au dîner, ne crût qu'on lui insultât.

Ce grand et malheureux prince broutait l'herbe auprès de la tente. Jamais il ne sentit plus cruellement la fatale révolution qui l'avait privé du trône pour sept années entières. « Hélas ! disait-il en lui-même, ce Daniel, qui m'a changé en taureau, et cette sorcière de pythonisse qui me garde, font la meilleure chère du monde ; et moi, le souverain de l'Asie, je suis réduit à manger du foin et à boire de l'eau. »

On but beaucoup de vin d'Engaddi, de Tadmor et de Chiraz. Quand les prophètes et la pythonisse furent un peu en pointe de vin, on se parla avec plus de confiance qu'aux premiers services. « J'avoue, dit Daniel, que je ne faisais pas si bonne chère quand j'étais dans la fosse aux lions. — Quoi ! monsieur, on vous a mis dans la fosse aux lions ? dit Mambrès ; et comment n'avez-vous pas été mangé ? — Monsieur, dit Daniel, vous savez que les lions ne mangent jamais de prophètes. — Pour moi, dit Jérémie,j'ai passé toute ma vie à mourir de faim ; je n'ai jamais fait un bon repas qu'aujourd'hui. Si j'avais à renaître, et si je pouvais choisir mon état, j'avoue que j'aimerais cent fois mieux être contrôleur général, ou évêque à Babylone, que prophète à Jérusalem. »

Ézéchiel dit « Il me fut ordonné une fois de dormir trois cent quatre-vingt-dix jours de suite sur le côté gauche, et de manger pendant tout ce temps-là du pain d'orge, de millet, de vesces, de fèves et de froment, couvert de[1]... je n'ose pas dire. Tout ce que je pus obtenir, ce fut de ne le couvrir que de bouse de vache. J'avoue que la cuisine du seigneur Mambrès est plus délicate. Cependant le métier de prophète a du bon ; et la preuve en est que mille gens s'en mêlent.

— A propos, dit Mambrès, expliquez-moi ce que vous entendez par votre Oolla et par votre Ooliba, qui faisaient tant de cas des chevaux et des ânes. — Ah ! répondit Ézéchiel, ce sont des fleurs de rhétorique. »

Après ces ouvertures de cœur, Mambrès parla d'affaires. Il demanda aux trois pèlerins pourquoi ils étaient venus dans les États du roi de Tanis. Daniel prit la parole : il dit que le royaume de Babylone avait été en combustion depuis que Nabuchodonosor avait disparu ; qu'on avait persécuté tous les prophètes, selon l'usage de la cour ; qu'ils passaient leur vie tantôt à voir des rois à leurs pieds, tantôt à recevoir cent coups d'étrivières ; qu'enfin ils avaient été obligés de se réfugier en Égypte, de peur d'être lapidés. Ézéchiel et Jérémie parlèrent aussi très longtemps dans un fort beau style, qu'on pouvait à peine comprendre. Pour la pythonisse, elle avait toujours l'œil sur son animal. Le poisson de Jonas se tenait dans le Nil, vis-à-vis de la tente, et le serpent se jouait sur l'herbe.

Après le café, on alla se promener sur le bord du Nil. Alors le

1. Ézéchiel, chap. IV.

taureau blanc, apercevant les trois prophètes ses ennemis, poussa des mugissements épouvantables ; il se jeta impétueusement sur eux, il les frappa de ses cornes, et, comme les prophètes n'ont jamais que la peau sur les os, il les aurait percés d'outre en outre, et leur aurait ôté la vie ; mais le maître des choses, qui voit tout et qui remédie à tout, les changea sur-le-champ en pies ; et ils continuèrent à parler comme auparavant. La même chose arriva depuis aux Piérides, tant la fable a imité l'histoire.

Ce nouvel incident produisait de nouvelles réflexions dans l'esprit du sage Mambrès. « Voilà, disait-il, trois grands prophètes changés en pies : cela doit nous apprendre à ne pas trop parler, et à garder toujours une discrétion convenable. » Il concluait que sagesse vaut mieux qu'éloquence, et pensait profondément selon sa coutume, lorsqu'un grand et terrible spectacle vint frapper ses regards.

CHAPITRE SEPTIÈME

LE ROI TANIS ARRIVE. SA FILLE ET LE TAUREAU VONT ÊTRE SACRIFIÉS

Des tourbillons de poussière s'élevaient du midi au nord. On entendait le bruit des tambours, des trompettes, des fifres, des psaltérions, des cythares, des sambuques ; plusieurs escadrons avec plusieurs bataillons s'avançaient, et Amasis, roi de Tanis, était à leur tête sur un cheval caparaçonné d'une housse écarlate brochée d'or ; et les hérauts criaient : « Qu'on prenne le taureau blanc, qu'on le lie, qu'on le jette dans le Nil, et qu'on le donne à manger au poisson de Jonas ; car le roi mon seigneur, qui est juste, veut se venger du taureau blanc, qui a ensorcelé sa fille. »

Le bon vieillard Mambrès fit plus de réflexions que jamais. Il vit bien que le malin corbeau était allé tout dire au roi, et que la princesse courait grand risque d'avoir le cou coupé. Il dit au serpent : « Mon cher ami allez vite consoler la belle Amaside, ma nourrissonne ; dites-lui qu'elle ne craigne rien, quelque chose qui arrive et faites-lui des contes pour charmer son inquiétude, car les contes amusent toujours les filles, et ce n'est que par des contes qu'on réussit dans le monde. »

Puis il se prosterna devant Amasis, roi de Tanis, et lui dit « O roi ! vivez à jamais. Le taureau blanc doit être sacrifié, car Votre Majesté a toujours raison ; mais le maître des choses a dit : “ Ce taureau ne doit être mangé par le poisson de Jonas qu'après que Memphis aura trouvé un dieu pour mettre à la place de son dieu qui est mort ” Alors vous serez vengé, et votre fille sera exorcisée, car elle est possédée. Vous avez trop de piété pour ne pas obéir aux ordres du maître des choses. »

Amasis, roi de Tanis, resta tout pensif ; puis il dit « Le bœuf Apis est mort ; Dieu veuille avoir son âme ! Quand croyez-vous qu'on aura trouvé un autre bœuf pour régner sur la féconde Égypte ? — Sire, dit Mambrès Je ne vous demande que huit jours. » Le roi, qui était très dévot, dit : « Je les accorde, et je veux rester ici huit jours ; après quoi je sacrifierai le séducteur de ma fille. » Et il fit venir ses tentes, ses cuisiniers, ses musiciens, et resta huit jours en ce lieu, comme il est dit dans Manéthon.

La vieille était au désespoir de voir que le taureau qu'elle avait en garde n'avait plus que huit jours à vivre. Elle faisait apparaître toutes les nuits des ombres au roi pour le détourner de sa cruelle résolution. Mais le roi ne se souvenait plus le matin des ombres qu'il avait vues la nuit, de même que Nabuchodonosor avait oublié ses songes.

CHAPITRE HUITIÈME

COMMENT LE SERPENT FIT DES CONTES À LA PRINCESSE, POUR LA CONSOLER

Cependant le serpent contait des histoires à la belle Amaside pour calmer ses douleurs. Il lui disait comment il avait guéri autrefois tout un peuple de la morsure de certains petits serpents, en se montrant seulement au bout d'un bâton. Il lui apprenait les conquêtes d'un héros qui fit un si beau contraste avec Amphion, architecte de Thèbes en Béotie. Cet Amphion faisait venir les pierres de taille au son du violon : un rigodon et un menuet lui suffisaient pour bâtir une ville ; mais l'autre les détruisait au son du cornet à bouquin ; il fit pendre trente et un rois très puissants dans un canton de quatre lieues de long et de large ; il fit pleuvoir de grosses pierres du haut du ciel sur un bataillon d'ennemis fuyant devant lui ; et, les ayant ainsi exterminés, il arrêta le soleil et la lune en plein midi, pour les exterminer encore entre Gabaon et Aïalon sur le chemin de Bethoron, à l'exemple de Bacchus, qui avait arrêté le soleil et la lune dans son voyage aux Indes.

La prudence que tout serpent doit avoir ne lui permit pas

de parler à la belle Amaside du puissant bâtard Jephté, qui coupa le cou à sa fille parce qu'il avait gagné une bataille ; il aurait jeté trop de terreur dans le cœur de la belle princesse ; mais il lui conta les aventures du grand Samson, qui tuait mille Philistins avec une mâchoire d'âne, qui attachait ensemble trois cents renards par la queue, et qui tomba dans les filets d'une fille moins belle, moins tendre et moins fidèle que la charmante Amaside.

Il lui racontait les amours malheureux de Sichem et de l'agréable Dina, âgée de six ans, et les amours plus fortunés de Booz et de Ruth, ceux de Juda avec sa bru Thamar, ceux de Loth avec ses deux filles qui ne voulaient pas que le monde finît, ceux d'Abraham et de Jacob avec leurs servantes, ceux de Ruben avec sa mère, ceux de David et de Bethsabée, ceux du grand roi Salomon, enfin tout ce qui pouvait dissiper la douleur d'une belle princesse.

CHAPITRE NEUVIÈME

COMMENT LE SERPENT NE LA CONSOLE POINT

« Tous ces contes-là m'ennuient, répondit la belle Amaside, qui avait de l'esprit et du goût. Ils ne sont bons que pour être commentés chez les Irlandais par ce fou d'Abbadie, ou chez les Velches par ce phrasier d'Houteville. Les contes qu'on pouvait faire à la quadrisaïeule de la quadrisaïeule de ma grand-mère ne sont plus bons pour moi, qui ai été élevée par le sage Mambrès, et qui ai lu l'*Entendement humain du* philosophe égyptien nommé. Locke, et la *Matrone d'Ephèse.* Je veux qu'un conte soit fondé sur la vraisemblance, et qu'il ne ressemble pas toujours à un rêve. Je désire qu'il n'ait rien de trivial ni d'extravagant. Je voudrais surtout que, sous le voile de la fable, il laissât entrevoir aux yeux exercés quelque vérité fine qui échappe au vulgaire. Je suis lasse du soleil et de la lune dont une vieille dispose à son gré, des montagnes qui dansent, des fleuves qui remontent à leur source, et des morts qui ressuscitent ; mais surtout quand ces fadaises sont écrites d'un style ampoulé et inintelligible, cela me dégoûte horriblement. Vous sentez qu'une fille qui craint de voir avaler son amant par un gros poisson, et d'avoir elle-même le cou coupé par son propre père, a besoin d'être amusée ; mais tâchez de m'amuser selon mon goût.

– Vous m'imposez là une tâche bien difficile, répondit le

serpent. J'aurais pu autrefois vous faire passer quelques quarts d'heure assez agréables ; mais j'ai perdu depuis quelque temps l'imagination et la mémoire. Hélas ! où est le temps où j'amusais les filles ! Voyons cependant si je pourrai me souvenir de quelque conte moral pour vous plaire.

« Il y a vingt-cinq mille ans que le roi Gnaof et la reine Patra étaient sur le trône de Thèbes aux cent portes. Le roi Gnaof était fort beau, et la reine Patra encore plus belle ; mais ils ne pouvaient avoir d'enfants. Le roi Gnaof proposa un prix pour celui qui enseignerait la meilleure méthode de perpétuer la race royale.

La faculté de médecine et l'académie de chirurgie firent d'excellents traités sur cette question importante : pas un ne réussit. On envoya la reine aux eaux ; elle fit des neuvaines ; elle donna beaucoup d'argent au temple de Jupiter Ammon, dont vient le sel ammoniac : tout fut inutile. Enfin un jeune prêtre de vingt-cinq ans se présenta au roi, et lui dit : « Sire, je crois savoir faire la conjuration qui opère ce que Votre Majesté désire avec tant d'ardeur. Il faut que je parle en secret à l'oreille de madame votre femme ; et, si elle ne devient féconde, je consens d'être pendu. — J'accepte votre proposition », dit le roi Gnaof. On ne laissa la reine et le prêtre qu'un quart d'heure ensemble. La reine devint grosse, et le roi voulut faire pendre le prêtre.

— Mon Dieu ! dit la princesse, je vois où cela mène : ce conte est trop commun ; je vous dirai même qu'il alarme ma pudeur. Contez-moi quelque fable bien vraie, bien avérée, et bien morale, dont je n'aie jamais entendu parler, pour achever *de me former l'esprit et le cœur,* comme dit le professeur égyptien Linro.

— En voici une, madame, dit le beau serpent, qui est des plus authentiques.

« Il y avait trois prophètes, tous trois également ambitieux et dégoûtés de leur état. Leur folie était de vouloir être rois : car il n'y a qu'un pas du rang de prophète à celui de monarque, et l'homme aspire toujours à monter tous les degrés de l'échelle de la fortune. D'ailleurs leurs goûts, leurs plaisirs, étaient absolument différents. Le premier prêchait admirablement ses frères assemblés, qui lui battaient des mains ; le second était fou de la musique, et le troisième aimait passionnément les filles. L'ange Ituriel vint se présenter à eux, un jour qu'ils étaient à table, et qu'ils s'entretenaient des douceurs de la royauté.

« Le maître des choses, leur dit l'ange, m'envoie vers vous

pour récompenser votre vertu. Non seulement vous serez rois, mais vous satisferez continuellement vos passions dominantes. Vous, premier prophète, je vous fais roi d'Égypte, et vous tiendrez toujours votre conseil, qui applaudira à votre éloquence et à votre sagesse. Vous, second prophète, vous régnerez sur la Perse, et vous entendrez continuellement une musique divine. Et vous, troisième prophète, je vous fais roi de l'Inde, et je vous donne une maîtresse charmante, qui ne vous quittera jamais. »

« Celui qui eut l'Égypte en partage commença par assembler son conseil privé, qui n'était composé que de deux cents sages. Il leur fit, selon l'étiquette, un long discours, qui fut très applaudi, et le monarque goûta la douce satisfaction de s'enivrer de louanges qui n'étaient corrompues par aucune flatterie.

« Le conseil des affaires étrangères succéda au conseil privé. Il fut beaucoup plus nombreux ; et un nouveau discours reçut encore plus d'éloges. Il en fut de même des autres conseils. Il n'y eut pas un moment de relâche aux plaisirs et à la gloire du prophète roi d'Égypte. Le bruit de son éloquence remplit toute la terre.

« Le prophète roi de Perse commença par se faire donner un opéra italien dont les chœurs étaient chantés par quinze cents châtrés. Leurs voix lui remuaient l'âme jusqu'à la moelle des os, où elle réside. A cet opéra en succédait un autre, et à ce second un troisième, sans interruption.

« Le roi de l'Inde s'enferma avec sa maîtresse, et goûta une volupté parfaite avec elle. Il regardait comme le souverain bonheur la nécessité de la caresser toujours, et il plaignait le triste sort de ses deux confrères, dont l'un était réduit à tenir toujours son conseil, et l'autre à être toujours à l'opéra.

« Chacun d'eux, au bout de quelques jours, entendit par la fenêtre des bûcherons qui sortaient d'un cabaret pour aller couper du bois dans la forêt voisine, et qui tenaient sous le bras leurs douces amies dont ils pouvaient changer à volonté. Nos rois prièrent Ituriel de vouloir bien intercéder pour eux auprès du maître des choses, et de les faire bûcherons.

— Je ne sais pas, interrompit la tendre Amaside, si le maître des choses leur accorda leur requête, et je ne m'en soucie guère ; mais je sais bien que je ne demanderais rien à personne si j'étais enfermée tête à tête avec mon amant, avec mon cher Nabuchodonosor. »

Les voûtes du palais retentirent de ce grand nom. D'abord Amaside n'avait prononcé que Na, ensuite Nabu, puis Nabucho ; mais, à la fin, la passion l'emporta, elle prononça le nom fatal tout entier, malgré le serment qu'elle avait fait au roi son père. Toutes les dames du palais répétèrent Nabuchodonosor, et le malin corbeau ne manqua pas d'en aller avertir le roi. Le visage d'Amasis, roi de Tanis, fut troublé, parce que son cœur était plein de trouble. Et voilà comment le serpent, qui était le plus prudent et le plus subtil des animaux, faisait toujours du mal aux femmes en croyant bien faire.

Or Amasis en courroux envoya sur-le-champ chercher sa fille Amaside par douze de ses alguazils, qui sont toujours prêts à exécuter toutes les barbaries que le roi commande, et qui disent pour raison : « Nous sommes payés pour cela. »

CHAPITRE DIXIÈME

COMMENT ON VOULUT COUPER LE COU À LA PRINCESSE, ET COMMENT ON NE LE LUI COUPA POINT

Dès que la princesse fut arrivée toute tremblante au camp du roi son père, il lui dit « Ma fille, vous savez qu'on fait mourir toutes les princesses qui désobéissent aux rois leurs pères, sans quoi un royaume ne pourrait être bien gouverné. Je vous avais défendu de proférer le nom de votre amant Nabuchodonosor, mon ennemi mortel, qui m'avait détrôné, il y a bientôt sept ans, et qui a disparu de la terre. Vous avez choisi à sa place un taureau blanc, et vous avez crié Nabuchodonosor ! Il est juste que je vous coupe le cou. »

La princesse lui répondit : « Mon père, soit fait selon votre volonté mais donnez-moi du temps pour pleurer ma virginité. — Cela est juste, dit le roi Amasis ; c'est une loi établie chez tous les princes éclairés et prudents. Je vous donne toute la journée pour pleurer votre virginité, puisque vous dites que vous l'avez. Demain, qui est le huitième jour de mon campement, je ferai avaler le taureau blanc par le poisson, et je vous couperai le cou à neuf heures du matin. »

La belle Amaside alla donc pleurer le long du Nil, avec ses dames du palais, tout ce qui lui restait de virginité. Le sage Mambrès réfléchissait à côté d'elle, et comptait les heures et les moments. « Eh bien ! mon cher Mambrès, lui dit-elle, vous avez changé les eaux du Nil en sang, selon la coutume, et vous ne pouvez changer le cœur d'Amasis mon père, roi de Tanis ! Vous souffrirez qu'il me coupe le cou demain à neuf heures du matin ? — Cela dépendra, répondit le réfléchissant Mambrès, de la diligence de mes courriers. »

Le lendemain, dès que les ombres des obélisques et des pyramides marquèrent sur la terre la neuvième heure du jour, on lia le taureau blanc pour le jeter au poisson de Jonas, et on apporta au roi son grand sabre. Hélas ! hélas ! disait Nabuchodonosor dans le fond de son cœur, moi, le roi, je suis bœuf depuis près de sept ans, et à peine j'ai retrouvé ma maîtresse qu'on me fait manger par un poisson. »

Jamais le sage Mambrès n'avait fait des réflexions si profondes. Il était absorbé dans ses tristes pensées, lorsqu'il vit de loin tout ce qu'il attendait. Une foule innombrable approchait. Les trois figures d'Isis, d'Osiris, et d'Horus, unies ensemble, avançaient portées sur un brancard d'or et de pierreries par cent sénateurs de Memphis, et précédées de cent filles jouant du sistre sacré. Quatre mille prêtres, la tête rasée et couronnée de fleurs, étaient montés chacun sur un hippopotame. Plus loin paraissaient dans la même pompe la brebis de Thèbes, le chien de Bubaste, le chat de Phoebé, le crocodile d'Arsinoé, le bouc de Mendès, et tous les dieux inférieurs de l'Égypte, qui venaient rendre hommage au grand bœuf, au grand dieu Apis, aussi puissant qu'Isis, Osiris, et Horus, réunis ensemble.

Au milieu de tous ces demi-dieux, quarante prêtres portaient une énorme corbeille remplie d'oignons sacrés, qui n'étaient pas tout à fait des dieux, mais qui leur ressemblaient beaucoup.

Aux deux côtés de cette file de dieux suivis d'un peuple innombrable, marchaient quarante mille guerriers, le casque en tête, le cimeterre sur la cuisse gauche, le carquois sur l'épaule, l'arc à la main.

Tous les prêtres chantaient en chœur, avec une harmonie qui élevait l'âme et qui l'attendrissait :

Notre bœuf est au tombeau,
Nous en aurons un plus beau.

Et, à chaque pause, on entendait résonner les sistres, les castagnettes, les tambours de basque, les psaltérions, les cornemuses, les harpes, et les sambuques.

CHAPITRE ONZIÈME

COMMENT LA PRINCESSE ÉPOUSA SON BŒUF

Amasis, roi de Tanis, surpris de ce spectacle, ne coupa point le cou à sa fille : il remit son cimeterre dans son fourreau. Mambrès lui dit : « Grand roi ! l'ordre des choses est changé ; il faut que Votre Majesté donne l'exemple. O roi ! déliez vous-même promptement le taureau blanc, et soyez le premier à l'adorer. » Amasis obéit, et se prosterna avec tout son peuple. Le grand prêtre de Memphis présenta au nouveau bœuf Apis la première poignée de foin. La princesse Amaside attachait à ses belles cornes des festons de roses, d'anémones, de renoncules, de tulipes, d'œillets, et d'hyacinthes. Elle prenait la liberté de le baiser, mais avec un profond respect. Les prêtres jonchaient de palmes et de fleurs le chemin par lequel on le conduisait à Memphis. Et le sage Mambrès, faisant toujours ses réflexions, disait tout bas à son ami le serpent : « Daniel a changé cet homme en bœuf, et j'ai changé ce bœuf en dieu. »

On s'en retournait à Memphis dans le même ordre. Le roi de Tanis, tout confus, suivait la marche. Mambrès, l'air serein et recueilli, était à son côté. La vieille suivait tout émerveillée ; elle était accompagnée du serpent, du chien, de l'ânesse, du corbeau, de la colombe, et du bouc émissaire. Le grand poisson remontait le Nil. Daniel, Ezéchiel, et Jérémie, transformés en pies, fermaient la marche.

Quand on fut arrivé aux frontières du royaume, qui n'étaient pas fort loin, le roi Amasis prit congé du bœuf Apis, et dit à sa fille : « Ma fille, retournons dans nos États, afin que je vous y coupe le cou, ainsi qu'il a été résolu dans mon cœur royal, parce que vous avez prononcé le nom de Nabuchodonosor, mon ennemi, qui m'avait détrôné il y a sept ans. Lorsqu'un père a juré de couper le cou à sa fille, il faut qu'il accomplisse son serment, sans quoi il est précipité pour jamais dans les enfers, et je ne veux pas me damner pour l'amour de vous. « La belle princesse répondit en ces mots au roi Amasis : « Mon cher père, allez couper le cou à qui vous voudrez ; mais ce ne sera pas à moi. Je suis sur les terres d'Isis, d'Osiris, d'Horus, et d'Apis ; je ne quitterai point mon beau taureau blanc ; je le baiserai tout le long du chemin, jusqu'à ce que j'aie vu son apothéose dans la grande écurie de la sainte ville de Memphis : c'est une faiblesse pardonnable à une fille bien née. »

A peine eut-elle prononcé ces paroles que le bœuf Apis s'écria : « Ma chère Amaside, je t'aimerai toute ma vie ! » C'était pour la première fois qu'on avait entendu parler Apis en Égypte depuis quarante mille ans qu'on l'adorait. Le serpent et l'ânesse s'écrièrent : « Les sept années sont accomplies ! » et les trois pies répétèrent : « Les sept années sont accomplies ! » Tous les prêtres d'Égypte levèrent les mains au ciel. On vit tout d'un coup le dieu perdre ses deux jambes de derrière ; ses deux jambes de devant se changèrent en deux jambes humaines ; deux beaux bras charnus, musculeux et blancs, sortirent de ses épaules ; son mufle de taureau fit place au visage d'un héros charmant ; il redevint le plus bel homme de la terre, et dit : « J'aime mieux être l'amant d'Amaside que dieu. Je suis Nabuchodonosor, roi des rois. »

Cette nouvelle métamorphose étonna tout le monde, hors le réfléchissant Mambrès. Mais, ce qui ne surprit personne, c'est que Nabuchodonosor épousa sur-le-champ la belle Amaside en présence de cette grande assemblée.

Il conserva le royaume de Tanis à son beau-père, et fit de belles fondations pour l'ânesse, le serpent, le chien, la colombe, et même pour le corbeau, les trois pies et le gros poisson ; montrant à tout l'univers qu'il savait pardonner comme triompher. La vieille eut une grosse pension. Le bouc émissaire fut envoyé pour un jour dans le désert, afin que tous les péchés passés fussent expiés ; après quoi, on lui donna douze chèvres pour sa récompense. Le sage Mambrès retourna dans son palais faire des réflexions. Nabuchodonosor, après l'avoir embrassé, gouverna tranquillement le royaume de Memphis, celui de Babylone, de Damas, de Balbec, de Tyr, la Syrie, l'Asie Mineure, la Scythie, les contrées de Chiraz, de Mosok, du Tubal, de Madaï, de Gog, de Magog, de Javan, la Sogdiane, la Bactriane, les Indes, et les îles.

Les peuples de cette vaste monarchie criaient tous les matins : « Vive le grand Nabuchodonosor, roi des rois, qui n'est plus bœuf ! » Et depuis ce fut une coutume dans Babylone que toutes les fois que le souverain, ayant été grossièrement trompé par ses satrapes, ou par ses mages, ou par ses trésoriers, ou par ses femmes, reconnaissait enfin ses erreurs, et corrigeait sa mauvaise conduite, tout le peuple criait à sa porte : « Vive notre grand roi, qui n'est plus bœuf ! »

LE CROCHETEUR BORGNE

Nos deux yeux ne rendent pas notre condition meilleure ; l'un nous sert à voir les biens, et l'autre les maux de la vie. Bien des gens ont la mauvaise habitude de fermer le premier, et bien peu ferment le second ; voilà pourquoi il y a tant de gens qui aimeraient mieux être aveugles que de voir tout ce qu'ils voient. Heureux les borgnes qui ne sont privés que de ce mauvais œil qui gâte tout ce qu'on regarde ! Mesrour en est un exemple.

Il aurait fallu être aveugle pour ne pas voir que Mesrour était borgne. Il l'était de naissance, mais c'était un borgne si content de son état qu'il ne s'était jamais avisé de désirer un autre œil. Ce n'étaient point les dons de la fortune qui le consolaient des torts de la nature, car il était simple crocheteur, et n'avait d'autre trésor que ses épaules ; mais il était heureux, et il montrait qu'un œil de plus et de la peine de moins contribuent bien peu au bonheur. L'argent et l'appétit lui venaient toujours en proportion de l'exercice qu'il faisait ; il travaillait le matin, mangeait et buvait le soir, dormait la nuit, et regardait tous ses jours comme autant de vies séparées, en sorte que le soin de l'avenir ne le troublait jamais dans la jouissance du présent. Il était (comme vous le voyez) tout à la fois borgne, crocheteur, et philosophe.

Il vit par hasard passer dans un char brillant une grande princesse qui avait un œil de plus que lui, ce qui ne l'empêcha pas de la trouver fort belle, et, comme les borgnes ne diffèrent des autres hommes qu'en ce qu'ils ont un œil de moins, il en devint éperdument amoureux. On dira peut-être que, quand on est crocheteur et borgne, il ne faut point être amoureux, surtout d'une grande princesse, et, qui plus est, d'une princesse qui a deux yeux. Je conviens qu'on a bien à craindre de ne pas plaire ; cependant, comme il n'y a point d'amour sans espérance, et que notre crocheteur aimait, il espéra.

Comme il avait plus de jambes que d'yeux, et qu'elles étaient bonnes, il suivit l'espace de quatre lieues le char de sa déesse, que six grands chevaux blancs traînaient avec une grande rapidité. La mode dans ce temps-là, parmi les dames, était de voyager sans laquais et sans cocher, et de se mener elles-mêmes. Les maris voulaient qu'elles fussent toujours toutes seules afin d'être plus sûrs de leur vertu, ce qui est directement opposé au sentiment des moralistes, qui disent qu'il n'y a point de vertu dans la solitude.

Mesrour courait toujours à côté des roues du char, tournant son bon œil du côté de la dame, qui était étonnée de voir un borgne de cette agilité. Pendant qu'il prouvait ainsi qu'on est infatigable pour ce qu'on aime, une bête fauve, poursuivie par des chasseurs, traversa le grand chemin et effraya les chevaux, qui, ayant pris le mors aux dents, entraînaient la belle dans un précipice. Son nouvel amant, plus effrayé encore qu'elle, quoiqu'elle le fût beaucoup, coupa les traits avec une adresse merveilleuse. Les six chevaux blancs firent seuls le saut périlleux, et la dame, qui n'était pas moins blanche qu'eux, en fut quitte pour la peur. « Qui que vous soyez, lui dit-elle, je n'oublierai jamais que je vous dois la vie ; demandez-moi tout ce que vous voudrez ; tout ce que j'ai est à vous. — Ah ! je puis avec bien plus de raison, répondit Mesrour, vous en offrir autant ; mais, en vous l'offrant, je vous en offrirai toujours moins : car je n'ai qu'un œil, et vous en avez deux ; mais un œil qui vous regarde vaut mieux que deux yeux qui ne voient point les vôtres. » La dame sourit, car les galanteries d'un borgne sont toujours des galanteries ; et les galanteries font toujours sourire. « Je voudrais bien pouvoir vous donner un autre œil, lui dit-elle, mais votre mère pouvait seule vous faire ce présent-là ; suivez-moi toujours. » A ces mots elle descend de son char et continue sa route à pied ; son petit chien descendit aussi, et marchait à pied à côté d'elle, aboyant après l'étrange figure de son écuyer. J'ai tort de lui donner le titre d'écuyer, car il eut beau offrir son bras, la dame ne voulut jamais l'accepter, sous prétexte qu'il était trop sale ; et vous allez voir qu'elle fut la dupe de sa propreté. Elle avait de fort petits pieds, et des souliers encore plus petits que ses pieds, en sorte qu'elle n'était ni faite ni chaussée de manière à soutenir une longue marche. De jolis pieds consolent d'avoir de mauvaises jambes, lorsqu'on passe sa vie sur sa chaise longue au milieu d'une foule de petits-maîtres ; mais à quoi servent des souliers brodés en paillettes dans un chemin pierreux, où ils ne peuvent être vus que par un crocheteur, et encore par un crocheteur qui n'a qu'un œil ?

Mélinade (c'est le nom de la dame, que j'ai eu mes raisons pour ne pas dire jusqu'ici, parce qu'il n'était pas encore fait) avançait comme elle pouvait, maudissant son cordonnier, déchirant ses souliers, écorchant ses pieds, et se donnant des entorses à chaque pas. Il y avait environ une heure et demie qu'elle marchait du train des grandes dames, c'est-à-dire qu'elle avait déjà fait près d'un quart de lieue, lorsqu'elle tomba de fatigue sur la place.

Le Mesrour, dont elle avait refusé les secours pendant qu'elle était debout, balançait à les lui offrir, dans la crainte de la salir en la touchant : car il savait bien qu'il n'était pas propre, la dame le lui avait assez clairement fait entendre, et la comparaison qu'il avait faite en chemin entre lui et sa maîtresse le lui avait fait voir encore plus clairement. Elle avait une robe d'une légère étoffe d'argent, semée de guirlandes de fleurs, qui laissait briller la beauté de sa taille ; et lui avait un sarrau brun, taché en mille endroits, troué, et rapiécé en sorte que les pièces étaient à côté des trous, et point dessus, où elles auraient pourtant été plus à leur place ; il avait comparé ses mains nerveuses et couvertes de durillons avec deux petites mains plus blanches et plus délicates que les lis ; enfin il avait vu les beaux cheveux blonds de Mélinade, qui paraissaient à travers un léger voile de gaze, relevés les uns en tresse et les autres en boucles, et il n'avait à mettre à côté de cela que des crins noirs, hérissés, crépus, et n'ayant pour tout ornement qu'un turban déchiré.

Cependant Mélinade essaye de se relever, mais elle retombe bientôt, et si malheureusement que ce qu'elle laissa voir à Mesrour lui ôta le peu de raison que la vue du visage de la princesse avait pu lui laisser. Il oublia qu'il était crocheteur, qu'il était borgne, et il ne songea plus à la distance que la fortune avait mise entre Mélinade et lui ; à peine se souvint-il qu'il était amant, car il manqua à la délicatesse qu'on dit inséparable d'un véritable amour, et qui en fait quelquefois le charme, et, plus souvent, l'ennui ; il se servit des droits que son état de crocheteur lui donnait à la brutalité, il fut brutal et heureux. La princesse alors était sans doute évanouie, ou bien elle gémissait sur son sort ; mais, comme elle était juste, elle bénissait sûrement le destin de ce que toute infortune porte avec elle sa consolation.

La nuit avait étendu ses voiles sur l'horizon, et elle cachait de son ombre le véritable bonheur de Mesrour, et les prétendus malheurs de Mélinade ; Mesrour goûtait les plaisirs des parfaits amants, et il les goûtait en crocheteur, c'est-à-dire (à la honte de l'humanité) de la manière la plus parfaite ; les faiblesses de Mélinade lui reprenaient à chaque instant, et à chaque instant son amant reprenait des forces. Puissant Mahomet, dit-il une fois en homme transporté, mais en mauvais catholique, il ne manque à ma félicité que d'être sentie par celle qui la cause ; pendant que je suis dans ton paradis, divin prophète, accorde-moi encore une faveur, c'est d'être aux yeux de Mélinade ce qu'elle serait à mon œil s'il faisait jour » ; il finit de prier, et continua de jouir. L'aurore, toujours trop diligente pour les amants, surprit Mesrour et Mélinade dans l'attitude où elle aurait pu être surprise elle-même un moment auparavant avec Tithon. Mais quel fut l'étonnement de Mélinade quand, ouvrant les yeux aux premiers rayons du jour, elle se vit dans un lieu enchanté, avec un jeune homme d'une taille noble, dont le visage ressemblait à l'astre dont la terre attendait le retour ! Il avait des joues de rose, des lèvres de corail ; ses grands yeux tendres et vifs tout à la fois exprimaient et inspiraient la volupté ; son carquois d'or, orné de pierreries, était suspendu à ses épaules, et le plaisir faisait seul sonner ses flèches ; sa longue chevelure, retenue par une attache de diamants, flottait librement sur ses reins, et une étoffe transparente, brodée de perles, lui servait d'habillement, et ne cachait rien de la beauté de son corps. « Où suis-je, et qui êtes-vous ? s'écria Mélinade dans l'excès de sa surprise. — Vous êtes, répondit-il, avec le misérable qui a eu le bonheur de vous sauver la vie, et qui s'est si bien payé de ses peines. » Mélinade, aussi aise qu'étonnée, regretta que la métamorphose de Mesrour n'eût pas commencé plus tôt. Elle s'approche d'un palais brillant qui frappait sa vue, et lit cette inscription sur la porte : « Éloignez-vous, profanes ; ces portes ne s'ouvriront que pour le maître de l'anneau. »

Mesrour s'approche à son tour pour lire la même inscription ; mais il vit d'autres caractères, et lut ces mots : « Frappe sans crainte. » Il frappa, et aussitôt les portes s'ouvrirent d'elles-mêmes avec un grand bruit. Les deux amants entrèrent, au son de mille voix et de mille instruments, dans un vestibule de marbre de Paros ; de là ils passèrent dans une salle superbe, où un festin délicieux les attendait depuis douze cent cinquante ans, sans qu'aucun des plats fût encore refroidi : ils se mirent à table et furent servis chacun par mille esclaves de la plus grande beauté ; le repas fut entremêlé de concerts et de danses ; et, quand il fut fini, tous les génies vinrent dans le plus grand ordre, partagés en différentes troupes, avec des habits aussi magnifiques que singuliers, prêter serment de fidélité au maître de l'anneau, et baiser le doigt sacré auquel il le portait.

Cependant il y avait à Bagdad un musulman fort dévot qui, ne pouvant aller se laver dans la mosquée, faisait venir l'eau de la mosquée chez lui, moyennant une légère rétribution qu'il payait au prêtre. Il venait de faire la cinquième ablution, pour se disposer à la cinquième prière, et sa servante, jeune étourdie très peu dévote, se débarrassa de l'eau sacrée en la jetant par la fenêtre. Elle tomba sur un malheureux endormi profondément au coin d'une borne qui lui servait de chevet. Il fut inondé, et s'éveilla. C'était le pauvre Mesrour, qui, revenant de son séjour enchanté, avait perdu dans son voyage l'anneau de Salomon. Il avait quitté ses superbes vêtements, et repris son sarrau ; son beau carquois d'or était changé en crochets de bois, et il avait, pour comble de malheur, laissé un de ses yeux en chemin. Il se ressouvint alors qu'il avait bu la veille une grande quantité d'eau-de-vie qui avait assoupi ses sens et échauffé son imagination. Il avait jusque-là aimé cette liqueur par goût, il commença à l'aimer par reconnaissance, et il retourna avec gaieté à son travail, bien résolu d'en employer le salaire à acheter les moyens de retrouver sa chère Mélinade. Un autre se serait désolé d'être un vilain borgne, après avoir eu deux beaux yeux ; d'éprouver les refus des balayeuses du palais, après avoir joui des faveurs d'une princesse plus belle que les maîtresses du calife, et d'être au service de tous les bourgeois de Bagdad, après avoir régné sur tous les génies ; mais Mesrour n'avait point l'œil qui voit le mauvais côté des choses.

ÉLOGE HISTORIQUE
DE LA RAISON

PRONONCÉ DANS UNE ACADÉMIE DE PROVINCE

PAR M...

MESSIEURS,

Érasme fit, au XVIe siècle, l'éloge de la Folie. Vous m'ordonnez de vous faire l'éloge de la Raison. Cette Raison n'est fêtée en effet tout au plus que deux cents ans après son ennemie, souvent beaucoup plus tard ; et il y a des nations chez lesquelles on ne l'a point encore vue.

Elle était si inconnue chez nous du temps de nos druides qu'elle n'avait pas même de nom dans notre langue. César ne l'apporta ni en Suisse, ni à Autun, ni à Paris, qui n'était alors qu'un hameau de pêcheurs, et lui-même ne la connut guère. Il avait tant de grandes qualités que la Raison ne put trouver de place dans la foule. Ce magnanime insensé sortit de notre pays dévasté pour aller dévaster le sien, et pour se faire donner vingt-trois coups de poignard par vingt-trois autres illustres enragés qui ne le valaient pas à beaucoup près.

Le Sicambre Clodvich ou Clovis vint environ cinq cents années après exterminer une partie de notre nation, et subjuguer l'autre. On n'entendit parler de raison ni dans son armée ni dans nos malheureux petits villages, si ce n'est de la raison du plus fort.

Nous croupîmes longtemps dans cette horrible et avilissante barbarie. Les croisades ne nous en tirèrent pas. Ce fut à la fois la folie la plus universelle, la plus atroce, la plus ridicule et la plus malheureuse. L'abominable folie de la guerre civile et sacrée qui extermina tant de gens de la langue de *oc* et de la langue de *oueil* succéda à ces croisades lointaines. La Raison n'avait garde de se trouver là. Alors la Politique régnait à Rome ; elle avait pour ministres ses deux sœurs, la Fourberie et l'Avarice. On voyait l'Ignorance, le

Fanatisme, la Fureur, courir sous ses ordres dans l'Europe ; la Pauvreté les suivait partout ; la Raison se cachait dans un puits avec la Vérité sa fille. Personne ne savait où était ce puits ; et, si on s'en était douté, on y serait descendu pour égorger la fille et la mère.

Après que les Turcs eurent pris Constantinople et redoublé les malheurs épouvantables de l'Europe, deux ou trois Grecs, en s'enfuyant, tombèrent dans ce puits, ou plutôt dans cette caverne, demi-morts de fatigue, de faim et de peur.

La Raison les reçut avec humanité, leur donna à manger sans distinction des viandes (chose qu'ils n'avaient jamais connue à Constantinople). Ils reçurent d'elle quelques instructions en petit nombre : car la Raison n'est pas prolixe. Elle leur fit jurer qu'ils ne découvriraient pas le lieu de sa retraite. Ils partirent, et arrivèrent, après bien des courses, à la cour de Charles-Quint et de François premier.

On les y reçut comme des jongleurs qui venaient faire des tours de souplesse pour amuser l'oisiveté des courtisans et des dames dans les intervalles de leurs rendez-vous. Les ministres daignèrent les regarder dans les moments de relâche qu'ils pouvaient donner au torrent des affaires. Ils furent même accueillis par l'empereur et par le roi de France, qui jetèrent sur eux un coup d'œil en passant, lorsqu'ils allaient chez leurs maîtresses. Mais ils firent plus de fruit dans de petites villes où ils trouvèrent de bons bourgeois, qui avaient encore, je ne sais comment, quelque lueur de sens commun.

Ces faibles lueurs s'éteignirent dans toute l'Europe parmi les guerres civiles qui la désolèrent. Deux ou trois étincelles de raison ne pouvaient pas éclairer le monde au milieu des torches ardentes et des bûchers que le fanatisme alluma pendant tant d'années. La Raison et sa fille se cachèrent plus que jamais.

Les disciples de leurs premiers apôtres se turent, excepté quelques-uns qui furent assez inconsidérés pour prêcher la raison déraisonnablement et à contre-temps : il leur en coûta la vie comme à Socrate ; mais personne n'y fit attention. Rien n'est si désagréable que d'être pendu obscurément. On fut occupé si longtemps des Saint-Barthélemy, des massacres d'Irlande, des échafauds de la Hongrie, des assassinats des rois, qu'on n'avait ni assez de temps ni assez de liberté d'esprit pour penser aux menus crimes et aux calamités secrètes qui inondaient le monde d'un bout à l'autre.

La Raison, informée de ce qui se passait par quelques exilés qui se réfugièrent dans sa retraite, fut touchée de pitié, quoiqu'elle ne passe pas pour être fort tendre. Sa fille, qui est plus hardie qu'elle, l'encouragea à voir le monde, et à tâcher de le guérir. Elles parurent, elles parlèrent ; mais elles trouvèrent tant de méchants intéressés à les contredire, tant d'imbéciles aux gages de ces méchants, tant d'indifférents uniquement occupés d'eux-mêmes et du moment présent, qui ne s'embarrassaient ni d'elles ni de leurs ennemis, qu'elles regagnèrent sagement leur asile.

Cependant quelques semences des fruits qu'elles portent toujours avec elles, et qu'elles avaient répandues, germèrent sur la terre, et même sans pourrir.

Enfin il y a quelque temps qu'il leur prit envie d'aller à Rome en pèlerinage, déguisées et cachant leur nom, de peur de l'Inquisition. Dès qu'elles furent arrivées, elles s'adressèrent au cuisinier du pape Ganganelli, Clément XIV. Elles savaient que c'était le cuisinier de Rome le moins occupé. On peut dire même qu'il était, après vos confesseurs, messieurs, l'homme le plus désœuvré de sa profession.

Ce bonhomme, après avoir donné aux deux pèlerines un dîner presque aussi frugal que celui du pape, les introduisit chez Sa Sainteté, qu'elles trouvèrent lisant les *Pensées de Marc-Aurèle*. Le pape reconnut les masques, les embrassa cordialement, malgré l'étiquette. « Mesdames, leur dit-il, si j'avais pu imaginer que vous fussiez sur la terre, je vous aurais fait la première visite. »

Après les compliments, on parla d'affaires. Dès le lendemain, Ganganelli abolit la bulle *In cœna Domini*, l'un des plus grands monuments de la folie humaine, qui avait si longtemps outragé tous les potentats. Le surlendemain, il prit la résolution de détruire la compagnie de Garasse, de Guignard, de Garnet, de Busembaum, de Malagrida, de Paulian, de Patouillet, de Nonotte ; et l'Europe battit des mains. Le surlendemain, il diminua les impôts, dont le peuple se plaignait. Il encouragea l'agriculture et tous les arts ; il se fit aimer de tous ceux qui passaient pour les ennemis de sa place. On eût dit alors dans Rome qu'il n'y avait qu'une nation et qu'une loi dans le monde.

Les deux pèlerines, très étonnées et très satisfaites, prirent congé du pape, qui leur fit présent non d'agnus et de reliques, mais d'une bonne chaise de poste pour continuer leur voyage. La Raison et la Vérité n'avaient pas été jusque-là dans l'habitude d'avoir leurs aises.

Elles visitèrent toute l'Italie, et furent surprises d'y trouver, au lieu du machiavélisme, une émulation entre les princes et les républiques, depuis Parme jusqu'à Turin, à qui rendrait ses sujets plus gens de bien, plus riches et plus heureux.

« Ma fille, disait la Raison à la Vérité, voici, je crois, notre règne qui pourrait bien commencer à advenir après notre longue prison. Il faut que quelques-uns des prophètes qui sont venus nous visiter dans notre puits aient été bien puissants en paroles et en œuvres, pour changer ainsi la face de la terre. Vous voyez que tout vient tard ; il fallait passer par les ténèbres de l'ignorance et du mensonge avant de rentrer dans votre palais de lumière, dont vous avez été chassée avec moi pendant tant de siècles. Il nous arrivera ce qui est arrivé à la Nature : elle a été couverte d'un méchant voile, et toute défigurée pendant des siècles innombrables. A la fin il est venu un Galilée, un Copernic, un Newton, qui l'ont montrée presque nue, et qui en ont rendu les hommes amoureux. »

En conversant ainsi, elles arrivèrent à Venise. Ce qu'elles y considérèrent avec le plus d'attention, ce fut un procurateur de St. Marc, qui tenait une grande paire de ciseaux devant une table toute couverte de griffes, de becs, et de plumes noires. « Ah ! s'écria la Raison, Dieu me pardonne, *lustrissimo signor*, je crois que voilà une de mes paires de ciseaux que j'avais apportés dans mon puits, lorsque je m'y réfugiai avec ma fille ! Comment Votre Excellence les a-t-elle eus, et qu'en faites-vous ? — *Lustrissima signora*, lui répondit le procurateur, il se peut que les ciseaux aient appartenu autrefois à Votre Excellence ; mais ce fut un nommé Fra-Paolo qui nous les apporta il y a longtemps, et nous nous en servons pour couper les griffes de l'Inquisition, que vous voyez étalées sur cette table.

« Ces plumes noires appartenaient à des harpies qui venaient manger le dîner de la république ; nous leur rognons tous les jours les ongles et le bout du bec. Sans cette précaution elles auraient fini par tout avaler : il ne serait rien resté pour les sages grands, ni pour les *pregadi*, ni pour les citadins.

« Si vous passez par la France, vous trouverez peut-être à Paris votre autre paire de ciseaux chez un ministre espagnol qui s'en servait au même usage que nous dans son pays, et qui sera un jour béni du genre humain. »

Les voyageuses, après avoir assisté à l'opéra vénitien, partirent pour l'Allemagne. Elles virent avec satisfaction ce pays, qui du temps de Charlemagne n'était qu'une forêt immense entrecoupée de marais, maintenant couverte de villes florissantes et tranquilles ; ce pays, peuplé de souverains autrefois barbares et pauvres, devenus tous polis et magnifiques ; ce pays, qui n'avait eu dans les temps antiques que des sorcières pour prêtres, immolant alors des hommes sur des pierres grossièrement creusées ; ce pays, qui ensuite avait été inondé de son sang pour savoir au juste si la chose était *in, cum, sub,* ou non ; ce pays, qui enfin recevait dans son sein trois religions ennemies, étonnées de vivre paisiblement ensemble. « Dieu soit béni ! dit la Raison ; ces gens-ci sont venus enfin à moi, à force de démence. »

On les introduisit chez une impératrice qui était bien plus que raisonnable, car elle était bienfaisante. Les pèlerines furent si contentes d'elle qu'elles ne prirent pas garde à quelques usages qui les choquèrent ; mais elles furent toutes deux amoureuses de l'empereur son fils.

Leur étonnement redoubla quand elles furent en Suède. « Quoi ! disaient-elles, une révolution si difficile, et cependant si prompte ! si périlleuse, et pourtant si paisible ! et depuis ce grand jour pas un seul jour perdu sans faire du bien, et tout cela dans l'âge qui est si rarement celui de la raison ! Que nous avons bien fait de sortir de notre cache quand ce grand événement saisissait d'admiration l'Europe entière ! »

De là elles passèrent vite par la Pologne. « Ah ! ma mère quel contraste ! s'écria la Vérité. Il me prend envie de regagner mon puits. Voilà ce que c'est que d'avoir écrasé toujours la portion du genre humain la plus utile, et d'avoir traité les cultivateurs plus mal qu'ils ne traitent leurs animaux de labourage. Ce chaos de l'anarchie ne pouvait se débrouiller autrement que par une ruine : on l'avait assez clairement prédite. Je plains un monarque vertueux, sage, et humain ; et j'ose espérer qu'il sera heureux, puisque les autres rois commencent à l'être, et que vos lumières se communiquent de proche en proche.

« Allons voir, continua-t-elle, un changement plus favorable et plus surprenant. Allons dans cette immense région hyperborée qui était si barbare il y a quatre-vingts ans, et qui est aujourd'hui si éclairée et si invincible. Allons contempler celle qui a achevé le miracle d'une création nouvelle... » Elles y coururent, et avouèrent qu'on ne leur en avait pas assez dit.

Elles ne cessaient d'admirer combien le monde était changé depuis quelques années. Elles en concluaient que peut-être un jour le Chili et les Terres Australes seraient le centre de la politesse et du bon goût, et qu'il faudrait aller au pôle antarctique pour apprendre à vivre.

Quand elles furent en Angleterre, la Vérité dit à sa mère : « Il me semble que le bonheur de cette nation n'est point fait comme celui des autres ; elle a été plus folle, plus fanatique, plus cruelle, et plus malheureuse qu'aucune de celles que je connais ; et la voilà qui s'est fait un gouvernement unique, dans lequel on a conservé tout ce que la monarchie a d'utile, et tout ce qu'une république a de nécessaire. Elle est supérieure dans la guerre, dans les lois, dans les arts, dans le commerce. Je la vois seulement embarrassée de l'Amérique septentrionale, qu'elle a conquise à un bout de l'univers, et des plus belles provinces de l'Inde, subjuguées à l'autre bout. Comment portera-t-elle ces deux fardeaux de sa félicité ? — Le poids est lourd, dit la Raison ; mais, pour peu qu'elle m'écoute, elle trouvera des leviers qui le rendront très léger. »

Enfin la Raison et la Vérité passèrent par la France : elles y avaient fait déjà quelques apparitions, et en avaient été chassées. « Vous souvient-il, disait la Vérité à sa mère, de l'extrême envie que nous eûmes de nous établir chez les Français dans les beaux jours de Louis XIV ? Mais les querelles impertinentes des jésuites et des jansénistes nous firent enfuir bientôt. Les plaintes continuelles des peuples ne nous rappelèrent pas. J'entends à présent les acclamations de vingt millions d'hommes qui bénissent le ciel. Les uns disent : « Cet événement est d'autant plus joyeux que nous n'en payons pas la joie. » Les autres crient : « Le luxe n'est que vanité. Les doubles emplois, les dépenses superflues, les profits excessifs, vont être retranchés » ; et ils ont raison. « Tout impôt nouveau va être aboli » ; et ils ont tort, car il faut que chaque particulier paye pour le bonheur général.

« Les lois vont être uniformes. » Rien n'est plus à désirer ; mais rien n'est plus difficile. « On va répartir aux indigents qui travaillent, et surtout aux pauvres officiers, les biens immenses de certains oisifs qui ont fait vœu de pauvreté. Ces gens de main-morte n'auront plus eux-mêmes des esclaves de main-morte. On ne verra plus des huissiers de moines chasser de la maison paternelle des orphelins réduits à la mendicité, pour enrichir de leurs dépouilles un couvent jouissant des droits seigneuriaux, qui sont les droits des anciens conquérants. On ne verra plus des familles entières demandant vainement l'aumône à la porte de ce couvent qui les dépouille. » Plût à Dieu ! rien n'est plus digne d'un roi. Le roi de Sardaigne a détruit chez lui cet abus abominable. Fasse le ciel que cet abus soit exterminé en France !

« N'entendez-vous pas, ma mère, toutes ces voix qui

disent : « Les mariages de cent mille familles utiles à l'État ne seront plus réputés concubinages ; et les enfants ne seront plus déclarés bâtards par la loi » ? La nature, la justice, et vous, ma mère, tout demande sur ce grand objet un règlement sage qui soit compatible avec le repos de l'État et avec les droits de tous les hommes.

« On rendra la profession de soldat si honorable que l'on ne sera plus tenté de déserter. » La chose est possible, mais délicate.

« Les petites fautes ne seront point punies comme de grands crimes, parce qu'il faut de la proportion à tout. Une loi barbare, obscurément énoncée, mal interprétée, ne fera plus périr sous des barres de fer et dans les flammes des enfants indiscrets et imprudents, comme s'ils avaient assassiné leurs pères et leurs mères. » Ce devrait être le premier axiome de la justice criminelle.

« Les biens d'un père de famille ne seront plus confisqués, parce que les enfants ne doivent point mourir de faim pour les fautes de leur père, et que le roi n'a nul besoin de cette misérable confiscation. » A merveille ! et cela est digne de la magnanimité du souverain.

« La torture, inventée autrefois par les voleurs de grands chemins pour forcer les volés à découvrir leurs trésors, et employée aujourd'hui chez un petit nombre de nations pour sauver le coupable robuste, et pour perdre l'innocent faible de corps et d'esprit, ne sera plus en usage que dans les crimes de lèse-société au premier chef, et seulement pour avoir révélation des complices. Mais ces crimes ne se commettront jamais. » On ne peut mieux. Voilà les vœux que j'entends faire partout ; et j'écrirai tous ces grands changements dans mes annales, moi qui suis la Vérité.

« J'entends encore proférer autour de moi, dans tous les tribunaux, ces paroles remarquables : « Nous ne citerons plus jamais les deux puissances, parce qu'il ne peut en exister qu'une : celle du roi ou de la loi dans une monarchie ; celle de la nation dans une république. La puissance divine est d'une nature si différente et si supérieure qu'elle ne doit pas être compromise par un mélange profane avec les lois humaines. L'infini ne peut se joindre au fini. Grégoire VII fut le premier qui osa appeler l'infini à son secours dans ses guerres jusqu'alors inouïes contre Henri IV, empereur trop fini ; j'entends trop borné. Ces guerres ont ensanglanté l'Europe bien longtemps ; mais enfin on a séparé ces deux êtres vénérables qui n'ont rien de commun, et c'est le seul moyen d'être en paix. »

« Ces discours, que tiennent tous les ministres des lois, me paraissent bien forts. Je sais qu'on ne reconnaît deux puissances ni à la Chine, ni dans l'Inde, ni en Perse, ni à Constantinople, ni à Moscou, ni à Londres, etc. Mais je m'en rapporte à vous, ma mère. Je n'écrirai rien que ce que vous aurez dicté. »

La Raison lui répondit : « Ma fille, vous sentez bien que je désire à peu près les mêmes choses et bien d'autres. Tout cela demande du temps et de la réflexion. J'ai toujours été très contente quand, dans mes chagrins, j'ai obtenu une partie des soulagements que je voulais. Je suis aujourd'hui trop heureuse.

« Vous souvenez-vous du temps où presque tous les rois de la terre, étant dans une profonde paix, s'amusaient à jouer aux énigmes ; et où la belle reine de Saba venait proposer tête à tête des logogriphes à Salomon ? — Oui, ma mère ; c'était un bon temps, mais il n'a pas duré. — Eh bien ! reprit la mère, celui-ci est infiniment meilleur. On ne songeait alors qu'à montrer un peu d'esprit ; et je vois que depuis dix à douze ans on s'est appliqué, dans l'Europe, aux arts et aux vertus nécessaires, qui adoucissent l'amertume de la vie. Il semble en général qu'on se soit donné le mot pour penser plus solidement qu'on n'avait fait pendant des milliers de siècles. Vous, qui n'avez jamais pu mentir, dites-moi quel temps vous auriez choisi ou préféré au temps où nous sommes pour vous habituer en France.

— J'ai la réputation, répondit la fille, d'aimer à dire des choses assez dures aux gens chez qui je me trouve, et vous savez bien que j'y ai toujours été forcée ; mais j'avoue que je n'ai que du bien à dire du temps présent, en dépit de tant d'auteurs qui ne louent que le passé.

« Je dois instruire la postérité que c'est dans cet âge que les hommes ont appris à se garantir d'une maladie affreuse et mortelle, en se la donnant moins funeste, à rendre la vie à ceux qui la perdent dans les eaux, à gouverner et à braver le tonnerre ; à suppléer au point fixe qu'on désire en vain d'occident en orient. On a fait plus en morale : on a osé demander justice aux lois contre des lois qui avaient condamné la vertu au supplice ; et cette justice a été quelquefois obtenue. Enfin on a osé prononcer le mot de tolérance.

— Eh bien ! ma chère fille, jouissons de ces beaux jours ; restons ici, s'ils durent ; et, si les orages surviennent, retournons dans notre puits. »

HISTOIRE DE JENNI
OU L'ATHÉE ET LE SAGE,

PAR MR. SHERLOC,

TRADUIT PAR MR. DE LA CAILLE

CHAPITRE PREMIER

Vous me demandez, monsieur, quelques détails sur notre ami le respectable Freind, et sur son étrange fils. Le loisir dont je jouis enfin après la retraite de milord Peterborou me permet de vous satisfaire. Vous serez aussi étonné que je l'ai été, et vous partagerez tous mes sentiments.

Vous n'avez guère vu ce jeune et malheureux Jenni, ce fils unique de Freind, que son père mena avec lui en Espagne lorsqu'il était chapelain de notre armée, en 1705. Vous partîtes pour Alep avant que milord assiégeât Barcelone ; mais vous avez raison de me dire que Jenni était de la figure la plus aimable et la plus engageante, et qu'il annonçait du courage et de l'esprit. Rien n'est plus vrai ; on ne pouvait le voir sans l'aimer. Son père l'avait d'abord destiné à l'Église ; mais le jeune homme ayant marqué de la répugnance pour cet état, qui demande tant d'art, de ménagement, et de finesse, ce père sage aurait cru faire un crime et une sottise de forcer la nature.

Jenni n'avait pas encore vingt ans. Il voulut absolument servir en volontaire à l'attaque du Mont-Jouy, que nous emportâmes, et où le prince de Hesse fut tué. Notre pauvre Jenni, blessé, fut prisonnier et mené dans la ville. Voici un récit très fidèle de ce qui lui arriva depuis l'attaque de Mont-Jouy jusqu'à la prise de Barcelone. Cette relation est d'une Catalane un peu trop libre et trop naïve ; de tels écrits ne vont point jusqu'au cœur du sage. Je pris cette relation chez elle lorsque j'entrai dans Barcelone à la suite de milord Peterborou. Vous la lirez sans scandale comme un portrait fidèle des mœurs du pays.

AVENTURE D'UN JEUNE ANGLAIS NOMMÉ JENNI,

ÉCRITE DE LA MAIN DE DONA LAS NALGAS

Lorsqu'on nous dit que les mêmes sauvages qui étaient venus, par l'air, d'une île inconnue, nous prendre Gibraltar, venaient assiéger notre belle ville de Barcelone, nous commençâmes par faire des neuvaines à la sainte Vierge de Manreze ; ce qui est assurément la meilleure manière de se défendre.

Ce peuple, qui venait nous attaquer de si loin, s'appelle d'un nom qu'il est difficile de prononcer, car c'est *English*. Notre révérend père inquisiteur don Jeronimo Bueno Caracucarador prêcha contre ces brigands. Il lança contre eux une excommunication majeure dans Notre-Dame d'Elpino. Il nous assura que les English avaient des queues de singes, des pattes d'ours, et des têtes de perroquets ; qu'à la vérité ils parlaient quelquefois comme les hommes, mais qu'ils sifflaient presque toujours ; que de plus ils étaient notoirement hérétiques ; que la Ste. Vierge, qui est très favorable aux autres pécheurs et pécheresses, ne pardonnait jamais aux hérétiques, et que par conséquent ils seraient tous infailliblement exterminés, surtout s'ils se présentaient devant le Mont-Jouy. A peine avait-il fini son sermon que nous apprîmes que le Mont-Jouy était pris d'assaut.

Le soir, on nous conta qu'à cet assaut nous avions blessé un jeune English, et qu'il était entre nos mains. On cria dans toute la ville : *Vittoria, vittoria,* et on fit des illuminations.

La dona Boca Vermeja, qui avait l'honneur d'être maîtresse du révérend père inquisiteur, eut une extrême envie de voir comment un animal english et hérétique était fait. C'était mon intime amie. J'étais aussi curieuse qu'elle. Mais il fallut attendre qu'il fût guéri de sa blessure ; ce qui ne tarda pas.

Nous sûmes bientôt après qu'il devait prendre les bains chez mon cousin germain Elvob, le baigneur, qui est, comme on sait, le meilleur chirurgien de la ville. L'impatience de voir ce monstre redoubla dans mon amie Boca Vermeja. Nous n'eûmes point de cesse, point de repos, nous n'en donnâmes point à mon cousin le baigneur, jusqu'à ce qu'il nous eût cachées dans une petite garde-robe, derrière une jalousie par laquelle on voyait la baignoire. Nous y entrâmes sur la pointe du pied, sans faire aucun bruit, sans parler, sans oser respirer, précisément dans le temps que l'English sortait de l'eau. Son visage n'était pas tourné vers nous ; il ôta un petit bonnet sous lequel étaient renoués ses cheveux blonds, qui descendirent en grosses boucles sur la plus belle chute de reins que j'aie vue de ma vie ; ses bras, ses cuisses, ses jambes, me parurent d'un charnu, d'un fini, d'une élégance qui approche, à mon gré, l'Apollon du Belvédère de Rome, dont la copie est chez mon oncle le sculpteur.

Dona Boca Vermeja était extasiée de surprise et d'enchantement. J'étais saisie comme elle ; je ne pus m'empêcher de dire : *Oh que hermoso muchacho !* Ces paroles, qui m'échappèrent, firent tourner le jeune homme. Ce fut bien pis alors ; nous vîmes le visage d'Adonis sur le corps d'un jeune Hercule. Il s'en fallut peu que dona Boca Vermeja ne tombât à la renverse, et moi aussi. Ses yeux s'allumèrent et se couvrirent d'une légère rosée, à travers laquelle on entrevoyait des traits de flamme. Je ne sais ce qui arriva aux miens.

Quand elle fut revenue à elle : « St. Jacques, me dit-elle, et Ste. Vierge ! est-ce ainsi que sont faits les hérétiques ? Eh ! qu'on nous a trompées ! »

Nous sortîmes le plus tard que nous pûmes. Boca Vermeja fut bientôt éprise du plus violent amour pour le monstre hérétique. Elle est plus belle que moi, je l'avoue ; et j'avoue aussi que je me sentis doublement jalouse. Je lui représentai qu'elle se damnait en trahissant le révérend père inquisiteur don Jeronimo Bueno Caracucarador pour un English. « Ah ! ma chère Las Nalgas, me dit-elle (car Las Nalgas est mon nom), je trahirais Melchisédech pour ce beau jeune homme » Elle n'y manqua pas, et, puisqu'il faut tout dire, je donnai secrètement plus de la dîme des offrandes.

Un des familiers de l'Inquisition, qui entendait quatre messes par jour pour obtenir de Notre-Dame de Manreze la destruction des English, fut instruit de nos actes de dévotion. Le révérend père don Caracucarador nous donna le fouet à toutes deux. Il fit saisir notre cher English par vingt-quatre alguazils de la Ste. Hermandad. Jenni en tua cinq, et fut pris par les dix-neuf qui restaient. On le fit reposer dans un caveau bien frais. Il fut destiné à être brûlé le dimanche suivant en cérémonie, orné d'un grand san-benito et d'un bonnet en pain de sucre, en l'honneur de notre Sauveur et de la vierge Marie sa mère. Don Caracucarador prépara un beau sermon ; mais il ne put le prononcer, car le dimanche même la ville fut prise à quatre heures du matin.

Ici finit le récit de dona Las Nalgas. C'était une femme qui ne manquait pas d'un certain esprit que les Espagnols appellent *agudezza*.

CHAPITRE SECOND

SUITE DES AVENTURES DU JEUNE ANGLAIS JENNI ET DE CELLES DE MR. SON PÈRE, DOCTEUR EN THÉOLOGIE MEMBRE DU PARLEMENT ET DE LA SOCIÉTÉ ROYALE

Vous savez quelle admirable conduite tint le comte de Peterborou dès qu'il fut maître de Barcelone ; comme il empêcha le pillage ; avec quelle sagacité prompte il mit ordre à tout ; comme il arracha la duchesse de Popoli des mains de quelques soldats allemands ivres, qui la volaient et qui la violaient. Mais vous peindrez-vous bien la surprise, la douleur, l'anéantissement, la colère, les larmes, les transports de notre ami Freind, quand il apprit que Jenni était dans les cachots du saint-office, et que son bûcher était préparé ? Vous savez que les têtes les plus froides sont les plus animées dans les grandes occasions. Vous eussiez vu ce père, que vous avez connu si grave et si imperturbable, voler à l'antre de l'Inquisition plus vite que nos chevaux de race ne courent à New-market. Cinquante soldats, qui le suivaient hors d'haleine, étaient toujours à deux cents pas de lui. Il arrive, il entre dans la caverne. Quel moment ! que de pleurs et que de joie ! Vingt victimes destinées à la même cérémonie que Jenni sont délivrées. Tous ces prisonniers s'arment ; tous se joignent à nos soldats ; ils démolissent le saint-office en dix minutes et déjeunent sur ses ruines avec le vin et les jambons des inquisiteurs.

Au milieu de ce fracas, et des fanfares, et des tambours, et du retentissement de quatre cents canons qui annonçaient notre victoire à la Catalogne, notre ami Freind avait repris la tranquillité que vous lui connaissez. Il était calme comme l'air dans un beau jour après un orage. Il élevait à Dieu un cœur aussi serein que son visage, lorsqu'il vit sortir du soupirail d'une cave un spectre noir en surplis, qui se jeta à ses pieds et qui lui criait miséricorde. « Qui es-tu ? lui dit notre ami ; viens-tu de l'enfer ? — A peu près, répondit l'autre ; je suis don Jeronimo Bueno Caracucarador, inquisiteur pour la foi ; je vous demande très humblement pardon d'avoir voulu cuire monsieur votre fils en place publique : je le prenais pour un juif.

— Eh ! quand il serait juif, répondit notre ami avec son sang-froid ordinaire, vous sied-il bien, monsieur Caracucarador, de cuire des gens parce qu'ils sont descendus d'une race qui habitait autrefois un petit canton pierreux tout près du désert de Syrie ? Que vous importe qu'un homme ait un prépuce ou qu'il n'en ait pas, et qu'il fasse sa pâque dans la pleine lune rousse, ou le dimanche d'après ? Cet homme est juif, donc il faut que je le brûle, et tout son bien m'appartient : voilà un très mauvais argument ; on ne raisonne point ainsi dans la Société royale de Londres.

« Savez-vous bien, monsieur Caracucarador, que Jésus-Christ était juif, qu'il naquit, vécut, et mourut juif ; qu'il fit sa pâque en juif dans la pleine lune ; que tous ses apôtres étaient juifs ; qu'ils allèrent dans le temple juif après son malheur, comme il est dit expressément ; que les quinze premiers évêques secrets de Jérusalem étaient juifs ? Mon fils ne l'est pas, il est anglican : quelle idée vous a passé par la tête de le brûler ? »

L'inquisiteur Caracucarador, épouvanté de la science de Mr. Freind, et toujours prosterné à ses pieds, lui dit : « Hélas ! nous ne savions rien de tout cela dans l'université de Salamanque. Pardon, encore une fois ; mais la véritable raison est que monsieur votre fils m'a pris ma maîtresse Boca Vermeja. — Ah ! s'il vous a pris votre maîtresse, repartit Freind, c'est autre chose : il ne faut jamais prendre le bien d'autrui. Il n'y a pourtant pas là une raison suffisante comme dit Leibnitz pour brûler un jeune homme. Il faut proportionner les peines aux délits. Vous autres, chrétiens de delà la mer britannique en tirant vers le sud, vous avez plus tôt fait cuire un de vos frères, soit le conseiller Anne Dubourg, soit Michel Servet, soit tous ceux qui furent ards sous Philippe second surnommé *le discret,* que nous ne faisons rôtir un rostbif à Londres. Mais qu'on m'aille chercher mademoiselle Boca Vermeja, et que je sache d'elle la vérité. »

Boca Vermeja fut amenée pleurante, et embellie par ses larmes comme c'est l'usage. « Est-il vrai, mademoiselle, que vous aimiez tendrement don Caracucarador, et que mon fils Jenni vous ait prise à force ? — A force ! monsieur l'Anglais ! c'était assurément du meilleur de mon cœur. Je n'ai jamais rien vu de si beau et de si aimable que monsieur votre fils ; et je vous trouve bien heureux d'être son père. C'est moi qui lui ai fait toutes les avances ; il les mérite bien : je le suivrai jusqu'au bout du monde, si le monde a un bout. J'ai toujours, dans le fond de mon âme, détesté ce vilain inquisiteur ; il m a fouettée presque jusqu'au sang, moi et mademoiselle Las Nalgas. Si vous voulez me rendre la vie douce, vous ferez pendre ce scélérat de moine à ma fenêtre, tandis que je jurerai à monsieur votre fils un amour éternel : heureuse si je pouvais jamais lui donner un fils qui vous ressemble ! »

En effet, pendant que Boca Vermeja prononçait ces paroles naïves, milord Peterborou envoyait chercher l'inquisiteur Caracucarador pour le faire pendre. Vous ne serez pas surpris quand je vous dirai que Mr. Freind s'y opposa fortement. « Que votre juste colère, dit-il, respecte votre générosité : il ne faut jamais faire mourir un homme que quand la chose est absolument nécessaire pour le salut du prochain. Les Espagnols diraient que les Anglais sont des barbares qui tuent tous les prêtres qu'ils rencontrent. Cela pourrait faire grand tort à monsieur l'archiduc, pour lequel vous venez de prendre Barcelone. Je suis assez content que mon fils soit sauvé, et que ce coquin de moine soit hors d'état d'exercer ses fonctions inquisitoriales. » Enfin le sage et charitable Freind en dit tant que milord se contenta de faire fouetter Caracucarador, comme ce misérable avait fouetté miss Boca Vermeja et miss Las Nalgas.

Tant de clémence toucha le cœur des Catalans. Ceux qui avaient été délivrés des cachots de l'Inquisition conçurent que notre religion valait infiniment mieux que la leur. Ils demandèrent presque tous à être reçus dans l'Église anglicane ; et même quelques bacheliers de l'université de Salamanque, qui se trouvaient dans Barcelone, voulurent être éclairés. La plupart le furent bientôt. Il n'y en eut qu'un seul nommé don Inigo y Medroso y Comodios y Papalamiendo, qui fut un peu rétif.

Voici le précis de la dispute honnête que notre cher ami Freind et le bachelier don Papalamiendo eurent ensemble en présence de milord Peterborou. On appela cette conversation familière le dialogue des *Mais. Vous* verrez aisément pourquoi, en le lisant.

CHAPITRE TROISIÈME

PRÉCIS DE LA CONTROVERSE DES MAIS ENTRE MR. FREIND ET DON INIGO Y MEDROSO Y PAPALAMIENDO, BACHELIER DE SALAMANQUE

LE BACHELIER

Mais, monsieur, malgré toutes les belles choses que vous venez de me dire, vous m'avouerez que votre Église anglicane, si respectable, n'existait pas avant don Luther et avant don Oecolampade. Vous êtes tout nouveaux, donc vous n'êtes pas de la maison.

FREIND

C'est comme si on me disait que je ne suis pas le fils de mon grand-père, parce qu'un collatéral, demeurant en Italie, s'était emparé de son testament et de mes titres. Je les ai heureusement retrouvés, et il est clair que je suis le petit-fils de mon grand-père. Nous sommes, vous et moi, de la même famille, à cela près que nous autres Anglais nous lisons le testament de notre grand-père dans notre propre langue, et qu'il vous est défendu de le lire dans la vôtre. Vous êtes esclaves d'un étranger, et nous ne sommes soumis qu'à notre raison.

LE BACHELIER

Mais si votre raison vous égare ?... car enfin vous ne croyez point à notre université de Salamanque, laquelle a déclaré l'infaillibilité du pape, et son droit incontestable sur le passé, le présent, le futur, et le paulo-post-futur.

FREIND

Hélas ! les apôtres n'y croyaient pas non plus. Il est écrit que ce Pierre, qui renia son maître Jésus, fut sévèrement tancé par Paul. Je n'exarnine point ici lequel des deux avait tort ; ils l'avaient peut-être tous deux, comme il arrive dans presque toutes les querelles ; mais enfm il n'y a pas un seul endroit dans les *Actes des apôtres* où Pierre soit regardé comme le maître de ses compagnons et du paulo-post-futur.

LE BACHELIER

Mais certainement St. Pierre fut archevêque de Rome, car Sanchez nous enseigne que ce grand homme y arriva du temps de Néron, et qu'il y occupa le trône archiepiscopal pendant vingt-cinq ans sous ce même Néron, qui n'en régna que treize. De plus il est de foi, et c'est don Grillandus, le prototype de l'Inquisition, qui l'amrme (car nous ne lisons jamais la sainte Bible), il est de foi, dis-je, que St. Pierre était à Rome une certaine année ; car il date une de ses lettres de Babylone ; car, puisque Babylone est visiblement l'anagramme de Rome, il est clair que le pape est de droit divin le maître de toute la terre ; car, de plus, tous les licenciés de Salamanque ont démontré que Simon Vertu-Dieu, premier sorcier, conseiller d'État de l'empereur Néron, envoya faire des compliments par son chien à St. Simon Barjone, autrement dit St. Pierre, dès qu'il fut à Rome ; que St. Pierre, n'étant pas moins poli, envoya aussi son chien complimenter Simon Vertu-Dieu ; qu'ensuite ils jouèrent à qui ressusciterait le plus tôt un cousin germain de Néron, que Simon Vertu-Dieu ne ressuscita son mort qu'à moitié, et que Simon Barjone gagna la partie en ressuscitant le cousm tout a falt ; que Vertu-Dieu voulut avoir sa revanche en volant dans les airs comme St. Dédale, et que St. Pierre lui cassa les deux jambes en le faisant tomber. C'est pourquoi St. Pierre reçut la couronne du martyre, la tête en bas et les jambes en haut[1] ; donc il est démontré *a posteriori* que notre saint-pere le pape doit régner sur tous ceux qui ont des couronnes sur la tête, et qu'il est le maître du passé, du présent, et de tous les futurs du monde.

FREIND

Il est clair que toutes ces choses arrivèrent dans le temps où Hercule, d'un tour de main, sépara les deux montagnes, Calpée et Abila, et passa le détroit de Gibraltar dans son gobelet ; mais ce n'est pas sur ces histoires, tout authentiques qu'elles sont, quc nous fondons notre religion : c'est sur l'Évangile.

LE BACHELIER

Mais, monsieur, sur quels endroits de l'Evangile ? Car j'ai lu une partie de cet Évangile dans nos cahiers de théologie. Est-ce sur l'ange descendu des nuées pour annoncer à Marie qu'elle sera engrossée par le St. Esprit ? Est-ce sur le voyage des trois rois et d'une étoile ? sur le massacre de tous les enfants du pays ? sur la peine que prit le diable d'emporter Dieu dans le désert, au faîte du temple et à la cime d'une montagne, dont on découvrait tous les royaumes de la terre ? sur le miracle de l'eau changée en vin à une noce de village ? sur le miracle de deux mille cochons que le diable noya dans un lac par ordre de Jésus ? sur...

FREIND

Monsieur, nous respectons toutes ces choses, parce qu'elles sont dans l'Évangile, et nous n'en parlons jamais, parce qu'elles sont trop au-dessus de la faible raison humaine.

1. Toute cette histoire est racontée par Abdias, Marcel et Hegésippe ; Eusèbe en rapporte une partie.

LE BACHELIER

Mais on dit que vous n'appelez jamais la Ste. Vierge mère de Dieu.

FREIND

Nous la révérons, nous la chérissons ; mais nous croyons qu'elle se soucie peu des titres qu'on lui donne ici-bas. Elle n'est jamais nommée mère de Dieu dans l'Évangile. Il y eut une grande dispute, en 431, à un concile d'Ephèse, pour savoir si Marie était *théotocos,* et si, Jésus-Christ étant Dieu à la fois et fils de Marie, il se pouvait que Marie fût à la fois mère de Dieu le Père et de Dieu le Fils. Nous n'entrons point dans ces querelles d'Ephèse, et la Société royale de Londres ne s'en mêle pas.

LE BACHELEIR

Mais, monsieur, vous me donnez là du *théotocos* ! qu'est-ce que *théotocos,* s'il vous plaît ?

FREIND

Cela signifie mère de Dieu. Quoi ! vous êtes bachelier de Salamanque, et vous ne savez pas le grec ?

LE BACHELIER

Mais le grec, le grec ! de quoi cela peut-il servir à un Espagnol ? Mais, monsieur, croyez-vous que Jésus ait une nature, une personne et une volonté ? ou deux natures, deux personnes, et deux volontés ? ou une volonté, ùne nature, et deux personnes ? ou deux volontés, deux personnes, et une nature ? ou...

FREIND

Ce sont encore les affaires d'Ephèse ; cela ne nous importe en rien.

LE BACHELIER

Mais qu'est-ce donc qui vous importe ? Pensez-vous qu'il n'y ait que trois personnes en Dieu, ou qu'il y ait trois dieux en une personne ? La seconde personne procède-t-elle de la première personne, et la troisième procède-t-elle des deux autres, ou de la seconde *intrinsecus*, ou de la première seulement ? Le Fils a-t-il tous les attributs du Père, excepté la paternité ? et cette troisième personne vient-elle par infusion, ou par identification, ou par spiration ?

FREIND

L'Évangile n'agite pas cette question, et jamais saint Paul n'écrit le nom de Trinité.

LE BACHELIER

Mais vous me parlez toujours de l'Évangile, et jamais de St. Bonaventure, ni d'Albert le Grand, ni de Tambourini, ni de Grillandus, ni d'Escobar.

FREIND

C'est que je ne suis ni dominicain, ni cordelier, ni jésuite ; je me contente d'être chrétien.

LE BACHELIER

Mais si vous êtes chrétien, dites-moi, en conscience, croyez-vous que le reste des hommes soit damné éternellement ?

FREIND

Ce n'est point à moi à mesurer la justice de Dieu et sa miséricorde.

LE BACHELIER

Mais enfin, si vous êtes chrétien, que croyez-vous donc ?

FREIND

Je crois, avec Jésus-Christ, qu'il faut aimer Dieu et son prochain, pardonner les injures et réparer ses torts. Croyez-moi, adorez Dieu, soyez juste et bienfaisant : voilà tout l'homme. Ce sont là les maximes de Jésus. Elles sont si vraies qu'aucun législateur, aucun philosophe n'a jamais eu d'autres principes avant lui, et qu'il est impossible qu'il y en ait d'autres. Ces vérités n'ont jamais eu et ne peuvent avoir pour adversaires que nos passions.

LE BACHELIER

Mais... ah ! ah ! à propos de passions, est-il vrai que vos évêques, vos prêtres, et vos diacres, vous êtes tous mariés ?

FREIND

Cela est très vrai. St. Joseph, qui passa pour être père de Jésus, était marié. Il eut pour fils Jacques le Mineur, surnommé *Oblia*, frère de notre Seigneur ; lequel, après la mort de Jésus, passa sa vie dans le temple. St. Paul, le grand St. Paul, était marié.

LE BACHELIER

Mais Grillandus et Molina disent le contraire.

FREIND

Molina et Grillandus diront tout ce qu'ils voudront, j'aime mieux croire St. Paul lui-même, car il dit dans sa première aux Corinthiens[1] : « N'avons-nous pas le droit de boire et de manger à vos dépens ? N'avonsnous pas le droit de mener avec nous nos femmes, notre sœur, comme font les autres apôtres et les frères de notre Seigneur et Céphas ? Va-t-on jamais à la guerre à ses dépens ? Quand on a planté une vigne, n'en mange-t-on pas le fruit ? etc. »

LE BACHELIER

Mais, monsieur, est-il bien vrai que St. Paul ait dit cela ?

FREIND

Oui, il a dit cela, et il en a dit bien d'autres.

LE BACHELIER

Mais quoi ! ce prodige, cet exemple de la grâce efficace !...

FREIND

Il est vrai, monsieur, que sa conversion était un grand prodige. J'avoue que, suivant les *Actes des apôtres,* il avait été le plus cruel satellite des ennemis de Jésus. Les *Actes* disent qu'il servit à lapider St. Étienne ; il dit luimême que, quand les Juifs faisaient mourir un suivant de Jésus, c'était lui qui portait la sentence, *detuli sententiam*[2]. J'avoue qu'Abdias, son disciple, et Jules Africain, son traducteur, l'accusent aussi d'avoir fait mourir Jacques Oblia, frère de notre Seigneur[3] ; mais ses fureurs rendent sa conversion plus admirable, et ne l'ont pas empêché de trouver une femrne. Il était marié, vous dis-je, comme St. Clément d'Alexandrie le déclare expressément.

1. Chap. IX.
2. *Actes,* chap. XXVI.
3. *Histoire apostolique d'Abdias.* Traduction de Jules Africain liv. VI, p. 395 et suiv.

LE BACHELIER

Mais c'était donc un digne homme, un brave homme que St. Paul ! Je suis fâché qu'il ait assassiné St. Jacques et St. Étienne, et fort surpris qu'il ait voyagé au troisième ciel ; mais poursuivez, je vous prie.

FREIND

St. Pierre, au rapport de St. Clément d'Alexandrie, eut des enfants, et même on compte parmi eux une Ste. Pétronille. Eusèbe, dans son *Histoire de l'Église,* dit que St. Nicolas, l'un des premiers disciples, avait une très belle femme, et que les apôtres lui reprochèrent d'en être trop occupé, et d'en paraître jaloux... « Messieurs, leur dit-il, la prenne qui voudra, je vous la cède[1]. »

Dans l'économie juive, qui devait durer éternellement, et à laquelle cependant a succédé l'économie chrétienne, le mariage était non seulement permis, mais expressément ordonné aux prêtres, puisqu'ils devaient être de la même race ; et le célibat était une espèce d'infamie.

Il faut bien que le célibat ne fût pas regardé comme un état bien pur et bien honorable par les premiers chrétiens, puisque parmi les hérétiques anathématisés dans les premiers conciles, on trouve principalement ceux qui s'élevaient contre le mariage des prêtres, comme saturniens, basilidiens, montanistes, encratistes, et autres *ens* et *istes.* Voilà pourquoi la femme d'un St. Grégoire de Nazianze accoucha d'un autre saint Grégoire de Nazianze, et qu'elle eut le bonheur inestimable d'être femme et mère d'un canonisé, ce qui n'est pas même arrivé à Ste. Monique, mère de St. Augustin.

Voilà pourquoi je pourrais vous nommer autant et plus d'anciens évêques mariés que vous n'avez autrefois eu d'évêques et de papes concubinaires, adultères, ou pédérastes : ce qu'on ne trouve plus aujourd'hui en aucun pays. Voilà pourquoi l'Église grecque, mère de l'Église latine, veut encore que les curés soient mariés. Voilà enfin pourquoi, moi qui vous parle, je suis marié, et j'ai le plus bel enfant du monde.

Et dites-moi, mon cher bachelier, n'avez-vous pas dans votre Église sept sacrements de compte fait, qui sont tous des signes visibles d'une chose invisible ? Or un bachelier de Salamanque jouit des agréments du baptême dès qu'il est né ;

1. Eusèbe, liv. III, chap. XXX.

de la confirmation dès qu'il a des culottesj de la confession dès qu'il a fait quelques fredaines ou qu'il entend celles des autres ; de la communion, quoique un peu différente de la nôtre, dès qu'il a treize ou quatorze ans ; de l'ordre quand il est tondu sur le haut de la tête, et qu'on lui donne un bénéfice de vingt, ou trente, ou quarante mille piastres de rente ; enfin de l'extrême-onction quand il est malade. Faut-il le priver du sacrement de mariage quand il se porte bien ? surtout après que Dieu lui-même a marié Adam et Ève ; Adam, le premier des bacheliers du monde, puisqu'il avait la science infuse, selon votre école ; Ève, la première bachelette, puisqu'elle tâta de l'arbre de la science avant son mari.

LE BACHELIER

Mais, s'il est ainsi, je ne dirai plus *mais*. Voilà qui est fait, je suis de votre religion : je me fais anglican. Je veux me marier à une femme honnête qui fera toujours semblant de m'aimer, tant que je serai jeune, qui aura soin de moi dans ma vieillesse, et que j'enterrerai proprement si je lui survis : cela vaut mieux que de cuire des hommes et de déshonorer des filles, comme a fait mon cousin don Caracucarador, inquisiteur pour la foi.

Tel est le précis fidèle de la conversation qu'eurent ensemble le docteur Freind et le bachelier don Papalamiendo, nommé depuis par nous Papa Dexando. Cet entretien curieux fut rédigé par Jacob Hulf, l'un des secretaires de milord.

Après cet entretien, le bachelier me tira à part et me dit : « Il faut que cet Anglais, que j'avais cru d'abord anthropophage, soit un bien bon homme, car il est théologien, et il ne m'a point dit d'injures. » Je lui appris que Mr. Freind était tolérant, et qu'il descendait de la fille de Guillaume Penn, le premier des tolérants, et le fondateur de Philadelphie. « Tolérant et Philadelphie ! s'écria-t-il ; je n'avais jamais entendu parler de ces sectes-là. » Je le mis au fait : il ne pouvait me croire, il pensait être dans un autre univers, et il avait raison.

CHAPITRE QUATRIÈME

RETOUR À LONDRES ; JENNI COMMENCE À SE CORROMPRE

Tandis que notre digne philosophe Freind éclairait ainsl les Barcelonais, et que son fils Jenni enchantait les Barcelonaises, milord Peterborou fut perdu dans l'esprit de la reme

Anne, et dans celui de l'archiduc, pour leur avoir donné Barcelone. Les courtisans lui reprochèrent d'avoir pris cette ville contre toutes les règles, avec une armée moms forte de moitié que la garnison. L'archiduc en fut d'abord très piqué, et l'ami Freind fut obligé d'imprimer l'apologie du général. Cependant cet archiduc, qui était venu conquérir le royaume d'Espagne, n'avait pas de quoi payer son chocolat. Tout ce que la reine Anne lui avait donné était dissipé. Montecuculli dit dans ses Mémoires qu'il faut trois choses pour faire la guerre : 1° de l'argent ; 2° de l'argent ; 3° de l'argent. L'archiduc écrivit de Guadalaxara, où il était le 11 auguste 1706, à milord Peterborou, une grande lettre signée *yo el rey*, par laquelle il le conjurait d'aller sur-le-champ a Gênes lui chercher, sur son crédit, cent mille livres sterling pour régner[1]. Voilà donc notre Sertorius devenu banquier génois de général d'armée. Il confia sa détresse à l'ami Freind : tous deux allèrent à Gênes ; je les suivis, car vous savez que mon cœur me mène. J'admirai l'habileté et l'esprit de conciliation de mon ami dans cette affaire délicate. Je vis qu'un bon esprit peut suffire à tout ; notre grand Locke était médecin : il fut le seul métaphysicien de l'Europe, et il rétablit les monnaies d'Angleterre.

Freind, en trois jours, trouva les cent mille livres sterling, que la cour de Charles VI mangea en moins de trois semaines. Après quoi il fallut que le général, accompagné de son théologien, allât se justifier à Londres, en plein parlement, d'avoir conquis la Catalogne contre les règles, et de s'être ruiné pour le service de la cause commune. L'affaire traîna en longueur et en aigreur, comme tous les affaires de parti.

Vous savez que Mr. Freind avait été député en parlement avant d'être prêtre, et qu'il est le seul à qui l'on ait permis d'exercer ces deux fonctions incompatibles. Or, un jour que Freind méditait un discours qu'il devait prononcer dans la chambre des communes, dont il était un digne membre, on lui annonça une dame espagnole qui demandait à lui parler pour affaire pressante. C'était dona Boca Vermeja elle-même. Elle était tout en pleurs ; notre bon ami lui fit servir à déjeuner. Elle essuya ses larmes, déjeuna, et lui parla ainsi :

« Il vous souvient, mon cher monsieur, qu'en allant à Gênes vous ordonnâtes à monsieur votre fils Jenni de partir de Barcelone pour Londres, et d'aller s'installer dans l'emploi

1. Elle ese imprimée dans l'*Apologie du comte de Peterborou*, par le docteur Friend, p. 143, chez Jonas Bourcr.

de clerc de l'Echiquier que votre crédit lui a fait obtenir. Il s'embarqua sur le *Triton* avec le jeune bachelier don Papa Dexando, et quelques autres que vous aviez convertis. Vous jugez bien que je fus du voyage avec ma bonne amie Las Nalgas. Vous savez que vous m'avez permis d'aimer monsieur votre fils, et que je l'adore...

— Moi, mademoiselle ! je ne vous ai point permis ce petit commerce ; je l'ai toléré : cela est bien différent. Un bon père ne doit être ni le tyran de son fils ni son mercure. La fornication entre deux personnes libres a été peut-être autrefois une espèce de droit naturel dont Jenni peut jouir avec discrétion sans que je m'en mêle ; je ne le gêne pas plus sur ses maîtresses que sur son dîner et sur son souper : s'il s'agissait d'un adultère, j'avoue que je serais plus difficile, parce que l'adultère est un larcin ; mais pour vous, mademoiselle, qui ne faites tort à personne, je n'ai rien à vous dire.

— Eh bien ! monsieur, c'est d'adultère qu'il s'agit. Le beau Jenni m'abandonne pour une jeune mariée qui n'est pas si belle que moi. Vous sentez bien que c'est une injure atroce. — Il a tort », dit alors Mr. Freind. Boca Vermeja, en versant quelques larmes, lui conta comment Jenni avait été jaloux, ou fait semblant d'être jaloux du bacheher ; comment madame Clive-Hart, jeune mariée très effrontée, très emportée, très masculine, très méchante, s'étalt emparée de son esprit ; comment il vivait avec des hbertlns non craignant Dieu ; comment enfin il méprisait sa fidèle Boca Vermeja pour la coquine de Clive-Hart, parce que la Clive-Hart avait une nuance ou deux de blancheur et d'incarnat au-dessus de la pauvre Boca Vermeja.

« J'examinerai cette affaire-là à loisir, dit le bon Freind. Il faut que j'aille en parlement pour celle de milord Peterborou. » Il alla donc en parlement : je l'y entendis prononcer un discours ferme et serré, sans aucun lieu commun, sans épithète, sans ce que nous appelons des phrases ; ll n'*invoquait* point un témoignage, une loi ; il les attestait, il les citait, il les réclamait ; il ne disait point qu'on avait *surpris la religion* de la cour en accusant milord Peterborou d'avoir hasardé les troupes de la reine Anne, parce que ce n'était pas une affaire de religion ; il ne prodiguait pas à une conjecture le nom de démonstratlon ; ll ne manquait pas de respect à l'auguste assemblée du parlement par de fades plaisanteries bourgeoises ; il n'appelait pas milord Peterborou son client, parce que le mot de client signifie un homme de la bourgeoisie protégé par un sénateur. Freind parlait avec autant de modestie que de fermeté : on l'écoutait en silence ; on ne l'interrompait qu'en disant : « *Hear him, hear him* : écoutez-le, écoutez-le. » La Chambre des Communes vota qu'on remercierait le comte de Peterborou au lieu de le condamner. Milord obtint la même justice de la Cour des Pairs, et se prépara à repartir avec son cher Freind pour aller donner le royaume d'Espagne à l'archiduc : ce qui n'arriva pourtant pas, par la raison que rien n'arrlve dans ce monde précisément comme on le veut.

Au sortir du parlement nous n'eûmes rien de plus pressé que d'aller nous informer de la conduite de Jenni. Nous apprîmes en effet qu'il menait une vie débordée et crapuleuse avec madame Clive-Hart et une troupe de jeunes athées, d'ailleurs gens d'esprit, à qui leurs débauches avaient persuadé que « l'homme n'a rien au-dessus de la bête ; qu'il naît et meurt comme la bête ; qu'ils sont également formés de terre ; qu'ils retournent également à la terre ; et qu'il n'y a rien de bon et de sage que de se réjouir dans ses œuvres, et de vivre avec celle que l'on aime, comme le conclut Salomon à la fin de son chapitre troisième du *Coheleth,* que nous nommons *Ecclesiastès* ».

Ces idées leur étaient principalement insinuées par un nommé Wirburton, méchant garnement tres impudent. J'ai lu quelque chose des manuscrits de ce fou : Dieu nous préserve de les voir imprimés un jour ! Wirburton pretend que Moïse ne croyait pas à l'immortalité de l'âme ; et comme en effet Moïse n'en parla jamais, il en conclut que c'est la seule preuve que sa mission était divine. Cette conclusion absurde fait malheureusement conclure que la secte juive était fausse ; Ics impies en concluent par consequent que la nôtre, fondée sur la juive, est fausse aussi, et que cette nôtre, qui est la meilleure de toutes, étant fausse, toutes les autres sont encore plus fausses ; qu'ainsi il n'y a point de religion. De là quelques gens viennent à conclure qu'il n'y a point de Dieu ; aloutez à ces conclusions que ce petit Wirburton est un intrigant et un calomniateur. Voyez quel danger !

Un autre fou nommé Needham, qui est en secret jésuite, va bien plus loin. Cet animal, comme vous le savez d'ailleurs, et comme on vous l'a tant dit, s'imagine qu'il a créé des anguilles avec de la farinc de seigle et du jus de mouton ; quc sur-le-champ ces anguilles en ont produit d'autres sans accouplement. Aussitôt nos philosophes décident qu'on peut faire des hommes avec de la farine de froment et du jus de perdrix, parce qu'ils doivent avoir une origine plus nohle que celle des anguilles ; ils prétendcnt que ces hommes en produiront d'autres incontinent ; qu'ainsi ce n'est point Dieu qui a fait l'homme ; que tout s'est fait de soi-même ; qu'on peut trcs bien se passer de Dieu ; qu'il n'y a point de Dieu. Juger quels ravages le *Coheleth* mal entendu, ct Wirburton et Needham blen entcndus, peuvent faire dans de jeunes cœurs tout pétris de passions, et qui ne raisonnent que d'après elles.

Mais, ce qu'il y avait de pis, c'est que Jenni avait des dettes par-dessus les oreilles ; il les pavait d'une étrange façon. Un de ses créanciers était venu le jour même lui demander cent guinées pendant que nous étions en parlement. Le beau Jenni, qui jusque-là paraissait très doux et très poli, s'était battu avec lui, et lui avait donné pour tout payement un bon coup d'épée. On craignait que le blessé n'en mourût : Jenni allait être mis en prison et risquait d'être pendu, malgré la protection de milord Peterborou.

CHAPITRE CINQUIÈME

ON VEUT MARIER JENNI

Il nous souvient, mon cher ami, de la douleur et de l'indignation qu'avait ressenties le vénérable Freind quand il apprit que son cher Jenni était à Barcelone dans les prisons du Saint-Office ; croyez qu'il fut saisi d'un plus violent transport en apprenant les déportements de ce malheureux enfant, ses débauches, ses dissipations, sa manière de payer ses créanciers, et son danger d'être pendu. Mais Freind se contint. C'est une chose étonnante que l'empire de cet excellent homme sur lui-même. Sa raison commande à son cœur, comme un bon maître à un bon domestique. Il fait tout à propos, et agit prudemment avec autant de célérité que les imprudents se déterminent. « Il n'est pas temps, dit-il, de prêcher Jenni ; il faut le tirer du précipice. »

Vous saurez que notre ami avait touché la veille une tres grosse somme de la succession de George Hubert, son oncle. Il va chercher lui-même notre grand chirurgien Cheselden. Nous le trouvons heureusement, nous allons ensemble chez le créancier blessé. Mr. Freind fait vislter sa plaie, elle n'était pas mortelle. Il donne au patient les cent guinées pour premier appareil, et cinquante autres en forme de réparation ; il lui demande pardon pour son fils ; il lui exprime sa douleur avec tant de tendresse, avec tant de vérité, que ce pauvre homme, qui étalt dans son lit, l'embrasse en versant des larmes, et veut lui rendre son argent. Ce spectacle étonnait et attendrissait le jeune Mr. Cheselden, qui commence à se faire une grande réputation, et dont le cœur est aussi bon que son coup d'œil et sa main sont habiles. J'étais ému, j'étais hors de moi ; je n'avais jamais tant révéré, tant aimé notre ami.

Je lui demandai, en retournant à sa maison, s'il ne ferait pas venir son fils chez lui, s'il ne lui représenterait pas ses fautes. « Non, dit-il ; je veux qu'il les sente avant que je lui en parle. Soupons ce soir tous deux ; nous verrons ensemble ce que l'honnêteté m'oblige de faire. Les exemples corrigent bien mieux que les reprimandes. »

J'allai, en attendant le souper, chez Jenni ; je le trouvai comme je pense que tout homme est après son premier crime, pâle, l'œil égaré, la voix rauque et entrecoupée, l'esprit agité, répondant de travers à tout ce qu'on lui disait. Enfin je lui appris ce que son pere venait de faire. Il resta immobile, me regarda fixement, puis se détourna un moment pour verser quelques larmes. J'en augurai bien ; je conçus une grande espérance que Jenni pourrait être un jour très honnête homme. J'allais me jeter à son cou, lorsque madame Clive-Hart entra avec un jeune étourdi de ses amis, nommé Birton.

« Eh bien ! dit la dame en riant, est-il vrai que tu as tué un homme aujourd'hui ? C'était apparemment quelque ennuyeux ; il est bon de délivrer le monde de ces gens-là. Quand il te prendra envie d'en tuer quelque autre, je te prie de donner la préférence à mon mari, car il m'ennuie furieusement. »

Je regardais cette femme des pieds jusqu'à la tête. Elle était belle ; mais elle me parut avoir quelque chose de sinistre dans la physionomie. Jenni n'osait répondre, et baissait les yeux, parce que j'étais là. « Qu'as-tu donc, mon ami ? lui dit Birton, il semble que tu aies fait quelque mal ; je viens te remettre ton péché. Tiens, voici un petit livre que je viens d'acheter chez Lintot ; il prouve, comme deux et deux font quatre, qu'il n'y a ni Dieu, ni vice, ni vertu : cela est consolant. Buvons ensemble. »

A cet étrange discours je me retirai au plus vite. Je fis sentir discrètement à Mr. Freind combien son fils avait besoin de sa présence et de ses conseils. « Je le conçois comme vous, dit ce bon père ; mais commençons par payer ses dettes. » Toutes furent acquittées dès le lendemain matin. Jenni vint se jeter à ses pieds. Croiriez-vous bien que le père ne lui fit aucun reproche. Il l'abandonna à sa conscience, et lui dit seulement « Mon fils, souvenez-vous qu'il n'y a point de bonheur sans la vertu. »

Ensuite il maria Boca Vermeja avec le bachelier de Catalogne, pour qui elle avait un penchant secret, malgré les larmes qu'elle avait répandues pour Jenni : car tout cela s'accorde merveilleusement chez les femmes. On dit que c'est dans leurs cœurs que toutes les contradictions se rassemblent. C'est, sans doute, parce qu'elles ont été pétries originairement d'une de nos côtes.

Le généreux Freind paya la dot des deux mariés ; il plaça bien tous ses nouveaux convertis, par la protection de milord Peterborou : car ce n'est pas assez d'assurer le salut des gens, il faut les faire vivre.

Ayant dépêché toutes ces bonnes actions avec ce sangfroid actif qui m'étonnait toujours, il conclut qu'il n'y avait d'autre parti à prendre pour remettre son fils dans le chemm des honnêtes gens que de le marier avec une personne blen née qui eût de la beauté, des mœurs, de l'esprit, et même un peu de richesse ; et que c'était le seul moyen de détacher Jenni de cette détestable Clive-Hart, et des gens perdus qu'il fréquentait.

J'avais entendu parler de mademoiselle Primerose, ieune heritlère élevée par milady Hervey, sa parente. Milord Peterborou m'introduisit chez milady Hervey. Je vis miss Prlmerose, et je jugeai qu'elle était bien capable de remplir toutes les vues de mon ami Freind. Jenni, dans sa vie débordée, avait un profond respect pour son pere, et même de la tendresse. Il était touché principaement de ce que son père ne lui faisait aucun reproche de sa conduite passée. Ses dettes payées sans l'en avertir, des conseils sages donnés à propos et sans réprimandes, des marques d'amitié échappées de temps en temps sans aucune famlliarité qui eût pu les avilir, tout cela pénétrait Jenni, né sensible et avec beaucoup d'esprit. J'avais toutes les raisons de croire que la fureur de ses désordres cederalt aux charmes de Primerose et aux étonnantes vertus de mon ami.

Milord Peterborou lui-même présenta d'abord le père, et ensuite Jenni chez milady Hervey. Je remarquai que l'extrême beauté de Jenni fit d'abord une impression profonde sur le cœur de Primerose : car je la vis baisser les yeux, les relever, et rougir. Jenni ne parut que poli, et Prlmerose avoua à milady Hervey qu'elle eût bien souhaité que cette politesse fût de l'amour.

Peu a peu notre beau jeune homme démêla tout le mérite de cette incomparable fille, quoiqu'il fût subjugué par l'infâme Clive-Hart. Il était comme cet Indien invité par un ange à cueillir un fruit céleste, et retenu par les griffes d'un dragon. Ici le souvenir de ce que j'ai vu me suffoque. Mes pleurs mouillent mon papier. Quand j'aurai repris mes sens, je reprendrai le fil de mon histoire.

CHAPITRE SIXIÈME

AVENTURE ÉPOUVANTABLE

L'on était prêt de conclure le mariage de la belle Primerose avec le beau Jenni. Notre ami Freind n'avait jamais goûté une joie plus pure ; je la partageais. Voici comme elle fut changée en un désastre que je puis à peine comprendre.

La Clive-Hart aimait Jenni en lui faisant continuellement des infidélités. C'est le sort, dit-on, de toutes les femmes qui, en méprisant trop la pudeur, ont renoncé à la probite. Elle trahissait surtout son cher Jenni pour son cher Birton et pour un autre débauché de la même trempe. Ils vivaient ensemble dans la crapule. Et, ce qui ne se voit peut-être que dans notre nation, c'est qu'ils avaient tous de l'esprit et de la valeur. Malheureusement ils n'avaient jamais plus d'esprit que contre Dieu. La maison de madame Clive-Hart était le rendez-vous des athées. Encore s'ils avaient été des athées gens de hien, comme Epicure et Leontium, comme Lucrèce et Memmius, comme Spinosa, qu'on dit avoir été un des plus honnêtes hommes de la Hollande ; comme Hobbes, si fidèle à son infortuné monarque Charles Ier... Mais !...

Quoi qu'il en soit, Clive-Hart, jalouse avec fureur de la tendre et innocente Primerose, sans être fidèle à Jenni, ne put souffrir cet heureux mariage. Elle médite une vengeance dont je ne crois pas qu'il y ait d'exemple dans notre ville de Londres, où nos pères ont vu cependant tant de crimes de tant d'espèces.

Elle sut que Primerose devait passer devant sa porte en revenant de la Cité, où cette jeune personne était allée faire des emplettes avec sa femme de chamhre. Elle prend ce temps pour faire travailler à un petit canal souterrain qui conduisait l'eau dans ses offices.

Le carrosse de Primerose fut obligé, en revenant, de s'arrêter vis-à-vis cet embarras. La Clive-Hart se présente à elle, la prie de descendre, de se reposer, d'accepter quelques rafraîchissements, en attendant que le chemin soit libre. La belle Primerose tremblait à cette proposition ; mais Jenni était dans le vestibule. Un mouvement involontaire, plus fort que la réflexion, la fit descendre. Jenni courait au-devant d'elle, et lui donnait déjà la main. Elle entre ; le mari de la Clive-Hart était un ivrogne imbécile, odieux à sa femme autant que soumis, à charge même par ses complaisances. Il présente d'abord, en balbutiant, des rafraîchissements à la demoiselle qui honore sa maison, il en boit apres elle. La dame Clive-Hart les emporte sur-le-champ, et en fait présenter d'autres. Pendant ce temps la rue est débarrassée. Primerose remonte en carrosse et rentre chez sa mère.

Au bout d'un quart d'heure elle se plaint d'un mal de cœur et d'un étourdissement. On croit que ce petit dérangement n'est que l'effet du mouvement du carrosse. Mais le mal augmente de moment en moment, et le lendemain elle était à la mort. Nous courûmes chez elle, Mr. Freind et moi. Nous trouvâmes cette charmante créature, pâle, livide, agitée de convulsions, les levres retirées, les yeux tantôt éteints, tantôt étincelants, et toujours fixes. Des taches noires défiguraient sa belle gorge et son beau visage. Sa mère était évanouie à côté de son lit. Le secourable Cheselden prodiguait en vain toutes les ressources de son art. Je ne vous peindrai point le désespoir de Freind, il était inexprimable. Je vole au logis de la Clive-Hart. J'apprends que son mari vient de mourir, et que la femme a déserté la maison. Je cherche Jenni ; on ne le trouve pas. Une servante me dit que sa maîtresse s'est jetée aux pieds de Jenni, et l'a conjuré de ne la pas abandonner dans son malheur ; qu'elle est partie avec Jenni et Birton, et qu'on ne sait où elle est allée.

Écrasé de tant de coups si rapides et si multipliés, l'esprit bouleversé par des soupçons horribles que je chassais et qui revenaient, je me traîne dans la maison de la mourante. « Cependant, me disais-je à moi-même, si cette abominable femme s'est jetée aux genoux de Jenni, si elle l'a prié d'avoir pitié d'elle, il n'est donc point complice. Jenni est incapable d'un crime si lâche, si affreux, qu'il n'a eu nul intérêt, nul motif de commettre, qui le priverait d'une femme adorable et de sa fortune, qui le rendrait exécrable au genre humain. Faible, il se sera laissé subjuguer par une malheureuse dont il n'aura pas connu les noirceurs. Il n'a point vu comme moi Primerose expirante ; il n'aurait pas quitté le chevet de son lit pour suivre l'empoisonneuse de sa femme. » Dévoré de ces pensées, j'entre en frissonnant chez celle que je craignais de ne plus trouver en vie. Elle respirait. Le vieux Clive-Hart avait succombé en un moment, parce que son corps était usé par les débauches ; mais la jeune Primerose était soutenue par un tempérament aussi robuste que son âme était pure. Elle m'aperçut, et d'une voix tendre elle me demanda où était Jenni. A ce mot j'avoue qu'un torrent de larmes coula de mes yeux. Je ne pus lui répondre ; je ne pus parler au père. Il fallut la laisser enfin entre les mains fidèles qui la servaient.

Nous allâmes instruire milord de ce désastre. Vous connaissez son cœur : il est aussi tendre pour ses amis que terrible à ses ennemis. Jamais homme ne fut plus compatissant avec une physionomie plus dure. Il se donna autant de peine pour secourir la mourante, pour découvrir l'asile de Jenni et de sa scélérate, qu'il en avait pris pour donner l'Espagne à l'archiduc. Toutes nos recherches furent inutiles. Je crus que Freind en mourrait. Nous volions tantôt chez Primerose, dont l'agonie était longue, tantôt à Rochester, à Douvres, à Portsmouth ; on envoyait des courriers partout, on était partout, on errait à l'aventure, comme des chiens de chasse qui ont perdu la voie ; et cependant la mère infortunée de l'infortunée Primerose voyait d'heure en heure mourir sa fille.

Enfin nous apprenons qu'une femme assez jeune et assez belle, accompagnée de trois jeunes gens et de quelques valets, s'est embarquée à Neuport dans le comté de Pembroke, sur un petit vaisseau qui était à la rade, plein de contrebandiers, et que ce bâtiment est parti pour l'Amérique septentrionale.

Freind, à cette nouvelle, poussa un profond soupir ; puis, tout à coup se recueillant et me serrant la main : « Il faut, dit-il, que j'aille en Amérique. » Je lui répondis en l'admirant et en pleurant : « Je ne vous quitterai pas ; mais que pourrez-vous faire ? — Ramener mon fils unique, dit-il, à sa patrie et à la vertu, ou m'ensevelir auprès de lui. » Nous ne pouvions douter en effet aux indices qu'on nous donna que ce ne fût Jenni qui s'était embarqué avec cette horrible femme et Birton, et les garnements de son cortège.

Le bon père, ayant pris son parti, dit adieu à milord Peterborou, qui retourna bientôt en Catalogne ; et nous allâmes fréter à Bristol un vaisseau pour la rivière de Delaware et pour la baie de Maryland. Freind concluait que, ces parages étant au milieu des possessions anglaises, il fallait y diriger sa navigation, soit que son fils fût vers le sud, soit qu'il eût marché vers le septentrion. Il se munit d'argent, de lettres de change et de vivres, laissant à Londres un domestique affidé, chargé de lui donner des nouvelles par les vaisseaux qui allaient toutes les semaines dans le Maryland ou dans la Pensylvanie.

Nous partîmes ; les gens de l'équipage, en voyant la sérénité sur le visage de Freind, croyaient que nous faisions un voyage de plaisir. Mais, quand il n'avait que moi pour témoin, ses soupirs m'expliquaient assez sa douleur profonde. Je m'applaudissais quelquefois en secret de l'honneur de consoler une si belle âme. Un vent d'ouest nous retint longtemps à la hauteur des Sorlingues. Nous fûmes obligés de diriger notre route vers la NouvelleAngleterre. Que d'informations nous fîmes sur toute la côte ! Que de temps et de soins perdus ! Enfin un vent de nord-est s'étant levé, nous tournâmes vers Maryland. C'est là qu'on nous dépeignit Jenni, la Clive-Hart, et leurs compagnons.

Ils avaient sejourné sur la côte pendant plus d'un mois, et avaient étonné toute la colonie par des débauches et des magnificences inconnues jusqu'alors dans cette partie du globe ; après quoi ils étaient disparus, et personne ne savait de leurs nouvelles.

Nous avançâmes dans la baie avec le dessein d'aller jusqu'à Baltimore prendre de nouvelles informations.

CHAPITRE SEPTIÈME

CE QUI ARRIVA EN AMÉRIQUE

Nous trouvâmes dans la route, sur la droite, une habitation très bien entendue. C'était une maison basse, commode et propre, entre une grange spacieuse et une vaste étable, le tout entouré d'un jardin où croissaient tous les fruits du pays. Cet enclos appartenait à un vieillard qui nous invita à descendre dans sa retraite. Il n'avait pas l'air d'un Anglais, et nous jugeâmes bientôt à son accent qu'il était etranger. Nous ancrâmes ; nous descendîmes ; ce bonhomme nous reçut avec cordialité, et nous donna le meilleur repas qu'on puisse faire dans le nouveau monde.

Nous lui insinuâmes discrètement notre désir de savoir à qui nous avions l'obligation d'être si bien reçus. « Je suis, dit-il, un de ceux que vous appelez sauvages. Je naquis sur une des montagnes bleues qui bordent cette contrée, et que vous voyez à l'occident. Un gros vilain serpent à sonnette m'avait mordu dans mon enfance sur une de ces montagnes ; j'étais abandonné ; j'allais mourir. Le père de milord Baltimore d'aujourd'hui me rencontra, me mit entre les mains de son médecin, et je lui dus la vie. Je lui rendis bientôt ce que je lui devais, car je lui sauvai la sienne dans un combat contre une horde voisine. Il me donna pour récompense cette habitation, où je vis heureux. »

Mr. Freind lui demanda s'il était de la religion du lord Baltimore. « Moi ! dit-il, je suis de la mienne ; pourquoi voudriez-vous que je fusse de la religion d'un autre homme ? » Cette réponse courte et énergique nous fit rentrer un peu en nous-mêmes. « Vous avez donc, lui dis-je, votre dieu et votre loi ? — Oui, nous répondit-il avec une assurance qui n'avait rien de la fierté ; mon dieu est là », et il montra le ciel ; « ma loi est là-dedans », et il mit la main sur son cœur.

Mr. Freind fut saisi d'admiration, et, me serrant la main : « Cette pure nature, me dit-il, en sait plus que tous les bacheliers qui ont raisonné avec nous dans Barcelone. »

Il était pressé d'apprendre, s'il se pouvait, quelque nouvelle certaine de son fils Jenni. C'était un poids qui l'oppressait. Il demanda si on n'avait pas entendu parler de cette bande de jeunes gens qui avaient fait tant de fracas dans les environs. o Comment ! dit le vieillard, si on m'en a parlé ! Je les ai vus, je les ai reçus chez moi, et ils ont été si contents de ma réception qu'ils sont partis avec une de mes filles. »

Jugez quel fut le frémissement et l'effroi de mon ami à ce discours. Il ne put s'empêcher de s'écrier dans son premier mouvement : « Quoi ! votre fille a été enlevée par mon fils ! — Bon Anglais, lui repartit le vieillard, ne te fâche point ; je suis très aise que celui qui est parti de chez moi avec ma fille soit ton fils, car il est beau, bien fait, et paraît courageux. Il ne m'a point enlevé ma chère Parouba : car il faut que tu saches que Parouba est son nom, parce que Parouba est le mien. S'il m'avait pris ma Parouba, ce serait un vol ; et mes cinq enfants mâles, qui sont à présent à la chasse dans le voisinage, à quarante ou cmquante milles d'ici, n'auraient pas souffert cet affront. C'est un grand péche de voler le bien d'autrui. Ma fille s'en est allée de son plem gré avec ces jeunes gens ; elle a voulu voir le pays : c'est une petite satisfaction qu'on ne doit pas refuser à une personne de son âge. Ces voyageurs me la rendront avant qu'il soit un mois ; j'en suis sûr, car ils me l'ont promis. » Ces paroles m'auraient fait rire, si la douleur où je voyais mon ami plongé n'avait pas pénétré mon âme, qui en était tout occupée.

Le soir, tandis que nous étions prêts à partir et à profiter du vent, arrive un des fils de Parouba tout essoufflé, la pâleur, l'horreur et le désespoir sur le visage. « Qu'astu donc, mon fils ? d'où viens-tu ? je te croyais à la chasse. Que t'est-il arrivé ? Es-tu blessé par quelque bête sauvage ?

— Non, mon père, je ne suis point blessé, mais je me meurs.

— Mais d'où viens-tu, encore une fois, mon cher fils ?

— De quarante milles d'ici sans m'arrêter ; mais je suis mort. »

Le père, tout tremblant, le fait reposer. On lui donne des restaurants ; nous nous empressons autour de lui, ses petits frères, ses petites sœurs, Mr. Freind, et moi, et nos domestiques. Quand il eut repris ses sens, il se jeta au cou du bon vieillard Parouba. « Ah ! dit-il en sanglotant, ma sœur Parouba est prisonnière de guerre, et probablement va être mangée. »

Le bonhomme Parouba tomba par terre à ces paroles. Mr. Freind, qui était père aussi, sentit ses entrailles s'émouvoir. Enfin Parouba le fils nous apprit qu'une troupe de jeunes Anglais fort étourdis avaient attaqué par passetemps des gens de la montagne bleue. « Ils avaient, dit-il, avec eux une très belle femme et sa suivante ; et je ne sais comment ma sœur se trouvait dans cette compagnie. La belle Anglaise a été tuée et mangée ; ma sœur a été prise, et sera mangée tout de même. Je viens ici chercher du secours contre les gens de la montagne bleue ; je veux les tuer, les manger à mon tour, reprendre ma chère sœur, ou mourir. »

Ce fut alors à Mr. Freind de s'évanouir ; mais l'habitude de se commander à lui-même le soutint. « Dieu m'a donné un fils, me dit-il ; il reprendra le fils et le père quand le moment d'exécuter ses décrets éternels sera venu. Mon ami, je serais tenté de croire que Dieu agit quelquefois par une providence particulière, soumise à ses lois générales, puisqu'il punit en Amérique les crimes commis en Europe, et que la scélérate Clive-Hart est morte comme elle devait mourir. Peut-être le souverain fabricateur de tant de mondes aura-t-il arrangé les choses de façon que les grands forfaits commis dans un globe sont expiés quelquefois dans ce globe même. Je n'ose le croire, mais je le souhaite ; et je le croirais si cette idée n'était pas contre toutes les règles de la bonne métaphysique.

Après des réflexions si tristes sur de si fatales aventures, fort ordinaires en Amérique, Freind prit son parti incontinent selon sa coutume. « J'ai un bon vaisseau, dit-il à son hôte, il est bien approvisionné ; remontons le golfe avec la marée le plus près que nous pourrons des montagnes bleues. Mon affaire la plus pressée est à présent de sauver votre fille. Allons vers vos anciens compatriotes ; vous leur direz que je viens leur apporter le calumet de la paix, et que je suis le petit-fils de Penn : ce nom seul suffira. »

A ce nom de Penn, si révéré dans toute l'Amérique boréale, le bon Parouba et son fils sentirent les mouvements du plus profond respect et de la plus chère espérance. Nous nous embarquons, nous mettons à la voile, nous abordons en trente-six heures auprès de Baltimore.

A peine étions-nous à la vue de cette petite place, alors presque déserte, que nous découvrîmes de loin une troupe nombreuse d'habitants des montagnes bleues qui descendaient dans la plaine, armés de casse-têtes, de haches, et de ces mousquets que les Européans leur ont si sottement vendus pour avoir des pelleteries. On entendait déjà leurs hurlements effroyables. D'un autre côté s'avançaient quatre cavaliers suivis de quelques hommes de pied. Cette petite troupe nous prit pour des gens de Baltimore qui venaient les combattre. Les cavaliers courent sur nous à bride abattue, le sabre à la main. Nos compagnons se préparaient à les recevoir. Mr. Freind, ayant regardé fixement les cavaliers, frissonna un moment ; mais, reprenant tout à coup son sang-froid ordinaire : « Ne bougez, mes amis, nous dit-il d'une voix attendrie ; laissez-moi agir seul. » Il s'avance en effet seul, sans armes, à pas lents, vers la troupe. Nous voyons en un moment le chef abandonner la bride de son cheval, se jeter à terre, et tomber prosterné. Nous poussons un cri d'étonnement ; nous approchons : c'était Jenni lui-même qui baignait de larmes les pieds de son père, qui l'embrassait de ses mains tremblantes. Ni l'un ni l'autre ne pouvait parler. Birton et les deux jeunes cavaliers qui l'accompagnaient descendirent de cheval. Mais Birton, conservant son caractère, lui dit « Pardieu, mon cher Freind, je ne t'attendais pas ici. Toi et moi nous sommes faits pour les aventures. Pardieu ! je suis bien aise de te voir. »

Freind, sans daigner lui répondre, se retourna vers l'armée des montagnes bleues qui s'avancait. Il marcha à elle avec le seul Parouba, qui lui servait d'interprète. « Compatriotes, leur dit Parouba, voici le descendant de Penn qui vous apporte le calumet de la paix. »

A ces mots, le plus ancien du peuple répondit, en élevant les mains et les yeux au ciel : « Un fils de Penn ! que je baise ses pieds et ses mains, et ses parties sacrées de la génération ! Qu'il puisse faire une longue race de Penn ! que les Penn vivent à jamais ! le grand Penn est notre Manitou, notre Dieu. Ce fut presque le seul des gens d'Europe qui ne nous trompa point, qui ne s'empara pomt de nos terres par la force. Il acheta le pays que nous lui cédâmes ; il le paya libéralement ; il entretint chez nous la concorde ; il apporta des remèdes pour le peu de maladies que notre commerce avec les gens d'Europe nous communiquait ; il nous enseigna des arts que nous ignorions. Jamais nous ne fumâmes contre lui ni contre ses enfants le calumet de la guerre ; nous n'avons avec les Penn que le calumet de l'adoration. »

Ayant parlé ainsi au nom de son peuple, il courut en effet baiser les pieds et les mains de Mr. Freind ; mais il s'abstint de parvenir aux parties sacrées dès qu'on lui dit que ce n'était pas l'usage en Angleterre, et que chaque pays a ses cérémonies.

Freind fit apporter sur-le-champ une trentaine de jambons, autant de grands pâtés et de poulardes à la daube, deux cents gros flacons de vin de Pontac qu'on tira du vaisseau ; il plaça à côté de lui le commandant des montagnes blcues. Jenni et ses compagnons furent du festin ; mais Jenni aurait voulu être cent pieds sous terre. Son pèrc ne lui disait mot ; et ce silence augmentait encore sa honte.

Birton, à qui tout était égal, montrait une gaieté évaporée. Freind, avant qu'on se mît à manger, dit au bon Parouba : « Il nous manque ici une personne bien chère, c'est votre fille. » Le commandant des montagnes bleues la fit venir sur-le-champ ; on ne lui avait fait aucun outragej elle embrassa son père et son frère, comme si elle fût revenue de la promenade.

Je profitai de la liberté du repas pour demander par quelle raison les guerriers des montagnes bleues avaient tué et mangé madame Clive-Hart, et n'avaient rien fait à la fille de Parouba. « C'est parce que nous sommes justes, répondit le commandant. Cette fière Anglaise était de la troupe qui nous attaqua ; elle tua un des nôtres d'un coup de pistolet par-derrière. Nous n'avons rien fait à la Parouba dès que nous avons su qu'elle était la fille d'un de nos anciens camarades, et qu'elle n'était venue ici que pour s'amuser : il faut rendre à chacun selon ses œuvres. »

Freind fut touché de cette maxime, mais il représenta que la coutume de manger des femmes était indigne de si braves gens, et qu'avec tant de vertu on ne devait pas être anthropophage.

Le chef des montagnes nous demanda alors ce que nous faisions de nos ennemis lorsque nous les avions tués. « Nous les enterrons, lui répondis-je. — J'entends, dit-il ; vous les faites manger par les vers. Nous voulons avoir la préférence ; nos estomacs sont une sépulture plus honorable. »

Birton prit plaisir à soutenir l'opinion des montagnes bleues. Il dit que la coutume de mettre son prochain au pot ou à la broche était la plus ancienne et la plus naturelle puisqu'on l'avait trouvée établie dans les deux hémisphères ; qu'il était par conséquent démontré que c'était là une idée innée, qu'on avait été à la chasse aux hommes avant d'aller à la chasse aux bêtes, par la raison qu'il était bien plus aisé de tuer un homme que de tuer un loup ; que si les Juifs, dans leurs livres si longtemps ignorés, ont imaginé qu'un nommé Caïn tua un nommé Abel, ce ne put être que pour le manger ; que ces Juifs euxmêmes avouent nettement s'être nourris plusieurs fois de chair humaine ; que, selon les meilleurs historiens, les Juifs dévorèrent les chairs sanglantes des Romains assassinés par eux en Égypte, en Chypre, en Asie, dans leurs révoltes contre les empereurs Trajan et Adrien.

Nous lui laissâmes débiter ces dures plaisanteries, dont le fond pouvait malheureusement être vrai, mais qui n'avaient rien de l'atticisme grec et de l'urbanité romaine.

Le bon Freind, sans lui répondre, adressa la parole aux gens du pays. Parouba l'interprétait phrase à phrase. Jamais le grave Tillotson ne parla avec tant d'energie, jamais l'insinuant Smalridge n'eut des grâces si touchantes. Le grand secret est de démontrer avec éloquence. Il leur démontra donc que ces festins où l'on se nourrit de la chair de ses semblables sont des repas de vautours, et non pas d'hommes ; que cette exécrable coutume inspire une férocité destructive du genre humain ; que c'était la raison pour laquelle ils ne connaissaient ni les consolations de la societé, ni la culture de la terre ; enfin ils jurèrent par leur grand Manitou qu'ils ne mangeraient plus ni hommes ni femmes.

Freind, dans une seule conversation, fut leur législateur ; c'était Orphée qui apprivoisait les tigres. Les Jésuites ont beau s'attribuer des miracles dans leurs *Lettres curieuses et édifiantes*, qui sont rarement l'un et l'autre, ils n'égaleront jamais notre ami Freind.

Après avoir comblé de présents les seigneurs des montagnes bleues, il ramena dans son vaisseau le bonhomme Parouba vers sa demeure. Le jeune Parouba fut du voyage avec sa sœur ; les autres frères avaient poursuivi leur chasse du côté de la Caroline. Jenni, Birton, et leurs camarades, s'embarquèrent dans le vaisseau ; le sage Freind persistait toujours dans sa méthode de ne faire aucun reproche à son fils quand ce garnement avait fait quelque mauvaise action ; il le laissait s'examiner lui-même et dévorer son cœur, comme dit Pythagore. Cependant il reprit trois fois la lettre qu'on lui avait apportée d'Angleterre ; et, en la relisant, il regardait son fils, qui baissait toujours les yeux ; et on lisait sur le visage de ce jeune homme le respect et le repentir.

Pour Birton, il était aussi gai et aussi désinvolte que s'il était revenu de la comédie : c'était un caractère à peu près dans le goût du feu comte de Rochester, extrême dans la débauche, dans la bravoure, dans ses idées, dans ses expressions, dans sa philosophie épicurienne, n'étant attaché à rien, sinon aux choses extraordinaires, dont il se dégoûtait bien vite ; ayant cette sorte d'esprit qui tient les vraisemblances pour des démonstrations ; plus savant, plus éloquent qu'aucun jeune homme de son âge, mais ne s'étant jamais donné la peine de rien approfondir.

Il échappa à Mr. Freind, en dînant avec nous dans le vaisseau, de me dire : « En vérité, mon ami, j'espère que Dieu inspirera des mœurs plus honnêtes à ces jeunes gens, et que l'exemple terrible de la Clive-Hart les corrigera. »

Birton, ayant entendu ces paroles, lui dit d'un ton un peu dédaigneux : « J'étais depuis longtemps très mécontent de cette méchante Clive-Hart : je ne me soucie pas plus d'elle que d'une poularde grasse qu'on aurait mise à la broche ; mais, en bonne foi, pensez-vous qu'il existe, je ne sais où, un être continuellement occupé à faire punir toutes les méchantes femmes, et tous les hommes pervers qui peuplent et dépeuplent les quatre parties de notre petit monde ? Oubliez-vous que notre détestable Marie, fille de Henri VIII, fut heureuse jusqu'à sa mort ? et cependant elle avait fait périr dans les flammes plus de huit cents citoyens et citoyennes sur le seul prétexte qu'ils ne croyaient ni à la transsubstantiation ni au pape. Son père, presque aussi barbare qu'elle, et son mari, plus profondément méchant, vécurent dans les plaisirs. Le pape Alexandre VI, plus criminel qu'eux tous, fut aussi le plus fortuné : tous ses crimes lui réussirent, et il mourut à soixante et douze ans, puissant, riche, courtisé de tous les rois. Où donc est le Dieu juste et vengeur ? Non, pardieu ! Il n'y a point de Dieu. »

Mr. Freind, d'un air austère, mais tranquille, lui dit : « Monsieur, vous ne devriez pas, ce me semble, jurer par Dieu même que ce Dieu n'existe pas. Songez que Newton et Locke n'ont prononcé jamais ce nom sacré sans un air de recueillement et d'adoration secrète qui a été remarqué de tout le monde.

— *Pox !* repartit Birton ; je me soucie bien de la mine que deux hommes ont faite. Quelle mine avait donc Newton quand il commentait l'*Apocalypse ?* et quelle grimace faisait Locke lorsqu'il racontait la longue conversation d'un perroquet avec le prince Maurice ? » Alors Freind prononça ces belles paroles d'or qui se gravèrent dans mon cœur : « Oublions les rêves des grands hommes, et souvenons-nous des vérités qu'ils nous ont enseignées. » Cette réponse engagea une dispute réglée, plus intéressante que la conversation avec le bachelier de Salamanque ; je me mis dans un com, j'écrivis en notes tout ce qui fut dit : on se rangea autour des deux combattants ; le bonhomme Parouba, son fils, et surtout sa fille, les compagnons des débauches de Jenni, écoutaient, le cou tendu, les yeux fixés ; et Jenni, la tête baissée, les deux coudes sur ses genoux, les mains sur ses yeux, semblait plongé dans la plus profonde méditation.

Voici mot à mot la dispute.

CHAPITRE HUITIÈME

DIALOGUE DE FREIND ET DE BIRTON SUR L'ATHÉISME

FREIND

Je ne vous répéterai pas, monsieur, les arguments métaphysiques de notre célèbre Clarke. Je vous exhorte seulement à les relire ; ils sont plus faits pour vous éclairer que pour vous toucher : je ne veux vous apporter que des raisons qui peut-être parleront plus à votre cœur.

BIRTON

Vous me ferez plaisir ; je veux qu'on m'amuse et qu'on m'intéresse ; je hais les sophismes : les disputes métaphysiques ressemblent à des ballons remplis de vent que les combattants se renvoient. Les vessies crèvent, l'air en sort, il ne reste rien.

FREIND

Peut-être, dans les profondeurs du respectable arien Clarke, y a-t-il quelques obscurités, quelques vessies ; peut-être s'est-il trompé sur la réalité de l'infini actuel et de l'espace, etc. ; peut-être, en se faisant commentateur de Dieu, a-t-il imité quelquefois les commentateurs d'Homère, qui lui supposent des idées auxquelles Homère ne pensa jamais.

A ces mots d'infini, d'espace, d'Homère, de commentateurs, le bonhomme Parouba et sa fille, et quelques Anglais même, voulurent aller prendre l'air sur le tillac ; mais Freind ayant promis d'être intelligible, ils demeurèrent ; et moi, j'expliquais tout bas à Parouba quelques mots un peu scientifiques que desgens nés sur les montagnes bleues ne pouvaient entendre aussi commodémenr que des docteurs d'Oxford et de Cambridge.

L'ami Freind continua donc ainsi :

Il serait triste que, pour être sûr de l'existence de Dieu, il fût nécessaire d'être un profond métaphysicien : il n'y aurait tout au plus en Angleterre qu'une centaine d'esprits bien versés ou renversés dans cette science ardue du pour et du contre qui fussent capables de sonder cet abîme, et le reste de la terre entière croupirait dans une ignorance invincible, abandonné en proie à ses passions brutales, gouverné par le seul instinct, et ne raisonnant passablement que sur les grossières notions de ses intérêts charnels. Pour savoir s'il est un Dieu, je ne vous demande qu'une chose, c'est d'ouvrir les yeux.

BIRTON

Ah ! je vous vois venir : vous recourez à ce vieil argument tant rebattu que le soleil tourne sur son axe en vingtcinq jours et demi, en dépit de l'absurde Inquisition de Rome ; que la lumière nous arrive réfléchie de Saturne en quatorze minutes, malgré les suppositions absurdes de Descartes ; que chaque étoile fixe est un soleil comme le nôtre, environné de planètes ; que tous ces astres innombrables, placés dans les profondeurs de l'espace, obéissent aux lois mathématiques découvertes et démontrées par le grand Newton ; qu'un catéchiste annonce Dieu aux enfants, et que Newton le prouve aux sages, comme le dit un philosophe *frenchman,* persécuté dans son drôle de pays pour l'avoir dit.

Ne vous tourmentez pas à m'étaler cet ordre constant qui règne dans toutes les parties de l'univers : il faut bien que tout ce qui exlste soit dans un ordre quelconque ; il faut bien que la matière plus rare s'élève sur la plus massive, que le plus fort en tout sens presse le plus faible, que ce qui est poussé avec plus de mouvement coure plus vite que son égal ; tout s'arrange ainsi de soi-même. Vous auriez beau, après avoir bu une pinte de vin comme Esdras, me parler comme lui neuf cent soixante heures de suite sans fermer la bouche, je ne vous en croirais pas davantage. Voudriez-vous que j'adoptasse un Être éternel, infini et immuable, qui s'est plu, dans je ne sais quel temps, à créer de rien des choses qui changent à tout moment, et à faire des araignées pour éventrer des mouches ? Voudriez-vous que je disse, avec ce bavard impertinent de Nieuventyd, que « Dieu nous a donné des oreilles pour avoir la foi, parce que la foi vient par ouïdire » ? Non, non, je ne croirai point à des charlatans qui ont vendu cher leurs drogues à des imbéciles ; je m'en tiens au petit livre d'un *frenchman* qui dit que rien n'existe et ne peut exister, sinon la nature ; que la nature fait tout, que la nature est tout, qu'il est impossible et contradictoire qu'il existe quelque chose au-delà du tout ; en un mot, je ne crois qu'à la nature.

FREIND

Et si je vous disais qu'il n'y a point de nature, et que dans nous, autour de nous, et à cent mille millions de lieues, tout est art sans aucune exception !

BIRTON

Comment ! tout est art ! en voici bien d'une autre !

FREIND

Presque personne n'y prend garde ; cependant rien n'est plus vrai. Je vous dirai toujours : « Servez-vous de vos yeux, et vous reconnaîtrez, vous adorerez un Dieu. Songez comment ces globes immenses, que vous voyez rouler dans leur immense carrière, observent les lois d'une profonde mathématique : il y a donc un grand mathématicien que Platon appelait l'éternel géomètre. Vous admirez ces machines d'une nouvelle invention, qu'on appelle Oréri, parce que milord Oréri les a mises à la mode en protégeant l'ouvrier par ses libéralités : c'est une très faible copie de notre monde planétaire et de ses révolutions, la période même du changement des solstices et des équinoxes, qui nous amène de jour en jour une nouvelle étoile polaire.

Cette période, cette course si lente d'environ vingt-six mille ans, n'a pu être exécutée par des mains humaines dans nos oréri. Cette machine est très imparfaite : il faut la faire tourner avec une manivelle ; cependant c'est un chef-d'œuvre de l'habileté de nos artisans. Jugez donc quelle est la puissance, quel est le génie de l'éternel architecte, si l'on peut se servir de ces termes impropres si mal assortis à l'Être suprême. »

Je donnai une légère idée d'un oréri à Parouba. Il dit : « S'il y a du génie dans cette copie, il faut bien qu'il y en ait dans l'original. Je voudrais voir un oréri : mais le ciel est plus beau. » Tous les assistants, Anglais et Américains, entendant ces mots, furent également frappés de la vérité, et levèrent les mains au ciel. Birton demeura tout pensif, puis il s'écria : « Quoi ! tout serait art, et la nature ne serait que l'ouvrage d'un suprême artisan ! serait-il possible ? » Le sage Freind continua ainsi :

Portez à présent vos yeux sur vous-même ; examinez avec quel art étonnant, et jamais assez connu, tout y est construit en dedans et en dehors pour tous vos usages et pour tous vos désirs ; je ne prétends pas faire ici une leçon d'anatomie, vous savez assez qu'il n'y a pas un viscère qui ne soit nécessaire, et qui ne soit secouru dans ses dangers par le jeu continuel des viscères voisins. Les secours dans le corps sont si artificieusement préparés de tous côtés qu'il n'y a pas une seule veine qui n'ait ses valvules et ses écluses, pour ouvrir au sang des passages. Depuis la racine des cheveux jusqu'aux orteils des pieds, tout est art, tout est préparation, moyen, et fin. Et, en vérité, on ne peut que se sentir de l'indignation contre ceux qui osent nier les véritables causes finales, et qul ont assez de mauvaise foi ou de fureur pour dire que la bouche n'est pas faite pour parler et pour manger ; que ni les yeux ne sont merveilleusement dlsposes pour voir, ni les oreilles pour entendre, ni les parties de la génération pour engendrer. Cette audace est Sl folle que j'ai peine à la comprendre.

Avouons que chaque animal rend le témoignage au suprême fabricateur.

La plus petite herbe suffit pour confondre l'intelligence humaine, et cela est si vrai qu'il est impossible aux efforts de tous les hommes reunis de produire un brin de pallle si le germe n'est pas dans la terrej et il ne faut pas dire que les germes pourrissent pour produire, car ces bêtlses ne se disent plus.

L'assemblée sentit la vérité de ces preuves plus vivement

que tout le reste, parce qu'elles étaient plus palpables. Birton disait entre ses dents : « Faudra-t-il se soumettre à reconnaitre un Dieu ? Nous verrons cela, pardieu ! c'est une affaire à examiner. » genni revait toujours profondément, et était touché, et notre Freind acheva sa phrase :

Non, mes amis, nous ne faisons rien ; nous ne pouvons rien faire : il nous est donné d'arranger, d'unir, de desunir, de nombrer, de peser, de mesurer ; mais faire ! quel mot ! Il n'y a que l'être nécessaire, l'être existant éternellement par lui-même, qui fasse ; voilà pourquoi les charlatans qui travaillent à la pierre philosophale sont de si grands imbéclles, ou de si grands fripons. Ils se vantent de créer de l'or, et ils ne pourraient pas créer de la crotte.

Avouons donc, mes amis, qu'il est un Être suprême, necessaire, incompréhensible, qui nous a faits.

BIRTON

Et où est-il, cet Être ? S'il y en a un, pourquoi se cache-t-il ? Quelqu'un l'a-t-il jamais vu ? Doit-on se cacher quand on a fait du bien ?

FREIND

Avez-vous jamais vu Christophe Ken, qui a bâti St. Paul de Londres ? Cependant il est démontré que cet edlfice est l'ouvrage d'un architecte très habile.

BIRTON

Tout le monde conçoit aisément que Ken a bâti avec beaucoup d'argent ce vaste édifice, où Burgess nous endort quand il prêche. Nous savons bien pourquoi et comment nos peres ont élevé ce bâtiment. Mais pourquoi et comment un Dieu aurait-il créé de rien cet univers ? Vous savez l'ancienne maxime de toute l'antiquité : *Rien ne peut rien créer, rien ne retourne à rien.* C'est une vérité dont personne n'a jamais douté. Votre Bible même dit expressément que votre Dieu fit]e ciel et la terre quoique le ciel, c'est-à-dire l'assemblage de tous les astres, soit beaucoup plus supérieur à la terre que cette terre ne l'est au plus petit des grains de sable ; mais votre Bible n'a jamais dit que Dieu fit le ciel et la terre avec rien du tout : elle ne prétend point que le Seigneur ait falt la femme de rien. Il la pétrit fort singulièrement d'une côte qu'll arracha à son mari. Le chaos existait, selon la Bible même, avant la terre : donc la matière était aussi éternelle que votre Dieu.

Il s'éleva alors un petit murmure dans l'assemblée ; on disait : « Birton pourrait bien avoir raison » ; mais Freind répondit :

Je vous ai, je pense, prouvé qu'il existe une intelligence suprême, une puissance éternelle à qui nous devons une vle passagère : je ne vous ai point promis de vous expliquer le pourquoi et le comment. Dieu m'a donné assez de raison pour comprendre qu'il existe, mais non assez pour savoir au juste si la matière lui a ete eternellement soumise ou s'il l'a fait naître dans le temps. Que vous importe l'éternité ou la création de la matiere, pourvu que vous reconnaissiez un Dieu, un maître de la matière et de vous ? Vous me demandez où Dieu est ; je n'en sais rien, et je ne dois pas le savoir. Je sais qu ll est ; je sais qu'il est notre maître, qu'il fait tout, que nous devons tout attendre de sa bonté.

BIRTON

De sa bonté ! vous vous moquez de moi. Vous m'avez dit : « Servez-vous de vos yeux » ; et moi je vous dis : Servez-vous des vôtres. Jetez seulement un coup d'œil sur la terre entière, et jugez si votre Dieu serait bon. »

Mr. Freind sentit bien que c'était là le fort de la dispute, et que Birton lui préparait un rude assaut ; il s'aperçut que les auditeurs, et surtout les Américains, avaient besoin de prendre haleine pour écouter, et lui pour parler. Il se recommanda à Dieu ; on alla se promener sur le tillac ; on prit ensuite du thé dans le yacht, et la dispute réglée recommença.

CHAPITRE NEUVIÈME

SUR L'ATHÉISME

BIRTON

Pardieu ! monsieur, vous n'aurez pas si beau jeu sur l'article de la bonté que vous l'avez eu sur la puissance et sur l'industrie ; je vous parlerai d'abord des énormes défauts de ce globe, qui sont précisément l'opposé de cette industrie tant vantée ; ensuite je mettrai sous vos yeux les crimes et les malheurs perpétuels des habitants, et vous jugerez de l'affection paternelle que, selon vous, le maître a pour eux.

Je commence par vous dire que les gens de Glocestershire, mon pays, quand ils ont fait naître des chevaux dans leurs haras, les élèvent dans de beaux pâturages, leur donnent ensuite une bonne écurie, et de l'avoine et de la paille à foison ; mais, s'il vous plaît, quelle nourriture et quel abri avaient tous ces pauvres Américains du Nord quand nous les avons découverts après tant de siècles ? Il fallait qu'ils courussent trente et quarante milles pour avoir de quoi manger. Toute la côte boréale de notre ancien monde languit à peu près sous la même nécessité ; et depuis la Laponie suédoise jusqu'aux mers septentrionales du Japon, cent peuples traînent leur vie, aussi courte qu'insupportable, dans une disette affreuse, au milieu de leurs neiges éternelles.

Les plus beaux climats sont exposés sans cesse à des fléaux destructeurs. Nous y marchons sur des précipices enflammés, recouverts de terrains fertiles qui sont des pièges de mort. Il n'y a point d'autres enfers sans doute ; et ces enfers se sont ouverts mille fois sous nos pas.

On nous parle d'un déluge universel, physiquement impossible, et dont tous les gens sensés rient ; mais du moins on nous console en nous disant qu'il n'a duré que dix mois : il devait éteindre ces feux qui depuis ont détruit tant de villes florissantes. Votre St. Augustin nous apprend qu'il y eut cent villes entières d'embrasées et d'abîmées en Libye par un seul tremblement de terre ; ces volcans ont bouleversé toute la belle Italie. Pour comble de maux, les tristes habitants de la zone glaciale ne sont pas exempts de ces gouffres souterrains ; les Islandais, toujours menacés, voient la faim devant eux, cent pieds de glace et cent pieds de flamme à droite et à gauche sur leur mont Hécla : car tous les grands volcans sont placés sur ces montagnes hideuses.

On a beau nous dire que ces montagnes de deux mille toises de hauteur ne sont rien par rapport à la terre, qui a trois mille lieues de diamètre ; que c'est un grain de la peau d'une orange sur la rondeur de ce fruit, que ce n'est pas un pied sur trois mille. Hélas ! qui sommes-nous donc, si les hautes montagnes ne font sur la terre que la figure d'un pied sur trois mille pieds, et de quatre pouces sur neuf mille pieds ? Nous sommes donc des animaux absolument imperceptibles ; et cependant nous sommes écrasés par tout ce qui nous environne, quoique notre infinie petitesse, si voisine du néant, semblât devoir nous mettre à l'abri de tous les accidents. Après cette innombrable quantité de villes détruites, rebâties et détruites encore comme des fourmilières, que dirons-nous de ces mers de sable qui traversent le milieu de l'Afrique, et dont les vagues brûlantes, amoncelées par les vents, ont englouti des armées entières ? A quoi servent ces vastes déserts à côté de la belle Syrie ? déserts si affreux, si inhabitables, que ces animaux féroces appelés *Juifs* se crurent dans le paradis terrestre quand ils passèrent de ces lieux d'horreur dans un coin de terre dont on pouvait cultiver quelques arpents.

Ce n'est pas encore assez que l'homme, cette noble créature, ait été si mal logé, si mal vêtu, si mal nourri pendant tant de siècles. Il naît entre de l'urine et de la matière fécale pour respirer deux jours ; et, pendant ces deux jours, composés d'espérances trompeuses et de chagrins réels, son corps, formé avec un art inutile, est en proie à tous les maux qui résultent de cet art même : il vit entre la peste et la vérole ; la source de son être est empoisonnée ; il n'y a personne qui puisse mettre dans sa mémoire la liste de toutes les maladies qui nous poursuivent ; et le médecin des urines en Suisse prétend les guérir toutes !

Pendant que Birton parlait ainsi, la compagnie était tout attentive et tout émue ; le bonhomme Parouba disait : « Voyons comme notre docteur se tirera de là. » Jenni même laissa échapper ces paroles à voix basse : « Ma foi, il a raison ; j'étais bien sot de m'être laissé toucher des discours de mon père. » Mr. Freind laissa passer cette première bordée, qui frappait toutes les imaginations, puis il dit :

Un jeune théologien répondrait par des sophismes à ce torrent de tristes vérités et vous citerait St. Basile et St. Cyrille qui n'ont que faire ici ; pour moi, messieurs, je vous avouerai sans détour qu'il y a beaucoup de mal physique sur la terre ; je n'en diminue pas l'existence ; mais Mr. Birton l'a trop exagérée. Je m'en rapporte à vous, mon cher Parouba ; votre climat est fait pour vous, et il n'est pas si mauvais, puisque ni vous ni vos compatriotes n'avez voulu le quitter. Les Esquimaux, les Islandais, les Lapons, les Ostiaks, les Samoyèdes, n'ont jamais voulu sortir du leur. Les rangifères, ou rennes, que Dieu leur a donnés pour les nourrir, les vêtir et les traîner, meurent quand on les transporte dans une autre zone. Les Lapons mêmes aussi meurent dans les climats un peu méridionaux : le climat de la Sibérie est trop chaud pour eux ; ils se trouveraient brûlés dans le parage où nous sommes.

Il est clair que Dieu a fait chaque espèce d'animaux et de végétaux pour la place dans laquelle ils se perpétuent. Les nègres, cette espèce d'hommes si différente de la nôtre, sont tellement nés pour leur patrie que des milliers de ces animaux noirs se sont donné la mort quand notre barbare avarice les a transportés ailleurs. Le chameau et l'autruche vivent commodément dans les sables de l'Afrique ; le taureau et ses compagnes bondissent dans les pays gras où l'herbe se renouvelle continuellement pour leur nourriture ; la cannelle et le girofle ne croissent qu'aux Indes ; le froment n'est bon que dans le peu de pays où Dieu le fait croître. On a d'autres nourritures dans toute votre Amérique, depuis la Californie jusqu'au détroit de Lemaire ; nous ne pouvons cultiver la vigne dans notre fertile Angleterre, non plus qu'en Suède et en Canada. Voilà pourquoi ceux qui fondent dans quelques pays l'essence de leurs rites religieux sur du pain et du vin n'ont consulté que leur climat ; ils font très bien, eux, de remercier Dieu de l'aliment et de la boisson qu'ils tiennent de sa bonté ; et vous ferez très bien, vous Américains, de lui rendre grâce de votre maïs, de votre manioc et de votre cassave. Dieu, dans toute la terre, a proportionné les organes et les facultés des animaux, depuis l'homme jusqu'au limaçon, aux lieux où il leur a donné la vie : n'accusons donc pas toujours la Providence, quand nous lui devons souvent des actions de grâces.

Venons aux fléaux, aux inondations, aux volcans, aux tremblements de terre. Si vous ne considérez que ces calamités, si vous ne ramassez qu'un assemblage affreux de tous les accidents qui ont attaqué quelques roues de la machine de cet univers, Dieu est un tyran à vos yeux ; si vous faites attention à ses innombrables bienfaits, Dieu est un père. Vous me citez St. Augustin le rhéteur, qui, dans son livre des miracles, parle de cent villes englouties à la fois en Libye ; mais songez que cet Africain, qui passa sa vie à se contredire, prodiguait dans ses écrits la figure de l'exagération : il traitait les tremblements de terre comme la grâce efficace et la damnation éternelle de tous les petits enfants morts sans baptême. N'a-t-il pas dit, dans son trente-septième sermon, avoir vu en Éthiopie des races d'hommes pourvues d'un grand œil au milieu du front, comme les cyclopes, et des peuples entiers sans tête ?

Nous, qui ne sommes pas Pères de l'Église, nous ne devons aller ni au-delà ni en deçà de la vérité : cette vérité est que, sur cent mille habitations, on en peut compter tout au plus une détruite chaque siècle par les feux nécessaires à la formation de ce globe.

Le feu est tellement nécessaire à l'univers entier que, sans lui, il n'y aurait sur la terre ni animaux, ni végétaux, ni minéraux : il n'y aurait ni soleil ni étoiles dans l'espace. Ce feu, répandu sous la première écorce de la terre, obéit aux lois générales établies par Dieu même ; il est impossible qu'il n'en résulte quelques désastres particuliers : or on ne peut pas dire qu'un artisan soit un mauvais ouvrier quand une machine immense, formée par lui seul, subsiste depuis tant de siècles sans se déranger. Si un homme avait inventé une machine hydraulique qui arrosât toute une province et la rendît fertile, lui reprocheriez-vous que l'eau qu'il vous donnerait noyât quelques insectes ?

Je vous ai prouvé que la machine du monde est l'ouvrage d'un être souverainement intelligent et puissant : vous, qui êtes intelligents, vous devez l'admirer ; vous, qui êtes comblés de ses bienfaits, vous devez l'aimer.

Mais les malheureux, dites-vous, condamnés à souffrir toute leur vie, accablés de maladies incurables, peuvent-ils l'admirer et l'aimer ? Je vous dirai, mes amis, que ces maladies si cruelles viennent presque toutes de notre faute, ou de celle de nos pères, qui ont abusé de leurs corps, et non de la faute du grand fabricateur. On ne connaissait guère de maladie que celle de la décrépitude dans toute l'Amérique septentrionale, avant que nous vous y eussions apporté cette eau de mort que nous appelons *eau-de-vie,* et qui donne mille maux divers à quiconque en a trop bu. La contagion secrète des Caraïbes, que vous autres jeunes gens vous appelez *pox,* n'était qu'une indisposition légère dont nous ignorons la source, et qu'on guérissait en deux jours, soit avec du gayac, soit avec du bouillon de tortue ; l'incontinence des Européans transplanta dans le reste du monde cette incommodité, qui prit parmi nous un caractère si funeste, et qui est devenue un fléau si abominable. Nous lisons que le pape Jules II, le pape Léon X, un archevêque de Mayence nommé Henneberg, le roi de France François Ier, en moururent.

La petite vérole, née dans l'Arabie Heureuse, n'était qu'une faible éruption, une ébullition passagère sans danger, une simple dépuration du sang : elle est devenue mortelle en Angleterre, comme dans tant d'autres climats ; notre avarice l'a portée dans ce nouveau monde ; elle l'a dépeuplé.

Souvenons-nous que, dans le poème de Milton, ce benêt d'Adam demande à l'ange Gabriel s'il vivra longtemps. « Oui, lui répond l'ange, si tu observes la grande règle *Rien de trop.* » Observez tous cette règle, mes amis ; oseriez-vous exiger que Dieu vous fît vivre sans douleur des siècles entiers pour prix de votre gourmandise, de votre ivrognerie, de votre incontinence, de votre abandonnement à d'infâmes passions qui corrompent le sang, et qui abrègent nécessairement la vie ?

J'approuvai cette réponse, Parouba en fut assez content ; mais Birton ne fut pas ébranlé, et je remarquai dans les yeux de Jenni qu'il était encore très indécis. Birton répliqua en ces termes :

Puisque vous vous êtes servi de lieux communs mêlés avec quelques réflexions nouvelles, j'emploierai aussi un lieu commun auquel on n'a jamais pu répondre que par des fables et du verbiage. S'il existait un Dieu si puissant, si bon, il n'aurait pas mis le mal sur la terre ; il n'aurait pas dévoué ses créatures à la douleur et au crime. S'il n'a pu empêcher le mal, il est impuissant ; s'il l'a pu et ne l'a pas voulu, il est barbare.

Nous n'avons des annales que d'environ huit mille années, conservées chez les bracmanes ; nous n'en avons que d'environ cinq mille ans chez les Chinois ; nous ne connaissons rien que d'hier ; mais dans cet hier tout est horreur. On s'est égorgé d'un bout de la terre à l'autre, et on a été assez imbécile pour donner le nom de grands hommes, de héros, de demi-dieux, de dieux même, à ceux qui ont fait assassiner le plus grand nombre des hommes leurs semblables.

Il restait dans l'Amérique deux grandes nations civilisées qui commençaient à jouir des douceurs de la paix : les Espagnols arrivent, et en massacrent douze millions ; ils vont à la chasse aux hommes avec des chiens, et Ferdinand, roi de Castille, assigne une pension à ces chiens pour l'avoir si bien servi. Les héros vainqueurs du nouveau monde, qui massacrent tant d'innocents désarmés et nus, font servir sur leur table des gigots d'hommes et de femmes, des fesses, des avant-bras, des mollets en ragoût. Ils font rôtir sur des brasiers le roi Gatimozin au Mexique ; ils courent au Pérou convertir le roi Atabalipa. Un nommé Almagro, prêtre, fils de prêtre, condamné à être pendu en Espagne pour avoir été voleur de grand chemin, vient, avec un nommé Pizarro, signifier au roi, par la voix d'un autre prêtre, qu'un troisième prêtre, nommé Alexandre VI, souillé d'incestes, d'assassinats, et d'homicides, a donné, de son plein gré, *proprio motu*, et de sa pleine puissance, non seulement le Pérou, mais la moitié du nouveau monde, au roi d'Espagne; qu'Atabalipa doit sur-le-champ se soumettre sous peine d'encourir l'indignation des apôtres St. Pierre et St. Paul. Et, comme ce roi n'entendait pas la langue latine plus que le prêtre qui lisait la bulle, il fut déclaré sur-le-champ incrédule et hérétique : on fit brûler Atabalipa, comme on avait brûlé Gatimozin ; on massacra sa nation, et tout cela pour ravir de la boue jaune endurcie, qui n'a servi qu'à dépeupler l'Espagne et à l'appauvrir, car elle lui a fait négliger la véritable boue, qui nourrit les hommes quand elle est cultivée.

Çà, mon cher Mr. Freind, si l'être fantastique et ridicule qu'on appelle le diable avait voulu faire des hommes à son image, les aurait-il formés autrement ? Cessez donc d'attribuer à un Dieu un ouvrage si abominable.

Cette tirade fit revenir toute l'assemblée au sentiment de Birton. Je voyais Jenni en triompher en secret ; il n'y eut pas jusqu'à la jeune Parouba qui ne fut saisie d'horreur contre le prêtre Almagro, contre le prêtre qui avait lu la bulle en latin, contre le prêtre Alexandre VI, contre tous les chrétiens qui avaient commis tant de crimes inconcevables par dévotion, et pour voler de l'or. J'avoue que je tremblais pour l'ami Freind : je désespérais de sa cause ; voici pourtant comme il répondit sans s'étonner :

Mes amis, souvenez-vous toujours qu'il existe un Être suprême ; je vous l'ai prouvé, vous en êtes convenus, et, après avoir été forcés d'avouer qu'il est, vous vous efforcez de lui chercher des imperfections, des vices, des méchancetés.

Je suis bien loin de vous dire, comme certains raisonneurs, que les maux particuliers forment le bien général. Cette extravagance est trop ridicule. Je conviens avec douleur qu'il y a beaucoup de mal moral et de mal physique ; mais puisque l'existence de Dieu est certaine, il est aussi très certain que tous ces maux ne peuvent empêcher que Dieu existe. Il ne peut être méchant, car quel intérêt aurait-il à l'être ? Il y a des maux horribles, mes amis ; eh bien ! n'en augmentons pas le nombre. Il est impossible qu'un Dieu ne soit pas bon ; mais les hommes sont pervers : ils font un détestable usage de la liberté que ce grand Être leur a donnée et dû leur donner, c'est-à-dire de la puissance d'exécuter leurs volontés, sans quoi ils ne seraient que de pures machines formées par un être méchant pour être brisées par lui.

Tous les Espagnols éclairés conviennent qu'un petit nombre de leurs ancêtres abusa de cette liberté jusqu'à commettre des crimes qui font frémir la nature. Don Carlos, second du nom (de qui Mr. l'archiduc puisse être le successeur !), a réparé, autant qu'il a pu, les atrocités auxquelles les Espagnols s'abandonnèrent sous Ferdinand et sous Charles-Quint.

Mes amis, si le crime est sur la terre, la vertu y est aussi.

BIRTON

Ah ! ah ! ah ! la vertu ! voilà une plaisante idée ; pardieu ! je voudrais bien savoir comment la vertu est faite, et où l'on peut la trouver.

A ces paroles je ne me contins pas ; j'interrompis Birton à mon tour. « Vous la trouverez chez Mr. Freind, lui dis-je, chez le bon Parouba, chez vous-même, quand vous aurez nettoyé votre cœur des vices qui le couvrent. » Il rougit, Jenni aussi ; puis Jenni baissa les yeux, et parut sentir des remords. Son père le regarda avec quelque compassion, et poursuivit ainsi son discours :

FREIND

Oui, mes chers amis, il y eut toujours des vertus, s'il y eut des crimes. Athènes vit des Socrate, si elle vit des Anitus ; Rome eut des Caton, si elle eut des Sylla ; Caligula, Néron, effrayèrent la terre par leurs atrocités ; mais Titus, Trajan, Antonin le Pieux, Marc-Aurèle, la consolèrent par leur bienfaisance : mon ami Sherloc dira en peu de mots au bon Parouba ce qu'étaient les gens dont je parle. J'ai heureusement mon Épictète dans ma poche : cet Épictète n'était qu'un esclave, mais égal à Marc-Aurèle par ses sentiments. Écoutez, et puissent tous ceux qui se mêlent d'enseigner les hommes écouter ce qu'Épictète se dit à lui-même ! « C'est Dieu qui m'a créé, je le porte dans moi ; oserais-je le déshonorer par des pensées infâmes, par des actions criminelles, par d'indignes désirs ? » Sa vie fut conforme à ses discours. Marc-Aurèle, sur le trône de l'Europe et de deux autres parties de notre hémisphère, ne pensa pas autrement que l'esclave Épictète : l'un ne fut jamais humilié de sa bassesse, l'autre ne fut jamais ébloui de sa grandeur ; et, quand ils écrivirent leurs pensées, ce fut pour eux-mêmes et pour leurs disciples, et non pour être loués dans des journaux. Et, à votre avis, Locke, Newton, Tillotson, Penn, Clarke, le bonhomme qu'on appelle *the man of Ross*, tant d'autres dans notre île et hors de notre île, que je pourrais vous citer, n'ont-ils pas été des modèles de vertu ?

Vous m'avez parlé, Mr. Birton, des guerres aussi cruelles qu'injustes dont tant de nations se sont rendues coupables ; vous avez peint les abominations des chrétiens au Mexique et au Pérou, vous pouvez y ajouter la St. Barthélemy de France, et les massacres d'Irlande ; mais n'est-il pas des peuples entiers qui ont toujours eu l'effusion de sang en horreur ? Les bracmanes n'ont-ils pas donné de tout temps cet exemple au monde ? Et, sans sortir du pays où nous sommes, n'avons-nous pas auprès de nous la Pensylvanie, où nos primitifs, qu'on défigure en vain par le nom de quakers, ont toujours détesté la guerre ? N'avons-nous pas la Caroline, où le grand Locke a dicté ses lois ? Dans ces deux patries de la vertu, tous les citoyens sont égaux, toutes les consciences sont libres, toutes les religions sont bonnes pourvu qu'on adore un Dieu ; tous les hommes y sont frères. Vous avez vu, Mr. Birton, comme au seul nom d'un descendant de Penn les habitants des montagnes bleues, qui pouvaient vous exterminer, ont mis bas les armes. Ils ont senti ce que c'est que la vertu, et vous vous obstinez à l'ignorer ! Si la terre produit des poisons comme des aliments salutaires, voudrez-vous ne vous nourrir que de poisons ?

BIRTON

Ah ! monsieur, pourquoi tant de poisons ? Si Dieu a tout fait, ils sont son ouvrage ; il est le maître de tout ; il fait tout, il dirige la main de Cromwell qui signe la mort de Charles Ier ; il conduit le bras du bourreau qui lui tranche la tête : non, je ne puis admettre un Dieu homicide.

FREIND

Ni moi non plus. Écoutez, je vous prie ; vous conviendrez avec moi que Dieu gouverne le monde par des lois générales. Selon ces lois, Cromwell, monstre de fanatisme et d'hypocrisie, résolut la mort de Charles Ier pour son intérêt, que tous les hommes aiment nécessairement et qu'ils n'entendent pas tous également. Selon les lois du mouvement établies par Dieu même, le bourreau coupa la tête de ce roi. Mais certainement Dieu n'assassina pas Charles Ier par un acte particulier de sa volonté. Dieu ne fut ni Cromwell, ni Jeffris, ni Ravaillac, ni Balthazar Gérard, ni le frère prêcheur Jacques Clément. Dieu ne commet, ni n'ordonne, ni ne permet le crime ; mais il a fait l'homme, et il a fait les lois du mouvement ; ces lois éternelles du mouvement sont également exécutées par la main de l'homme charitable, qui secourt le pauvre, et par la main du scélérat, qui égorge son frère. De même que Dieu n'éteignit point son soleil et n'engloutit point l'Espagne sous la mer pour punir Cortez, Almagro et Pizzaro, qui avaient inondé de sang humain la moitié d'un hémisphère, de même aussi il n'envoie point une troupe d'anges à Londres, et ne fait point descendre du ciel cent mille tonneaux de vin de Bourgogne, pour faire plaisir à ses chers Anglais quand ils ont fait une bonne action. Sa providence générale serait ridicule si elle descendait dans chaque moment à chaque individu ; et cette vérité est si palpable que jamais Dieu ne punit sur-le-champ un criminel par un coup éclatant de sa toute-puissance : il laisse luire son soleil sur les bons et sur les méchants. Si quelques scélérats sont morts immédiatement après leurs crimes, ils sont morts par les lois générales qui président au monde. J'ai lu dans le gros livre d'un *frenchman* nommé Mézeray que Dieu avait fait mourir notre grand Henri V de la fistule à l'anus parce qu'il avait osé s'asseoir sur le trône du roi très chrétien ; non, il mourut parce que les lois générales émanées de la toute-puissance avaient tellement arrangé la matière que la fistule à l'anus devait terminer la vie de ce héros. Tout le physique d'une mauvaise action est l'effet des lois générales imprimées par la main de Dieu à la matière ; tout le mal moral de l'action criminelle est l'effet de la liberté dont l'homme abuse.

Enfin, sans nous plonger dans les brouillards de la métaphysique, souvenons-nous que l'existence de Dieu est démontrée ; il n'y a plus à disputer sur son existence. Otez Dieu au monde, l'assassinat de Charles Ier en devient-il plus légitime ? Son bourreau vous en sera-t-il plus cher ? Dieu existe, il suffit ; s'il existe, il est juste. Soyez donc justes.

BIRTON

Votre petit argument sur le concours de Dieu a de la finesse et de la force, quoiqu'il ne disculpe pas Dieu entièrement d'être l'auteur du mal physique et du mal moral. Je vois que la manière dont vous excusez Dieu fait quelque impression sur l'assemblée ; mais ne pouvait-il pas faire en sorte que ses lois générales n'entraînassent pas tant de malheurs particuliers ? Vous m'avez prouvé un Être éternel et puissant, et, Dieu me pardonne ! j'ai craint un moment que vous ne me fissiez croire en Dieu ; mais j'ai de terribles objections à vous faire. Allons, Jenni, prenons courage ; ne nous laissons point abattre.

CHAPITRE DIXIÈME

SUR L'ATHÉISME

La nuit était venue, elle était belle, l'atmosphère était une voûte d'azur transparent, semée d'étoiles d'or ; ce spectacle touche toujours les hommes, et leur inspire une douce rêverie : le bon Parouba admirait le ciel, comme un Allemand admire St. Pierre de Rome, ou l'opéra de Naples, quand il le voit pour la première fois. « Cette voûte est bien hardie », disait Parouba à Freind ; et Freind lui disait : « Mon cher Parouba, il n'y a point de voûte ; ce cintre bleu n'est autre chose qu'une étendue de vapeurs, de nuages légers, que Dieu a tellement disposés et combinés avec la mécanique de vos yeux qu'en quelque endroit que vous soyez vous êtes toujours au centre de votre promenade, et vous voyez ce qu'on nomme le ciel, et qui n'est point le ciel, arrondi sur votre tête. — Et ces étoiles Mr. Freind ? — Ce sont, comme je vous l'ai déjà dit, autant de soleils autour desquels tournent d'autres mondes ; loin d'être attachées à cette voûte bleue, souvenez-vous qu'elles en sont à des distances différentes et prodigieuses : cette étoile, que vous voyez, est à douze cents millions de mille pas de notre soleil. » Alors il lui montra le télescope qu'il avait apporté : il lui fit voir nos planètes, Jupiter avec ses quatre lunes, Saturne avec ses cinq lunes et son inconcevable anneau lumineux ; « c'est la même lumière, lui disait-il, qui part de tous ces globes, et qui arrive à nos yeux : de cette planète-ci, en un quart d'heure ; de cette étoile-ci, en six mois. » Parouba se mit à genoux et dit : « Les cieux annoncent Dieu. » Tout l'équipage était autour du vénérable Freind, regardait, et admirait. Le coriace Birton avança sans rien regarder, et parla ainsi :

BIRTON

Eh bien, soit ! il y a un Dieu, je vous l'accorde ; mais qu'importe à vous et à moi ? Qu'y a-t-il entre l'Être infini et nous autres vers de terre ? Quel rapport peut-il exister de son essence à la nôtre ? Épicure, en admettant des dieux dans les planètes, avait bien raison d'enseigner qu'ils ne se mêlaient nullement de nos sottises et de nos horreurs ; que nous ne pouvions ni les offenser ni leur plaire ; qu'ils n'avaient nul besoin de nous, ni nous d'eux : vous admettez un Dieu plus digne de l'esprit humain que les dieux d'Épicure et que tous ceux des Orientaux et des Occidentaux. Mais si vous disiez, comme tant d'autres, que ce Dieu a formé le monde et nous pour sa gloire ; qu'il exigea autrefois des sacrifices de bœufs pour sa gloire ; qu'il apparut, pour sa gloire, sous notre forme de bipèdes, etc., vous diriez, ce me semble, une chose absurde, qui ferait rire tous les gens qui pensent. L'amour de la gloire n'est autre chose que de l'orgueil, et l'orgueil n'est que de la vanité ; un orgueilleux est un fat que Shakespeare jouait sur son théâtre : cette épithète ne peut pas plus convenir à Dieu que celle d'injuste, de cruel, d'inconstant. Si Dieu a daigné faire, ou plutôt arranger l'univers, ce ne doit être que dans la vue d'y faire des heureux. Je vous laisse à penser s'il est venu à bout de ce dessein, le seul pourtant qui pût convenir à la nature divine.

FREIND

Oui, sans doute, il y a réussi avec toutes les âmes honnêtes : elles seront heureuses un jour, si elles ne le sont pas aujourd'hui.

BIRTON

Heureuses ! quel rêve ! quel conte de Peau d'Âne ! Où, quand, comment ? Qui vous l'a dit ?

FREIND

Sa justice.

BIRTON

N'allez-vous pas me dire, après tant de déclamateurs, que nous vivrons éternellement quand nous ne serons plus ; que nous possédons une âme immortelle, ou plutôt qu'elle nous possède, après nous avoir avoué que les Juifs eux-mêmes, les Juifs, auxquels vous vous vantez d'avoir été subrogés, n'ont jamais soupçonné seulement cette immortalité de l'âme jusqu'au temps d'Hérode ? Cette idée d'une âme immortelle avait été inventée par les bracmanes, adoptée par les Perses, les Chaldéens, les Grecs, ignorée très longtemps de la malheureuse petite horde judaïque, mère des plus infâmes superstitions. Hélas ! monsieur, savons-nous seulement si nous avons une âme ? Savons-nous si les animaux, dont le sang fait la vie, comme il fait la nôtre, qui ont comme nous des volontés, des appetits, des passions, des idées, de la mémoire, de l'industrie ; savez-vous, dis-je, si ces êtres, aussi incompréhensibles que nous, ont une âme, comme on prétend que nous en avons une ?

J'avais cru jusqu'à présent qu'il est dans la nature une force active dont nous tenons le don de vivre dans tout notre corps, de marcher par nos pieds, de prendre par nos mains, de voir par nos yeux, d'entendre par nos oreilles, de sentir par nos nerfs, de penser par notre tête, et que tout cela était ce que nous appelons l'âme : mot vague qui ne signifie au fond que le principe inconnu de nos facultés. J'appellerai Dieu, avec vous, ce principe intelligent et puissant qui anime la nature entière ; mais a-t-il daigné se faire connaître à nous ?

FREIND

Oui, par ses œuvres.

BIRTON

Nous a-t-il dicté ses lois ? nous a-t-il parlé ?

FREIND

Oui, par la voix de votre conscience. N'est-il pas vrai que si vous aviez tué votre père et votre mère, cette conscience vous déchirerait par des remords aussi affreux qu'involontaires ? Cette vérité n'est-elle pas sentie et avouée par l'univers entier ? Descendons maintenant à de moindres crimes. Y en a-t-il un seul qui ne vous effraye au premier coup d'œil, qui ne vous fasse pâlir la première fois que vous le commettez, et qui ne laisse dans votre cœur l'aiguillon du repentir ?

BIRTON

Il faut que je l'avoue.

FREIND

Dieu vous a donc expressément ordonné, en parlant à votre cœur, de ne vous souiller jamais d'un crime évident. Et quant à toutes ces actions équivoques, que les uns condamnent et que les autres justifient, qu'avonsnous de mieux à faire que de suivre cette grande loi du premier des Zoroastres, tant remarquée de nos jours par un auteur français : « Quand tu ne sais si l'action que tu médites est bonne ou mauvaise, abstiens-toi » ?

BIRTON

Cette maxime est admirable ; c'est sans doute ce qu'on a jamais dit de plus beau, c'est-à-dire de plus utile en morale ; et cela me ferait presque penser que Dieu a suscité de temps en temps des sages qui ont enseigné la vertu aux hommes égarés. Je vous demande pardon d'avoir raillé de la vertu.

FREIND

Demandez-en pardon à l'Être éternel, qui peut la récompenser éternellement, et punir les transgresseurs.

BIRTON

Quoi ! Dieu me punirait éternellement de m'être livré à des passions qu'il m'a données !

FREIND

Il vous a donné des passions avec lesquelles on peut faire du bien et du mal. Je ne vous dis pas qu'il vous punira à jamais, ni comment il vous punira, car personne n'en peut rien savoir ; je vous dis qu'il le peut. Les bracmanes furent les premiers qui imaginèrent une prison éternelle pour les substances célestes qui s'étaient révoltées contre Dieu dans son propre palais : il les enferma dans une espèce d'enfer qu'ils appelaient *ondéra ;* mais, au bout de quelques milliers de siècles, il adoucit leurs peines, les mit sur la terre, et les fit hommes ; c'est de là que vint notre mélange de vices et de vertus, de plaisirs et de calamités. Cette imagination est ingénieuse ; la fable de *Pandore* et de *Prométhée* l'est encore davantage. Des nations grossières ont imité grossièrement la belle fable de *Pandore ;* ces inventions sont des rêves de la philosophie orientale ; tout ce que je puis vous dire, c'est que, si vous avez commis des crimes en abusant de votre liberté, il vous est impossible de prouver que Dieu soit incapable de vous en punir : je vous en défie.

BIRTON

Attendez ; vous pensez que je ne peux pas vous démontrer qu'il est impossible au grand Être de me punir : par ma foi, vous avez raison ; j'ai fait ce que j'ai pu pour me prouver que cela était impossible, et je n'en suis jamais venu à bout. J'avoue que j'ai abusé de ma liberté, et que Dieu peut m'en châtier ; mais, pardieu ! je ne serai pas puni quand je ne serai plus.

FREIND

Le meilleur parti que vous ayez à prendre est d'être honnête homme tandis que vous existez.

BIRTON

D'être honnête homme pendant que j'existe ?... oui, je l'avoue ; oui, vous avez raison : c'est le parti qu'il faut prendre.

Je voudrais, mon cher ami, que vous eussiez été témoin de l'effet que firent les discours de Freind sur tous les Anglais et sur tous les Américains. Birton, si évaporé et si audacieux, prit tout à coup un air recueilli et modeste ; Jenni, les yeux mouillés de larmes, se jeta aux genoux de son père, et son père l'embrassa. Voici enfin la dernière scène de cette dispute si épineuse et si intéressante.

CHAPITRE ONZIÈME

DE L'ATHÉISME

BIRTON

Je conçois bien que le grand Être, le maître de la nature, est éternel ; mais nous, qui n'étions pas hier, pouvons-nous avoir la folle hardiesse de prétendre à une éternité future ? Tout périt sans retour autour de nous, depuis l'insecte dévoré par l'hirondelle jusqu'à l'elephant mangé des vers.

FREIND

Non, rien ne perit, tout change ; les germes impalpables des animaux et des végétaux subsistent, se developpent, et perpétuent les espèces. Pourquoi ne voudriez-vous pas que Dieu conservât le principe qui vous fait agir et penser, de quelque nature qu'il puisse être ? Dieu me garde de faire un système, mais certainement il y a dans nous quelque chose qui pense et qui veut : ce quelque chose, que l'on appelait autrefois une monade, ce quelque chose est imperceptible. Dieu nous l'a donnée, ou peut-être, pour parler plus juste, Dieu nous a donnés à elle. Êtes-vous bien sûr qu'il ne peut la conserver ? Songez, examinez ; pouvez-vous m'en fournir quelque démonstration ?

BIRTON

Non ; j'en ai cherché dans mon entendement, dans tous les livres des athées, et surtout dans le troisième chant de Lucrèce ; j'avoue que je n'ai jamais trouvé que des vraisemblances.

FREIND

Et, sur ces simples vraisemblances, nous nous abandonnerions à toutes nos passions funestes ! Nous vivrions en brutes, n'ayant pour règle que nos appétits, et pour frein que la crainte des autres hommes rendus éternellement ennemis les uns des autres par cette crainte mutuelle ! car on veut toujours détruire ce qu'on craint. Pensez-y bien, Mr. Birton ; réfléchissez-y sérieusement, mon fils Jenni : n'attendre de Dieu ni châtiment ni récompense, c'est être véritablement athée. A quoi servirait l'idée d'un Dieu qui n'aurait sur vous aucun pouvoir ? C'est comme si on disait : il y a un roi de la Chine qui est très puissant ; je réponds : grand bien lui fasse ; qu'il reste dans son manoir et moi dans le mien : je ne me soucie pas plus de lui qu'il ne se soucie de moi ; il n'a pas plus de juridiction sur ma personne qu'un chanoine de Windsor n'en a sur un membre de notre parlement ; alors je suis mon Dieu à moi-même, je sacrifie le monde entier à mes fantaisies si j'en trouve l'occasion ; je suis sans loi, je ne regarde que moi. Si les autres êtres sont moutons, je me fais loup ; s'ils sont poules, je me fais renard.

Je suppose (ce qu'à Dieu ne plaise) que toute notre Angleterre soit athce par principes ; je conviens qu'il pourra se trouver plusieurs citoyens qui, nés tranquilles et doux, assez riches pour n'avoir pas besoin d'être injustes, gouvernés par l'honneur, et par conséquent attentifs à leur conduite, pourront vivre ensemble en société : ils cultiveront les beaux-arts, par qui les mœurs s'adoucissent ; ils pourront vivre dans la paix, dans l'innocente gaieté des honnêtes gens ; mais l'athée pauvre et violent, sûr de l'impunité, sera un sot s'il ne vous assassine pas pour voler votre argent. Dès lors tous les liens de la société sont rompus, tous les crimes secrets inondent la terre, comme les sauterelles, à peine d'abord aperçues, viennent ravager les campagnes ; le bas peuple ne sera qu'une horde de brlgands, comme nos voleurs, dont on ne pend pas la dlxieme partle a nos sessiors ; ils passent leur misérable vie dans des tavernes avec des filles perdues, ils les battent, ils se battent entre eux ; ils tombent ivres au milieu de leurs pintes de plomb dont ils se sont cassé la tête ; ils se réveillent pour voler et pour assassiner ; ils recommencent chaque jour ce cercle abominable de brutalités.

Qui retiendra les grands et les rois dans leurs vengeances, dans leur ambition, à laquelle ils veulent tout immoler ? Un roi athée est plus dangereux qu'un Ravaillac fanatique.

Les athées fourmillaient en Italie au XVe siècle ; qu'en arriva-t-il ? Il fut aussi commun d'empoisonner que de donner à souper, et d'enfoncer un stylet dans le cœur de son ami que de l'embrasser ; il y eut des professeurs du crime, comme il y a aujourd'hui des maîtres de musique et de mathématique. On choisissait exprès les temples pour y assassiner les princes au pied des autels. Le pape Sixte IV et un archevêque de Florence firent assassiner ainsi les deux princes les plus accomplis de l'Europe. (Mon cher Sherloc, dites, je vous prie, à Parouba et à ses enfants ce que c'est qu'un pape et un archevêque, et dites-leur surtout qu'il n'est plus de pareils monstres.) Mais continuons. Un duc de Miian fut assassiné de même au milieu d'une église. On ne connaissait que trop les étonnantes horreurs d'Alexandre VI. Si de telles mœurs avaient subsisté, l'Italie aurait été plus déserte que ne l'a été le Pérou après son invasion.

La croyance d'un Dieu rémunérateur des bonnes actions, punisseur des méchants, pardonneur des fautes légères, est donc la croyance la plus utile au genre humain : c'est le seul frein des hommes puissants, qui commettent insolemment les crimes publics ; c'est le seul frein des hommes qui commettent adroitement les crimes secrets. Je ne vous dis pas, mes amis, de mêler à cette croyance nécessaire des superstitions qui la déshonoreraient, et qui même pourraient la rendre funeste : l'athée est un monstre qui ne dévorera que pour apaiser sa faim ; le superstitieux est un autre monstre qui déchirera les hommes par devoir. J'ai toujours remarqué qu'on peut guérir un athée, mais on ne guérit jamais le superstitieux radicalement ; l'athée est un homme d'esprit qui se trompe, mais qui pense par lui-même, le superstitieux est un sot brutal qui n'a jamais eu que les idées des autres.

L'athée violera Iphigénie prête d'épouser Achille, mais le fanatique l'égorgera pieusement sur l'autel, et croira que Jupiter lui en aura beaucoup d'obligation ; l'athée dérobera un vase d'or dans une église pour donner à souper à des filles de joie, mais le fanatique célébrera un auto-da-fé dans cette église, et chantera un cantique juif à plein gosier, en faisant brûler des juifs. Oui, mes amis, l'athéisme et le fanatisme sont les deux pôles d'un univers de confusion et d'horreur. La petite zone de la vertu est entre ces deux pôles : marchez d'un pas ferme dans ce sentier ; croyez un Dieu bon, et soyez bons. C'est tout ce que les grands législateurs Locke et Penn demandent à leurs peuples.

Répondez-moi, Mr. Birton, vous et vos amis ; quel mal peut vous faire l'adoration d'un Dieu jointe au bonheur d'être honnête homme ? Nous pouvons tous être attaqués d'une maladie mortelle au moment où je vous parle : qui de nous alors ne voudrait pas avoir vécu dans l'innocence ? Voyez comme notre mechant Richard III meurt dans Shakespeare ; comme les spectres de tous ceux qu'il a tués viennent épouvanter son Imagmation. Voyez comme expire Charles IX de France après sa St. Barthélemy. Son chapelain a beau lui dire qu'il a bien fait, son crime le déchire, son sang jaillit par ses pores, et tout le sang qu'il fit couler crie contre lui. Soyez sûr que de tous ces monstres, il n'en est aucun qui n'ait vécu dans les tourments du remords, et qui n'ait fini dans la rage du désespoir.

CHAPITRE DOUZIÈME

RETOUR EN ANGLETERRE. MARIAGE DE JENNI

Birton et ses amis ne purent tenir davantage : ils se jetèrent aux genoux de Freind. « Oui, dit Birton, je crois en Dieu et en vous. »

On était déjà près de la maison de Parouba. On y soupa, mals Jenni ne put souper : il se tenait à l'écart, il fondait en larmes ; son père alla le chercher pour le consoler. « Ah ! lui dit Jenni, je ne méritais pas d'avoir un père tel que vous ; je mourrai de douleur d'avoir été séduit par cette abominable Clive-Hart : je suis la cause, quoique innocente, de la mort de Primerose, et tout à l'heure, quand vous nous avez parlé d'empoisonnement, un frisson m'a saisi ; j'ai cru voir Clive-Hart présentant le breuvage horrible à Primerose. O ciel ! ô

Dieu ! comment ai-je pu avoir l'esprit assez aliéné pour suivre une créature s'il est coupable ! Mais elle me trompa ; j'étais aveugle ; je ne fus détrompé que peu de temps avant qu'elle fût prise par les sauvages : elle me fit presque l'aveu de son crlme dans un mouvement de colère ; depuis ce moment je l'eus en horreur, et, pour mon supplice, l'image de Primerose est sans cesse devant mes yeux ; je la vois, le l'entends ; elle me dit : « Je suis morte, parce que je t'aimais. »

Mr. Freind se mit à sourire d'un sourire de bonté dont Jenni ne put comprendre le motif ; son père lui dit qu'une vie irréprochable pouvait seule réparer les fautes passees : Il le ramena à table comme un homme qu'on vlent de retirer des flots où il se noyait ; je l'embrassai, je le flattai, je lui donnai du courage : nous étions tous attendrls. Nous appareillâmes le lendemain pour retourner en Angleterre, après avoir fait des présents à toute la famllle de Parouba : nos adieux furent mêlés de larmes smcères ; Birton et ses camarades, qui n'avaient jamais été qu'évaporés, semblaient déjà raisonnables.

Nous etions en pleine mer quand Freind dit à Jenni en ma presence : « Eh bien ! mon fils, le souvenir de la belle, de la vertueuse et tendre Primerose, vous est donc toujours cher ? » Jenni se désespéra à ces paroles ; les tralts d'un repentir inutile et éternel perçaient son cœur, et Je cralgms qu'il ne se précipitât dans la mer. « Eh bien ! lui dit Freind, consolez-vous ; Primerose est vivante, et elle vous aime. »

Freind en effet en avait reçu des nouvelles sûres de ce domestique affidé, qui lui écrivait par tous les vaisseaux qui partaient pour Maryland. Mr. Mead, qui a depuis acquls une si grande réputation pour la connaissance de tous les poisons, avait été assez heureux pour tirer Primerose des bras de la mort. Mr. Freind fit voir à son fils cette lettre qu'il avait relue tant de fois, et avec tant d'attendrissement.

Jenni passa en un moment de l'excès du désespoir à celui de la félicité. Je ne vous peindrai point les effets de ce changement si subit : plus j'en suis saisi, moins je puis les exprimer ; ce fut le plus beau moment de la vie de Jenni. Birton et ses camarades partagèrent une joie Si pure. Que vous dlrai-je enfin ? L'excellent Freind leur a servi de père à tous ; les noces du beau Jenni et de la belle Primerose se sont faites chez le docteur Mead ; nous avons marié aussi Birton, qui était tout changé. Jenni et lui sont aujourd'hui les plus honnêtes gens de l'Angleterre. Vous conviendrez qu'un sage peut guérir des fous.

LES OREILLES DU COMTE DE CHESTERFIELD ET LE CHAPELAIN GOUDMAN

CHAPITRE PREMIER

Ah ! la fatalité gouverne irrémissiblement toutes les choses de ce monde. J'en juge, comme de raison, par mon aventure.

Milord Chesterfield, qui m'aimait fort, m'avait promis de me faire du bien. Il vaquait un bon *preferment*[1] à sa nomination. Je cours du fond de ma province à Londres ; je me présente à milordj je le fais souvenir de ses promesses ; il me serre la main avec amitié, et me dit qu'en effet j'ai bien mauvais visage. Je lui réponds que mon plus grand mal est la pauvreté. Il me réplique qu'il veut me faire guérir, et me donne sur-le-champ une lettre pour Mr. Sidrac, près de Guildhall.

Je ne doute pas que Mr. Sidrac ne soit celui qui doit m'expédier les provisions de ma cure. Je vole chez lui. Mr. Sidrac, qui était le chirurgien de milord, se met incontinent en devoir de me sonder, et m'assure que, si j'ai la pierre, il me taillera très heureusement.

Il faut savoir que milord avait entendu que j'avais un grand mal à la vessie, et qu'il avait voulu, selon sa générosité ordinaire, me faire tailler à ses dépens. Il était sourd, aussi bien que monsieur son frère, et je n'en étais pas encore instruit.

Pendant le temps que je perdis à défendre ma vessie contre Mr. Sidrac, qui voulait me sonder à toute force, un des cinquante-deux compétiteurs qui prétendaient au même bénéfice arriva chez milord, demanda ma cure, et l'emporta.

J'étais amoureux de Miss Fidler, que je devais épouser dès que je serais curé ; mon rival eut ma place et ma maîtresse.

1. Preferment signifie *bénéfice* en anglais.

Le comte, ayant appris mon désastre et sa méprise, me promit de tout réparer, mais il mourut deux jours après.

Mr. Sidrac me fit voir clair comme le jour, que mon bon protecteur ne pouvait pas vivre une minute de plus, vu la constitutlon présente de ses organes, et me prouva que sa surdité ne venait que de l'extrême sécheresse de la corde et du tambour de son oreille. Il m'offrit même d'endurcir mes deux oreilles avec de l'esprit-de-vin, de façon à me rendre plus sourd qu'aucun pair du royaume.

Je compris que Mr. Sidrac était un très savant homme. Il m'inspira du goût pour la science de la nature. Je voyais d'ailleurs que c'était un homme charitable qui me taillerait gratis dans l'occasion, et qui me soulagerait dans tous les accidents qui pourraient m'arriver vers le col de la vessie.

Je me mis donc à étudier la nature sous sa direction, pour me consoler de la perte de ma cure, et de ma maîtresse.

CHAPITRE SECOND

Après bien des observations sur la nature, faites avec mes cinq sens, des lunettes, des microscopes, je dis un jour à Mr. Sidrac : « On se moque de nous ; il n'y a point de nature, tout est art. C'est par un art admirable que toutes les planètes dansent régulièrement autour du soleil, tandis que le soleil fait la roue sur lui-même. Il faut assurément que quelqu'un d'aussi savant que la Société royale de Londres ait arrangé les choses de manière que le carré des révolutions de chaque planète soit toujours proportionnel à la racine du cube de leur distance à leur centre ; et il faut être sorcier pour le deviner.

« Le flux et le reflux de notre Tamise me paraît l'effet constant d'un art non moins profond et non moins diflicile à connaître.

« Animaux, végétaux, minéraux, tout me paraît arrangé avec poids, mesure, nombre, mouvement. Tout est ressort, levier, poulie, machine hydraulique, laboratoire de chimie, depuis l'herbe jusqu'au chêne, depuis la puce jusqu'à l'homme, depuis un grain de sable jusqu'à nos nuées.

« Certainement il n'y a que de l'art, et la nature est une chimère.

— Vous avez raison, me répondit Mr. Sidrac, mais vous n'en avez pas les gants ; cela a déjà été dit par un rêveur delà la Manche[1] mais on n'y a pas fait attention. – Ce qui m'étonne, et ce qui me plaît le plus, c'est que, par cet art incompréhensible, deux machines en produisent toujours une troisième ; et je suis bien fâché de n'en avoir pas fait une avec miss Fidler ; mais je vois bien qu'il était arrangé de toute éternité que miss Fidler emploierait une autre machine que moi.

– Ce que vous dites, me répliqua Mr. Sidrac, a été encore dit, et tant mieux : c'est une probabilité que vous pensez juste. Oui, il est fort plaisant que deux êtres en produisent un troisième ; mais cela n'est pas vrai de tous les êtres. Deux roses ne produisent point une troisième rose en se baisant. Deux cailloux, deux métaux, n'en produisent pas un troisième ; et cependant un métal, une pierre, sont des choses que toute l'industrie humaine ne saurait faire. Le grand, le beau miracle continuel, est qu'un garçon et une fille fassent un enfant ensemble, qu'un rossignol fasse un rossignolet à sa rossignole, et non pas à une fauvette. Il faudrait passer la moitié de sa vie à les imiter, et l'autre moitié à bénir celui qui inventa cette méthode. Il y a dans la génération mille secrets tout à fait curieux. Newton dit que la nature se ressemble partout : *Natura est ubique sibi consona.* Cela est faux en amour ; les poissons, les reptiles, les oiseaux, ne font point l'amour comme nous : c'est une variété infinie. La fabrique des êtres sentants et agissants me ravit. Les végétaux ont aussi leur prix. Je m'étonne toujours qu'un grain de blé jeté en terre en produise plusieurs autres.

– Ah ! lui dis-je comme un sot que j'étais encore, c'est que le blé doit mourir pour naître, comme on l'a dit dans l'école. »

Mr. Sidrac me reprit en riant avec beaucoup de circonspection. « Cela était vrai du temps de l'école, dit-il ; mais le moindre laboureur sait bien aujourd'hui que la chose est absurde. – Ah ! monsieur Sidrac, je vous demande pardon ; mais j'ai été théologien, et on ne se défait pas tout d'un coup de ses habitudes. »

CHAPITRE TROISIÈME

Quelque temps après ces conversations entre le pauvre prêtre Goudman et l'excellent anatomiste Sidrac, ce chirurgien le rencontra dans le parc St. James, tout pensif, tout

1. Questions encyclopédiques, article *Nature.*

rêveur, et l'air plus embarrassé qu'un algébriste qui vient de faire un faux calcul. « Qu'avez-vous ? lui dit Sidrac ; est-ce la vessie ou le côlon qui vous tourmente ? — Non, dit Goudman, c'est la vésicule du fiel. Je viens de voir passer dans un bon carrosse l'évêque de Glocester, qui est un pédant bavard et insolent. J'étais à pied, et cela m'a irrité. J'ai songé que si je voulais avoir un évêché dans ce royaume, il y a dix mille à parier contre un que je ne l'aurais pas, attendu que nous sommes dix mille prêtres en Angleterre. Je suis sans aucune protection depuis la mort de milord Chesterfield, qui était sourd. Posons que les dix mille prêtres anglicans aient chacun deux protecteurs, il y aurait en ce cas vingt mille à parier contre un que je n'aurais pas l'évêché. Cela fâche quand on y fait attention.

« Je me suis souvenu qu'on m'avait proposé autrefois d'aller aux grandes Indes en qualité de mousse ; on m'assurait que j'y ferais une grande fortune, mais je ne me sentis pas propre à devenir un jour amiral. Et, après avoir examiné toutes les professions, je suis resté prêtre sans être bon à rien.

— Ne soyez plus prêtre, lui dit Sidrac, et faites-vous philosophe. Ce métier n'exige ni ne donne des richesses. Quel est votre revenu ? — Je n'ai que trente guinées de rente, et, après la mort de ma vieille tante, j'en aurai cinquante. — Allons, mon cher Goudman, c'est assez pour vivre libre et pour penser. Trente guinées font six cent trente shellings : c'est près de deux shellings par jour. Philips n'en voulait qu'un seul. On peut, avec ce revenu assuré, dire tout ce qu'on pense de la compagnie des Indes, du parlement, de nos colonies, du roi, de l'être en général, de l'homme et de Dieu, ce qui est un grand amusement. Venez dîner avec moi, cela vous épargnera de l'argent ; nous causerons, et votre faculté pensante aura le plaisir de se communiquer à la mienne par le moyen de la parole : ce qui est une chose merveilleuse que les hommes n'admirent pas assez. »

CHAPITRE QUATRIÈME

CONVERSATION DU DOCTEUR GOUDMAN ET DE L'ANATOMISTE SIDRAC SUR L'ÂME ET SUR QUELQUE AUTRE CHOSE

GOUDMAN

Mais, mon cher Sidrac, pourquoi dites-vous toujours *ma faculté pensante* ? Que ne dites-vous *mon âme,* tout court ? cela serait plus tôt fait, et je vous entendrais tout aussi bien.

SIDRAC

Et moi, je ne m'entendrais pas. Je sens bien, je sais bien que Dieu m'a donné la faculté de penser et de parler ; mais je ne sens ni ne sais s'il m'a donné un être qu'on appelle âme.

GOUDMAN

Vraiment, quand j'y réfléchis, je vois que je n'en sais rien non plus, et que j'ai été longtemps assez hardi pour croire le savoir. J'ai remarqué que les peuples orientaux appelèrent l'âme d'un nom qui signifiait la vie. A leur exemple, les Latins entendirent d'abord par *anima* la vie de l'animal. Chez les Grecs on disait : la respiration est l'âme. Cette respiration est un souffle. Les Latins traduisirent le mot *souffle* par *spiritus :* de là le mot qui répond à *esprit* chez presque toutes les nations modernes. Comme personne n'a jamals vu ce souffle, cet esprit, on en a fait un être que personne ne peut voir ni toucher. On a dit qu'il logeait dans notre corps sans y tenir de place, qu'il remuait nos organes sans les atteindre. Que n'a-t-on pas dit ? Tous nos discours, à ce qu'il me semble, ont été fondés sur des équivoques. Je vois que le sage Locke a bien senti dans quel chaos ces équivoques de toutes les langues avaient plongé la raison humaine. Il n'a fait aucun chapitre sur l'âme dans le seul livre de métaphysique raisonnable qu'on ait jamais écrit. Et si, par hasard, il prononce ce mot en quelques endroits, ce mot ne signifie chez lui que notre intelligence.

En effet, tout le monde sent bien qu'il a une intelligence, qu'il reçoit des idées, qu'il en assemble, qu'il en décompose ; mais personne ne sent qu'il ait dans lui un autre être qui lui donne du mouvement, des sensations et des pensées. Il est, au fond, ridicule de prononcer des mots qu'on n'entend pas, et d'admettre des êtres dont on ne peut avoir la plus légère connaissance.

SIDRAC

Nous voilà donc déjà d'accord sur une chose qul a été un objet de dispute pendant tant de siècles.

GOUDMAN

Et j'admire que nous soyons d'accord.

SIDRAC

Cela n'est pas étonnant, nous cherchons le vrai de bonne foi. Si nous étions sur les bancs de l'école, nous argumenterions comme les personnages de Rabelais. Si nous vivions dans les siècles de ténèbres affreuses qui enveloppèrent si longtemps l'Angleterre, l'un de nous deux ferait peut-être brûler l'autre. Nous sommes dans un siècle de raison ; nous trouvons aisément ce qui nous paraît la vérité, et nous osons la dire.

GOUDMAN

Oui, mais j'ai peur que cette vérité ne soit bien peu de chose. Nous avons fait en mathématique des prodiges qui étonneraient Apollonius et Archimède, et qui les rendraient nos écoliers ; mais en métaphysique, qu'avonsnous trouvé ? Notre ignorance.

SIDRAC

Et n'est-ce rien ? Vous convenez que le grand Être vous a donné une faculté de sentir et de penser, comme il a donné à vos pieds la faculté de marcher, à vos mains le pouvoir de faire mille ouvrages, à vos viscères le pouvoir de digérer, à votre cœur le pouvoir de pousser votre sang dans vos artères. Nous tenons tout de lui ; nous n'avons rien pu nous donner ; et nous ignorerons toujours la manière dont le maître de l'univers s'y prend pour nous conduire. Pour moi, je lui rends grâce de m'avoir appris que je ne sais rien des premiers principes.

On a toujours recherché comment l'âme agit sur le corps. Il fallait d'abord savoir si nous en avions une. Ou Dieu nous a fait ce présent, ou il nous a communiqué quelque chose qui en est l'équivalent. De quelque manière qu'il s'y soit pris, nous sommes sous sa main. Il est notre maître, voilà tout ce que je sais.

GOUDMAN

Mais, au moins, dites-moi ce que vous en soupçonnez. Vous avez dlsséqué des cerveaux, vous avez vu des embryons et des fœtus : y avez-vous découvert quelque apparence d'âme ?

SIDRAC

Pas la moindre, et je n'ai jamais pu comprendre comment un être immatériel, immortel, logeait pendant neuf mois inutilement caché dans une membrane puante entre de l'urine et des excréments. Il m'a paru difficile de concevoir que cette prétendue âme simple existât avant la formation de son corps : car à quoi aurait-elle servi pendant des siècles sans être âme humaine ? Et puis comment imaginer un être simple, un être métaphysique, qui attend pendant une éternité le moment d'animer de la matière pendant quelques minutes ? Que devient cet être inconnu si le fœtus qu'il doit animer meurt dans le ventre de sa mère ?

Il m'a paru encore plus ridicule que Dieu créât une âme au moment qu'un homme couche avec une femme. Il m'a semblé blasphématoire que Dieu attendît la consommation d'un adultère, d'un inceste, pour récompenser ces turpitudes en créant des âmes en leur faveur. C'est encore pis quand on me dit que Dieu tire du néant des âmes immortelles pour leur faire souffrir éternellement des tourments incroyables. Quoi ! brûler des êtres simples, des êtres qui n'ont rien de brûlable ! Comment nous y prendrions-nous pour brûler un son de voix, un vent qui vient de passer ? Encore ce son, ce vent, étaient matériels dans le petit moment de leur passage ; mais un esprit pur, une pensée, un doute ? Je m'y perds. De quelque côté que je me tourne, je ne trouve qu'obscurité, contradiction, impossibilité, ridicule, rêverie, impertinence, chimère, absurdité, bêtise, charlatanerie.

Mais je suis à mon aise quand je me dis : Dieu est le maître. Celui qui fait graviter des astres innombrables les uns vers les autres, celui qui fit la lumière, est bien assez puissant pour nous donner des sentiments et des idées, sans que nous ayons besoin d'un petit atome étranger, invsible, appelé *âme*.

Dieu a donné certainement du sentiment, de la mémoire, de l'industrie à tous les animaux. II leur a donné la vie, et il est bien aussi beau de faire présent de la vie que de faire présent d'une âme. Il est assez reçu que les animaux vivent ; ll est démontré qu'ils ont du sentiment, pulsqu lls ont les organes du sentiment. Or, s lls ont tout cela sans âme, pourquoi voulons-nous à toute force en avoir une ?

GOUDMAN

Peut-être c'est par vanité. Je suis persuadé que si un paon pouvait parler, il se vanterait d'avoir une âme, et il dirait que son âme est dans sa queue. Je me sens très enclm à soupçonner avec vous que Dieu nous a faits mangeants, buvants, marchants, dormants, sentants, pensants, plems de passions, d'orgueil et de misere, sans nous dire un mot de son secret. Nous n'en savons pas plus sur cet article que ces paons dont je parle ; et celui qui a dit que nous naissons, vivons, et mourons sans savoir comment, a dit une grande vérité.

Celui qui nous appelle les marionnettes de la Providence me paraît nous avoir bien définis. Car enfin, pour que nous existions, il faut une infinité de mouvements. Or nous n'avons pas fait le mouvement ; ce n'est pas nous qui en avons établi les lois. Il y a quelqu'un qui, ayant fait la lumière, la fait mouvoir du soleil à nos yeux, et y arriver en sept minutes. Ce n'est que par le mouvement que mes cinq sens sont remués ; ce n'est que par ces cinq sens que j'ai des idées : donc c'est l'auteur du mouvement qui me donne mes idées. Et, quand il me dira de quelle manière il me les donne, je lui rendrai de tres humbles actions de grâces. Je lui en rends dejà beaucoup de m'avoir permis de contempler pendant quelques annees le magnifique spectacle de ce monde, comme disait Épictète. Il est vrai qu'il pouvait me rendre plus heureux, et me faire avoir un bon bénéfice et ma maîtresse miss Fidler ; mais enfin, tel que je suis avec mes six cent trente shellings de rente, je lui ai encore bien de l'obligation.

SIDRAC

Vous dites que Dieu pouvait vous donner un bon bénéfice et qu'il pouvait vous rendre plus heureux que vous n'êtes. Il y a des gens qui ne vous passeront pas cette proposition. Eh ! ne vous souvenez-vous pas que vous-même vous vous êtes plaint de la fatalité ? Il n'est pas permis à un homme qui a voulu être curé de se contredire. Ne voyez-vous pas que, si vous aviez eu la cure et la femme que vous demandiez, ce serait vous qui auriez fait un enfant à miss Fidler, et non pas votre rival ? L'enfant dont elle aurait accouché aurait pu être mousse, devenir amiral, gagner une bataille navale à l'embouchure du Gange et achever de détrôner le Grand Mogol. Cela seul aurait changé la constitution de l'univers. Il aurait fallu un monde tout différent du nôtre pour que votre compétiteur n'eût pas la cure, pour qu'il n'épousât pas miss Fidler, pour que vous ne fussiez pas réduit à six cent trente shellings, en attendant la mort de votre tante. Tout est enchaîné et Dieu n'ira pas rompre la chaîne éternelle pour mon ami Goudman.

GOUMAN

Je ne m'attendais pas à ce raisonnement quand je parlais de fatalité ; mais enfin, si cela est ainsi, Dieu est donc esclave tout comme moi ?

SIDRAC

Il est esclave de sa volonté, de sa sagesse, des propres lois qu'il a faites, de sa nature nécessaire. Il ne peut les enfreindre, parce qu'il ne peut être faible, inconstant, volage, comme nous, et que l'Être nécessairement éternel ne peut être une girouette.

GOUDMAN

Mr. Sidrac, cela pourrait mener tout droit à l'irréligion : car, si Dieu ne peut rien changer aux affaires de ce monde, à quoi bon chanter ses louanges, à quoi bon lui adresser des prières ?

SIDRAC

Eh ! qui vous dit de prier Dieu et de le louer ? Il a vraiment bien affaire de vos louanges et de vos placets ! On loue un homme parce qu'on le croit vain ; on le prie quand on le croit faible, et qu'on espère le faire changer d'avis. Faisons notre devoir envers Dieu, adorons-le, soyons justes : voilà nos vraies louanges et nos vraies prières.

GOUDMAN

Mr. Sidrac, nous avons embrassé bien du terrain, car, sans compter miss Fidler, nous examinons si nous avons une âme, s'il y a un Dieu, s'il peut changer, si nous sommes destinés à deux vies, si... Ce sont là de profondes études, et peut-être je n'y aurai, jamais pensé si j'avais été curé. Il faut que j'approfondisse ces choses nécessaires et sublimes puisque je n'ai rien à faire.

SIDRAC

Eh bien ! demain le docteur Grou vient dîner chez moi : c'est un médecin fort instruit ; il a fait le tour du monde avec MM. Banks et Solander ; il doit certainement connaître Dieu et l'âme, le vrai et le faux, le juste et l'injuste, bien mieux que ceux qui ne sont jamais sortis de Covent-Garden. De plus, le docteur Grou a vu presque toute l'Europe dans sa jeunesse ; il a été témoin de cinq ou six révolutions en Russie ; il a fréquenté le bacha comte de Bonneval, qui était devenu, comme on sait, un parfait musulman à Constantinople. Il a été lié avec le prêtre papiste Makarti, Irlandais, qui se fit couper le prépuce à l'honneur de Mahomet, et avec notre presbytérien écossais Ramsay, qui en fit autant, et qui ensuite servit en Russie, et fut tué dans une bataille contre les Suédois, en Finlande. Enfin il a conversé avec le révérend père Malagrida, qui a été brûlé depuis à Lisbonne, parce que la Ste. Vierge lui avait révélé tout ce qu'elle avait fait lorsqu'elle était dans le ventre de sa mère Ste. Anne.

Vous sentez bien qu'un homme comme Mr. Grou, qui a vu tant de choses, doit être le plus grand métaphysicien du monde. A demain donc chez moi à dîner.

GOUDMAN

Et après-demain encore, mon cher Sidrac : car il faut plus d'un dîner pour s'instruire.

CHAPITRE CINQUIÈME

Le lendemain, les trois penseurs dînèrent ensemble ; et comme ils devenaient un peu plus gais sur la fin du repas, selon la coutume des philosophes qui dînent, on se divertit à parler de toutes les misères, de toutes les sottises, de toutes les horreurs qui affligent le genre animal, depuis les terres australes jusqu'auprès du pôle arctique, et depuis Lima jusqu'à Méaco. Cette diversité d'abominations ne laisse pas d'être fort amusante. C'est un plaisir que n'ont point les bourgeois casaniers et les vicaires de paroisse, qui ne connaissent que leur clocher, et qui croient que tout le reste de l'univers est fait comme Exchange-alley à Londres, ou comme la rue de la Huchette à Paris.

« Je remarque, dit le docteur Grou, que, malgré la variété infinie répandue sur ce globe, cependant tous les hommes que j'ai vus, soit noirs à laine, soit noirs à cheveux, soit bronzés, soit rouges, soit bis, qui s'appellent blancs, ont également deux jambes, deux yeux, et une tête sur leurs épaules, quoi qu'en ait dit St. Augustin, qui, dans son trente-septième sermon, assure qu'il a vu des acéphales, c'est-à-dire des hommes sans tête, des monocules qui n'ont qu'un œil, et des monopèdes qui n'ont qu'une jambe. Pour des anthropophages, j'avoue qu'on en regorge, et que tout le monde l'a été.

« On m'a souvent demandé si les habitants de ce pays immense nommé la Nouvelle-Zélande, qui sont aujourd'hui les plus barbares de tous les barbares, étaient baptisés. J'ai répondu que je n'en savais rien, que cela pouvait être ; que les Juifs, qui étaient plus barbares qu'eux, avaient eu deux baptêmes au lieu d'un, le baptême de justice et le baptême de domicile.

— Vraiment, je les connais, dit Mr. Goudman, et j'ai eu sur

cela de grandes disputes avec ceux qui croient que nous avons inventé le baptême. Non, messieurs, nous n'avons rien inventé, nous n'avons fait que rapetasser. Mais, dites-moi, je vous en prie, monsieur Grou, de quatre-vingts ou cent religions que vous avez vues en chemin, laquelle vous a paru la plus agréable : est-ce celle des Zélandais ou celle des Hottentots ?

MR. GROU

C'est celle de l'île d'Otaïti, sans aucune comparaison. J'ai parcouru les deux hémisphères ; je n'ai rien vu comme Otaïti et sa religieuse reine. C'est dans Otaïti que la nature habite. Je n'ai vu ailleurs que des masques ; je n'ai vu que des fripons qui trompent des sots, des charlatans qui escamotent l'argent des autres pour avoir de l'autorité, et qui escamotent de l'autorité pour avoir de l'argent impunément ; qui vous vendent des toiles d'araignée pour manger vos perdrix ; qui vous promettent richesses et plaisirs quand il n'y aura plus personne, afin que vous tourniez la broche pendant qu'ils existent.

Pardieu ! il n'en est pas de même dans l'île d'Aïti, ou d'Otaïti. Cette île est bien plus civilisée que celle de Zélande et que le pays des Cafres, et, j'ose dire, que notre Angleterre, parce que la nature l'a favorisée d'un sol plus fertile ; elle lui a donné l'arbre à pain, présent aussi utile qu'admirable, qu'elle n'a fait qu'à quelques îles de la mer du Sud. Otaïti possède d'ailleurs beaucoup de volailles, de légumes et de fruits. On n'a pas besoin dans un tel pays de manger son semblable ; mais il y a un besoin plus naturel, plus doux, plus universel, que la religion d'Otaïti ordonne de satisfaire en public. C'est de toutes les cérémonies religieuses la plus respectable sans doute ; j'en ai été témoin, aussi bien que tout l'équipage de notre vaisseau. Ce ne sont point ici des fables de missionnaires, telles qu'on en trouve quelquefois dans les *Lettres édifiantes et curieuses* des révérends pères jésuites. Le docteur Jean Hakerovorth achève actuellement de faire imprimer nos découvertes dans l'hémisphère méridional. J'ai toujours accompagné Mr. Banks, ce jeune homme si estimable qui a consacré son temps et son bien à observer la nature vers le pôle antarctique, tandis que messieurs Dakins et Wood revenaient des ruines de Palmyre et de Balbek, où ils avaient fouillé les plus anciens monuments des arts, et que Mr. Hamilton apprenait aux Napolitains étonnés l'histoire naturelle de leur mont Vésuve. Enfin j'ai vu avec messieurs Banks, Solander, Cook, et cent autres, ce que je vais vous raconter.

La princesse Obéira, reine de l'île d'Otaïti... »

Alors on apporta le café, et, dès qu'on l'eut pris, Mr. Grou continua ainsi son récit.

CHAPITRE SIXIÈME

« La princesse Obéira, dis-je, après nous avoir comblés de présents avec une politesse digne d'une reine d'Angleterre, fut curieuse d'assister un matin à notre service anglican. Nous le célébrâmes aussi pompeusement que nous pûmes. Elle nous invita au sien l'après-dîné ; c'était le 14 mai 1769. Nous la trouvâmes entourée d'environ mille personnes des deux sexes rangées en demi-cercle, et dans un silence respectueux. Une jeune fille très jolie, simplement parée d'un déshabillé galant, était couchée sur une estrade qui servait d'autel. La reine Obéira ordonna à un beau garçon d'environ vingt ans d'aller sacrifier. Il prononça une espèce de prière, et monta sur l'autel. Les deux sacrificateurs étaient à demi nus. La reine, d'un air majestueux, enseignait à la jeune victime la manière la plus convenable de consommer le sacrifice. Tous les Otaïtiens étaient si attentifs et si respectueux qu'aucun de nos matelots n'osa troubler la cérémonie par un rire indécent. Voilà ce que j'ai vu, vous dis-je ; voilà tout ce que notre équipage a vu : c'est à vous d'en tirer les conséquences.

— Cette fête sacrée ne m'étonne pas, dit le docteur Goudman. Je suis persuadé que c'est la première fête que les hommes aient jamais célébrée, et je ne vois pas pourquoi on ne prierait pas Dieu lorsqu'on va faire un être à son image, comme nous le prions avant les repas qui servent à soutenir notre corps. Travailler à faire naître une créature raisonnable est l'action la plus noble et la plus sainte. C'est ainsi que pensaient les premiers Indiens, qui révérèrent le Lingam, symbole de la génération ; les anciens Égyptiens, qui portaient en procession le Phallus ; les Grecs, qui érigèrent des temples à Priape. S'il est permis de citer la misérable petite nation juive, grossière imitatrice de tous ses voisins, il est dit dans ses livres que ce peuple adora Priape, et que la reine mère du roi juif Asa fut sa grande prêtresse[1].

« Quoi qu'il en soit, il est très vraisemblable que jamais aucun peuple n'établit ni ne put établir un culte par liberti-

1. Troisième livre des *Rois*, chap. XIII ; et *Paralipomènes*, chap. XV.

nage. La débauche s'y glisse quelquefois dans la suite des temps ; mais l'institution est toujours innocente et pure. Nos premières agapes, dans lesquelles les garçons et les filles se baisaient modestement sur la bouche, ne dégénérèrent qu'assez tard en rendez-vous et en infidélités ; et plût à Dieu que je pusse sacrifier avec miss Fidler devant la reine Obéira en tout bien et en tout honneur ! Ce serait assurément le plus beau jour et la plus belle action de ma vie. »

Mr. Sidrac, qui avait jusque-là gardé le silence, parce que messieurs Goudman et Grou avaient toujours parlé, sortit enfin de sa taciturnité, et dit : « Tout ce que je viens d'entendre me ravit en admiration. La reine Obéira me paraît la première reine de l'hémisphère méridional ; je n'ose dire des deux hémisphères. Mais parmi tant de gloire et tant de félicité, il y a un article qui me fait frémir, et dont Mr. Goudman vous a dit un mot auquel vous n'avez pas répondu. Est-il vrai, monsieur Grou, que le capitaine Wallis, qui mouilla dans cette île fortunée avant vous, y porta les deux plus horribles fléaux de la terre, les deux véroles ? — Hélas ! reprit Mr. Grou, ce sont les Français qui nous en accusent, et nous en accusons les Français. Mr. Bougainville dit que ce sont ces maudits Anglais qui ont donné la vérole à la reine Obéira ; et Mr. Cook prétend que cette reine ne l'a acquise que de Mr. Bougainville lui-même. Quoi qu'il en soit, la vérole ressemble aux beaux-arts : on ne sait point qui en fut l'inventeur ; mais, à la longue, ils font le tour de l'Europe, de l'Asie, de l'Afrique et de l'Amérique.

— Il y a longtemps que j'exerce la chirurgie, dit Sidrac, et j'avoue que je dois à cette vérole la plus grande partie de ma fortune ; mais je ne la déteste pas moins. Madame Sidrac me la communiqua dès la première nuit de ses noces ; et, comme c'est une femme excessivement délicate sur ce qui peut entamer son honneur, elle publia dans tous les papiers publics de Londres qu'elle était à la vérité attaquée du mal immonde, mais qu'elle l'avait apporté du ventre de madame sa mère, et que c'était une ancienne habitude de famille.

« A quoi pensa ce qu'on appelle *la nature,* quand elle versa ce poison dans les sources de la vie ? On l'a dit, et je le répète, c'est la plus énorme et la plus détestable de toutes les contradictions. Quoi ! l'homme a été fait, dit-on, à l'image de Dieu, *finxit in effigiem moderantum cuncta deorum :* et c'est dans les vaisseaux spermatiques de cette image qu'on a mis la douleur, l'infection, et la mort ! Que deviendra ce beau vers de milord Rochester : « L'amour ferait adorer Dieu dans un pays d'athées » ?

— Hélas ! dit alors le bon Goudman, j'ai peut-être à remercier la Providence de n'avoir pas épousé ma chère miss Fidler : car sait-on ce qui serait arrivé ? On n'est jamais sûr de rien dans ce monde. En tout cas, Mr. Sidrac, vous m'avez promis votre aide dans tout ce qui concernerait ma vessie. — Je suis à votre service, répondit Sidrac ; mais il faut chasser ces mauvaises pensées. » Goudman, en parlant ainsi, semblait prévoir sa destinée.

CHAPITRE SEPTIÈME

Le lendemain, les trois philosophes agitèrent la grande question, quel est le premier mobile de toutes les actions des hommes. Goudman, qui avait toujours sur le cœur la perte de son bénéfice et de sa bien-aimée, dit que le principe de tout était l'amour et l'ambition. Grou, qui avait vu plus de pays, dit que c'était l'argent ; et le grand anatomiste Sidrac assura que c'était la chaise percée. Les deux convives demeurèrent tout étonnés ; et voici comme le savant Sidrac prouva sa thèse.

« J'ai toujours observé que toutes les affaires de ce monde dépendaient de l'opinion et de la volonté d'un principal personnage, soit roi, soit premier ministre, soit premier commis. Or cette opinion et cette volonté sont l'effet immédiat de la manière dont les esprits animaux se filtrent dans le cervelet, et de là dans la moelle allongée ; ces esprits animaux dépendent de la circulation du sang ; ce sang dépend de la formation du chyle ; ce chyle s'élabore dans le réseau du mésentère ; ce mésentère est attaché aux intestins par des filets très déliés ; ces intestins, s'il m'est permis de le dire, sont remplis de merde. Or, malgré les trois fortes tuniques dont chaque intestin est vêtu, il est percé comme un crible ; car tout est à jour dans la nature, et il n'y a grain de sable si imperceptible qui n'ait plus de cinq cents pores. On ferait passer mille aiguilles à travers un boulet de canon si on en trouvait d'assez fines et d'assez fortes. Qu'arrive-t-il donc à un homme constipé ? Les éléments les plus ténus, les plus délicats de sa merde se mêlent au chyle dans les veines d'Azellius, vont à la veine-porte et dans le réservoir de Paquet. Ils passent dans la sous-clavière ; ils entrent dans le cœur de l'homme le plus galant, de la femme la plus coquette. C'est une rosée d'étron desséché qui court dans tout son corps. Si cette rosée inonde les parenchymes, les vaisseaux et les glandes d'un atrabilaire, sa mauvaise humeur devient férocité ; le blanc de ses yeux est d'un sombre ardent ; ses lèvres sont collées l'une sur l'autre ; la couleur de son visage a des teintes brouillées. Il semble qu'il vous menace : ne l'approchez pas, et, si c'est un ministre d'État, gardez-vous de lui présenter une requête. Il ne regarde tout papier que comme un secours dont il voudrait bien se servir selon l'ancien et abominable usage des gens d'Europe. Informez-vous adroitement de son valet de chambre favori si monseigneur a poussé sa selle le matin.

« Ceci est plus important qu'on ne pense. La constipation a produit quelquefois les scènes les plus sanglantes. Mon grand-père, qui est mort centenaire, était apothicaire de Cromwell ; il m'a conté souvent que Cromwell n'avait pas été à la garde-robe depuis huit jours lorsqu'il fit couper la tête à son roi.

« Tous les gens un peu instruits des affaires du continent savent que l'on avertit souvent le duc de Guise le Balafré de ne pas fâcher Henri III en hiver pendant un vent de nord-est. Ce monarque n'allait alors à la garde-robe qu'avec une difficulté extrême. Ses matières lui montaient à la tête ; il était capable, dans ces temps-là, de toutes les violences. Le duc de Guise ne crut pas un si sage conseil ; que lui en arriva-t-il ? son frère et lui furent assassinés.

« Charles IX, son prédécesseur, était l'homme le plus constipé de son royaume. Les conduits de son côlon et de son rectum étaient si bouchés qu'à la fin son sang jaillit par ses pores. On ne sait que trop que ce tempérament adulte fut une des principales causes de la St. Barthélemy.

« Au contraire les personnes qui ont de l'embonpoint, les entrailles veloutées, le cholédoque coulant, le mouvement péristaltique aisé et régulier, qui s'acquittent tous les matins, dès qu'elles ont déjeuné, d'une bonne selle aussi aisément qu'on crache ; ces personnes favorites de la nature sont douces, affables, gracieuses, prévenantes, compatissantes, officieuses. Un *non* dans leur bouche a plus de grâce qu'un *oui* dans la bouche d'un constipé.

« La garde-robe a tant d'empire qu'un dévoiement rend souvent un homme pusillanime. La dysenterie ôte le courage. Ne proposez pas à un homme affaibli par l'insomnie, par une fièvre lente, et par cinquante déjections putrides, d'aller attaquer une demi-lune en plein jour. C'est pourquoi je ne puis croire que toute notre armée eut la dysenterie à la bataille d'Azincourt, comme on le dit, et qu'elle remporta la victoire culottes bas. Quelques soldats auront eu le dévoiement pour s'être gorgés de mauvais raisins dans la route, et les historiens auront dit que toute l'armée malade se battit à cul nu, et que, pour ne pas le montrer aux petits-maîtres français, elle les battit *à plate couture,* selon l'expression du jésuite Daniel.

Et voilà justement comme on écrit l'histoire.

« C'est ainsi que les Français ont tous répété, les uns après les autres, que notre grand Édouard III se fit livrer six bourgeois de Calais, la corde au cou, pour les faire pendre, parce qu'ils avaient osé soutenir le siège avec courage, et que sa femme obtint enfin leur pardon par ses larmes. Ces romanciers ne savent pas que c'était la coutume dans ces temps barbares que les bourgeois se présentassent devant leur vainqueur, la corde au cou, quand ils l'avaient arrêté trop longtemps devant une bicoque. Mais certainement le généreux Édouard n'avait nulle envie de serrer le cou de ces six otages, qu'il combla de présents et d'honneurs. Je suis las de toutes les fadaises dont tant d'historiens prétendus ont farci leurs chroniques, et de toutes les batailles qu'ils ont si mal décrites. J'aime autant croire que Gédéon remporta une victoire signalée avec trois cents cruches. Je ne lis plus, Dieu merci, que l'histoire naturelle, pourvu qu'un Burnet, et un Whiston, et un Woodward, ne m'ennuient plus de leurs maudits systèmes ; qu'un Maillet ne me dise plus que la mer d'Irlande a produit le mont Caucase, et que notre globe est de verre ; pourvu qu'on ne me donne pas de petits joncs aquatiques pour des animaux voraces, et le corail pour des insectes ; pourvu que des charlatans ne me donnent pas insolemment leurs rêveries pour des vérités. Je fais plus de cas d'un bon régime qui entretient mes humeurs en équilibre, et qui me procure une digestion louable et un sommeil plein. Buvez chaud quand il gèle, buvez frais dans la canicule ; rien de trop ni de trop peu en tout genre ; digérez, dormez, ayez du plaisir ; et moquez-vous du reste. »

CHAPITRE HUITIÈME

Comme Mr. Sidrac proférait ces sages paroles, on vint avertir Mr. Goudman que l'intendant du feu comte de Chesterfield était à la porte dans son carrosse, et demandait à lui parler pour une affaire très pressante. Goudman court pour recevoir les ordres de monsieur l'intendant, qui, l'ayant prié de monter, lui dit :

« Monsieur, vous savez sans doute ce qui arriva à Mr. et à Mad. Sidrac la première nuit de leurs noces ?

– Oui, monsieur ; il me contait tout à l'heure cette petite aventure.

– Eh bien ! il en est arrivé tout autant à la belle mademoiselle Fidler et à Mr. le curé, son mari. Le lendemain ils se sont battus ; le surlendemain, ils se sont séparés, et on a ôté à Mr. le curé son bénéfice. J'aime la Fidler, je sais qu'elle vous aime ; elle ne me hait pas. Je suis au-dessus de la petite disgrâce qui est cause de son divorce. Je suis amoureux et intrépide. Cédez-moi miss Fidler, et je vous fais avoir la cure, qui vaut cent cinquante guinées de revenu. Je ne vous donne que dix minutes pour y rêver.

– Monsieur, la proposition est délicate : je vais consulter mes philosophes Sidrac et Grou ; je suis à vous sans tarder. »

Il revole à ses deux conseillers. « Je vois, dit-il, que la digestion ne décide pas seule des affaires de ce monde, et que l'amour, l'ambition et l'argent, y ont beaucoup de part. » Il leur expose le cas et les prie de le déterminer sur-le-champ. Tous deux conclurent qu'avec cent cinquante guinées il aurait toutes les filles de sa paroisse, et encore miss Fidler par-dessus le marché.

Goudman sentit la sagesse de cette décision ; il eut la cure, il eut miss Fidler en secret, ce qui était bien plus doux que de l'avoir pour femme. Mr. Sidrac lui prodigua ses bons offices dans l'occasion. Il est devenu un des plus terribles prêtres de l'Angleterre, et il est plus persuadé que jamais de la fatalité qui gouverne toutes les choses de ce monde.

AVENTURE DE LA MÉMOIRE

Le genre humain pensant, c'est-à-dire la cent millième partie du genre humain tout au plus, avait cru longtemps, ou du moins avait souvent répété que nous n'avions d'idées que par nos sens, et que la mémoire est le seul instrument par lequel nous puissions joindre deux idées et deux mots ensemble.

C'est pourquoi Jupiter, représentant la nature, fut amoureux de Mnémosyne, déesse de la mémoire, dès le premier moment qu'il la vit ; et de ce mariage naquirent les neuf muses, qui furent les inventrices de tous les arts.

Ce dogme, sur lequel sont fondées toutes nos connaissances, fut reçu universellement, et même la Nonsobre l'embrassa dès qu'elle fut née, quoique ce fût une vérité.

Quelque temps après vint un argumenteur, moitié géomètre, moitié chimérique, lequel argumenta contre les cinq sens et contre la mémoire ; et il dit au petit nombre du genre humain pensant : « Vous vous êtes trompés jusqu'à présent, car vos sens sont inutiles, car les idées sont innées chez vous avant qu'aucun de vos sens pût agir, car vous aviez toutes les notions nécessaires lorsque vous vîntes au monde ; vous saviez tout sans avoir jamais rien senti ; toutes vos idées, nées avec vous, étaient présentes à votre intelligence, nommée *âme,* sans le secours de la mémoire. Cette mémoire n'est bonne à rien. »

La Nonsobre condamna cette proposition, non parce qu'elle était ridicule, mais parce qu'elle était nouvelle : cependant, lorsque ensuite un Anglais se fut mis à prouver, et même longuement, qu'il n'y avait point d'idées innées, que rien n'était plus nécessaire que les cinq sens, que la mémoire servait beaucoup à retenir les choses reçues par les cinq sens, elle condamna ses propres sentiments, parce qu'ils étaient devenus ceux d'un Anglais. En conséquence elle ordonna au genre humain de croire désormais aux idées innées, et de ne plus croire aux cinq sens et à la mémoire. Le genre humain, au lieu d'obéir, se moqua de la Nonsobre, laquelle se mit en telle colère qu'elle voulut faire brûler un philosophe. Car ce philosophe avait dit qu'il est impossible d'avoir une idée complète d'un fromage à moins d'en avoir vu et d'en avoir mangé ; et même le scélérat osa avancer que les hommes et les femmes n'auraient jamais pu travailler en tapisserie s'ils n'avaient pas eu des aiguilles et des doigts pour les enfiler.

Les liolisteois se joignirent à la Nonsobre pour la première fois de leur vie, et les séjanistes, ennemis mortels des liolisteois, se réunirent pour un moment à eux. Ils appelèrent à leur secours les anciens dicastériques, qui étaient de grands philosophes ; et tous ensemble, avant de mourir, proscrivirent la mémoire et les cinq sens, et l'auteur qui avait dit du bien de ces six choses.

Un cheval se trouva présent au jugement que prononcèrent ces messieurs, quoiqu'il ne fût pas de la même espèce, et qu'il y eût entre lui et eux plusieurs différences, comme celle de la taille, de la voix, de l'égalité, des crins et des oreilles ; ce cheval, dis-je, qui avait du sens aussi bien que des sens, en parla un jour à Pégase dans mon écurie ; et Pégase alla raconter aux muses cette histoire avec sa vivacité ordinaire.

Les muses, qui depuis cent ans avaient singulièrement favorisé le pays longtemps barbare où cette scène se passait, furent extrêmement scandalisées ; elles aimaient tendrement Mémoire ou Mnémosyne leur mère, à laquelle ces neuf filles sont redevables de tout ce qu'elles savent. L'ingratitude des hommes les irrita. Elles ne firent point de satires contre les anciens dicastériques, les liolisteois, les séjanistes et la Nonsobre, parce que les satires ne corrigent personne, irritent les sots, et les rendent encore plus méchants. Elles imaginèrent un moyen de les éclairer en les punissant. Les hommes avaient blasphémé la mémoire ; les muses leur ôtèrent ce don des dieux, afin qu'ils apprissent une bonne fois ce qu'on est sans son secours.

Il arriva donc qu'au milieu d'une belle nuit tous les cerveaux s'appesantirent, de façon que le lendemain matin tout le monde se réveilla sans avoir le moindre souvenir du passé. Quelques dicastériques, couchés avec leurs femmes, voulurent s'approcher d'elles par un reste d'instinct indépendant de la mémoire. Les femmes, qui n'ont eu que très rarement l'instinct d'embrasser leurs maris, rejetèrent leurs caresses dégoûtantes avec aigreur. Les maris se fâchèrent, les femmes crièrent, et la plupart des ménages en vinrent aux coups.

Messieurs, trouvant un bonnet carré, s'en servirent pour certains besoins que ni la mémoire ni le bon sens ne soulagent. Mesdames employèrent les pots de leur toilette aux mêmes usages. Les domestiques, ne se souvenant plus du marché qu'ils avaient fait avec leurs maîtres, entrèrent dans leurs chambres sans savoir où ils étaient ; mais, comme l'homme est né curieux, ils ouvrirent tous les tiroirs ; et comme l'homme aime naturellement l'éclat de l'argent et de l'or, sans avoir pour cela besoin de mémoire, ils prirent tout ce qu'ils en trouvèrent sous la main. Les maîtres voulurent crier au voleur ; mais l'idée de voleur étant sortie de leur cerveau, le mot ne put arriver sur leur langue. Chacun ayant oublié son idiome articulait des sons informes. C'était bien pis qu'à Babel, où chacun inventait sur-le-champ une langue nouvelle. Le sentiment inné dans le sens des jeunes valets pour les jolies femmes agit si puissamment que ces insolents se jetèrent étourdiment sur les premières femmes ou filles qu'ils trouvèrent, soit cabaretières, soit présidentes ; et celles-ci, ne se souvenant plus des leçons de pudeur, les laissèrent faire en toute liberté.

Il fallut dîner ; personne ne savait plus comment il fallait s'y prendre. Personne n'avait été au marché ni pour vendre ni pour acheter. Les domestiques avaient pris les habits des maîtres, et les maîtres ceux des domestiques. Tout le monde se regardait avec des yeux hébétés. Ceux qui avaient le plus de génie pour se procurer le nécessaire (et c'étaient les gens du peuple) trouvèrent un peu à vivre : les autres manquèrent de tout. Le premier président, l'archevêque, allaient tout nus, et leurs palefreniers étaient les uns en robes rouges, les autres en dalmatiques : tout était confondu, tout allait périr de misère et de faim, faute de s'entendre.

Au bout de quelques jours les muses eurent pitié de cette pauvre race : elles sont bonnes, quoiqu'elles fassent sentir quelquefois leur colère aux méchants ; elles supplièrent donc leur mère de rendre à ces blasphémateurs la mémoire qu'elle leur avait ôtée. Mnémosyne descendit au séjours des contraires, dans lequel on l'avait insultée avec tant de témérité, et leur parla en ces mots :

« Imbéciles, je vous pardonne ; mais ressouvenez-vous que sans les sens il n'y a point de mémoire, et que sans la mémoire il n'y a point d'esprit. »

Les dicastériques la remercièrent assez sèchement, et arrêtèrent qu'on lui ferait des remontrances. Les séjanistes mirent toute cette aventure dans leur gazette ; on s'aperçut qu'ils n'étaient pas encore guéris. Les liolisteois en firent une intrigue de cour. Maître Cogé, tout ébahi de l'aventure, et n'y entendant rien, dit à ses écoliers de cinquième ce bel axiome : « Non magis musis quam hominibus infensa est ista quæ vocatur memeoria. »

COSI-SANCTA

UN PETIT MAL POUR UN GRAND BIEN

NOUVELLE AFRICAINE

C'est une maxime faussement établie qu'il n'est pas permis de faire un petit mal dont un plus grand bien pourrait résulter. St. Augustin a été entièrement de cet avis, comme il est aisé de le voir dans le récit de cette petite aventure arrivée dans son diocèse, sous le proconsulat de Septimus Acindynus, et rapportée dans le livre de la *Cité de Dieu*[1].

Il y avait à Hippone un vieux curé, grand inventeur de confréries, confesseur de toutes les jeunes filles du quartier, et qui passait pour un homme inspiré de Dieu, parce qu'il se mêlait de dire la bonne aventure, métier dont il se tirait assez passablement.

On lui amena un jour une jeune fille nommée Cosi-Sancta : c'était la plus belle personne de la province. Elle avait un père et une mère jansénistes, qui l'avaient élevée dans les principes de la vertu la plus rigide ; et de tous les amants qu'elle avait eus, aucun n'avait pu seulement lui causer, dans ses oraisons, un moment de distraction. Elle était accordée depuis quelques jours à un petit vieillard ratatiné, nommé Capito, conseiller au présidial d'Hippone. C'était un petit homme bourru et chagrin, qui ne manquait pas d'esprit, mais qui était pincé dans la conversation, ricaneur, et assez mauvais plaisant ; jaloux d'ailleurs comme un Vénitien, et qui pour rien au monde ne se serait accommodé d'être l'ami des galants de sa femme. La jeune créature faisait tout ce qu'elle pouvait pour l'aimer, parce qu'il devait être son mari ; elle y allait de la meilleure foi du monde, et cependant n'y réussissait guère.

Elle alla consulter son curé, pour savoir si son mariage serait heureux. Le bonhomme lui dit d'un ton de prophète :

1. Voyez Bayle, article ACINDYNUS.

« Ma fille, ta vertu causera bien des malheurs ; mais tu seras un jour canonisée pour avoir fait trois infidélités à ton mari. »

Cet oracle étonna et embarrassa cruellement l'innocence de cette belle fille. Elle pleura ; elle en demanda l'explication, croyant que ces paroles cachaient quelque sens mystique ; mais toute l'explication qu'on lui donna fut que les trois fois ne devaient point s'entendre de trois rendez-vous avec le même amant, mais de trois aventures différentes.

Alors Cosi-Sancta jeta les hauts cris ; elle dit même quelques injures au curé, et jura qu'elle ne serait jamais canonisée. Elle le fut pourtant, comme vous l'allez voir.

Elle se maria bientôt après : la noce fut très galante ; elle soutint assez bien tous les mauvais discours qu'elle eut à essuyer, toutes les équivoques fades, toutes les grossièretés assez mal enveloppées dont on embarrasse ordinairement la pudeur des jeunes mariées. Elle dansa de fort bonne grâce avec quelques jeunes gens fort bien faits et très jolis, à qui son mari trouvait le plus mauvais air du monde.

Elle se mit au lit auprès du petit Capito, avec un peu de répugnance. Elle passa une fort bonne partie de la nuit à dormir, et se réveilla toute rêveuse. Son mari était pourtant moins le sujet de sa rêverie qu'un jeune homme nommé Ribaldos, qui lui avait donné dans la tête sans qu'elle en sût rien. Ce jeune homme semblait formé par les mains de l'Amour ; il en avait les grâces, la hardiesse et la friponnerie ; il était un peu indiscret, mais il ne l'était qu'avec celles qui le voulaient bien ; c'était la coqueluche d'Hippone. Il avait brouillé toutes les femmes de la ville les unes contre les autres, et il l'était avec tous les maris et toutes les mères. Il aimait d'ordinaire par étourderie, un peu par vanité ; mais il aima Cosi-Sancta par goût, et l'aima d'autant plus éperdument que la conquête en était plus difficile.

Il s'attacha d'abord, en homme d'esprit, à plaire au mari. Il lui faisait mille avances, le louait sur sa bonne mine, et sur son esprit aisé et galant. Il perdait contre lui de l'argent au jeu, et avait tous les jours quelque confidence de rien à lui faire. Cosi-Sancta le trouvait le plus aimable du monde ; elle l'aimait déjà plus qu'elle ne croyait ; elle ne s'en doutait point, mais son mari s'en douta pour elle. Quoiqu'il eût tout l'amour-propre qu'un petit homme peut avoir, il ne laissa pas de se douter que les visites de Ribaldos n'étaient pas pour lui seul. Il rompit avec lui sur quelque mauvais prétexte, et lui défendit sa maison.

Cosi-Sancta en fut très fâchée, et n'osa le dire ; et Ribaldos, devenu plus amoureux par les difficultés, passa tout son temps à épier les moments de la voir. Il se déguisa en moine, en revendeuse à la toilette, en joueur de marionnettes ; mais il n'en fit point assez pour triompher de sa maîtresse, et il en fit trop pour n'être pas reconnu par le mari. Si Cosi-Sancta avait été d'accord avec son amant, ils auraient si bien pris leurs mesures que le mari n'aurait rien pu soupçonner ; mais, comme elle combattait son goût et qu'elle n'avait rien à se reprocher, elle sauvait tout, hors les apparences ; et son mari la croyait très coupable.

Le petit bonhomme, qui était très colère, et qui s'imaginait que son honneur dépendait de la fidélité de sa femme, l'outragea cruellement, et la punit de ce qu'on la trouvait belle. Elle se trouva dans la plus horrible situation où une femme puisse être : accusée injustement, et maltraitée par un mari à qui elle était fidèle, et déchirée par une passion violente qu'elle cherchait à surmonter.

Elle crut que, si son amant cessait ses poursuites, son mari pourrait cesser ses injustices, et qu'elle serait assez heureuse pour se guérir d'un amour que rien ne nourrirait plus. Dans cette vue, elle se hasarda d'écrire cette lettre à Ribaldos :

« Si vous avez de la vertu, cessez de me rendre malheureuse : vous m'aimez, et votre amour m'expose aux soupçons et aux violences d'un maître que je me suis donné pour le reste de ma vie. Plût au ciel que ce fût encore le seul risque que j'eusse à courir ! Par pitié pour moi, cessez vos poursuites ; je vous en conjure par cet amour même qui fait votre malheur et le mien, et qui ne peut jamais vous rendre heureux. »

La pauvre Cosi-Sancta n'avait pas prévu qu'une lettre si tendre, quoique si vertueuse, ferait un effet tout contraire à celui qu'elle espérait. Elle enflamma plus que jamais le cœur de son amant, qui résolut d'exposer sa vie pour voir sa maîtresse.

Capito, qui était assez sot pour vouloir être averti de tout, et qui avait de bons espions, fut averti que Ribaldos s'était déguisé en frère carme quêteur pour demander la charité à sa femme. Il se crut perdu : il imagina que l'habit d'un carme était bien plus dangereux qu'un autre pour l'honneur d'un mari. Il aposta des gens pour étriller frère Ribaldos : il ne fut que trop bien servi. Le jeune homme, en entrant dans la maison, est reçu par ces messieurs ; il a beau crier qu'il est un très honnête carme, et qu'on ne traite point ainsi de pauvres religieux, il fut assommé, et mourut, à quinze jours de là, d'un coup qu'il avait reçu sur la tête. Toutes les femmes de la ville le pleurèrent. Cosi-Sancta en fut inconsolable. Capito même en fut fâché, mais par une autre raison, car il se trouvait une très méchante affaire sur les bras.

Ribaldos était parent du proconsul Acindynus. Ce Romain voulut faire une punition exemplaire de cet assassinat, et, comme il avait eu quelques querelles autrefois avec le présidial d'Hippone, il ne fut pas fâché d'avoir de quoi faire pendre un conseiller ; et il fut fort aise que le sort tombât sur Capito, qui était bien le plus vain et le plus insupportable petit robin du pays.

Cosi-Sancta avait donc vu assassiner son amant et était près de voir pendre son mari ; et tout cela pour avoir été vertueuse. Car, comme je l'ai déjà dit, si elle avait donné ses faveurs à Ribaldos, le mari en eût été bien mieux trompé.

Voilà comme la moitié de la prédiction du curé fut accomplie. Cosi-Sancta se ressouvint alors de l'oracle, elle craignit fort d'en accomplir le reste. Mais, ayant bien fait réflexion qu'on ne peut vaincre sa destinée, elle s'abandonna à la Providence, qui la mena au but par les chemins du monde les plus honnêtes.

Le proconsul Acindynus était un homme plus débauché que voluptueux, s'amusant très peu aux préliminaires, brutal, familier, vrai héros de garnison, très craint dans la province, et avec qui toutes les femmes d'Hippone avaient eu affaire, uniquement pour ne se pas brouiller avec lui.

Il fit venir chez lui Mme Cosi-Sancta : elle arriva en pleurs ; mais elle n'en avait que plus de charmes. « Votre mari, madame, lui dit-il, va être pendu, et il ne tient qu'à vous de le sauver. — Je donnerais ma vie pour la sienne, lui dit la dame. — Ce n'est pas cela qu'on vous demande, répliqua le proconsul. — Et que faut-il donc faire ? dit-elle. — Je ne veux qu'une de vos nuits, reprit le proconsul. — Elles ne m'appartiennent pas, dit Cosi-Sancta ; c'est un bien qui est à mon mari je donnerai mon sang pour le sauver, mais Je ne puis donner mon honneur. — Mais si votre mari y consent ? dit le proconsul. — Il est le maître, répondit la dame : chacun fait de son bien ce qu'il veut. Mais je connais mon mari, il n'en fera rien ; c'est un petit homme têtu, tout propre à se laisser pendre plutôt que de permettre qu'on me touche du bout du doigt. — Nous allons voir cela », dit le juge en colère.

Sur-le-champ il fait venir devant lui le criminel ; il lui propose ou d'être pendu, ou d'être cocu : il n'y avait point à balancer. Le petit bonhomme se fit pourtant tirer l'oreille. Il fit enfin ce que tout autre aurait fait à sa place. Sa femme par charité, lui sauva la vie ; et ce fut la première des trois fois.

Le même jour, son fils tomba malade d'une maladie fort extraordinaire, inconnue à tous les médecins d'Hippone. Il n'y en avait qu'un qui eût des secrets pour cette maladie ; encore demeurait-il à Aquila, à quelques lieues d'Hippone. Il était défendu alors à un médecin établi dans une ville d'en sortir pour aller exercer sa profession dans une autre. Cosi-Sancta fut obligée elle-même d'aller à sa porte à Aquila, avec un frère qu'elle avait, et qu'elle aimait tendrement. Dans les chemins elle fut arrêtée par des brigands. Le chef de ces messieurs la trouva très jolie ; et, comme on était près de tuer son frère, il s'approcha d'elle, et lui dit que, si elle voulait avoir un peu de complaisance, on ne tuerait point son frère, et qu'il ne lui en coûterait rien. La chose était pressante : elle venait de sauver la vie à son mari, qu'elle n'aimait guère ; elle allait perdre un frère, qu'elle aimait beaucoup ; d'ailleurs le danger de son fils l'alarmait : il n'y avait pas de moment à perdre. Elle se recommanda à Dieu, fit tout ce qu'on voulut ; et ce fut la seconde des trois fois.

Elle arriva le même jour à Aquila, et descendit chez le médecin. C'était un de ces médecins à la mode que les femmes envoient chercher quand elles ont des vapeurs, ou quand elles n'ont rien du tout. Il était le confident des unes, l'amant des autres : homme poli, complaisant, un peu brouillé d'ailleurs avec la Faculté, dont il avait fait de fort bonnes plaisanteries dans l'occasion.

Cosi-Sancta lui exposa la maladie de son fils, et lui offrit un gros sesterce. (Vous remarquerez qu'un gros sesterce fait, en monnaie de France, mille écus et plus.) « Ce n'est pas de cette monnaie, madame, que je prétends être payé, lui dit le galant médecin. Je vous offrirais moi-même tout mon bien, si vous étiez dans le goût de vous faire payer des cures que vous pouvez faire : guérissez-moi seulement du mal que vous me faites, et je rendrai la santé à votre fils. »

La proposition parut extravagante à la dame ; mais le destin l'avait accoutumée aux choses bizarres. Le médecin était un opiniâtre qui ne voulait point d'autre prix de son remède. Cosi-Sancta n'avait point de mari à consulter ; et le moyen de laisser mourir un fils qu'elle adorait, faute du plus petit secours du monde qu'elle pouvait lui donner. Elle était aussi bonne mère que bonne sœur. Elle acheta le remède au prix qu'on voulut : et ce fut la dernière des trois fois.

Elle revint à Hippone avec son frère, qui ne cessait de la

remercier, durant le chemin, du courage avec lequel elle lui avait sauvé la vie.

Ainsi Cosi-Sancta, pour avoir été trop sage, fit périr son amant et condamner à mort son mari, et, pour avoir été complaisante, conserva les jours de son frère, de son fils, et de son mari. On trouva qu'une pareille femme était fort nécessaire dans une famille, on la canonisa après sa mort, pour avoir fait tant de bien à ses parents en se mortifiant, et l'on grava sur son tombeau :

UN PETIT MAL POUR UN GRAND BIEN.

TABLE DES MATIÈRES